ein Ullstein Buch

Vom gleichen Autor
in der Reihe der
Ullstein Bücher:

Das Tal des Himmels (128)
Der rote Pony (205)
Tortilla Flat (217)
Die Straße der Ölsardinen (233)
Der fremde Gott (302)
Stürmische Ernte (393)
Die wilde Flamme (2677)
Der Mond ging unter (2678)
Wonniger Donnerstag (2684)
Von Mäusen und Menschen (2693)
Laßt uns König spielen (2695)
Geld bringt Geld (2752)
Früchte des Zorns (2796)
Jenseits von Eden (2895)
Logbuch des Lebens (2928)
Meine Reise mit Charley (2978)

# John Steinbeck

# Autobus auf Seitenwegen

Roman

ein Ullstein Buch

Ullstein Buch Nr. 2679
im Verlag Ullstein GmbH,
Frankfurt/M – Berlin – Wien
Amerikanischer Originaltitel:
»The Wayward Bus«
Übersetzt von Rose Richter

Ungekürzte Ausgabe

Umschlagentwurf: Dorland, Berlin
Alle Rechte vorbehalten
Mit Genehmigung des Diana Verlags
Dr. S. Menzel, Zürich
© 1960 by Humanitas Verlag, Zürich
Printed in Germany 1974
Gesamtherstellung:
Augsburger Druck- und
Verlagshaus GmbH
ISBN 3 548 02679 6

# Erstes Kapitel

Zweiundvierzig Meilen unterhalb von San Ysidro, an einer großen Landstraße, die von Norden nach Süden führt, befindet sich ein Kreuzungspunkt, der seit gut achtzig Jahren nur Rebel Corners heißt: der Rebellenwinkel. Von hier biegt eine Bezirksstraße in rechtem Winkel gegen Westen, bis sie nach 49 Meilen in eine andere nord-südliche Landstraße einmündet, die San Franzisko mit Los Angeles verbindet und selbstverständlich auch mit Hollywood. Jeder, der in diesem Teil des Landes vom Binnental an die Küste will, muß die Straße benützen, die bei Rebel Corners beginnt, sich durch Hügel, eine kleine Wüstenei, durch Ackerland und Berge schlängelt, bis sie schließlich mitten in der Stadt San Juan de la Cruz die Küstenlandstraße erreicht.

Rebel Corners bekam seinen Namen im Jahre 1862. Es wird erzählt, daß eine Familie namens Blankens an dieser Kreuzung eine Schmiede betrieb. Die Blankens und ihre Schwiegersöhne waren arm, unwissend, stolz und leidenschaftliche Kentuckier. Da sie weder Möbel noch sonstige Vermögenswerte besaßen, brachten sie aus dem Osten mit, was sie hatten — ihre Vorurteile und ihre politische Einstellung. Sie hatten zwar keine Sklaven, waren aber trotzdem bereit, ihr Leben für das freie Prinzip der Sklaverei herzugeben. Als der Krieg ausbrach, dachten die Blankens ernstlich daran, durch den endlosen Westen zurückzureisen, um für die Konföderation zu kämpfen. Aber der Weg war lang, sie hatten ihn einmal gemacht, und es war zu weit. So kam es, daß die Blankens im Land Kalifornien, das vorwiegend für den Norden stimmte, 160 Äcker Landes und eine Schmiede von der Union abspalteten und Blanken Corners der Konföderation anschlossen. Es wird auch erzählt, daß sie Gräben gruben und Flinten schmiedeten, um die aufständische Insel gegen die verhaßten Yankees zu verteidigen. Und die Yankees, zum größten Teil Mexikaner, Deutsche, Iren und Chinesen, dachten nicht daran, die Blankens anzugreifen, sondern waren beinahe stolz auf sie. Den Blankens war es noch nie so gutgegangen, denn die Feinde brachten ihnen Hühner und Eier und Würste vom Schweineschlachten, weil ein jeder der Meinung war, solcher Mut müsse belohnt werden, worum immer es gehen mochte. Ihre Siedlung bekam den Namen Rebel Corners und hat ihn behalten bis zum heutigen Tag.

Nach dem Krieg wurden die Blankens faul und streitsüchtig und voll Haß und Unzufriedenheit wie jede besiegte Nation; mit dem Krieg war es auch mit ihrem Stolz zu Ende, die Leute brachten ihnen darum keine Pferde mehr zum Beschlagen und keine Pflüge zum Zurechtschweißen. Und last not least, was die Heere der Union mit Waffengewalt nicht fertigbrachten, das gelang der First National Bank von San Ysidro durch Aufkündigung der Hypothek. Heute, nach etwa achtzig Jahren, weiß keiner mehr viel von den Blankens, außer daß sie sehr stolz und sehr unangenehm waren. In den darauffolgenden

Jahren wechselte das Anwesen wiederholt den Besitzer, bevor es dem Reich eines Zeitungsmagnaten einverleibt wurde. Die Schmiede brannte ab, wurde wieder aufgebaut, brannte wieder ab, und was übrigblieb, wurde in eine Garage umgewandelt, eine Garage mit Benzinstation, dann in eine kleine Haltestelle, bestehend aus einem Laden, Restaurant, Garage und Reparaturwerkstätte. Als Juan Chicoy und seine Frau das Ganze erwarben und die Bewilligung erhielten, ein öffentliches Fuhrwerk zwischen Rebel Corners und San Juan de la Cruz zu betreiben, wurde es nebst allem, was es bisher gewesen, auch noch eine Autobushaltestelle. Die rebellischen Blankens aber sind dank ihrem Hochmut und ihrer niedrigen Art zu schimpfen — was beides nur der Ausdruck großer Borniertheit und Faulheit ist — vom Erdboden verschwunden. Kein Mensch weiß mehr, wie sie ausgesehen haben. Aber der Rebellenwinkel ist allgemein bekannt, und die Chicoys hat jeder gern.

Hinter den Benzinpumpen war ein kleiner Lunchraum mit einem Schanktisch, runden, festgeschraubten Stühlen und drei Tischen für Leute, die etwas vornehmer zu speisen wünschten. Die Tische wurden nicht oft benützt, weil es üblich war, Mrs. Chicoy ein Trinkgeld zu geben, wenn sie an diesem bediente; am Schanktisch aber nicht. Auf dem ersten Wandbrett hinter dem Schanktisch standen süße Brötchen, Zimtschnecken und Krapfen bereit, auf dem dritten Portionspackungen von Maisflocken, Reisflocken und anderen mißhandelten Zerealien. An einer Seite hinter dem Schanktisch befand sich ein Rost, daneben ein Aufwaschtisch, neben diesem eine Bierpipe und eine Sodawasserfontäne, daneben Eiscremebehälter. Auf dem Schanktisch selbst, zwischen Ständern mit Papierservietten, Einwurfstellen für Musikautomaten, Salz- und Pfefferstreuern und Flaschen mit Ketchup waren unter durchsichtigen, großen Plastikhauben die Kuchen aufgestellt. Die Wände waren, wo immer ein Plätzchen frei blieb, mit Kalendern dekoriert und mit Plaketten, auf denen unwahrscheinliche Mädchen mit hochgepumpten Busen und ohne Hüften prangten — Blondinen, Brünetten und rote Lockenköpfe, aber immer mit der gleichen üppigen Büstenentfaltung, so daß ein Gast aus einer fremden Welt aus der Einstellung des Künstlers und seines Publikums schließen mußte, der Sitz der Fortpflanzung müsse zweifellos in der Brustpartie liegen.

Alice Chicoy, das heißt Mrs. Juan Chicoy, die mitten unter diesen blendend schönen Mädchen arbeitete, hatte breite Hüften und einen Hängebusen und stand fest auf ihren Füßen oder noch besser gesagt: auf ihren Fersen. Sie war nicht im geringsten eifersüchtig auf die Kalenderschönen und die Coca-Cola-Fräuleins. Sie selbst war noch nie jemandem begegnet, der so ausgesehen hätte, und außer ihr wohl auch sonst niemand. Sie buk ihre Spiegeleier und briet ihre gehackten Beefsteaks, die in ganz Amerika »Hamburger« heißen, sie wärmte Suppenkonserven, schenkte Bier aus, häufte Eiscreme in Gläser. Gegen Abend taten ihr die Füße weh, dann war sie schlechter Laune und kurz angebunden. Wenn der Tag zur Neige ging, verschwanden die flachen Locken aus ihrem Haar, feucht und in Strähnen hing es an ihren Wangen herunter; erst schob sie es mit der Hand beiseite, zum Schluß aber blies sie es nur noch von ihren Augen weg.

Neben dem Lunchraum stand eine Garage, die aus der letzten Schmiede hervorgegangen; Decke und Balken waren noch ganz schwarz von Ruß. Hier residierte Juan Chicoy, wenn er nicht gerade zwischen Rebel Corners und San Juan de la Cruz mit seinem Autobus hin und her pendelte. Juan Chicoy war ein feiner, gesetzter Mensch, halb Mexikaner, halb Ire, etwa fünfzig Jahre alt, mit klaren, schwarzen Augen, einem buschigen Haarschopf und einem dunklen, hübschen Gesicht. Mrs. Chicoy war toll verliebt in ihn. Sie hatte auch ein wenig Angst vor ihm, weil er ein Mann war, und es gibt ihrer nicht viele, wie Alice Chicoy herausgefunden hatte. Es gibt auf der ganzen Welt nicht viele; das findet früher oder später jeder heraus.

In der Garage reparierte Juan Chicoy Reifendefekte, entfernte Luftblasen aus der Benzinleitung, kratzte den diamantharten Schmutz von verstopften Vergasern und installierte neue Membranen in Benzinpumpen; kurz, er besorgte all die kleinen Dinge, von denen das autoliebende Publikum keine Ahnung hat. Diese Sachen erledigte er tagsüber, ausgenommen in den Stunden von halb elf bis vier. Das war die Zeit, während der er in seinem Autobus die Passagiere, die von den großen Greyhound-Bussen am Rebellenwinkel abgesetzt worden waren, nach San Juan de la Cruz führte, und von San Juan de la Cruz wieder andere Passagiere nach Rebel Corners brachte, wo entweder der Greyhound-Bus sie auflas, der um 4.56 Uhr nach Norden abging, oder ein anderer Greyhound, der um 5.17 Uhr nach Süden fuhr.

Während Mr. Chicoy unterwegs war, vertraten ihn in der Garage eine Reihe einander ablösender, mehr oder weniger ausgewachsener oder noch recht grüner junger Leute; Lehrlinge mehr oder weniger. Keiner hielt sich sehr lange. Naive Reisende mit verstopften Vergasern konnten die Verwüstung nicht ahnen, die diese Lehrlinge an einem Vergaser zu bewerkstelligen vermochten, und während Juan Chicoy selbst es mit den besten Mechanikern aufnehmen könnte, waren seine Lehrlinge meist freche, dumme Jungen, die ihre Zeit damit zubrachten, in den Musikautomaten im Lunchraum Hosenknöpfe statt Geld zu werfen und mit Alice Chicoy zu streiten. Diesen jungen Leuten lächelte ständig irgendeine besonders großartige Gelegenheit und lockte sie nach dem Süden, nach Los Angeles und selbstverständlich nach Hollywood, wo voraussichtlich eines schönen Tages alle grünen Jungen der ganzen Welt versammelt sein werden.

Hinter der Garage standen zwei kleine vergitterte Häuschen, auf dem einen stand »Männer«, auf dem andern »Damen«. Zu jedem von ihnen führte ein Fußweg, der eine rechter Hand, der andere linker Hand um die Garage.

Aber das Charakteristische für die Corners und das, was sie meilenweit über das Ackerland sichtbar machte, waren die großen, weißen Eichen, die um die Garage und das Restaurant herum wuchsen. Hoch und anmutig, mit schwarzen Stämmen und Ästen, leuchtend grün im Sommer und schwarz und düster im Winter, bildeten die Eichen Landmarken in dem langen, flachen Tal. Keiner weiß, ob die Blankens sie gepflanzt oder ob sie sich einfach bei ihnen niedergelassen hatten. Letzteres scheint einleuchtender; erstens, weil kein Mensch je von den Blankens hörte, daß sie etwas gepflanzt hätten, was nicht eßbar war, und zweitens, weil die Bäume bestimmt älter als achtzig Jahre waren. Sie mochten gut 200 Jahre alt sein; andererseits wurzelten sie vielleicht in irgendeiner unterirdischen Quelle, die sie in dieser halbwüsten Gegend rasch emporschießen ließ.

Diese hohen Bäume beschatteten die Benzinstation im Sommer, so daß Reisende gern unter ihnen haltmachten, ihren Lunch nahmen und die überhitzten Motoren auskühlen ließen. Die Station selbst war auch sehr hübsch; lebhaft grün und rot gestrichen, mit einer breiten Reihe von Geranien rund um das Restaurant, rote Geranien mit dicken grünen Blättern, die so dicht wie eine Hecke standen. Der weiße Kies vor dem Haus und um die Pumpen herum wurde täglich geharkt und gespritzt. Im Restaurant und in der Garage herrschten Ordnung und System. Auf den Wandbrettern im Restaurant zum Beispiel waren die Konserven, die Schachteln mit den Zerealien und sogar die Grapefruits in kleinen Pyramiden angeordnet, erst vier als Unterbau, dann drei, dann zwei, und an der Spitze balancierte eine. Genauso war es mit den Öldosen in der Garage, und die Ventilatorriemen hingen nett nach der Größe geordnet an ihren Haken. Es war ein sehr gut gehaltener Platz. An den Fenstern im Restaurant waren Fliegengitter, und die ebenfalls vergitterte Tür schwang immer energisch ins Schloß zurück, sobald jemand hinaus- oder hineingegangen war. Denn Alice haßte Fliegen. In einer für Alice ohnehin schon schwer erträglichen und schwer verständlichen Welt waren die Fliegen das, was ihr gerade noch zu ihrem Jammer gefehlt hatte. Sie verfolgte sie mit grausamem Haß. Der Tod einer Fliege, hervorgerufen durch einen Schlag mit einer Klappe oder durch langsames Ersticken im Leim des Fliegenpapiers, bereitete ihr eine helle Freude.

Genauso wie Juan in seiner Garage eine wechselnde Reihe junger Gehilfen zu beschäftigen pflegte, nahm Alice zu ihrer Hilfe im Lunchraum ständig neue Mädchen auf. Diese ungeschickten, romantischen und häßlichen Mädchen — die hübschen liefen meist nach ein paar Tagen mit einem Gast davon — schienen, was Arbeit betrifft, nicht sonderlich viel zu leisten. Sie verbreiteten den Schmutz mit Hilfe feuchter Lappen, sie träumten über Filmzeitschriften und seufzten in den Musikautomaten — und die allerletzte hatte rote Augen und Schnupfen und schrieb ellenlange leidenschaftliche Briefe an Clark Gable.

Alice Chicoy hatte jede im Verdacht, daß sie Fliegen hereinlasse. Auch Norma, die letzte in der Reihe, hatte Alice Chicoys Redeschwall, die Fliegen betreffend, wiederholt über sich ergehen lassen müssen.

Das Morgenprogramm in den Corners war unverrückbar. Mit dem ersten Tagesschein, im Winter sogar noch früher, flammten im Lunchraum die Lichter auf, und Alice ließ den Dampf in die Kaffeemaschine (ein großes gottähnliches Silberstandbild, das in irgendeiner späteren archäologischen Epoche als Götze des Stammes der Amudkins angesprochen werden dürfte, die knapp vor den Atomiten kamen, die aus irgendeinem unbekannten Grund von der Erdoberfläche verschwunden sind). Das Restaurant war warm und freundlich, wenn die ersten Lastwagenführer müde hereinstapften, um zu frühstücken. Dann kamen die Geschäftsreisenden, die, solange es noch dunkel war, nach den Städten im Süden eilten, um einen ganzen Arbeitstag zur Verfügung zu haben. Geschäftsreisende hielten sich immer an die Lastwagenführer und machten halt, wo diese haltmachten, weil es allgemein heißt, daß die Lastwagenführer genau wissen, wo man auf der Strecke den besten Kaffee bekommt und am besten ißt. Bei Sonnenaufgang kehrten dann die ersten Touristen in eigenen Wagen ein, um zu frühstücken und sich über den Weg zu informieren.

Die Touristen, die von Norden kamen, interessierten Norma nicht sehr, die aus dem Süden aber oder die, welche die Abkürzung von San Juan de la Cruz nahmen und in Hollywood gewesen sein konnten, faszinierten sie. Innerhalb von vier Monaten hatte Norma persönlich fünfzehn Leute kennengelernt, die in Hollywood gewesen waren, fünf, die in Filmen als Statisten gewirkt hatten, und zwei, die Clark Gable von Angesicht zu Angesicht gesehen hatten. Von diesen beiden, die kurz nacheinander gekommen waren, angeeifert, schrieb sie einen zwölf Seiten langen Brief, der mit »Lieber Mr. Gable« begann. Am Schluß standen die Worte: »In Liebe, eine Freundin.« Sie erschauerte wiederholt bei dem Gedanken, Mr. Gable könnte herausfinden, daß sie den Brief geschrieben habe.

Norma war ein treues Mädchen. Mochten andere in ihrer Dummheit neuen Emporkömmlingen nachrennen — Sinatras, Van Johnsons und Sonny Tufts'. Selbst während des Krieges, als es keine Gable-Filme gegeben hatte, war Norma ihm treu geblieben und hielt ihren Traum mit Hilfe eines bunten Bildes lebendig, das Mr. Gable in einer Fliegeruniform mit zwei fünfzigkalibrigen Munitionsgürteln um die Schultern darstellte.

Oft lachte sie höhnisch über Sonny Tufts. Sie liebte ältere Männer mit interessanten Gesichtern. Manchmal, wenn sie mit dem feuchten Lappen über den Schanktisch hin und her wischte, die traumgeweiteten Augen an die Gittertür geheftet, versagten diese blassen Augen und schlossen sich für einen Augenblick. Dann konnte man sicher sein, daß in dem geheimen Gärtchen in ihrem

Kopf Gable gerade das Restaurant betreten hatte. daß ihm bei ihrem Anblick der Atem ausgeblieben war und er nun mit halbgeöffnetem Mund dastand, die Augen erfüllt von der Erkenntnis, daß er der Frau seines Lebens gegenüberstehe. Und um ihn herum flogen die Fliegen ungestraft ein und aus.
Weiter kam es nie. Norma war zu schüchtern. Außerdem wußte sie nicht, wie man so etwas anpackt. Ihr ganzes Liebesleben hatte sich auf eine Reihe kleiner Ringkämpfe am Rücksitz eines Wagens beschränkt, bei denen sie bemüht war, sich die Kleider nicht vom Leib reißen zu lassen. Und bisher hatte sie durch energisches Wollen noch immer gesiegt. Sie fühlte, daß Mr. Gable so etwas nicht nur niemals tun, sondern auch niemals billigen würde, sollte er davon erfahren.
Norma trug die Waschkleider, die man in den Ein-Dollar-Geschäften zu kaufen bekam, aber für festliche Gelegenheiten hatte sie natürlich ein Atlaskleid. Wenn man aber näher hinsah, dann konnte man selbst an den Waschkleidern ein Körnchen Schönheit entdecken. Ihre mexikanische Silbernadel, eine Nachbildung des aztekischen Kalendersteins, hatte die Tante ihr vermacht, nachdem Norma sie sieben Monate gepflegt und sich nur die Sealskinstola und den Türkisring gewünscht hatte. Doch die wanderten zu einem andern Zweig der Familie. Norma besaß auch eine Kette aus kleinen Bernsteinperlen von ihrer Mutter. Sie trug die mexikanische Nadel und die Perlen nie gleichzeitig. Außerdem besaß Norma noch zwei Schmuckstücke – die waren etwas ganz Tolles. Norma wußte, daß sie etwas Tolles waren. Tief in ihrem Handkoffer versteckt, verwahrte sie einen goldenen Ehering und einen riesigen Diamantring von der Art, wie man sie in Brasilien trug; beide zusammen hatten fünf Dollar gekostet. Sie trug sie nur, wenn sie schlafen ging. In der Frühe zog sie diese aus und versteckte sie in ihrem Köfferchen. Kein Mensch ahnte, daß sie solche Schätze besaß. Und beim Einschlafen drehte sie sie um den dritten Finger ihrer linken Hand.
Die Schlafstätten in den Corners waren eine einfache Sache. Dicht hinter dem Lunchraum war ein Anbau. Eine Tür am Ende des Schanktisches führte in das Wohn-Schlafzimmer der Chicoys, wo ein Doppelbett, zugedeckt mit einem Afghanüberwurf, ein Radio auf einem Tischchen, zwei dickgepolsterte Stühle und ein Damenschreibtisch standen; eine Kombination, die eine »Suite« genannt zu werden pflegte, und eine Leselampe aus Metall, mit einem marmorierten grünen Glasschirm. In Normas Kammer gelangt man durch diesen Raum; denn es war Alicens Theorie, daß junge Mädchen bewacht werden müßten und man sie nicht ganz sich selbst überlassen dürfe. Wenn Norma auf die Toilette wollte, mußte sie durch das Zimmer der Chicoys oder – und das tat sie meistens – aus dem Fenster klettern. Der Raum, wo der Mechanikerlehrling schlief, lag auf der andern Seite, neben dem Zimmer der Chicoys,

aber es hatte einen Eingang von draußen. Er benützte das Häuschen hinter der Garage mit der Aufschrift »Männer«.
Es war eine hübsche, gedrängte Anordnung von Bauten, zweckmäßig und angenehm anzusehen. Rebel Corners war zur Blankens-Zeit ein elender, schmutziger und verdächtiger Winkel gewesen. Aber die Chicoys florierten hier. Auf der Bank lag Geld und mit dem Geld ein gewisser Grad von Glück und Sicherheit.
Diese von hohen Bäumen überragte Insel war auf Meilen hin sichtbar. Niemand hatte je auf Wegweiser schauen müssen, um Rebel Corners und den Weg nach San Juan zu finden. In dem weiten Tal breiteten sich die Getreidefelder flach gegen Osten, gegen die Hügel hin und gegen die hohen Berge, gegen Westen endeten sie näher bei den runden Hügeln, wo in schwarzen Flecken die üppigen Eichen saßen. Im Sommer schimmerte, brannte und brütete die gelbe Hitze über den dürren Hügeln; es war der Schatten der großen Eichen über den Corners, auf den man sich freute und an den man sich erinnern konnte. Im Winter, wenn der schwere Regen fiel, war das Restaurant ein warmes Plätzchen mit Kaffee und Chili-Bohnen und Apfelkuchen.
Tief im Frühling, wenn auf Feldern und Hügeln das Gras grünte und Lupinen und Mohn die Erde in Blau und Gold tauchten, wenn die großen Bäume in gelbgrünen Blättchen neu erwachten, dann gab es keinen lieblicheren Ort auf der Welt. Es war keine Schönheit, die man übersehen konnte, weil man schon so an sie gewöhnt war. Des Morgens schnürte sie einem die Kehle zu, und abends, wenn die Sonne unterging, tat einem vor lauter Freude die Magengrube weh. Der süße Duft der Lupinen und des Grases nahm einem den Atem und versetzte einen in beinahe sinnliche Erregung. Mitten in dieser Zeit des Blühens und Wachsens war es, als Juan zu seinem Bus hinausging, eine elektrische Laterne in der Hand. Hinter ihm stapfte verschlafen Pimples Carson, sein Mechanikerlehrling.
Die Fenster des Lunchraumes waren noch dunkel. Hinter den östlichen Hügeln graute es noch nicht einmal. Es war so sehr Nacht, daß über den Feldern noch die Eulen schrien. Juan Chicoy ging näher an den Bus heran, der vor der Garage stand. Er sah im Laternenschein aus wie ein großer Ballon mit silbernen Fenstern. Pimples Carson, der noch nicht völlig wach war, stand dabei, die Hände in den Taschen, und zitterte nicht vor Kälte, sondern weil er so namenlos schläfrig war.
Ein leichter Wind wehte über die Felder und brachte Lupinenduft mit und den Duft schwangerer, üppiger Erde.

# Zweites Kapitel

Die elektrische Laterne mit ihrem nach abwärts gerichteten Reflektor beleuchtete mit ihrem scharfen Licht nur die Beine, Füße, Reifen und Baumstämme dicht am Boden. Es blitzte und flitzte hin und her, und die kleine weißglühende Birne strahlte grell und bläulich. Juan Chicoy ging mit seiner Laterne zur Garage hinüber, zog einen Bund Schlüssel aus der Tasche seines Overalls, suchte den heraus, der zum Vorhängeschloß paßte, und öffnete die breiten Türen. Dann schaltete er das Oberlicht ein und seine Laterne ab.
Juan holte eine gestreifte Arbeitskappe von seiner Werkbank. Er trug Overalls mit großen Messingknöpfen an Latz und Trägern und darüber eine schwarze Fohlenjacke mit gestricktem Kragen und Pulswärmern. Seine harten Schuhe hatten runde Kappen, die Sohlen waren so dick, daß sie aussahen wie geschwollen. Eine alte Narbe auf seiner Wange neben seiner großen Nase wirkte in dem Oberlicht wie ein Schatten. Er fuhr sich mit den Fingern durch sein dichtes schwarzes Haar, um es ganz in seiner Arbeitskappe unterzubringen. Seine Hände waren kurz, breit und stark, mit viereckigen Nägeln, die von der Arbeit ganz platt waren und ganz rissig und krumm von den vielen Hammerschlägen und Verletzungen, die sie abbekommen hatten. Dem dritten Finger seiner linken Hand fehlte das oberste Glied, und das Fleisch überwucherte leicht an der Stelle, wo der Finger amputiert worden war. Diese kleine überragende Kugel war glänzend und anders beschaffen als der übrige Finger, als versuchte das Gelenk eine Fingerspitze zu werden. An diesem Finger trug er einen breiten goldenen Ehering, als taugte der Finger nicht mehr zur Arbeit und könnte daher ebensogut zu Dekorationszwecken benutzt werden.
Ein Bleistift, ein Lineal und ein Reifendruckmesser ragten aus einem Schlitz im Latz seines Overalls. Juan war glattrasiert, aber gestern zum letztenmal. Um sein Kinn herum und an seinem Nacken standen die Stoppeln angegraut und weiß wie bei einem alten Airedale-Terrier. Das fiel um so mehr auf, als sein übriger Bart so tiefschwarz war. Seine leicht schielenden Augen waren voll Humor, er schielte so wie einer, der raucht und seine Zigarette nicht aus dem Mund nehmen kann. Und Juans Mund war voll und gutmütig, ein ausgeruhter Mund mit leicht vorragender Unterlippe — nicht etwa trotzig, sondern selbstsicher und voll Humor —; die Oberlippe war gut geformt, bis auf die Mitte, wo sich eine tiefe Narbe beinahe weiß von der rosigen Haut abhob. Die Lippe mußte einmal glatt durchgeschnitten worden sein. Nun bildete dieser dünne, zusammengezogene weiße Streifen einen gespannten Einschnitt in der vollen Lippe, so daß sich beiderseits kleine Erhöhungen bildeten. Seine Ohren waren nicht sehr groß, aber sie standen scharf wie Meermuscheln von seinem Kopf ab oder auch so, wie wenn einer sie mit der Hand stützen

würde, um besser hören zu können. Juan schien ständig gespannt zu horchen, während seine schielenden Augen sich über das, was er zu hören bekam, lustig zu machen schienen und sein halber Mund nicht einverstanden war. Seine Bewegungen waren sicher, selbst wenn das, was er gerade tat, keinerlei Sicherheit erforderte. Sein Gang war immer so, als ginge er auf ein bestimmtes Ziel los. Seine Hände bewegten sich schnell und präzis und spielten nie mit Streichhölzern oder Nägeln. Seine Zähne waren lang und die Schneide goldgerändert, was seinem Lächeln eine gewisse Wildheit gab.

An seiner Werkbank nahm er Werkzeug von den Nägeln und legte es in eine lange flache Kiste — Universalschlüssel, Zangen, verschiedene Schraubenzieher, einen Maschinenhammer und ein Locheisen. Neben ihm lümmelte sich Pimples Carson noch immer schlaftrunken mit dem Ellbogen an der öligen Werkbank. Pimples trug den zerfetzten Sweater eines Motocycle-Klubs und den am Rande ausgezackten Kopf eines Filzhutes. Er war ein schmächtiger siebzehnjähriger Junge mit schmalen Schultern, einer langen Schnüffelnase und Augen, die in der Frühe blaß waren und später am Tage grünlich-braun wurden. Goldener Flaum bedeckte seine Wagen, die, von Pusteln übersät, zerrissen und zerfressen waren. Zwischen den alten Narben bildeten sich immer neue Pusteln, lila und rot; die einen schwollen an, die andern verschwanden. Daher sein Name »Pimples«, was soviel bedeutet wie »Pusteln«. Die Haut war glänzend von all den Medizinen, die gegen dieses Übel im Handel sind und gar nichts nützen.

Pimples' blaue Hosen saßen stramm und waren so lang, daß sie unten zehn Zoll aufgekrempelt werden mußten. Sie wurden von einem breiten, wunderschön getriebenen Ledergürtel mit einer dicken, gravierten Silberspange zusammengehalten, in die vier Türkise eingesetzt waren. Pimples hielt seine Hände an den Seiten oder in den Taschen, solange er konnte, aber unwillkürlich wanderten seine Finger immer wieder zu seinem zernarbten Gesicht zurück, dann wurde ihm bewußt, was er tat, und er steckte seine Hände wieder in die Taschen. Er schrieb an jede Firma, die eine Hautreinigungskur ankündigte, und er war schon bei vielen Ärzten gewesen, die genau wußten, daß das Übel wahrscheinlich in einigen Jahren ganz von selbst verschwinden würde. Nichtsdestoweniger verschrieben sie Pimples Salben und Mixturen, einer hatte ihn sogar auf eine Diät von nur grünem Gemüse gesetzt.

Seine Augen waren schmal und schief wie die Augen eines schläfrigen Wolfes, und jetzt, zu dieser frühen Morgenstunde, waren sie beinahe vollkommen verklebt. Was Pimples hinsichtlich Schlaf zu leisten vermochte, grenzte ans Märchenhafte. Wenn er sich selbst überlassen blieb, konnte er beinahe ununterbrochen schlafen. Sein ganzer Körper und auch seine Seele waren ein tobendes Schlachtfeld der Entwicklungsjahre. Er war ständig in sinnlicher Erregung, die, wenn sie nicht gerade offenkundig sexueller Natur war, ihren

Ausweg in Melancholie oder in tiefer, träumerischer Gefühlsduselei oder auch in strenger, stark parfümierter Religiosität fand. Sein Geist und seine Gefühle waren wie sein Gesicht, immer erregt, immer gereizt und im Begriff, loszuplatzen. Er hatte zeitweise das Bedürfnis nach starker moralischer Läuterung, in der er ob seiner eigenen Verkommenheit heulte und schrie und mit den Zähnen klapperte. Auf diese folgten meist Perioden melancholischer Faulheit, die ihn einfach umwarfen, und er sank aus der Depression in Schlaf. Es war, als hätte er Opium getrunken, und er blieb nachher noch lange stumpf und betäubt.

An diesem Morgen trug er durchlochte weiß-braune grob gesteppte Schuhe über den bloßen Füßen, und seine Knöchel, soweit sie unter der aufgekrempelten Hose vorschauten, starrten vor Schmutz. In seinen depressiven Zeiten war Pimples so völlig niedergeschlagen, daß er nicht badete und nicht einmal viel aß. Der schön ausgezackte Filzhutkopf diente nicht so sehr der Schönheit, er war weit mehr dazu da, sein langes braunes Haar von seinen Augen abzuhalten und es gegen Schmieröl zu schützen, wenn er unter einem Wagen arbeitete. Augenblicklich sah er Juan Chicoy nur stumpfsinnig zu, wie er sein Werkzeug in den Kasten tat, während sein Geist in dicken, beinahe ekelhaft unabweisbaren Flanellwolken von Schläfrigkeit dahinrollte.

Juan sagte: »Schalte das Arbeitslicht an der langen Schnur ein. Los, Pimples! Wach doch endlich auf!«

Pimples schien sich zu schütteln wie ein Hund. »Ich kann mich heute gar nicht aufraffen...«, erklärte er.

»Los... Dreh dort das Licht aus und trag mein Rollbrett heraus. Wir müssen uns an die Arbeit machen!«

Pimples holte die Handlampe mit dem Schutzgitter um die Birne herbei und begann das mit Gummi isolierte schwere Kabel von ihrem Griff abzuwickeln. Er steckte die Schnur in den Kontakt dicht an der Tür, und das Handlicht leuchtete strahlend auf. Juan hob seinen Werkzeugkasten hoch, trat aus der Tür und blickte zum verdunkelten Himmel auf. Die Witterung hatte sich geändert. Ein leichter Wind spielte mit den jungen Eichenblättern und schüttelte die Geranien; es war ein unsteter, nasser Wind. Juan schnupperte an ihm, wie man an einer Blume riecht.

»Weiß Gott, wenn es jetzt noch weiter regnen würde, das wäre zu viel«, sagte er.

Gegen Osten begannen die Bergspitzen sich gerade erst in Umrissen vom Morgengrauen abzuheben. Pimples schleppte die brennende Handlampe herbei, bemüht, das Kabel, das er hinter sich am Boden herzog, nicht zu verwirren. Das Licht hob die großen Bäume aus dem Dunkel, und die jungen hellgrünen Eichenblätter strahlten es zurück. Pimples trug sein Licht zum Bus und ging wieder in die Garage hinüber, um das lange Rollbrett zu holen, auf

dem ein Mensch liegen und hin und her rollen konnte, wenn er unter einem Auto arbeitete. Er stellte es neben dem Autobus ab.
»Ja, es schaut nach Regen aus«, sagte er. »In Kalifornien regnet es jedes Jahr um diese Jahreszeit...«
Juan sagte: »Ich beklage mich nicht über die Jahreszeit, aber mit diesem Raddefekt und den Passagieren, die warten, auch noch der aufgeweichte Boden...«
»Das gibt gutes Futter«, sagte Pimples.
Juan hielt inne und sah sich um. Seine Augen blitzten belustigt. »Gewiß«, sagte er, »das ist wahr.«
Pimples blickte scheu zur Seite.
Nun war der Bus von der Handlampe beleuchtet, und er sah seltsam und hilflos aus; denn dort, wo die Hinterräder hingehörten, standen zwei schwere Sägeböcke, und statt auf Achsen ruhte der hintere Teil des Autobusses auf einem Rahmen, der von einem Bock zum andern reichte.
Es war ein alter Autobus, mit vierzylindrigem, niedrig komprimiertem Motor und einem patentierten Extra-Schalthebel, der ihm fünf Gänge vorwärts gab statt drei, zwei unter der normalen Übersetzung und zwei Rückwärtsgänge. Die ausladenden Seiten des Busses waren schwer und glänzend mit Aluminiumfarbe gestrichen; trotzdem sah man die Beulen und Falten, die Verwüstungen und Kratzer einer langen, ereignisreichen Karriere. Ein selbstangestrichenes altes Auto sieht womöglich noch schäbiger und unerfreulicher aus, als wenn man es in Frieden hätte zu Ende leben lassen, so wie es war.
Auch innen war der Bus umgebaut worden. Die einst strohgeflochtenen Sitze hatten eine rote Wachstuchpolsterung bekommen, und obschon es nett und anständig ausgeführt war, wirkte es trotzdem dilettantisch. Es roch leicht säuerlich nach Wachstuch und stark und durchdringend ehrlich nach Öl und nach Benzin. Es war ein uralter Bus, er hatte viele Fahrten erlebt und viele Beschwernisse durchgemacht. Sein eichener Bodenbelag war von den Füßen der Passagiere ausgehöhlt und poliert. Seine Seiten waren gebogen und gestreckt worden. Seine Fenster gingen nicht auf, weil der ganze Körper leicht aus der Fasson geraten war. Im Sommer nahm Juan die Fenster heraus und im Winter setzte er sie wieder ein.
Der Führersitz war bis auf die Federn durchgesessen, aber über dem Loch lag ein geblümtes Chintzkissen, das eine doppelte Funktion hatte: es mußte den Führer schützen und zugleich die unbedeckten Federn niederhalten. Über der Schutzscheibe hingen die Amulette: ein Babyschuh – der hing zum Schutz da; denn die stolpernden Füßchen eines Babys bedürfen der ständigen Wachsamkeit und Hilfe Gottes; und ein winziger Boxhandschuh – der war wegen der Kraft da, der Kraft der Faust am Unterarm des Wagenlenkers, der Kraft des Kolbens, der seine dazugehörige Stange treibt, und der Kraft des verant-

wortlichen, stolzen Einzelmenschen. Am Windfang hing noch eine kleine Zelluloidpuppe mit einer kirschroten und einer grünen Feder im Haar und einem sehr herausfordernden Sarong. Die hing wegen der fleischlichen Genüsse da, wegen der Freuden des Auges, der Nase und der Ohren. Wenn der Bus in Bewegung war, dann tanzten diese Behänge und hüpften und schwangen vor den Augen des Führers.

Wo der Windfang in der Mitte einen Winkel bildete und die Mittelstütze in die Höhe ragte, saß ganz oben am Schaltbrett eine kleine, grell bemalte Metall-Madonna von Guadeloupe. Ihre Strahlen waren golden, ihr Gewand war blau, und sie stand auf einem Halbmond, der von Cherubim getragen wurde. Das war Juan Chicoys Beziehung zur Ewigkeit. Sie hatte wenig mit Religion zu tun, soweit diese mit Kirche und Dogma zusammenhing, aber war reinste Religion im Sinne von Pietät und Gefühl. Diese dunkle Mutter Gottes war seine Mutter, und das düstere Haus, wo sie mit leicht irischem Anklang Spanisch sprach und ihn großzog. Denn seine Mutter hatte die Jungfrau von Guadeloupe zu ihrer eigenen persönlichen Göttin erhoben. Es war vorbei mit St. Patrick und St. Bridget und den tausend bleichen Jungfrauen des Nordens, statt ihrer zog in ihr Herz diese dunkle Madonna ein, die Blut in den Adern hatte und einem sehr nahestand.

Seine Mutter verehrte ihre Jungfrau, deren Kalendertag mit krachenden Raketen gefeiert wird, und selbstverständlich zerbrach sich Juan Chicoys mexikanischer Vater darüber keineswegs den Kopf, weder so noch so. Raketen gehörten nun einmal zur Feier von Heiligen. Wie hätte man es sich anders vorstellen können? Das auffliegende, hochsteigende Röhrchen war selbstverständlich der Geist, der gen Himmel stieg, und der große aufleuchtende Krach hoch oben war das dramatische Eingehen zu Gottes Thron. Juan Chicoy hätte sich, wenn er mit seinen fünfzig Jahren auch keineswegs ein Gläubiger im orthodoxen Sinne war, doch recht unbehaglich gefühlt, wenn er seinen Autobus hätte lenken sollen, ohne daß die gute Frau von Guadeloupe über ihm gewacht hätte. Seine Religion war von praktischer Art.

Unter der Madonna stand eine Art zurechtgemachter Handschuhschachtel, in ihr lagen ein Smith & Wesson 45kalibriger Revolver, ein Päckchen Verbandstoff und eine ungeöffnete Flasche Whisky. So ausgerüstet, fühlte Juan sich jeder Situation gewachsen.

Die vorderen Stoßfänger des Busses trugen die noch schwach sichtbare Inschrift: »el Gran Poder de Jesus«, »Jesu große Macht«. Aber das stammte von einem früheren Besitzer. Nun prangte kühn das schlichte Wort »Sweetheart« vorn und auch an den rückwärtigen Stoßfängern. Und alle kannten den Bus nur unter diesem Namen. Nun konnte er sich nicht rühren, seine Hinterräder waren abgeschraubt, das Ende ragte in die Höhe und ruhte auf dem Rahmen über den Sägeböcken.

Juan hielt den neuen Zahnring und die Planetenräder in der Hand und schraubte sie sorgfältig zusammen. »Halt das Licht näher«, sagte er zu Pimples, und er drehte und drehte rund herum. »Ich erinnere mich, einmal habe ich einen neuen Ring zu alten Planetenrädern gegeben, er war sofort hin.«

»Ein gebrochener Zahn macht immer Lärm«, sagte Pimples. »Es klingt, als käme das Geräusch unter dem Fußboden durch. Was glauben Sie, kann den Zahn ausgeschlagen haben?«

Juan hielt das Zahnrad erst seitlich, dann unter das Licht, drehte langsam die Planetenräder und kontrollierte genau das Einpassen der Zähne. »Ich weiß nicht«, sagte er. »Es gibt eine Menge Sachen, die kein Mensch weiß, wenn es sich um Metalle und um Maschinen handelt. Nehmen wir zum Beispiel Ford. Er kann hundert Wagen machen, und zwei, drei darunter taugen nichts. Und nicht nur irgend etwas daran ist schlecht, der ganze Wagen ist schlecht. Die Feder, der Motor, die Wasserpumpe, der Vergaser und der Ventilator. Er bricht einfach nach und nach zusammen, kein Mensch weiß, warum. Und nimm einen andern Wagen aus der gleichen Serie, man würde glauben, daß er aufs Haar so ist wie alle andern. Aber es ist nicht so. Er ist bei weitem tüchtiger, man möchte sagen ein Bursche mit Schmiß. Dem passiert nichts, man kann mit ihm machen, was man will.«

»Ich hab' so einen gehabt«, sagte Pimples. »Modell A. Ich hab ihn verkauft. Der läuft heute noch, ich könnte wetten. Ich hab' ihn drei Jahre gehabt und nie auch nur einen Penny für Reparaturen ausgegeben.«

Juan legte seine Maschinenteile auf das Trittbrett des Busses und hob das alte Zahnrad vom Boden auf. Mit dem Finger strich er über die Stelle, wo der Zahn abgebrochen war. »Metall ist ein seltsamer Stoff«, sagte er. »Manchmal könnte man glauben, es sei müde geworden. Weißt du, unten in Mexiko, von wo ich her bin, pflegten sie zwei, drei Schlächtermesser zu verwenden. Das eine benützten sie, und die übrigen steckten sie in den Boden. ›Damit die Klingen sich ausruhen‹, sagten sie. Ich weiß nicht, ob es wahr ist, aber ich weiß, daß diese Messer scharf wurden wie Rasierklingen. Ich glaube, kein Mensch weiß über Metall wirklich Bescheid, nicht einmal die Leute, die es herstellen. So, jetzt setzen wir aber das Getriebe auf den Schaft. Halt das Licht dort hinten hin.«

Juan schob sein kleines fahrendes Brett hinten an den Wagen und legte sich rücklings darauf, dann bewegte er sich darauf weiter, indem er mit den Füßen abstieß. »Halt das Licht ein wenig mehr nach links! Nein — höher! Hier — gut! Jetzt schieb mir den Werkzeugkasten herüber, bitte.«

Juans Hände waren fleißig bei der Arbeit, und ein wenig Öl tropfte auf seine Wange. Er wischte es mit dem Handrücken weg.

»Das ist eine Sauarbeit«, sagte er.

Pimples schaute unter dem Bus zu ihm hinüber. »Vielleicht könnte ich das Licht an diesen Haken hängen«, sagte er.

»Du mußt es ja doch in einer Minute anderswohin halten«, sagte Juan.

Pimples sagte: »Ich hoffe wirklich, daß Sie ihn heute wieder in Schwung bringen. Ich möchte gern heute nacht wieder in meinem Bett schlafen. Wenn man auf einem Stuhl sitzt, kann man sich ja doch nicht richtig ausruhen.«

Juan lachte: »Hast du je wütendere Leute gesehen als gestern, wo wir wegen dieses abgebrochenen Zahnrades zurück mußten? Man würde glauben, ich hätte es absichtlich getan. Sie waren so wild, daß sie Alice wegen des Obstkuchens Krach machten, sie müssen geglaubt haben, daß sie ihn selbst gebacken hat. Wenn Leute reisen, haben sie es nicht gern, wenn ihnen auch nur das geringste in die Quere kommt.«

»Nun, sie haben ja unsere Betten bekommen«, bemerkte Pimples. »Ich möchte wissen, worüber sie sich zu beklagen haben. Sie und ich und Alice und Norma, wir mußten auf Stühlen übernachten. Und diese Pritchards waren die ärgsten von allen. Nicht gerade Mildred, die meine ich nicht, aber ihr alter Herr und ihre alte Dame. Die glauben bestimmt, daß man sie irgendwie zum besten gehabt habe. Er hat mir hundertmal gesagt, daß er Präsident von irgend etwas ist und er irgend jemanden für das Ganze verantwortlich machen werde. Eine Schande so etwas, und eine Schmach, sagt er. Und dabei hatte er mit seiner Frau Ihr Bett. Wo hat Mildred geschlafen?« Seine Augen leuchteten ein wenig auf.

»Ich glaube am Schreibtisch«, sagte Juan, »oder im Bett mit ihren Eltern. Der Bursche von der Scherzartikelgesellschaft hatte Normas Zimmer.«

»Der Mensch gefällt mir ganz gut«, sagte Pimples. »Er hat nicht viel geredet. Er hat nur erzählt, daß er sich bald selbständig machen werde. Aber was für ein Geschäft das ist, weiß ich nicht. Dafür die Pritchards — ausgenommen Mildred —, die haben alles wettgemacht. Wissen Sie, wohin sie fahren, Mr. Chicoy? Sie machen einen Ausflug nach Mexiko hinunter. Mildred hat im College Spanisch gelernt, und die wird ihr Dolmetsch sein.«

Juan schob einen Stift in die Achse und hämmerte ihn sorgfältig an seinen Platz. Dann kroch er unter dem Bus hervor: »Setzen wir noch das hintere Ende zusammen!«

Mattes Licht kroch den Himmel empor und über die Berge. Das farblos schwärzliche Morgengrauen hielt seinen Einzug: weiße und blaue Gegenstände schimmerten silbern, und was rot und dunkelgrün war, wurde schwarz. Die jungen Blättchen an den großen Eichen waren schwarz und weiß, und die Kanten der Berge hoben sich scharf ab. Schwere runde Wolken, die sich wie Klöße über den Himmel wälzten, begannen sich an ihren östlichen Rändern rosig zu färben.

Plötzlich flammten im Lunchraum die Lichter auf, und plötzlich war auch

der Geranienrand um das Haus wieder da. Juan blinzelte zu den Lichtern hinüber: »Alice ist schon wach«, sagte er. »Da wird auch der Kaffee bald fertig sein. Komm her, jetzt können wir das Rückteil schon einsetzen.«
Die beiden arbeiteten einander sehr gut in die Hände. Beide wußten, worum es ging. Jeder hatte seine bestimmte Arbeit. Pimples lag auch auf dem Rücken, er zog die Schrauben der Feder an, und bei dieser Zusammenarbeit wurde ihm wohl zumute.
Juan zog mit gestrafftem Unterarm eine Schraube an, seine Zange rutschte aus und riß ein Stück Haut und Fleisch von seinem Knöchel. Dick und schwarz sickerte das Blut aus einer öligen Hand. Er steckte den Knöchel in den Mund und sog die Wunde aus, und um seinen Mund zog sich ein öliger Rand.
»Tut's sehr weh?« fragte Pimples.
»Nein, ich glaube sogar, das bedeutet Glück. Ohne Blut geht's bei keiner Arbeit ab. Das hat mein Vater immer gesagt.« Er sog wieder an dem Blut, und es tröpfelte nur mehr.
Die Wärme und der Schein der Morgenröte drangen bis zu ihnen, und das elektrische Licht begann langsam zu verblassen.
»Ich bin neugierig, wie viele mit dem Greyhound-Bus kommen werden«, bemerkte Pimples gedankenlos. Dann entrang sich seinem warmen Gefühl für Mr. Chicoy ein Gedanke. Unabweisbar und stark, so daß er ihm beinahe weh tat. »Mr. Chicoy«, begann er unsicher, und sein Ton war devot, ängstlich und bettelnd.
Juan unterbrach seine Arbeit an der Schraube und erwartete eine Bitte um einen freien Tag, um eine Lohnerhöhung oder dergleichen. Eine Bitte war es bestimmt. Der Ton war nicht zu verkennen, und Juan machte sich auf etwas Unangenehmes gefaßt. Unannehmlichkeiten fingen immer so an.
Pimples schwieg. Er fand die richtigen Worte nicht.
»Was willst du?« fragte Juan, sichtlich auf seiner Hut.
»Mr. Chicoy, könnten wir es vielleicht so einrichten — ich meine — könnten wir es vielleicht so einrichten, daß Sie mich nicht mehr Pimples nennen?«
Juan löste die Zange von der Schraube und drehte sich um. Sie lagen beide auf dem Rücken und sahen einander an. Juan unterschied deutlich die Risse alter Narben, die kommenden Ausbrüche und eine reife, gelb geschwellte Pustel, die dicht am Platzen war. Juans Blick wurde zusehends weicher. Er verstand. Es kam ihm plötzlich zum Bewußtsein, und er fragte sich, wieso er nicht längst darauf gekommen war.
»Wie heißt du?« fragte er rauh.
»Ed«, sagte Pimples. »Ed Carson, ich bin entfernt verwandt mit Kit Carson. In der Volksschule, bevor ich das Zeug bekam, da nannten sie mich immer Kit.« Seine Stimme klang krampfhaft beherrscht, aber seine Brust hob und senkte sich erregt, und die Luft zischte nur so durch seine Nasenlöcher.

Juan schaute von ihm weg auf den gebauchten Teil des hinteren Differentialgehäuses. »O. K.«, sagte er, »jetzt können wir mit den Hebeln anfangen.« Er rollte unter dem Bus hervor. »Hol jetzt das Öl.«
Pimples ging schnell in die Garage und brachte die pneumatische Schmierpistole mit; den Luftschlauch schleppte er hinter sich her. Er drehte den Hahn um, und die komprimierte Luft zischte in die Pistole hinter das Öl. Die Pistole knackte, als er das Differentialgehäuse so lange mit Öl füllte, bis ein wenig in dicken Tropfen heraussickerte. Er legte die Verschlußschraube vor und zog sie an.
Juan sagte: »Kit, wisch dir die Hände ab und schau, ob Alice mit dem Kaffee fertig ist, sei so freundlich.«
Pimples ging zum Lunchraum hinüber. Neben der Tür, wo eine der hohen Eichen stand, war es noch beinahe finster. Hier blieb er einen Augenblick stehen und hielt den Atem an. Eine Art kalten Schauers schüttelte ihn.


Drittes Kapitel

Als der Rand der Sonne die östlichen Berge erhellte, stand Juan Chicoy vom Boden auf und bürstete sich den Schmutz von den Beinen und von der Sitzfläche seines Overalls. Die Sonne spiegelte sich in den Fenstern des Lunchraumes und lag warm auf dem grünen Gras, das die Garage umsäumte. Sie strahlte auf die Mohnblumen in den flachen Feldern und auf die großen Inseln blauer Lupinen.
Juan Chicoy ging zur Tür des Busses. Er griff hinein, drehte den Schlüssel und drückte mit dem Handballen auf den Starter. Eine Weile rasselte der Starter grämlich, dann ging der Motor an und heulte so lange, bis Juan ihn drosselte. Er drückte die Kupplung mit seiner Hand nieder, schaltete einen niedrigeren Gang ein und ließ die Kupplung aus. Die Hinterräder drehten sich langsam in der Luft. Juan ging nach rückwärts, um zu horchen, wie die Zahnräder arbeiteten, und ob irgend etwas in dem Geräusch nicht stimmte.
Pimples wusch sich die Hände in einem flachen Benzinbecken in der Garage. Die Sonne wärmte ein braunes Blatt, welches das vergangene Jahr vergessen und in einen Winkel des Garagentorrahmens geweht hatte. Nach einer Weile kroch eine kleine nachtschwere Fliege unter dem Blatt hervor und rastete mitten in der hellen Sonne. Ihre Flügel schillerten sumpfig, und sie war ganz matt von der Nachtkälte. Die Fliege rieb ihre Flügel mit den Beinen und dann ihre Beine aneinander. Darauf streifte sie ihr Gesicht mit den Vorderbeinen, während die Sonne, die unter den großen Bauschwolken hervorlugte, ihre Säfte wärmte. Plötzlich flog die Fliege auf, drehte sich zweimal im Kreis herum, flatterte unter die Eichen und stieß gegen die Gittertür des Lunch-

raumes; sie fiel auf den Rücken und summte eine Sekunde rücklings am Boden umher. Dann warf sie sich herum, flog in die Höhe und faßte am Rahmen neben der Tür zum Lunchraum Posten.
Ermüdet von der sitzend verbrachten Nacht, kam Alice Chicoy an die Tür und schaute zum Autobus hinüber. Die Gittertür war nur zollweit offen, aber die Fliege schlüpfte doch durch die Öffnung. Alice sah sie hereinkommen und scheuchte sie mit einem Geschirrtuch weg, das sie in der Hand hielt. Die Fliege summte einen Augenblick wie toll umher, dann ließ sie sich unter einer Schanktischecke nieder. Alice betrachtete die Hinterräder des Busses, die sich müßig in der Luft drehten, dann ging sie hinter den Schanktisch, um an der Kaffeemaschine den Dampf abzudrehen.
Die braune Flüssigkeit in dem Glasröhrchen seitlich an der Maschine sah dünn und blaß aus. Sie fuhr mit dem Wischtuch über den Schanktisch, und bei der Gelegenheit bemerkte sie, daß der große weiße Kokoskuchen unter seiner durchsichtigen Plastikhaube an einer Seite »V«-förmig ungeschickt angeschnitten war. Sie nahm ein Messer von der Silbertasse, hob die Haube hoch, glättete die Kanten des Kuchens und steckte die Krumen in den Mund. Und gerade im Moment, bevor die Haube wieder an ihren Platz sank, huschte die Fliege aus ihrem Winkel hervor und verkroch sich in der Kokosfülle. Sie saß unter einer kleinen Klippe, so daß man sie von oben nicht sehen konnte, und grub und kämpfte sich hungrig einen Weg in die süße Masse. Sie hatte einen großen, hohen Kuchenberg zur alleinigen Verfügung und fühlte sich sehr glücklich.
Pimples kam herein, er roch nach Öl und Benzin und nahm auf einem der runden Stühle Platz.
»Nun, das hätten wir geschafft«, sagte er.
»Du und wer denn noch?« fragte Alice sarkastisch.
»Nun, die Facharbeit hat natürlich Mr. Chicoy gemacht. Ich hätte gern eine Tasse Kaffee und ein Stück Kuchen.«
»Über den Kuchen hast du dich schon hergemacht, noch ehe ich wach war.« Sie schob sich das Haar mit einer Hand aus den Augen. »Das kannst du nicht leugnen«, sagte sie.
»Nun, dann schreiben Sie es eben auf«, sagte Pimples. »Ich bezahle doch für meine Verpflegung, oder nicht?«
»Wozu ißt du nur all das viele süße Zeug?« fragte Alice. »Und den ganzen Tag stehst du beim Bonbonautomaten. Du bekommst ja schon fast keinen Lohn mehr. Alles geht für Süßigkeiten auf. Das ist auch sicher an all den Pusteln schuld. Warum hörst du nicht eine Weile damit auf?«
Pimples blickte scheu auf seine Hände hinunter. Die Nägel waren dort, wo das Benzin nicht hinkonnte, schwarz eingefaßt.
»Es hat sehr viel Nährwert«, sagte er. »Wenn einer arbeitet, braucht er

Nährwerte. Zum Beispiel nachmittags gegen drei Uhr, wenn man zusammenklappt. Dann muß man doch etwas mit viel Nährwert haben.«
»Ach, gib mir Ruh«, sagte Alice. »Du brauchst Nährwert so wie ich einen...« Der Rest blieb ungesagt. Alice war alles eher als fromm, aber sie sprach die gefährlichen Worte nie aus, sie kam nur bis dicht an sie heran. Sie füllte eine dicke, flache Tasse ohne Untertasse mit Kaffee aus der Maschine, goß etwas Milch dazu und schob sie über den Schanktisch zu Pimples hinüber. Pimples blickte mit verschwommenen Augen auf das Coca-Cola-Mädchen, das herausfordernd über dem Musikautomaten baumelte, tat sich dabei vier Löffel Zucker in den Kaffee und rührte und rührte mit seinem steil aufrecht stehenden Löffel um und um.
»Ich möchte ein Stück Kuchen«, wiederholte er geduldig.
»Nun, du hast es gewollt... Wenn du dich umbringen willst... Du wirst eine Pustel bekommen, so groß wie ein Ballon.«
Pimples betrachtete Alicens wohlgeformte Rückseite, dann schaute er rasch wieder weg. Alice holte ein Messer unter dem Tisch hervor und schnitt eine Portion Kokoskuchen ab. Die kleine Kuchenklippe brach ab, fiel auf die Fliege und begrub sie. Alice schaufelte den Kuchen auf eine Untertasse und schob sie über den Tisch. Pimples machte sich mit dem Kaffeelöffel darüber her.
»Sind die Leute noch nicht aufgestanden?« fragte er.
»Nein, aber sie rühren sich schon; ich hab' sie gehört. Einer von ihnen muß das ganze heiße Wasser aufgebraucht haben. Mir ist für den Lunchraum nicht ein Tropfen übriggeblieben.«
»Das wird Mildred gewesen sein«, sagte Pimples.
»Hm...?«
»Das Mädel. Vielleicht hat sie ein Bad genommen.«
Alice sah ihn von der Seite an. »Bleib lieber bei deinen Nährwerten und kümmere dich nicht um Dinge, die dich nichts angehen«, sagte sie scharf.
»Ich hab' ja nichts gesagt. Hollah! Da ist ja eine Fliege im Kuchen!«
Alice fuhr auf. »Gestern hast du eine Fliege in der Suppe gefunden und heute im Kuchen. Mir scheint, du hast die Taschen voll Fliegen.«
»O nein. Schauen Sie nur her. Sie zappelt noch.«
Alice kam näher. »Bring sie um!« schrie sie. »Zerquetsch sie doch! Willst du sie vielleicht wieder laufen lassen?« Sie nahm rasch eine Gabel aus dem Schubfach und zerquetschte die Fliege zusammen mit den Kuchenkrumen. Dann warf sie das Ganze in den Mülleimer.
»Nun, und mein Kuchen?« fragte Pimples.
»Du bekommst ein anderes Stück, hab keine Angst. Ich verstehe nur nicht, wie du immer zu den Fliegen kommst. Kein Mensch sonst, nur immer du.«
»Glückssache wahrscheinlich«, sagte Pimples sanft.
»Hm...?«

»Ich sagte...«
»Ich habe gehört, was du gesagt hast.« Sie war unruhig und nervös. »Gib acht auf deinen Mund, oder du fliegst so rasch hinaus, daß du nicht weißt, wo dir der Kopf steht. Wenn du auch ein Mechaniker bist, das ist mir ganz gleich. Für mich bist du ein Niemand. Ein Niemand mit Pusteln.« Pimples war ganz klein geworden. Je mehr ihr Zorn stieg, desto tiefer sank sein Kinn auf seine Brust. Er ahnte nicht, was sie alles in ihrer Wut auf ihn entlud.
»Ich habe ja nichts gesagt«, murmelte er. »Darf man denn keinen Scherz mehr machen?«
Alice war an dem Punkt angelangt, an dem sie entweder einen tollen hysterischen Wutanfall bekommen mußte, der sie selbst und alle andern um sie herum in der Luft zerriß, oder sie mußte schnell abschalten und sehr energisch; denn sie fühlte bereits, wie der kaum zu meisternde Hochdruck in ihrer Brust und in ihrer Kehle hochstieg. In einer Sekunde hatte sie die Situation erfaßt. Es hing an einem Faden. Der Bus mußte abgehen. Auch Juan hatte sich nicht ausruhen können. Die Leute, die in ihren Betten schliefen, hätten ihren Wutausbruch hören und herauskommen müssen, und dann würde Juan sie schlagen. Das hatte er schon einmal getan. Nicht arg, aber es traf, und er hatte so exakt gearbeitet, daß er sie beinahe umgebracht hatte, redete sie sich ein. Dazu kam die höllische Angst, die immer in einem Winkel ihres Gehirns lauerte, die Angst, Juan könnte sie verlassen. Er hatte andere Frauen verlassen. Wie viele, das wußte sie nicht; denn er hatte nie darüber gesprochen, aber ein Mann, der so anziehend war wie er, der mußte andere Frauen verlassen haben. Das alles spielte sich im Bruchteil einer Sekunde ab. Alice entschloß sich, keinen Wutanfall zu bekommen. Sie zwängte den Hochdruck in ihre Brust zurück. Steif hob sie die durchsichtige Kuchenhaube hoch, schnitt ein überlebensgroßes Stück ab und schob es auf einer Untertasse über den Schanktisch zu Pimples hinüber.
»Jeder ist nervös«, sagte sie.
Pimples blickte von seinen Fingernägeln auf. Er sah, wie die dünnen Altersfältchen ihren Hals hinunterkrochen, und bemerkte ihre dicken oberen Augenlider. Er sah, daß die Haut ihrer Hände nicht mehr so straff war wie bei jungen Mädchen. Und sie tat ihm leid. Er selbst war so wenig mit Schönheit gesegnet, daß er glaubte, Jugend sei das einzig Begehrenswerte auf dieser Welt, und einer, der die Jugend verloren habe, sei eigentlich bereits tot. Er hatte heute früh einen großen Sieg erfochten; nun, wo er Alicens Unentschlossenheit und Schwäche bemerkte, rüstete er sich für einen zweiten:
»Mr. Chicoy hat gesagt, daß er mich nicht mehr Pimples nennen wird.«
»Warum nicht?«
»Nun, ich habe ihn darum gebten. Ich heiße Edward. In der Schule haben sie mich Kit genannt.«

»Und Juan nennt dich auch Kit?«
»Hm...«
Alice ging das Ganze nicht recht ein. Hinter ihr im Schlafzimmer wurden zwischen den Teppichen Schritte und leises Reden hörbar. Nun, wo die Fremden sich bemerkbar machten, fühlte sie sich Pimples etwas näher; denn er war doch nicht ganz so fremd. »Ich will sehen, was sich tun läßt«, sagte sie.
Die Sonne hatte durch die Vorderfenster geschienen, sie zeichnete fünf helle Flecke an die Wand und beleuchtete die Cornflake-Pakete und die Orangen-Pyramiden hinter dem Schanktisch. Nun trübten sich die leuchtenden Vierecke und verlöschten. Donner grollte, und es begann ganz unerwartet zu regnen. Es peitschte nur so über die Dächer.
Pimples ging zur Tür und schaute hinaus. Der Regen strömte nur so herunter, er verdüsterte die Landschaft und plätscherte auf die zementierte Straße. Das nasse Licht war grau wie Stahl. Pimples sah Juan Chicoy im Innern des Busses, wohin er sich vor dem Regen geflüchtet hatte. Noch immer drehten sich die Hinterräder langsam in der Luft. Aber schon sprang Juan aus dem Bus auf den Boden und war mit einem Satz beim Lunchraum. Pimples öffnete die Tür vor ihm, und er schoß ins Zimmer. Trotz der kurzen Strecke war sein Overall schwarz von Wasser, und seine Stiefel patschten dreckig über den Fußboden.
»Guter Gott«, sagte er, »das ist ja ein richtiger Wolkenbruch!«
Die graue Wasserwand verdunkelte die Hügel, und ein düsteres metallisches Licht gesellte sich dazu. Die Köpfe der Lupinen neigten sich wasserschwer. Die abgeschlagenen Blätter der Mohnblüten lagen wie verstreute Goldmünzen am Boden. Der bereits feuchte Boden konnte kein Wasser mehr aufnehmen, und kleine Bächlein sickerten sofort an tiefer gelegene Stellen. Der Wolkenbruch prasselte auf das Dach des Lunchraumes in Rebel Corners.
Juan Chicoy hatte sich an einen der Tische am Fenster des Lunchraumes gesetzt, trank nun Kaffee mit viel Sahne, kaute einen Krapfen dazu und schaute hinaus auf das Unwetter. Norma kam herein und begann das wenige Geschirr in dem rostfreien Aufwaschtisch hinter dem Schanktisch zu waschen.
»Wollen Sie mir noch eine Tasse Kaffee bringen, bitte?« sagte Juan.
Sie kam gelangweilt hinter dem Schanktisch hervor. Die Tasse war zu voll. Ein dünner Strom Kaffee tropfte an ihr herunter. Juan zog eine Papierserviette aus dem Behälter und faltete sie als Löschpapier für die nasse Tasse. »Sie haben sich auch nicht sehr ausgeruht, wie?« fragte er.
Norma sah abgespannt aus, und ihr Kleid war zerdrückt. Man konnte jetzt schon merken, daß sie ein altes Weib sein würde, schon lange bevor sie wirklich alt war. Ihre Haut war erdfarbig und ihre Hände voller Sommersprossen. Norma ärgerte sich über eine Unmenge von Dingen.

»Ich hab' überhaupt nicht schlafen können«, sagte sie. »Ich hab's auch am Fußboden probiert, aber da ging's auch nicht.«
»Nun, wir wollen schauen, daß so was nicht wieder vorkommt«, sagte Juan. »Ich hätte einen Wagen auftreiben und sie nach San Ysidro bringen sollen.«
»Statt dessen gibst du ihnen unsere Betten«, höhnte Alice. »Wie konnte dir nur so etwas einfallen? Auf der ganzen Welt hätten sie nirgends die Betten der Hausleute bekommen. Sie brauchen heute nicht zu arbeiten, und es hätte ihnen gar nicht geschadet, die Nacht auf Stühlen zu verbringen!«
»Mir ist das ganz egal«, sagte Juan.
»Ja, dir ist es ganz egal, ob deine Frau auf einem Stuhl schlafen muß oder nicht«, sagte Alice. »Du würdest ihr Bett hergeben, wann immer es wäre!«
Wieder fühlte Alice die Wut in sich hochsteigen, und sie bekam es mit der Angst. Sie wollte die Wut nicht. Sie wußte, daß sie alles verderben würde, und davor hatte sie Angst, aber die Wut war da, kochte in ihr und stieg und stieg.

Ein Regenschauer fuhr über das Dach wie ein schwerer Besen und ließ tiefe Stille zurück, aber beinahe sofort setzte ein neuer Regenguß ein. Das Tropfen und Gurgeln des Wassers von den Dachtraufen und Rinnen wurde wieder vernehmbar. Juan hatte nachdenklich auf den Boden geblickt, und ein dünnes Lächeln spannte seinen Mund an dem weißen Narbenstreifen auf seiner Lippe. Das war auch etwas, wovor Alice sich fürchtete. Er hatte sich auf einen Isolierschemel gesetzt, um sie zu beobachten. Das kannte sie. Alle Beziehungen und alle Situationen waren für Alice Angelegenheiten sozusagen unter vier Augen: sie und der andere waren groß in solchen Fällen, die ganze übrige Welt war winzig klein oder völlig ausgelöscht. Abstufungen gab es nicht. Wenn sie mit Juan sprach, dann existierte niemand, nur er und sie. Wenn sie auf Norma einhackte, versank ebenfalls die ganze Welt, nur sie und Norma blieben in einem grauen Wolkenreich zurück.

Juan hingegen, der wußte alles auszuschalten und in Beziehung zu allem zu betrachten, Dinge von verschiedenster Art und Bedeutung. Er wußte zu sehen, zu urteilen, in Betracht zu ziehen und zu genießen. Juan hatte Freude an Menschen. Alice konnte nur lieben und hassen, billigen und mißbilligen. Zwischenstufen gab es für sie nicht.

Nun steckte sie ihr Haar fest, das sich zu lösen begann. Einmal im Monat wusch sie das Haar mit einer Mixtur, die dem Haar garantiert jenen geheimnisvollen, betörenden Glanz gab, der alle Männer rettungslos versklavte. Juans Augen waren weit weg und sahen belustigt drein. Das war etwas, wovor Alice graute. Sie wußte, daß er in ihr nicht eine verärgerte Frau sah, die ihm die Welt verdunkelte, sondern Tausende verärgerter Frauen, die studiert, überwacht, ja bis zu einem gewissen Grade genossen werden mußten. Das war für Alice das Grauenhafteste, sie fühlte sich völlig verlassen und tod-

unglücklich. Juan löschte für sie die ganze Welt aus, und sie wußte sehr gut, daß sie für ihn nicht das geringste auslöschte. Er konnte nicht nur um sie herum, sondern auch durch sie hindurch auf etwas ganz anderes schauen. Die Höllenangst in der Erinnerung an das eine Mal, wo er sie geschlagen hatte, wurzelte nicht in dem Schlag selbst — sie war schon früher verprügelt worden und war weit davon entfernt, es zu hassen, es hatte sogar etwas wie Erregung und Lust für sie bedeutet —, aber Juan hatte sie geschlagen, so etwa, wie wenn er eine Wanze erschlagen hätte. Es war für ihn keine Angelegenheit gewesen. Er war nicht einmal sehr böse gewesen, nur verärgert. Und hatte etwas Lärmendem ein paar draufgehauen, um es zum Schweigen zu bringen. Alice hatte nur versucht, seine Aufmerksamkeit auf eine der wenigen Arten zu erwecken, die ihr zu Gebote standen. Nun versuchte sie dasselbe, und sie merkte an seinem veränderten Gesichtsausdruck, daß er ihr entschlüpft war.
»Ich versuche, uns ein nettes kleines Heim zu schaffen, hübsch und mit einem Teppich und Plüschmöbeln, und du gehst und setzest fremde Leute hinein.« Ihre Stimme verlor ihre Sicherheit. »Und deine eigene Frau läßt du die ganze Nacht in einem Stuhl sitzen.«
Juan blickte langsam auf. »Norma, würden Sie mir noch eine Tasse Kaffee bringen, mit viel Sahne?«
Alice wappnete sich gegen die Wut, die sie kommen fühlte. Juan blickte langsam zu ihr hinüber. Seine Augen sahen belustigt und warm drein, dann änderte sich sein Gesichtsausdruck wieder, er schaute sie an, und sie wußte, daß er sie sah.
»Es hat dir nichts geschadet«, sagte er. »Wenigstens wirst du heute nacht das Bett besser zu schätzen wissen.«
Ihr versagte der Atem. Eine heiße Welle schlug über ihr zusammen. Ihre Wut war in glühendes Verlangen umgeschlagen. Sie lächelte ihn gedankenlos an und fuhr sich mit der Zunge über die Lippen. »Du Lausbub«, sagte sie sehr sanft und atmete tief und zitternd auf. »Willst du Eier?« fragte sie.
»Ja, gekocht, aber nur vier Minuten.«
»Ich weiß, wie du sie gern hast«, sagte sie. »Auch etwas Speck?«
»Nein, nur einen Toast und zwei Krapfen.«
Alice ging hinter den Schanktisch. »Ich wollte, sie kämen schon da heraus«, sagte sie. »Ich möchte gern meine eigene Toilette benützen.«
»Man hört sie schon«, sagte Juan, »sie werden gleich draußen sein.« Man hörte sie wirklich. Im Schlafzimmer wurden Schritte vernehmbar. Eine Tür ging, und man hörte eine Frauenstimme einen scharfen Ton anschlagen: »Nun, ich denke, Sie könnten wenigstens anklopfen«, und ein Mann antwortete: »Verzeihung, Madame, der einzige andere Weg wäre durchs Fenster gewesen.«
Worauf eine andere Männerstimme mit einem Anklang von Autorität sich

einmischte: »Anklopfen wäre immerhin eine gute Idee gewesen, mein Lieber. Haben Sie sich am Fuß verletzt?«
»Ja.«
Die Tür am Ende des Schanktisches ging auf, und ein kleiner Mann betrat das Frühstückszimmer. Er trug einen zweireihigen Anzug, das Hemd war braun, von jenem hellen Braun, wie es Geschäftsreisende zu tragen pflegen und das als »Tausendmeiler« bekannt ist, weil man keinen Schmutz daran sieht. Sein Anzug war aus dem gleichen Grund pfeffer- und salzgrau, dazu trug er eine gestrickte dunkelgrüne Krawatte. Sein Gesicht war scharf geschnitten wie das Gesicht eines jungen Hundes, und seine Augen waren hell und fragend wie die Augen eines jungen Hundes. Ein schmaler, sorgfältig gestutzter Schnurrbart saß auf seiner Oberlippe wie eine Raupe, und wenn er sprach, schien es, als krümmte sie den Rücken. Seine Zähne waren weiß und ebenmäßig bis auf die zwei oberen in der Mitte, die aus Gold waren. Er hatte etwas Saubergebürstetes an sich, als hätte er die Fasern seines Anzuges mit einer Haarbürste glattgestriegelt. Sein Hemd hatte das straffe Aussehen, das vom Waschen des Kragens im Waschbecken herkommt und vom Auflegen auf den Chemisettekasten zum Trocknen. In seinem Benehmen war eine Art scheuen Vertrauens, in seinem Gesicht hingegen etwas Ausweichendes, als schützte er sich mit berechnender Taktik gegen Angriffe.
»Guten Morgen alle miteinander«, sagte er. »Ich habe mich gerade gefragt, wo Sie alle geschlafen haben mögen. Ich könnte wetten, daß Sie auf Stühlen übernachtet haben.«
»Nun, das stimmt«, sagte Alice säuerlich.
»Macht nichts«, sagte Juan, »dafür gehen wir heute abend bald ins Bett.«
»Ist der Bus in Ordnung? Glauben Sie, wir können es in dem Regen riskieren?«
»Gewiß«, sagte Juan.
Der Mann hinkte bis ans Ende des Schanktisches und setzte sich mit schmerzverzogenem Gesicht an einen der kleinen Tische. Norma brachte ihm ein Glas Wasser und eine Handvoll Besteck in einer Papierserviette.
»Eier?«
»Ochsenaugen. Aber offene Augen müssen es sein, knusprigen Speck und Toast mit Butter. Mit Butter — verstanden? Eines der schwierigsten Dinge auf dieser Welt, einen gebutterten Toast zu bekommen. Buttern Sie mir den Toast, mit viel Butter und so, daß sie ganz zerschmilzt und keine gelben Patzen oben bleiben ... Sie bekommen ein gutes Trinkgeld.« Er hob seinen Fuß, der in einem durchlochten braunen Halbschuh steckte, betastete ihn und stöhnte vor Schmerz.
»Haben Sie sich den Knöchel verstaucht?« fragte Juan.
Die Tür am Ende des Schanktisches ging auf, und ein mittelgroßer Mann kam

heraus. Er sah wie Truman aus und wie die Vizepräsidenten von Aktiengesellschaften und wie geprüfte Buchsachverständige. Seine Brille war an den Ecken abgeschrägt. Sein Anzug war grau und tadellos, und etwas Grau war auch in seinem Gesicht. Er war ein Geschäftsmann, war als solcher gekleidet und sah auch wie ein solcher aus. In seinem Knopfloch steckte ein Logenabzeichen, das so klein war, daß man auf die Entfernung von vier Fuß überhaupt nicht mehr sehen konnte, was es war. Seine Weste hatte unten einen offenen Knopf, und dieser Knopf hatte auch nicht zugeknöpft zu sein. Es war von Haus aus nicht beabsichtigt. Eine feine goldene Uhr- und Schlüsselkette zog sich über diese Weste und passierte unterwegs ein Knopfloch: hinein und wieder heraus.

Er sagte: »Mrs. Pritchard wünscht Rühreier, und sie sollen sehr saftig sein, natürlich nur, falls sie frisch sind, und Toast und Orangenmarmelade. Und Miß Pritchard wünscht nur Orangensaft und Kaffee. Ich möchte Cornflakes mit Sahne, Setzeier gut durch – das Eigelb darf ja nicht flüssig sein –, trockenen Toast und Boston-Kaffee, das heißt halb Milch, halb Kaffee. Sie können das Ganze auf einem Servierbrett hineinbringen.«

Alice blickte wütend auf: »Kommen Sie nur schön hier heraus«, sagte sie. »Bei uns wird nichts aufs Zimmer serviert.«

Mr. Pritchard sah sie eisig an. »Wir wurden aufgehalten«, sagte er. »Ich habe bereits einen Tag meines Urlaubs verloren. Es ist nicht meine Schuld, wenn der Autobus zusammengebrochen ist. Unter diesen Umständen ist es wohl das geringste, das Frühstück aufs Zimmer zu bringen. Meine Frau fühlt sich nicht ganz wohl. Ich bin nicht gewohnt, auf solchen Stühlen zu sitzen, und Mrs. Pritchard ist es auch nicht.«

Alice senkte den Kopf wie eine gereizte Milchkuh. »Hören Sie einmal, ich muß auf die Toilette gehen und mir das Gesicht waschen, und Sie besetzen mein Badezimmer.«

Mr. Pritchard fingerte nervös an seiner Brille herum. »Ach so...« Er wandte seinen Kopf zu Juan hinüber, und das Licht strahlte von seinen Gläsern zurück, so daß plötzlich zwei Spiegel da waren und keine Augen dahinter. Seine Hand schnellte die Uhrkette aus seiner Westentasche heraus. Er öffnete eine kleine goldene Nagelfeile und fuhr sich mit der Spitze eilig unter jeden Nagel. Er sah sich um, und ein kleiner Schauer von Unsicherheit überlief ihn. Mr. Pritchard war ein Geschäftsmann und Präsident einer mittelgroßen Aktiengesellschaft. Er war nie allein. Sein Geschäft wurde von einer Gruppe von Männern geführt, die ganz gleich arbeiteten, ganz gleich dachten und sogar ganz gleich aussahen. Er lunchte mit Männern wie er selbst, die in den gleichen Klubs zusammenkamen, so daß kein fremdes Element und keine fremde Idee Einlaß finden konnten. Sein religiöses Leben beschränkte sich wieder nur auf seine Loge und auf seine Kirche, die beide beschützt und umhegt waren.

Einen Abend der Woche spielte er Poker mit Männern, die ihm so genau glichen, daß Gewinn und Verlust sich beinahe aufhoben, und darum dachten alle Mitglieder seines Kreises, daß sie sehr gute Pokerspieler waren. Wo immer er hinging, war er nicht ein einzelner Mensch, sondern ein Mitglied einer Korporation, ein Mitglied eines Klubs, ein Mitglied einer Loge, einer Kirche oder einer politischen Partei. Seine Gedanken und Ideen waren keinerlei Kritik unterworfen, da er bewußt nur mit Leuten verkehrte, die so waren wie er selbst. Er las eine Zeitung, die von seiner Gruppe und für sie geschrieben war. Die Bücher, die in seinem Haus Einlaß fanden, hatte ein Komitee ausgewählt, welches jegliches Material ausschaltete, das ihn stören konnte. Er haßte fremde Länder und Fremde, weil es schwer war, unter ihnen Gleichgesinnte zu finden. Er wollte nicht außerhalb seines Kreises stehen. Er wäre gern an seine Spitze gerückt und von ihm bewundert worden. Aber ihn zu verlassen, das wäre ihm nie eingefallen. Bei gelegentlichen wüsten Abenden, wenn nackte Mädchen auf Tischen tanzten und in großen Weingläsern saßen, grölte Mr. Pritchard vor Lachen und trank den Wein, aber mit ihm waren 500 andere Pritchards da.
Und nun nach Alicens häßlichen Ausführungen, eine Toilette betreffend, sah er sich in dem Frühstücksraum um und merkte, daß er ganz allein war. Er war der einzige Mr. Pritchard in dem Zimmer. Einen Augenblick lang haftete sein Blick auf dem kleinen Mann im Reiseanzug, aber da stimmte irgend etwas nicht. Gewiß, auch er hatte irgendeine Nadel im Knopfloch, ein kleines blaueimailliertes Stäbchen mit weißen Sternen, aber das war kein Klub, den Mr. Pritchard anerkannte. Plötzlich wurde er sich bewußt, daß er alle diese Leute haßte und nicht nur sie, er haßte seinen ganzen Urlaub. Er wäre gern in das Schlafzimmer zurückgegangen und hätte gern die Tür hinter sich geschlossen, aber da war dieses dicke Frauenzimmer, das auf die Toilette gehen wollte... Mr. Pritchard putzte seine Nägel sehr schnell mit der goldenen Nagelfeile an seiner Uhrkette.
Im Grunde und ursprünglich war Mr. Pritchard gar nicht so. Er hatte sogar einst für Eugene Debs gestimmt, aber das war schon lange her. Es war ganz in Ordnung, daß die Leute seines Kreises übereinander wachten. Jegliche Abweichung vom ausgetretenen Weg wurde erst konstatiert, dann besprochen. Ein Mensch, der seine eigenen Wege ging, war kein verläßlicher Mensch, und wenn er sich nichts sagen ließ, dann machte man mit ihm keine Geschäfte. Eine Schutzfarbe war wirklicher Schutz. Aber bei Mr. Pritchard gab es kein Doppelleben. Er hatte seine Freiheit aufgegeben und seither vergessen, was Freiheit war. Heute betrachtete er sie als jugendlichen Unverstand. Er hatte damals seine Stimme für Debs am Weg zu einem öffentlichen Haus abgegeben, als er zwanzig Jahre alt war. Beides waren Dinge, die zu Jungens in den Entwicklungsjahren gehörten. Er erwähnte sogar gelegentlich seine Wahl von

Eugene Debs bei irgendeinem Klubfrühstück, um zu zeigen, was für ein stürmischer junger Mann er gewesen war, und daß solche Sachen, genauso wie Pusteln, eben zu den Entwicklungsjahren gehören. Aber obwohl er seinen Mut, für Debs zu stimmen, entschuldigte und sich sogar darüber freute, war er ob der Anschauungen seiner Tochter Mildred ehrlich besorgt.
Sie trieb sich im College mit gefährlichen Individuen herum, Professoren und sonstigen Leuten, die für »rot« galten. Vor dem Krieg war sie in einem Demonstrationszug gegen ein für Japan bestimmtes Alteisenschiff mitmarschiert und hatte Geld für medizinische Bedarfsartikel gesammelt, für die Leute im spanischen Krieg, die Mr. Pritchard »die Roten« zu nennen pflegte. Er sprach mit Mildred nicht über diese Dinge. Sie wollte mit ihm nicht darüber reden. Und er war der festen Überzeugung, daß, wenn sie alle ruhig und beherrscht blieben, Mildred bestimmt darüber hinwegkommen würde. Ein Mann und ein Baby würden Mildreds politische Unruhe sehr einfach lösen, und dann erst würde sie ihre wahre Bestimmung erkennen.
Mr. Pritchard erinnerte sich nicht sehr genau an den Besuch des Bordells seinerzeit. Er war zwanzig Jahre alt gewesen und betrunken obendrein, und nachher hatte er ein unklares Gefühl von Beschmutzung gehabt und auch Angst. Er erinnerte sich noch genau der darauffolgenden vierzehn Tage, während deren er aufgeregt auf eventuelle Folgen gewartet hatte. Er war sogar entschlossen gewesen, sich umzubringen, falls etwas sich zeigen sollte; er wollte Selbstmord begehen, aber es sollte nachher so aussehen wie ein Unfall.
Nun war er nervös. Er war auf einem Urlaub, den er gar nicht hatte nehmen wollen. Er war unterwegs nach Mexiko, das er trotz der verlockenden Plakate nicht nur für sehr schmutzig hielt, sondern auch für ein gefährlich radikales Land. Sie hatten das Öl enteignet; mit einem Wort, sie hatten Privatbesitz gestohlen. War das nicht schon genauso wie in Rußland? Rußland war für Mr. Pritchard etwas in der Art des mittelalterlichen Gottseibeiuns und wie er die Quelle allen Übels. Er war an diesem Morgen nervös, weil er nicht geschlafen hatte. Er schlief gern im eigenen Bett und brauchte eine Woche, um sich an ein fremdes zu gewöhnen. Und nun erwartete ihn mehr oder weniger jede Nacht ein anderes Bett, und Gott allein wußte, wie viele von ihnen auch noch bevölkert sein würden. Er war müde, und seine Haut fühlte sich rauh an. Das Wasser hier war hart, und er wußte, wenn er sich damit rasierte, würde er in drei Tagen einen ganzen Kranz eingewachsener Haare um seinen Hals haben.
Er zog ein Taschentuch aus seiner Brusttasche, nahm die Brille ab und begann sie zu putzen. »Ich werde es meiner Frau und meiner Tochter sagen«, nickte er, »ich wußte nicht, daß wir Sie so belästigen.«
Dieses Wort gefiel Norma, und sie sagte es sich leise vor. »Belästigen... Ich

möchte Sie nicht gern belästigen, Mr. Gable, aber ich glaube, daß Sie doch wissen sollten...«
Mr. Pritchard war ins Schlafzimmer zurückgegangen. Man hörte seine Stimme durch die Tür, als er die Sachlage erklärte. Weibliche Stimmen stellten Fragen.
Der Mann mit dem Schnurrbärtchen stand von seinem Stuhl auf und humpelte ächzend und stöhnend zum Schanktisch. Er holte sich den Zuckerstreuer und sank mit schmerzverzerrtem Gesicht auf seinen Platz zurück.
»Das hätte ich Ihnen doch bringen können«, sagte Norma rücksichtsvoll. Er lächelte sie an. »Ich wollte Sie nicht inkommodieren«, erklärte er tapfer.
Juan stellte seine Kaffeetasse ab.
Pimples sagte: »Ich möchte ein Stück von diesem Kokoskuchen.«
Geistesabwesend schnitt Alice ihm ein Stück ab und schob es auf einer Untertasse zu ihm hin. Dann schrieb sie den Kuchen auf seine Rechnung.
»Der Wirt spendiert wohl nie etwas?« sagte Pimples.
»Ich glaube, es geht vieles auf Rechnung des Wirts, wovon der Wirt gar nichts weiß«, antwortete Alice.
»Sie müssen sich den Fuß aber tüchtig verstaucht haben«, sagte Juan zu dem kleinen Mann.
»Nicht verstaucht – zerquetscht... Da, ich zeige es Ihnen.«
Mr. Pritchard kam aus dem Schlafzimmer zurück und nahm an einem der freien Tische Platz.
Der kleine Mann schnürte seinen Schuh auf und zog ihn aus. Er zog auch seinen Socken ab und legte ihn sorgfältig auf den Schuh. Sein Fuß war vom Rist bis zu den Zehenspitzen verbunden, und der Verband war von hellrotem Blut vollgesogen und fleckig.
»Nein, zeigen Sie uns das nicht«, wehrte Alice heftig ab. Sie konnte kein Blut sehen und wurde gleich ohnmächtig.
»Ich muß den Verband ohnehin wechseln«, sagte der kleine Mann und wikkelte die Binde ab, so daß der Fuß sichtbar wurde. Die große Zehe und die beiden daneben waren furchtbar zugerichtet, die Nägel schon ganz schwarz und die Zehenspitzen wund, blutig und offen.
Juan war aufgestanden. Pimples trat nahe heran. Sogar Norma konnte nicht widerstehen.
»Mein Gott, das sieht ja gräßlich aus«, sagte Juan. »Ich werde Wasser holen und es auswaschen. Sie sollten irgendeine Salbe draufschmieren. Sie werden noch eine Infektion bekommen und den Fuß verlieren.«
Pimples stieß einen schrillen Pfiff zwischen den Zähnen aus, um sein Interesse zu bekunden und eine Art von Begeisterung für die Qualität der Verletzung. Der kleine Mann blickte zu Juan auf, und seine Augen funkelten vor Vergnügen und Vorfreude.

»Sie halten es für gefährlich?« fragte er.
»Sie haben leider recht: es ist gefährlich«, sagte Juan.
»Glauben Sie, ich sollte zu einem Doktor gehen?«
»Nun, ich würde es tun, wenn ich Sie wäre.«
Der kleine Mann kicherte vor Vergnügen. »Das ist alles, was ich hören wollte«, sagte er. Er fuhr mit seinem Daumennagel seinen Rist entlang, und die Oberschicht seines Fußes löste sich — Haut, Blut und die zerquetschten Zehen —, und sein Fuß kam zum Vorschein: gesund und unverletzt und mit tadellosen Zehen. Er warf den Kopf zurück und lachte herzlich.
»Gut — nicht? ... Aus Plastik. Etwas ganz Neues.«
Mr. Pritchard war nahe herangekommen, einen Ausdruck von Ekel im Gesicht.
»Das ist der künstlich wunde Fuß — das kleine Wunder«, sagte der Mann. Er zog eine flache kleine Schachtel aus der Tasche und reichte sie Juan. »Sie waren so nett zu mir, darum sollen Sie einen haben. Dankbarst gewidmet von Ernest Horton, Vertreter der Little Wonder Company.« Seine Stimme vibrierte vor lauter Begeisterung. »Es ist in drei Größen zu haben und in drei Ausführungen: eine zerquetsche Zehe oder zwei oder drei. Was ich Ihnen hier gebe, ist das Drei-Zehen-Modell, genau wie das, welches Sie eben gesehen haben. Es ist auch eine Verbandbinde dabei und ein Fläschchen künstliches Blut, damit der Verband fürchterlich aussieht. Anweisung liegt bei: Sie müssen es in warmem Wasser weichen, wenn Sie es das erstemal verwenden. Dann liegt es an wie eine Haut, und kein Mensch kann es unterscheiden. Sie können sich damit totlachen.«
Mr. Pritchard neigte sich vor. In Gedanken sah er sich bereits bei einer Verwaltungsratssitzung die Socken ausziehen. Das konnte er gleich tun, wenn er aus Mexiko zurückkam, nach irgendeiner Erzählung von Banditen oder so.
»Was kostet so etwas?« fragte er.
»Einen Dollar 50, aber ich verkaufe fast gar nicht en detail«, sagte Ernest Horton. »Die Händler reißen es mir aus der Hand. In vierzehn Tagen habe ich vierzig Gros an Händler verkauft.«
»Nicht möglich!« sagte Mr. Pritchard. Seine Augen waren weit aufgerissen vor Anerkennung.
»Ich kann Ihnen mein Orderbuch zeigen, wenn Sie es nicht glauben. Es verkauft sich am raschesten von allen Neuheiten, die ich je geführt habe. Das ›kleine Wunder‹ schießt den Vogel ab.«
»Wie verkaufen Sie es ...? En gros meine ich?« fragte Mr. Pritchard.
»Nun, das möchte ich nicht gern verraten. Außer Sie sind von der Branche. Geschäftliche Anständigkeit — das werden Sie verstehen.«
Mr. Pritchard nickte. »Nun, ich möchte es mit einem Stück zum Detailpreis versuchen«, sagte er.

»Ich bringe Ihnen ein Stück, sobald ich gefrühstückt habe. Ist der gebutterte Toast fertig?« fragte er Norma.
»Kommt schon«, sagte Norma und ging schuldbewußt hinter den Schanktisch zum Toaströster zurück.
»Sie sehen, die Psychologie muß einem beim Verkauf helfen«, sagte Ernest Horton strahlend; »wir führen seit Jahren künstliche verletzte Finger, und sie sind gar nicht gutgegangen — aber das hier —, und das macht eben die Psychologie und daß man den Schuh und den Socken auszieht. Der Mensch, der das erfunden hat, der bekommt schöne Prozente, das dürfen Sie mir glauben.«
»Ich nehme an, daß Sie selbst auch nicht draufzahlen«, bemerkte Mr. Pritchard bewundernd. Er fühlte sich schon viel wohler.
»Nun, es geht«, sagte Ernest. »Ich habe noch zwei, drei andere Kleinigkeiten in meinem Musterkoffer, die Sie interessieren könnten. Nicht zum Detailverkauf, nur en gros, aber ich will sie Ihnen gern zeigen. Vielleicht macht es Ihnen Spaß.«
»Ich hätte gern ein halbes Dutzend von den wunden Füßen«, sagte Mr. Pritchard.
»Alle drei Zehen?«
Mr. Pritchard dachte nach. Er brauchte sie als Geschenke, wollte aber keine Konkurrenz. Charlie Johnson machte solche Witze besser als Mr. Pritchard. Charlie war ein geborener Komiker.
»Geben Sie mir vielleicht eins mit drei Zehen, drei mit zwei Zehen und zwei mit bloß einer«, sagte er, »das dürfte das richtige sein, glaube ich.«
Die Art des Regens hatte sich geändert. Er rauschte in schweren Güssen herunter, ununterbrochen von kurzen tröpfelnden Pausen. Juan saß mit seinem Kaffee beim Fenster. Ein halber brauner Krapfen lag auf seiner Untertasse.
»Es scheint ein wenig nachzulassen«, sagte Juan. »Ich möchte die Hinterräder gern noch ein wenig laufen lassen, ehe wir fahren.«
»Ich möchte ein Stück von diesem Kokoskuchen haben«, sagte Pimples.
»Nein, das geht nicht. Ich muß auch für meine Kunden etwas haben«, sagte Alice.
»Nun, bin ich vielleicht kein Kunde?« fragte Pimples.
»Ich weiß nicht, ob wir heute von San Ysidro etwas geliefert bekommen«, sagte Alice. »Ich muß mir ein Stück Kuchen in Vorrat lassen.«
Ganz am Ende des Schanktisches stand eine Bonbonetagere, auf der stufenförmig eingepackte Schokoladestangen zum Verkauf bereitlagen. Pimples stand auf und blieb vor diesen Stangen stehen. Er betrachtete die bunten Päckchen lange sorgfältig, ehe er seine Wahl traf. Schließlich entschloß er sich, nahm drei Stück und steckte sie in die Tasche: »Ein ›Baby Ruth‹, ein ›Liebesnest‹ und einen ›Kokosschatz‹«, sagte er.

»Kokosschätze« kosten zehn Cent, es sind Nüsse drin«, sagte Alice. — »Ich weiß«, sagte Pimples.
Alice zog hinter dem Schanktisch ihren Block heraus. »Dein Gehalt ist bereits überzogen«, sagte sie.


Viertes Kapitel

Im Augenblick, wo die Pritchards aus dem Schlafzimmer kamen, sagte Norma hastig: »Ich muß mir die Haare bürsten und mich ein wenig waschen.« Und sie eilte zur Tür. Alice schoß hinter ihr drein.
»Zuerst gehe ich in die Toilette«, sagte Alice kalt. Norma ging durch Mr. und Mrs. Chicoys Schlafzimmer in ihr eigenes. Sie schloß die Tür hinter sich, und da kein Schlüssel vorhanden war, legte sie den kleinen Haken neben dem Schloß vor, um ungestört zu sein. Ihr eisernes niedriges Militärbett war nicht gemacht, und Ernest Hortons großer Musterkoffer lehnte an der Wand.
Es war ein sehr enger Raum. Ein Schubladenkasten mit einer Waschschüssel und einem Krug standen an einer Wand, und ein seidener Kissenüberzug mit Fransen war mit Reißnägeln darüber befestigt. Er war rosa, und auf ihm prangten gekreuzte Kanonen mit einem Strauß roter Rosen. Darüber war ein Gedicht gedruckt:

> »Ich denk' an dich im Kugelregen,
> Geliebte Mutter allerwegen,
> Und ist vorbei des Krieges Graus,
> Kehr' ich vergnügt zu dir nach Haus.«

Norma warf einen flüchtigen Blick auf das vom Regenlicht verdüsterte Fenster, dann griff sie in ihren Halsausschnitt und krempelte den Stoff um. An einer Sicherheitsnadel innerhalb des herausgekehrten Kragenaufschlages hing ein kleiner Schlüssel. Norma nestelte ihn los. Sie zog ihren Handkoffer unter dem Kasten hervor, schloß ihn auf und hob den Deckel. Obenauf lag ein glänzendes Bild von Clark Gable in einem Silberrahmen mit einer Widmung: »Mit besten Grüßen Clark Gable.« Sie hatte das Bild samt Rahmen und Unterschrift in einem Galanteriewarenladen in San Ysidro erstanden.
Hastig tastete sie mit der Hand über den Boden des Koffers. Und ihre Finger fanden eine kleine viereckige Ringschachtel. Sie zog sie heraus und öffnete sie und konstatierte, daß die Ringe da waren; dann verstaute sie die Schachtel wieder im Grunde des Koffers und schloß und versperrte ihn; sie schob ihn unter den Kasten zurück und nadelte den Schlüssel wieder unter den Halsausschnitt ihrer Bluse. Sie öffnete das Schubfach, nahm Kamm und Bürste heraus und trat ans Fenster. An der Wand zwischen den rot-grün-geblümten

Kretonvorhängen hing ein kleiner Spiegel. Norma stand davor und sah sich an. Bleifarbenes Licht sickerte durch das Fenster und fiel auf ihr Gesicht. Sie riß die Augen weit auf, dann zeigte sie lächelnd alle ihre Zähne. Sie lächelte immer auffallender. Dann hob sie sich ein wenig auf die Zehenspitzen, winkte einer ungeheuren Menge zu und lächelte wieder. Sie fuhr sich mit dem Kamm durch ihr dünnes Haar und riß an den Zähnen, als sie sich in den verfilzten Haaren verfingen. Dann nahm sie einen Bleistift von dem Waschkasten und fuhr sich mit der stumpfen Spitze durch die blassen Augenbrauen; in der Mitte zog sie den Bogen hoch, wodurch ihr Gesicht einen erstaunten Ausdruck bekam. Worauf sie ihr Haar zu bürsten begann, zehnmal auf einer Seite, zehnmal auf der anderen, und während sie bürstete, spannte und entspannte sie die Muskeln erst eines Beines und dann des anderen, um die Waden zu formen. Das war eine Übung, die ein Filmstar empfahl, der selbst nie irgendwie geturnt hatte und herrliche Beine besaß.

Norma warf einen Blick zum Fenster hinüber, als das graue Licht immer noch trüber wurde. Es wäre ihr unangenehm gewesen, wenn jemand sie bei diesem Grotesktanz beobachtet hätte. Norma war noch tiefer unter der Oberfläche als ein Eisberg. Nur ihr kleinster Teil war von außen sichtbar. Denn das Schönste und Beste und Großartigste an Norma lag hinter ihren Augen versiegelt und verwahrt.

Die Klinke zu ihrem Zimmer drehte sich, und jemand drückte gegen die Tür. Norma schnellte stocksteif zurück. Nur eine ihrer Hände bewegte sich, rieb erregt an ihren Augenbrauen herum und verschmierte auf ihrer Stirn graue Flecken. Und nun begann jemand an der Tür zu klopfen. Ein kurzes höfliches Klopfen. Sie legte ihre Bürste auf den Schubkasten und ging zur Tür, sie hob den Haken und öffnete einen engen Spalt. Ernest Hortons Gesicht blickte ihr entgegen. Sein straffes buschiges Bärtchen wölbte sich über seinem Mund.

»Ich wollte nur meinen Musterkoffer wegräumen«, sagte er.

Norma hielt immer noch die Tür halb zu.

»Ihr wart alle so nett zu uns«, fuhr er fort. »Ich möchte nicht gern noch lästiger sein, als es unbedingt sein muß.«

Norma entspannte langsam, nur ihr Atem ging noch ein wenig schnell. Sie öffnete die Tür und trat zurück. Mit verlegenem Lächeln kam Ernest ins Zimmer. Er trat ans Bett.

»Ich hätte auch mein Bett machen sollen«, sagte er und warf Leintuch und Decke zur Seite, um die Falten zu glätten.

»Nein, nein, das mache ich schon!« sagte Norma.

»Sie haben nicht einmal auf das Trinkgeld gewartet, das ich Ihnen versprochen hatte«, sagte Ernest. »Aber es wartet noch auf Sie.« Er machte das Bett schön säuberlich, als hätte er es schon oft getan.

»Ich hätte das auch sehr gut machen können«, sagte Norma.

»Nun, jetzt ist es fertig«, sagte er.
Er ging zu seinem großen Musterkoffer. »Dürfte ich ihn aufmachen? Ich möchte etwas herausnehmen.«
»Bitte, bitte«, sagte Norma. Ihre Augen waren voll Interesse.
Er legte den großen Musterkoffer auf ihr Bett, schnappte das Schloß hoch und hob den Deckel. In dem Koffer waren wundervolle Dinge. Pappdeckelröhren und Taschentücher, die die Farbe wechselten. Explodierende Zigarren lagen da und Stinkbomben. Lautverstärker und Trompeten und Papierhüte für fröhliche Feste, auch Fähnchen und Juxknöpfe. Auch Seidenkissen wie das eine an der Wand. Ernest nahm sechs flachgepackte wunde Füße heraus, und Norma war dicht herangekommen, um einen Blick in den herrlichen Musterkoffer zu werfen. Sie starrte fasziniert auf eine Serie von Filmstar-Fotos. So etwas hatte sie noch nie gesehen. Die Bilder waren in Platten von mindestens einem Viertelzoll dickem Plastik eingepreßt und modelliert. Und noch etwas Seltsames: Die Bilder wirkten nicht flach. Durch irgendeinen Trick, durch eine Biegung oder vielleicht auch durch Lichtbrechung waren die Gesichter rund und hatten eine gewisse Tiefe. Sie wirkten dreidimensional, und die Rahmen waren acht zu zehn Zoll groß.
Ganz zuoberst lag ein sprechend ähnliches, lächelndes Konterfei von James Stewart, und unter diesem lag ein anderes Bild, von dem sie nur den Haaransatz und die Stirn sehen konnte. Aber sie kannte dieses Haar und diese Stirn. Ihre Lippen teilten sich, und ein Leuchten kam in ihre Augen. Langsam langte sie in den Koffer und schob James Stewart beiseite. Und da war er in seiner ganzen Herrlichkeit — Clark Gable — und sah ganz rund und plastisch aus. Er stand da in einer ernsten und gewichtigen Pose, Kinn heraus, und die Augen sahen ausdrucksvoll geradeaus. Ein Bild, wie sie es noch nie gesehen hatte. Sie seufzte tief auf und war krampfhaft bemüht, ihr heftiges Atmen zu unterdrücken. Sie hob das Bild heraus und starrte in seine Augen; ihre eigenen waren weit aufgerissen und hypnotisiert.
Ernest beobachtete sie und merkte ihr Interesse. »Ist das nicht ein Schlager?« fragte er. »Eine ganz neue Idee. Sehen Sie nur, wie vollrund es wirkt — beinahe wie eine Statue...«
Norma nickte sprachlos.
»Eines kann ich Ihnen prophezeien«, sagte Ernest, »wenn ich mir die ganze Branche ansehe, von A bis Z: Dieser kleine Artikel wird jede andere Art von Bildern einfach von der Landkarte wegradieren. Die Bilder sind säurebeständig, feuchtigkeitsbeständig, halten ewig, werden niemals braun. Sie sind direkt in den Rahmen hineingeformt und eingeschmolzen. Etwas für die Ewigkeit.«
Normas Blick hing gebannt an dem Bild. Ernest griff danach, aber ihre Finger hielten es umklammert wie Krallen.

»Wieviel?« Ihre Stimme kam tonlos rauh heraus wie ein Krächzen.
»Es ist nur ein Muster«, sagte Ernest. »Damit ich den Wiederverkäufern etwas zeigen kann. Es ist unverkäuflich. Diese Bilder muß man bestellen.«
»Wieviel?« Ihre Finger waren ganz weiß, so fest drückte sie das Bild. Ernest schaute sie genauer an. Er sah ihr starres, regloses Gesicht, ihre gestrafften Kiefermuskeln und die vom verhaltenen Atem bebenden Nasenflügel.
Ernest sagte: »Im Detail werden sie für zwei Dollar verkauft. Aber ich habe Ihnen ein gutes Trinkgeld versprochen ... Wäre Ihnen das Bild lieber als ein gutes Trinkgeld?«
Normas Stimme klang rauh: »... Ja.«
»Nun, dann können Sie es haben.«
Ihre Finger bekamen langsam ihre rosige Farbe wieder. Reine Seligkeit strahlte aus ihren Augen. Sie befeuchtete ihre Lippen. »Oh, danke, Mister ...« Sie drehte das Bild mit dem Gesicht zu sich und preßte es an ihr Herz. Plastik ist nicht so kalt wie Glas, es fühlt sich viel wärmer an und viel weicher.
»Ich glaube, ich komme mit einem Muster aus«, sagte Ernest. »Wissen Sie, ich bin jetzt auf Tour nach dem Süden und werde erst in etwa sechs Wochen wieder in der Zentrale sein. Ich habe für L. A. vierzehn Tage vorgesehen. L. A. ist ein großartiger Platz für Neuheiten.«
Norma trug das Bild zu ihrem Schubladenkasten und öffnete ein Fach. Sie steckte das Bild unter einen Stoß Kleider und schob das Fach wieder zu.
»Dann werden Sie wohl auch nach Hollywood kommen, nehme ich an«, sagte sie.
»Oh, gewiß, das ist für Neuheiten sogar noch besser als Los Angeles. Das ist dann für mich gleichzeitig eine Art Urlaub. Ich habe eine Menge Freunde dort. Ich bin auf Urlaub und komme darum herum und verschaffe mir Einblick in die Branche. Zwei Fliegen auf einen Schlag. Und ich verliere keine Zeit. Ich habe erfahren, daß ein Kriegskamerad von mir in einem der Studios arbeitet. Mit ihm mache ich dann Hollywood unsicher. Das letzte Fest, das wir dort mitmachten, fing im Melrose Grotto an, das ist drüben bei Melrose, dicht bei RKO. Das war eine Gesellschaft! Ich kann Ihnen leider nicht erzählen, was wir dort alles aufgeführt haben, aber so gut habe ich mich in meinem ganzen Leben nicht unterhalten. Mein Freund mußte dann allerdings wieder zurück zu seiner Arbeit im Atelier.«
Norma war bereits so gespannt und aufgeregt wie ein Setter, der einen Käfer beobachtet. »Ihr Freund arbeitet in einem Atelier?« fragte sie in gewollt gleichgültigem Ton. »In welchem denn?«
»Metro Goldwyn Mayer«, sagte Ernest. Er packte seinen Musterkoffer wieder ein und sah sie nicht an. Er hörte nicht, wie sie nach Luft schnappte und auch nicht den plötzlich ganz unnatürlichen Ton ihrer Stimme.
»Sie kommen auch in die Ateliers?«

»Ja ... Willie verschafft mir einen Paß. Und ich sehe manchmal zu, wenn gedreht wird. Willie ist ein Zimmermann. Er hat schon vor dem Krieg dort gearbeitet, und jetzt ist er wieder dort. Wir haben miteinander in den letzten Jahren Soldaten gespielt. Ein fabelhafter Kerl und in Gesellschaft unbezahlbar! Er kennt mehr Fräuleins und weiß mehr Telefonnummern, als Sie sich vorstellen können. Ein großes, dickes Buch voll von Telefonnummern hat er. Er kann sich gar nicht mehr erinnern, wer alle die Fräuleins gewesen sind, die ihm ihre Nummer gegeben haben.«

Ernest kam immer mehr in Feuer. Er setzte sich auf den kleinen steifen Stuhl an der Wand und kicherte noch in der Erinnerung. »Willie war bei Kriegsbeginn in Santa Ana stationiert, da kannte ich ihn noch gar nicht. Nun, und die Offiziere bekamen Wind von seinem schwarzen Buch und nahmen ihn nach Hollywood mit, und dort mußte er Damen für sie verschaffen. Daraufhin bekam Willie den Paß, wann immer er wollte. Er stellte aber auch seinen Mann, als seine Kompanie ins Feld kam.«

Normas Blick bekam etwas leicht Gelangweiltes während seiner Geschichte. Sie zupfte nervös an ihrer Schürze. Und ihre Stimme wurde erst hoch und dann wieder tief. »Ich wüßte gern, ob es Sie belästigen würde, wenn ich Sie um eine Gefälligkeit bäte ...«

»Ohne weiteres ... Was soll es denn sein?«

»Nun, wenn ich Ihnen einen Brief geben würde, und Sie wären – hm – und Sie wären gerade bei Metro Goldwyn Mayer – und würden zufällig Mr. Gable sehen – würden Sie ihn ihm geben?«

»Wer ist Mr. Gable?«

»Mr. Clark Gable«, sagte Norma ernst.

»Ach, ihm! Sie kennen ihn?«

»Ja«, sagte Norma eisig, »ich bin – ich bin seine Cousine.«

»Ach so. Nun, selbstverständlich – gern. Aber vielleicht komme ich gar nicht hin. Warum schicken Sie den Brief nicht per Post?«

Normas Augen wurden enger. »Er bekommt seine Post nicht«, sagte sie geheimnisvoll. »Er hat dort ein Mädchen, eine Art Sekretärin, und die nimmt die Post einfach und verbrennt sie.«

»Nein!« sagte Ernest erstaunt. »Warum?«

Norma hielt inne, um es sich zurechtzulegen. »Sie wollen einfach nicht, daß er die Briefe sieht.«

»Nicht einmal die Post von seinen Angehörigen?«

»Nicht einmal von seiner Cousine«, sagte Norma.

»Hat er Ihnen das gesagt?«

»Ja.« Ihre Augen waren groß und glänzend. »Ja. Ich fahre natürlich sehr bald hin«, sagte sie. »Ich hatte schon mehrere Angebote, und einmal war ich knapp daran, zu fahren, aber mein Cousin – Mr. Gable, meine ich – hat ge-

sagt: ›Nein, du mußt erst Erfahrungen sammeln.‹ Hat er gesagt. ›Du bist jung. Du hast Zeit.‹ Und nun sammle ich eben Erfahrungen. Man lernt eine Menge in einem Lunchlokal. Ich studiere die Leute die ganze Zeit.«
Ernest sah sie etwas skeptisch an. Er kannte die phantastischen Geschichten von Kellnerinnen, die über Nacht Bühnenstars wurden, aber Norma, so fand er, hatte nicht das Zeug dazu. Normas Beine waren wie Stöcke, aber andererseits wußte er von zwei, drei Filmstars, die ohne Schmuck und ohne hergerichtet zu sein, so gar nichts gleichsahen, daß kein Mensch sie auf der Leinwand erkannt hätte. Er hatte von ihnen gelesen. Und Norma — wenn sie auch nicht danach aussah — konnten sie schließlich ausstopfen, und wenn Clark Gable ihr Cousin war, hatte sie natürlich große Chancen. Wer den Papst zum Vetter hat ...
»Nun, ich hatte zwar nicht daran gedacht, Willie diesmal um einen Passierschein zu bitten«, sagte er, »ich war ja schon ein paarmal dort — nun, aber wenn Sie es wünschen, werde ich einfach hingehen, ihn aufzusuchen und ihm Ihren Brief geben. Warum, glauben Sie, werfen diese Leute seine Post eigentlich weg?«
»Sie wollen, daß er sich zu Tode rackert, dann können sie ihn wegwerfen wie einen alten Schuh«, sagte Norma aufs höchste erregt. Eine Welle der Erregung um die andere schlug über ihr zusammen. Sie war in Ekstase und gleichzeitig von panischer Angst erfüllt. Norma war keine Lügnerin. Noch nie vorher hatte sie so etwas getan. Sie balancierte auf einer langen, schwankenden Planke, und sie wußte, daß eine einzige Frage, daß ein Spürchen Sachkenntnis seitens Ernest Hortons sie aus dem Gleichgewicht bringen und in einen Abgrund stürzen mußte. Trotzdem konnte sie nicht aufhören.
»Er ist ein ganz großer«, sagte sie, »ein wirklich großer Herr. Er mag die Rollen nicht, die man ihm gibt; denn er ist nicht so. Nicht einmal Rhett Butler spielte er gern — weil er kein Schuft ist und auch keinen Schuft spielen mag.«
Ernest hatte seine Augen gesenkt und studierte Norma von unten her. Und Ernest begann zu verstehen. Die Erklärung zu dem Ganzen kroch langsam in sein Gehirn. Norma war im Augenblick so hübsch, wie sie überhaupt sein konnte. In ihrem Gesicht war Würde, Mut und eine wirklich große Liebe. Ernest blieb die Wahl zwischen bloß zwei Dingen: er mußte ihr ins Gesicht lachen oder die Komödie weiterspielen. Wenn noch jemand dritter mit im Zimmer gewesen wäre — noch ein Mann zum Beispiel —, dann hätte er wahrscheinlich gelacht, um sich gegen den Hohn des anderen zu schützen — und er hätte sich geschämt und gepoltert, weil er doch sehen konnte, daß es etwas Gewaltiges, Reines und ganz Starkes war, was dieses Mädchen überstrahlte. Etwas wie das Gefühl, das die Neophyten zwang, nächtelang auf kaltem Steinboden zu liegen, die Stirn auf Altären. Das war der Ausbruch einer

Liebe von so offenkundiger Heftigkeit, wie Ernest es noch nie zuvor gesehen hatte.

»Ich nehme den Brief mit«, sagte er. »Ich werde ihm sagen, daß er von seiner Cousine ist.«

Normas Gesicht wurde plötzlich ganz verängstigt. »Nein«, sagte sie. »Ich möchte ihn lieber überraschen. Sagen Sie ihm ganz einfach, daß ein Freund ihn schickt. Kein Wort weiter.«

»Wann, glauben Sie, werden Sie unten ein Engagement annehmen?« fragte Ernest.

»Nun, Mr. Gable meint, daß ich noch ein Jahr warten soll. Er sagt, daß ich jung sei und nicht genügend Menschenkenntnis habe. Ich hab's schon manchmal recht satt, das muß ich sagen. Manchmal wünschte ich, ich könnte dort schon in meinem eigenen Haus sein, mit denen — mit diesen großen, dicken Vorhängen und einer langen Couch — Sie wissen ja — und alle meine Freundinnen zu mir kommen — Bette Davis und Ingrid Bergman und Joan Fontaine; denn mit den andern lasse ich mich nicht ein, ich meine mit denen, die sich fortwährend scheiden lassen und so. Wir sitzen einfach beisammen und sprechen über ernste Dinge, und wir studieren die ganze Zeit; denn nur so kommt man weiter und wird eine große Künstlerin. Dort unten sind viele, die sind ganz gemein gegen ihre Bewunderer, sie wollen keine Autogramme hergeben und dergleichen. Aber wir sind nicht so! Unsersgleichen meine ich. Wir nehmen sogar manchmal Mädchen direkt von der Straße zu einer Tasse Tee mit nach Hause und plaudern mit ihnen, als wenn sie unsersgleichen wären. Denn wir wissen, daß wir alles nur der Treue unserer Verehrer zu verdanken haben.« Sie zitterte innerlich vor Angst, aber sie konnte und konnte nicht aufhören. Sie kam immer weiter hinaus auf der schwankenden Planke, und sie konnte nicht stehenbleiben ... Gleich mußte sie unten liegen.

Ernest sagte: »Ich hatte anfangs nicht verstanden. Sie haben also schon gefilmt. Sind Sie bereits ein Star?«

»Ja«, sagte Norma. »Aber ich bin hier unter einem anderen Namen, den kennen Sie nicht. In Hollywood heiße ich anders.«

»Wie heißen Sie dort?«

»Das darf ich nicht verraten«, sagte Norma. »Sie sind überhaupt der einzige Mensch hier, der von all dem weiß. Aber Sie verraten es niemandem, nicht wahr?«

Ernest war erschüttert. »Nein«, sagte er. »Ich werde nichts sagen, solange Sie es nicht wollen.«

»Bewahren Sie mein Geheimnis unberührt.«

»Gewiß«, sagte Ernest. »Geben Sie mir nur den Brief, und ich werde schauen, daß er ihn bekommt.«

»Sie werden schauen, daß wer was bekommt?« fragte Alice von der Schwelle.

»Was tut ihr beide denn hier zusammen im Schlafzimmer?« Ihre Blicke suchten mißtrauisch irgendwelche Beweise, hafteten an dem Musterkoffer, dann machten sie auf dem Kissen halt, inspizierten die Decke, bis sie schließlich bei Norma landeten. Alicens Augen glitten ihre Füße und Beine entlang, dann hielten sie einen Augenblick auf ihrem Rock, sie zauderten an ihrer Taille, bis sie schließlich ihr flammend rotes Gesicht erreichten.
Norma wurde es vor Verlegenheit beinahe übel. Ihre Wangen waren blutrot. Alice stützte ihre Hände in die Hüften.
Ernest sagte ruhig: »Ich war nur gerade dabei, meinen Musterkoffer wegzuräumen, und sie bat mich, für einen Cousin in L. A. einen Brief mitzunehmen.«
»Sie hat keinen Cousin in L. A.«
»Doch, sie hat einen«, sagte Ernest ärgerlich, »und ich kenne ihren Cousin.« Und nun endlich brach die Wut los, die Alice den ganzen Morgen unterdrückt hatte. »Hören Sie mich an«, schrie sie, »das Ganze paßt mir nicht. Es paßt mir nicht, daß ihr Vagabunden etwas mit meinem Dienstmädchen anfangt!«
»Kein Mensch hat sie berührt«, sagte Ernest. »Kein Mensch hat sie auch nur mit dem kleinen Finger angerührt!«
»Nicht? Was tun Sie denn dann in ihrem Zimmer? Schauen Sie sich doch nur ihr Gesicht an!« Die Hysterie in Alice wallte über. Eine schwere, rauhe, kreischende Stimme entrang sich ihrer Kehle. Das Haar fiel ihr ins Gesicht, ihre Augen rollten und wurden ganz naß, und ihre Lippen wurden grausam und hart wie die eines Boxers, wenn er einem halb bewußtlosen Gegner noch eins drauf gibt. »Es paßt mir nicht! Glauben Sie, ich werde erlauben, daß Sie ihr ein Kind machen? Sie glauben, ich werde das Haus mit Bankerten füllen lassen? Und euch geben wir unsere eigenen Betten und Zimmer!«
»Ich sage Ihnen doch, daß nichts passiert ist!« schrie Ernest zurück. Er war vollkommen hilflos einem solchen Irrsinn gegenüber. Aber sein Leugnen klang in seinen Ohren beinahe wie ein Zugeständnis. Er konnte nicht fassen, warum sie das tat, diese Ungerechtigkeit legte sich ihm auf den Magen, und auch in ihm stieg die Wut hoch.
Norma stand mit offenem Mund da, und der Hysteriebazillus sprang auf sie über. Wieherndes Geschrei drang mit jedem keuchenden Atemzug aus ihrem Mund. Ihre Hände fochten vor ihr herum, als wollten sie einander gegenseitig zerstören.
Alice ging auf Norma los, und ihre rechte Faust war geballt, nicht wie eine weibliche Faust, sondern mit fest zusammengekrampften Fingern und straff vorspringenden Knöcheln; der Daumen lag dicht an den ersten Gelenken. Ihre Worte klangen dick und feucht. »Hinaus von hier... Hinaus aus dem Zimmer... Hinaus aus dem Haus!« Alice fuhr auf Norma los, Norma wich zurück und stieß einen entsetzten Schrei aus.

Im Korridor wurden schnelle Schritte vernehmbar, und Juan sagte scharf:
»Alice!«
Sie hielt inne. Ihr Mund stand offen, und ihre Augen füllten sich mit Angst.
Juan kam langsam ins Zimmer, die Daumen in seine Overalltaschen gehakt.
Er kam so leichtfüßig auf sie zu wie eine schleichende Katze. Der goldene
Ring an seinem amputierten Finger glänzte matt in dem bleigrauen Licht, das
vom Fenster kam. Alicens Wut schlug in höllische Angst um. Sie rückte von
ihm ab, drückte sich um das Fußende des Bettes in eine Sackgasse dicht an die
Wand, so lange, bis sie nicht mehr weiter konnte.
»Schlag mich nicht«, flüsterte sie. »Bitte – bitte – schlag mich nicht.«
Juan ging dicht an sie heran, und seine Hand griff langsam nach ihrem Arm;
gerade über dem Ellbogen. Er sah sie an; nicht um sie herum und nicht durch
sie hindurch. Er zog sie freundlich aus ihrem Winkel, führte sie durch das
Zimmer und durch die Tür. Dann schloß er die Tür hinter Norma und
Ernest.
Die beiden starrten auf die geschlossene Tür und wagten kaum zu atmen.
Juan führte Alice zu dem Doppelbett und drehte sie fürsorglich um, sie sackte
zusammen wie ein Krüppel, fiel zurück und starrte ihn entgeistert an. Er
nahm ein Kissen vom oberen Ende des Bettes und schob es ihr unter den
Kopf. Seine linke Hand, die mit dem Fingerstumpf und dem Ehering, streichelte freundlich ihre Wange. »Gleich wird's besser sein«, sagte er.
Sie kreuzte die Arme über ihrem Gesicht, und ihr würgendes Schluchzen klang
rauh und trocken.


Fünftes Kapitel

Bernice Pritchard und ihre Tochter Mildred und Mr. Pritchard saßen an einem
Tischchen rechts von der Eingangstür zum Lunchraum. Die kleine Gruppe war
näher zusammengerückt. Die beiden älteren Leute, weil sie irgendwie das Gefühl hatten, sich gegen Angriffe wehren zu müssen, und Mildred, weil sie
glaubte, sie beschützen zu müssen. Sie wunderte sich manchmal, daß ihre
Eltern in einer so bösen, grausamen Welt hatten bestehen können. In
ihren Augen waren sie naive, schutzlose Kinder, und was ihre Mutter betraf,
hatte sie nicht so ganz unrecht. Aber Mildred übersah die Unzerstörbarkeit
des Kindes sowie seine Zähigkeit und Hartnäckigkeit, alles durchzusetzen.
Und um Bernice war auch so eine Unzerstörbarkeit. Man konnte sie eher
hübsch nennen. Ihre Nase war gerade, und sie hatte so lange einen Zwikker getragen, daß der Nasenansatz zwischen den Augen dadurch seine
Form verändert hatte. Der hohe Nasenknorpel war von den Augengläsern
nicht nur ganz dünn geworden, zwei rote Punkte zeigten auch die Stellen,

auf welche die Federn ständig zu drücken pflegten. Ihre Augen waren violett und kurzsichtig, was ihrem Blick etwas süß In-sich-Gekehrtes gab.
Sie war weiblich zart, und in ihrer Art, sich zu kleiden, war immer ein leiser Anklang an eine vergangene Epoche. Sie trug gern Jabots und antike Broschen. An ihren Blusen war immer etwas Spitze und Stickerei, Kragen und Manschetten waren immer blütenweiß. Sie benützte Lavendelwasser, so daß ihre Haut, ihre Kleider und ihre Taschen immer nach Lavendel dufteten; neben ihrem beinahe unmerklichen, leicht säuerlichen Eigengeruch. Sie hatte hübsche Gelenke und Füße, an denen sie sehr teure Schuhe trug, meist aus Glacéleder, geschnürt und mit einer hübschen Schleife in der Mitte. Ihr Mund wirkte eher müde und kindlich weich und hatte nicht viel Charakter. Sie sprach sehr wenig, aber in ihrem Kreise galt sie für gut und klug; gut, weil sie immer nur nett über die Leute sprach, klug, weil sie, außer was Küche und Parfüm betraf, nie irgendeine allgemeine Ansicht äußerte. Sie servierte die Ideen anderer Leute mit einem stillen Lächeln, beinahe als vergäbe sie ihnen, daß sie Ideen hatten. In Wirklichkeit verhielt es sich so, daß sie einfach nicht zuhörte.
Es hatte Zeiten gegeben, wo Mildred, wenn sie gerade ihre politischen und ökonomischen Weisheiten verzapft hatte, über dieses wissende, verzeihende Lächeln ihrer Mutter am liebsten geheult hätte. Erst viel später kam die Tochter darauf, daß die Mutter nie einer Konversation folgte, die nicht von Leuten, Orten oder materiellen Dingen handelte. Andererseits vergaß Bernice nie auch nur das kleinste Detail, Waren, Farben oder Preise betreffend; sie wußte sich genau zu erinnern, wieviel sie vor sieben Jahren für schwarze schwedische Handschuhe bezahlt hatte. Sie liebte Handschuhe und Ringe — welche es immer auch waren. Sie hatte eine ganze Ringsammlung, aber sie trug mit jedem dieser Ringe immer ihren kleinen Verlobungsdiamantring und ihren goldenen Ehering. Diese beiden legte sie nur beim Baden ab. Hingegen behielt sie sie an, wenn sie ihre Kämme und Bürsten in Ammoniakwasser in ihrem Waschbecken wusch. Ammoniak reinigte die Ringe und gab den kleinen Diamanten Glanz.
Ihre Ehe war ganz angenehm, und sie hatte ihren Mann gern. Sie glaubte, seine Schwächen und auch seine Prinzipien und Wünsche zu kennen. Sie selbst war durch Frömmigkeit und Frigidität vor jeglichem Seitensprung geschützt, und sie litt unter einer Säurebildung, die sie vor Empfängnis bewahrte, auch ohne ihre Körpersäuren künstlich neutralisieren zu müssen. Diese beiden Veranlagungen hielt sie für völlig normal und jede Abweichung für abnormal und unfein. Sinnlich veranlagte Frauen nannte sie nur »diese Art Frauen«, und sie taten ihr ein wenig leid, so wie zum Beispiel Morphinisten und Trinker.
Die anfängliche Libido ihres Mannes hatte sie erst hingenommen, dann aber

durch gespielte, aber konstante Abwehr in Schach gehalten und langsam gedrosselt, so daß seine Angriffslust, was sie betraf, immer geringer wurde, so lange, bis er selbst fand, daß er ein Alter erreicht habe, wo diese Dinge keine Rolle mehr spielten.

In ihrer Art hatte sie sehr viel Macht. Sie führte ein tadelloses blitzsauberes und bequemes Haus, ihre Mahlzeiten waren nahrhaft, ohne wohlschmeckend zu sein. Sie hielt nichts von Gewürzen; denn sie hatte einmal gehört, sie seien auf Männer von aphrodisischer Wirkung. Alle drei – Mr. Pritchard, Mildred und sie selbst – blieben ständig auf dem gleichen Gewicht, wahrscheinlich, weil das Essen so fad war. Es wirkte keineswegs appetitanregend.

Bernices Freunde kannten sie als eines der süßesten, selbstlosesten Geschöpfe, denen sie je begegnet waren. Sie nannten sie sehr oft eine Heilige. Und sie selbst sagte häufig, daß sie sich beschämt und glücklich fühle; denn sie besäße die aufrichtigsten und besten Freunde auf der ganzen Welt. Sie liebte Blumen und pflanzte, pflegte, schnitt und düngte sie. In ihrem Hause standen überall große Schalen mit Blumen, so daß ihre Freunde zu sagen pflegten, es sehe aus wie in einem Blumenladen, und sie arrangierte alles selbst so wunderbar.

Sie nahm keine Mittel und litt oft im stillen an Konstipation, so lange, bis der angesammelte Druck sie befreite. Sie war niemals wirklich krank oder verletzt gewesen, so daß ihr für Schmerz jeder Maßstab fehlte. Ein Seitenstechen, ein Rückenschmerz, eine Gasstauung unter ihrem Herzen gab ihr das heimliche, aber sichere Gefühl, daß sie nun sterben müsse. Nach Mildreds Geburt war sie überzeugt gewesen, jetzt gehe es mit ihr zu Ende, und sie hatte ihre irdischen Angelegenheiten geordnet, um Mr. Pritchard keine Ungelegenheiten zu bereiten. Sie hatte sogar einen Brief geschrieben – nach ihrem Tode zu öffnen –, in dem sie ihrem Mann riet, wieder zu heiraten, um dem Kind eine Art Mutter zu geben. Später zerriß sie dann diesen Brief.

Ihr Körper und ihr Geist waren träge und faul, und in ihrem tiefsten Innern bekämpfte sie einen müden Neid, der den Leuten galt, die – so dachte sie – nur Angenehmes erfuhren, während sie selbst durch das Leben ging wie eine graue Wolke durch einen grauen Raum. Da ihr beinahe jedes unmittelbare Empfindungsvermögen abging, lebte sie nach genauen Regeln. Erziehung ist wichtig. Selbstbeherrschung ist notwendig. Alles zu seiner Zeit und an seinem Platz. Reisen weitet den Horizont. Dieses letzte Axiom war es, das sie schließlich in diesen Urlaub in Mexiko hineingetrieben hatte.

Wie sie ihre Zwecke erreichte, hätte nicht einmal sie selbst zu sagen gewußt. Es war ein langwieriger Prozeß, gestützt auf Anspielungen, Suggestionen, Zufälle, tausend Zufälle, bis sie schließlich durch ihre überwältigende Übermacht die Entscheidungen erzwangen. Tatsächlich wollte sie nämlich gar nicht nach Mexiko. Sie wollte nur zu ihren Freunden nach Hause kommen, nachdem sie in Mexiko gewesen war. Ihr Mann wollte überhaupt nicht hin. Er tat es seiner Familie zuliebe und weil er hoffte, es würde ihm in kultureller Hinsicht irgendwie guttun. Und Mildred wünschte es sich sehr, aber nicht mit ihren Eltern. Sie wollte neue, fremdartige Menschen kennenlernen und durch solche Begegnungen selbst neu und fremdartig werden. Mildred fühlte, daß sie tiefe, verschüttete Quellen der Begeisterung in sich trug, und dem war wohl auch so. Das stimmt beinahe bei jedem.

Bernice Pritchard stellte zwar jeglichen Aberglauben in Abrede, aber sie wurde trotzdem sehr durch Zeichen beeindruckt. Daß der Bus gleich bei Beginn der Reise zusammengebrochen war, beängstigte sie; denn das deutete auf eine ganze Reihe von Unfällen, die den ganzen Ausflug nach und nach verderben mußten. Sie hatte für Mr. Pritchards Nervosität viel Verständnis. Während sie in der vergangenen Nacht schlaflos im Ehebett der Chicoys gelegen und ihren Mann schwer seufzen gehört hatte, versuchte sie, ihn durch gütigen Zuspruch zu trösten: »Wenn's einmal vorbei ist, wird das Ganze ein richtiges Abenteuer gewesen sein. Ich höre schon, wie du davon erzählst. Es wird noch sehr lustig werden.«

»Möglich«, antwortete Mr. Pritchard.

Es bestand eine gewisse Zuneigung zwischen den beiden, so etwa wie zwischen Bruder und Schwester. Mr. Pritchard hielt die Mängel seiner Frau als Weib für die Vorzüge einer Dame. Wegen ihrer Treue brauchte er nie besorgt zu sein. Unbewußt fühlte er, daß sie auf ihn nicht reagierte, und er fand es richtig. Seine Nerven, seine Alpträume und den scharfen Schmerz, den er manchmal ganz oben im Bauch spürte, führte er auf ein Übermaß an Kaffeegenuß und auf mangelnde Bewegung zurück.

Er liebte das immer hübsch gewellte duftige Haar seiner Frau; er liebte ihre tadellose Kleidung, und er liebte die Komplimente, die man ihr als guter Hausfrau und wegen ihrer Blumen zu machen pflegte. Sie war eine Frau, auf die man stolz sein konnte. Sie hatte eine reizende Tochter großgezogen, ein schönes, gesundes Mädchen.

Mildred war ein reizendes Mädchen; zwei Zoll größer als ihr Vater und fünf Zoll größer als ihre Mutter. Mildred hatte die violetten Augen ihrer Mutter geerbt und auch die dazugehörige Kurzsichtigkeit. Wenn sie etwas deutlich sehen wollte, setzte sie eine Brille auf. Sie war gut gewachsen, hatte kräftige Beine und schlanke Knöchel. Ihre Schenkel und das, was drüber lag, waren fest und straff vom vielen Turnen. Sie spielte gut Tennis und gehörte mit zu den Besten im Basketballteam ihrer Schule. Ihre Brust war breit und fest und weit am Ansatz. Sie hatte ihrer Mutter physiologische Veranlagung nicht geerbt und bereits zwei richtige Liebesaffären hinter sich, die sie sehr befriedigt und die Sehnsucht nach einer ständigen Beziehung geweckt hatten.

Mildreds Kinn war energisch und fest wie das ihres Vaters, aber ihr Mund war voll und weich und ein wenig verängstigt. Sie trug dicke, plump gefaßte Brillen, und das gab ihr etwas Studentisches. Leute, die sie eben erst kennenlernten, waren immer überrascht, wenn sie sie ohne Brille tanzen sahen. Sie tanzte gut, wenn auch etwas zu korrekt, aber sie war ein ständig trainierender Athlet, vielleicht tanzte sie auch nur als Training und ohne zu entspannen. Sie neigte dazu, führen zu wollen, aber damit wurde ein zielbewußter Partner leicht fertig.

Mildreds Überzeugungen waren auch fest, aber sie wechselten. Sie hatte sich schon für manches eingesetzt und meist für gute Dinge. Ihren Vater verstand sie überhaupt nicht, er verwirrte sie ständig. Wenn sie ihm etwas Vernünftiges, logisch Gescheites erzählte, begegnete sie bei ihm oft einer stumpfen Verbohrtheit und einer so absoluten Unfähigkeit zu denken, daß ihr angst und bange wurde. Und dann sagte oder tat er wieder plötzlich etwas so Kluges, daß ihr Urteil ins Gegenteil umschlug. Wenn sie ihn schon endlich als einen geldraffenden, grausamen Sklavenhalter und Geschäftsmann katalogisiert hatte, zerstörte er ihr ihren Seelenfrieden durch irgendeine besonders gütige und verständnisvolle Handlung.

Von seinem Gefühlsleben hatte sie auch nicht die geringste Ahnung, ebensowenig wie er von dem ihren etwas wußte. Allerdings glaubte sie, daß ein Mann in seinen Jahren überhaupt kein Gefühlsleben mehr habe. Mildred mit ihren 21 Jahren war der Ansicht, daß alle Säfte mit fünfzig vertrocknet seien, und das mit Recht; denn weder Frauen noch Männer sind in diesem Alter anziehend. Ein verliebter Mann oder eine verliebte Frau von fünfzig wären ihr obszön erschienen.

Aber wenn Mildred von ihrem Vater nur gerade eine Lücke trennte, lag zwischen ihr und ihrer Mutter ein Abgrund. Die Frau, die keine brennenden Gefühle kannte, konnte dem Mädchen, das von solchen Empfindungen durchtobt war, niemals nahekommen. Ein früher Versuch seitens Mildreds, ihre hochfliegenden Begeisterungsausbrüche mit ihrer Mutter zu teilen und Widerhall bei ihr zu finden, war an einer Leere und Verständnislosigkeit abgeprallt, die Mildred so abstießen, daß sie sich tief in sich selbst verkroch. Und lange hatte sie nicht mehr versucht, sich jemandem anzuvertrauen, sie fühlte sich ganz einzigartig, und alle anderen Frauen glichen ihrer Mutter. Bis schließlich doch eine muskulöse junge Person, die an der Universität Eishockey und Armbrustschießen unterrichtete, ihr ganzes Vertrauen gewann und dann mit ihr zu schlafen versuchte. Dieser Schock konnte erst wieder wettgemacht werden, als ein Student der technischen Wissenschaften, drahthaarig und mit einer sanften Stimme, wirklich mit ihr schlafen ging.

Nun hielt Mildred mit sich selbst Rat, sie dachte ihre eigenen Gedanken und wartete auf die Zeit, wo Heirat oder sonst ein Zufall sie von ihren Eltern befreien würde. Dabei liebte sie ihre Eltern und wäre über sich selbst erschrokken, wäre es ihr je zum Bewußtsein gekommen, daß sie deren Tod wünschte.

Es war nie ein enges Verhältnis zwischen den dreien, wenn sie auch die Form wahrten. Ständig hieß es »mein Liebling«, »mein Herzchen« oder »mein Schatz«; aber Juan und Alice Chicoy standen zueinander in einem Verhältnis, das Mr. und Mrs. Pritchard nie verstanden hätten. Und Mildreds innige und befriedigende Freundschaften galten immer Leuten, von deren Existenz ihre Eltern keine Ahnung hatten. Es ging nicht ohne sie. Und es ging nicht ohne »es«. Die Mädchen, die nackt auf Bühnen tanzten, waren in Mr. Pritchards Augen verdorben, aber der Gedanke, daß er, der ihnen zusah und Beifall klatschte und sie bezahlte, an der Verderbtheit teilhatte, wäre ihm nie gekommen.

Ein-, zweimal hatte er auf dringendes Zureden seiner Frau Mildred vor dem Verkehr mit Männern gewarnt, um sie zu schützen. Er deutete alles nur an und glaubte ungeheure Erfahrung zu besitzen; dabei bestand seine ganze Weisheit, abgesehen von dem, was er nur vom Hörensagen wußte, aus dem einen Bordellbesuch, aus den Bühnen mit den Nackttänzerinnen und seiner unbefriedigenden Beziehung zu seiner Frau.

An diesem Morgen trug Mildred einen Sweater zu einem Faltenrock und niedrige mokassinartige Schuhe. Die drei saßen an einem kleinen Tisch im Lunchraum. Mrs. Pritchards dreiviertellanger Pelzmantel hing an einem Haken neben Mr. Pritchard. Dieser Mantel war eine persönliche Angelegenheit; er beschützte ihn, half seiner Frau beim An- und Ausziehen des Pelzes und sorgte dafür, daß er ordentlich aufgehängt und nicht einfach irgendwohin geworfen wurde. Er rauhte die Haare wieder auf, wenn sich zerdrückte Stellen zeigten, kurz, er liebte diesen Mantel, liebte die Tatsache, daß er teuer war, und er liebte es, seine Frau in ihm zu sehen und andere Frauen ihre bewundernden Bemerkungen machen zu hören. Schwarzer Fuchs war ein verhältnismäßig seltenes Fell und außerdem ein wertvolles Stück und eine Kapitalanlage. Und Mr. Pritchard fand, daß er dementsprechend gut behandelt werden mußte. Er stimmte immer als erster dafür, ihn über den Sommer zum Pelzhändler in Aufbewahrung zu geben. Er hatte auch dagegen gestimmt, ihn nach Mexiko mitzunehmen, erstens, weil dort ein tropisches Klima herrschte, und zweitens, weil es dort Banditen gab, die ihn stehlen konnten. Mrs. Pritchard aber war der Meinung, daß er mitgenommen werden sollte, erstens weil sie Los Angeles und Hollywood besuchen würden, wo ein jeder einen Pelzmantel trug, und zweitens, weil es in Mexiko bei Nacht recht kühl war, wie es hieß. Mr. Pritchard ließ sich leicht umstimmen; für ihn ebenso wie für seine Frau war dieser Pelz das Aushängeschild einer sozialen Stellung. Er kennzeichnete sie als erfolgreiche, konservative und wohlhabende Leute. Man wird überall respektvoll behandelt, wenn man mit einem Pelzmantel und gutem Gepäck ankommt.

Nun hing der Mantel neben Mr. Pritchard, und er fuhr mit den Fingern hastig durch das Fell, um die langen Haare unten am Mantel aufzulockern. Von ihrem Tisch aus hatten sie durch die Schlafzimmertür Alicens rauhe, kreischende Attacke auf Norma anhören müssen, und die triebhafte Vulgarität dieses Ausbruchs hatte sie furchtbar schockiert, so daß sie so nahe als irgendmöglich zusammengerückt waren. Mildred hatte sich eine Zigarette angezündet und vermied es, ihre Mutter anzusehen. Sie rauchte erst seit sechs Monaten, seit ihren einundzwanzigsten Geburtstag. Nach dem ersten Ausbruch war der Gegenstand nicht mehr berührt worden, aber das Gesicht ihrer Mutter drückte immer, wenn sie in ihrer Gegenwart rauchte, tiefste Mißbilligung aus.

Es hatte aufgehört zu regnen, und es tropfte nur noch von den weißen Eichen aufs Dach. Der Boden war aufgeweicht, vom Regen zerrissen und stellenweise überschwemmt. Das im feuchten, üppigen Frühling schwer gewordene Getreide hatte der letzte Regenguß umgeworfen. Nun lag es in müden langen Wellen am Boden. Das Wasser sickerte, rann, gurgelte und hastete auf der Suche nach niedriger gelegenen Stellen auf den Feldern. Die Gräben der staatlichen Hochstraße entlang waren voll, und hier und dort überflutete das Wasser sogar die erhöhte Straße. Der goldene Mohn war nun all seiner Blütenblätter beraubt, und die Lupinen lagen flach wie das Getreide; auch sie waren zu fett und zu schwer, um ihre Köpfe oben behalten zu können.

Der Himmel begann sich aufzuklaren. Die Wolken zerrissen, und ein lieblichklarer Himmel wurde sichtbar, von dünnen Wolkenfäden durchzogen. Hoch oben blies ein tobender Wind und zerteilte, vermengte und verband die Wolkenfetzen, aber unten auf der Erde war die Luft vollkommen still, es roch nach Regenwürmern, nassem Gras und freigelegten Wurzeln. Von der Höhe des Lunchraumes und der Garage in Rebel Corners lief das Wasser in flachen Rinnsalen zu dem breiten Graben neben der Hochstraße. Der Bus stand glänzend und sauber in seinem Aluminiumanstrich da, und das Wasser, das noch immer von seinen Wänden und von seiner Windschutzscheibe herunterrann, besprenkelte alles mit Tröpfchen. Drinnen im Lunchraum war es ein wenig zu warm.

Pimples stand hinter dem Schanktisch und versuchte zu helfen. Etwas, das ihm vor dem heutigen Tag niemals eingefallen war. Immer, in allen früheren Stellungen, hatte er die Arbeit gehaßt und selbstverständlich auch den dazugehörigen Arbeitgeber. Aber die Erfahrung von heute früh wirkte noch stark in ihm nach. Er hörte noch immer, wie Juan ihm sagte: »Kit, wisch dir die Hände ab und schau, ob Alice mit dem Kaffee fertig ist.« Noch nie hatte ein Satz so süß geklungen. Er wollte Juan etwas Liebes tun. Er hatte für die Pritchards Orangen ausgedrückt und ihnen den Kaffee gebracht, und nun versuchte er, den Toaströster zu bewachen und zugleich auch die Rühreier.

Mr. Pritchard sagte: »Essen wir doch alle Rühreier, das erleichtert das Ganze.

Die meinen können Sie in der Pfanne lassen, ich esse sie gern ganz fest und trocken.«

»O. K.«, sagte Pimples. Seine Pfanne war zu heiß, und die Eier zischten und brutzelten und verbreiteten den üblichen Geruch nach nassen Hühnerfedern, wie immer, wenn man Eier zu rasch erhitzt.

Mildred hatte ihre Beine übergeschlagen, und ihr Rock haftete über ihrem Knie, so daß die Pimples abgekehrte Seite sichtbar werden mußte. Er wäre gern hinübergegangen, um zu schauen. Seine beweglichen, schmalen Augen warfen unzählige pfeilschnelle Blicke auf das wenige, das überhaupt sichtbar war. Er wollte nicht von ihr dabei ertappt werden, daß er ihre Beine betrachtete. Das alles legte er sich im Geiste zurecht. Wenn sie so sitzen blieb, dann würde er die Eier servieren, mit einer Serviette über dem Arm. Dann, wenn er die Schüsseln abgestellt haben würde, wollte er an ihrem Tisch vorbeigehen und nach etwa zehn Schritten die Serviette wie zufällig fallen lassen. Er würde sich bücken und unter seinem Arm hindurch auf Mildreds Bein hinüberschauen.

Er hielt die Serviette bereit und rührte die Eier, damit sie fertig wären, bevor sie die Stellung wechselte. Er rührte und rührte. Nun hatten sich die Eier angesetzt, und darum löffelte er sie nur von oben weg, damit die schwarze Kruste in der Pfanne blieb. Der Geruch nach verbrannten Eiern erfüllte den Raum. Mildred blickte auf und sah das Flackern in Pimples Augen. Sie blickte hinunter und bemerkte, daß ihr Rock hängengeblieben war, und zog ihn zurecht. Pimples sah alles, ohne direkt hinzuschauen. Er fühlte, daß er erwischt worden war, und seine Wangen glühten.

Dunkler Rauch stieg von der Eierpfanne auf und blasser Rauch vom Toaströster. Juan kam gelassen aus dem Schlafzimmer und schnupperte.

»Guter Gott — Kit —, was tust du denn da?«

»Ich wolte Ihnen helfen«, sagte Pimples betroffen.

Juan lächelte. »Ich danke dir sehr, aber vielleicht nicht gerade mit Rühreiern.« Er ging zum Gasofen, faßte die heiße Pfanne mit den angebrannten Eiern, steckte das Ganze in den Aufwaschtisch und ließ Wasser darüber laufen. Einen Augenblick zischte und gurgelte es, dann versank es mit einem Klageton im Wasser.

Juan sagte: »Kit, geh jetzt hinaus und versuch den Motor anzulassen. Nicht mit Gewalt, falls er nicht angehen will. Das würde ihn nur mit Benzin überschwemmen. Wenn er nicht gleich angeht, dann nimm den Vergaserkopf herunter und trockne alles gut ab. Es mag naß geworden sein. Und wenn du ihn angelassen hast, dann laß ihn ein paar Minuten niedrig laufen, und dann erst geh auf einen höheren Gang über und laß die Räder laufen. Aber sei vorsichtig, damit der Bus nicht von den Stützen herunterspringt. Laß die Räder einfach frei laufen.«

Pimples wischte sich die Hände ab. »Sollte ich nicht erst den Ölhahn öffnen und nachsehen, ob genug drin ist?«

»Ja, ja, ich seh', du verstehst deine Sache. Schau nach. Das Schmieröl war heute früh reichlich dick.«

»Es dürfte sich gesetzt haben«, sagte Pimples. Er hatte ganz vergessen, nochmals auf Mildreds Beine zu schauen und errötete tief, weil Juan ihn lobte.

»Kit, ich glaube ja nicht, daß jemand ihn stehlen wird, aber behalte ihn jedenfalls im Auge.« Pimples lachte mit sykophantischer Heiterkeit über den Scherz des Chefs und ging zur Tür. Juan blickte über den Schanktisch. »Meine Frau fühlt sich nicht ganz wohl«, sagte er. »Was kann ich für Sie alle tun? Noch etwas Kaffee?«

»Ja«, sagte Pritchard. »Der Junge hat versucht, ein paar Eier einzurühren, aber er hat sie verbrannt. Meine Frau hat sie gern locker...«

»Wenn sie frisch sind...«, unterbrach Mrs. Pritchard.

»Freilich sind sie frisch«, sagte Juan, »direkt aus dem Eis.«

»Ich glaube nicht, daß ich Gefriereier essen könnte«, sagte Mrs. Pritchard.

»Nun, da sind sie aber, ich will Ihnen nichts einreden.«

»Nun, dann glaube ich, nehme ich lieber einen Krapfen«, sagte Mrs. Pritchard.

»Und ich auch«, sagte Mr. Pritchard.

Juan blickte unverblümt bewundernd auf Mildreds Beine. Sie sah zu ihm auf. Langsam lösten sich seine Blicke von ihren Beinen, und seine dunklen Augen waren so erfüllt von ehrlichem Vergnügen und so voll Bewunderung, daß Mildred ein wenig errötete. Es wurde ihr warm um den Magen. Sie fühlte einen elektrischen Schlag.

»Oh...« Sie schaute von ihm weg. »Noch ein wenig Kaffee, denke ich, und ich könnte auch einen Krapfen nehmen.«

»Es sind nur mehr zwei Krapfen da«, sagte Juan. »Ich bringe zwei Krapfen und eine Schnecke, und dann können Sie drum raufen.«

Draußen ging knatternd der Motor an, und kurz darauf ging das Knattern in ein Surren über.

»Es klingt gut«, sagte Juan.

Ernest Horton kam still, beinahe heimlich, aus dem Schlafzimmer und schloß die Tür leise hinter sich. Er ging zu Mr. Pritchard hinüber und legte sechs dünne Päckchen auf den Tisch.

»Da wären wir...«, sagte er. »Es sind sechs Stück.«

Mr. Pritchard zog seine Brieftasche heraus. »Können Sie zwanzig Dollar wechseln?« fragte er.

»Nein, so viel habe ich nicht.«

»Können Sie zwanzig wechseln?« fragte Mr. Pritchard Juan.

Juan drückte auf einen Knopf seiner Registrierkasse und hob den Beschwerer von den Papiernoten. »Ich kann Ihnen zwei Zehner geben.«

»Das genügt«, sagte Ernest Horton. »Ich dürfte eine Dollarnote haben. Sie schulden mir neun Dollar.« Er nahm einen Zehndollarschein und gab Mr. Pritchard einen Dollar.

»Was ist denn das?« fragte Mrs. Pritchard. Sie griff nach einem der Päckchen, aber Mr. Pritchard nahm es ihr rasch aus der Hand. »Nichts für dich«, sagte er geheimnisvoll.

»Aber was ist es denn?«

»Das ist meine Sache«, sagte Mr. Pritchard. »Du wirst es bald genug erfahren.«

»Oh, eine Überraschung!«

»Ganz richtig. Kleine Mädchen sollen ihre Nasen nicht in Dinge stecken, die sie nichts angehen.« Mr. Pritchard nannte seine Frau immer ein kleines Mädchen, wenn er gut aufgelegt war. Und sie spielte automatisch die kindliche Rolle.

»Wann wird das tleine Mädi das söne Geschenk triegen ...?«

»Du wirst schon sehen«, sagte er und steckte die flachen Päckchen in seine Rocktasche. Sobald es sich nur irgend machen ließ, wollte er hinkend hereinkommen. Er hatte sich sogar noch eine Variation ausgedacht. Er wollte so tun, als sei sein Fuß so wund, daß er Schuh und Socken gar nicht allein ausziehen konnte, und seine Frau sollte diejenige sein, die ihm den Socken auszog. Sie dabei zu beobachten, mußte ein unbezahlbarer Spaß sein. Sie würde bestimmt in Ohnmacht fallen, wenn sie den wunden Fuß zu sehen bekam.

»So sag doch, was es ist, Elliot«, fragte sie leicht verdrießlich.

»Wart es nur ab und mach kein brummiges Gesicht; das kleidet kleine Mädchen nicht.«

»Hören Sie mal«, sagte er, zu Ernest Horton gewandt, »ich habe mir noch etwas Neues ausgedacht. Ich sag's Ihnen später ... Eine neue Möglichkeit ...«
Ernest sagte: »Ja, das erhält die Welt in Gang. Eine neue Möglichkeit, eine neue Idee, und alles ist in Ordnung. Es braucht gar nichts Großartiges zu sein, nur eine kleine Idee, ein ›Switcheroo‹, wie sie es in Hollywood nennen. Genauso ist es mit einer Filmidee. Man nimmt einen Film, der viel Geld gemacht hat und arbeitet eine neue Möglichkeit dazu aus, eine neue, kleine Idee — nicht zu viel, nur gerade genug —, und es ist erreicht.« — »Sehr richtig —«, sagte Mr. Pritchard, »ja, Mr. Horton, das ist sehr richtig.«

»Mit neuen Möglichkeiten ist es eine komische Sache«, sagte Ernest. Er setzte sich auf einen der Stühle und überschlug die Beine. »Komisch, wie man sich manchmal auch irren kann. Zum Beispiel: Ich habe eine Art Erfindung gemacht und geglaubt, jetzt brauche ich nie mehr etwas anderes zu tun, als Geld zu zählen. Weit gefehlt. Wissen Sie, es gibt eine ganze Menge Jungens, die so herumreisen wie ich und aus einem Handkoffer heraus leben. Nun, und da kann es vorkommen, daß man einmal eine Versammlung besuchen will oder

daß man ein Rendezvous hat, das einem Spaß macht. Und nun würde man einen Smoking brauchen. Aber ein Smoking nimmt eine Menge Platz ein. Und man braucht ihn keine zweimal während einer ganzen Reise. Und da eben kam mir meine Idee. Nehmen wir an, sagte ich mir, man besitze einen hübschen dunklen Anzug – dunkelblau oder beinahe schwarz oder dunkelbraun – und nehmen wir an, man habe kleine seidene Überzüge, so wie kleine Rockaufschläge und Seidenstreifen, die an den Hosen haften bleiben. Am Nachmittag hat man einen netten dunklen Anzug, und dann zieht man diese seidenen Hüllen über die Rockaufschläge und befestigt die Streifen an den Hosen, und der Smoking ist fertig. Ich habe mir sogar ein kleines Säckchen ausgedacht, in dem man sie verwahren könnte.«
»Hören Sie mal«, sagte Mr. Pritchard begeistert, »das ist ja eine herrliche Idee! Sagen Sie mir, warum ich zum Beispiel gerade jetzt meine Reisetasche mit einem Smoking vollstopfen mußte. So ein Artikel würde mich interessieren. Wenn Sie ein Patent darauf nehmen und die Reklame machen, eine Reklame, die über das ganze Land reicht, dann würde vielleicht ein Filmstar sozusagen die Patenschaft übernehmen...«
Ernest hob abwehrend die Hand. »Genauso hatte ich es mir vorgestellt«, sagte er. »Und ich hatte mich geirrt, und Sie irren sich auch. Ich zeichnete das Ganze genau auf und probierte aus, wie es zu befestigen sein würde, und daß die Hosen winzige Schlingen haben mußten für die Häkchen an den Streifen, damit man sie befestigen konnte, und dann sprach ich mit einem Freund, der für einen großen Konfektionär reist –« Ernest kicherte, »und er setzte mir rasch den Kopf zurecht. ›Sie würden sich sofort jeden großen Schneider und jeden Konfektionär zu Feinden machen‹, sagte er. ›Die Leute verkaufen ihre Smokings überall von 50 Dollar bis 150 Dollar das Stück, und dann kommen Sie daher und nehmen ihnen das Geschäft mit einem Zehn-Dollar-Artikel aus der Hand. Die würden Sie sofort vollkommen unmöglich machen‹, sagte er.«
Mr. Pritchard nickte ernst. »Ja, ich verstehe den Standpunkt. Sie müssen sich und ihre Aktionäre schützen.«
»Er hat mir nicht viel Hoffnung gemacht«, sagte Ernest. »Ich hatte mir vorgestellt, ich würde nur noch so dasitzen und den Gewinn zählen. Ich dachte, daß ein Mensch, der, sagen wir im Flugzeug reist, doch nur ein bestimmtes Gepäckgewicht erlaubt bekommt. Und so ein Mensch hat doch gewiß das Recht, Raum zu sparen. Er hätte auf diese Art zwei Anzüge mit, die soviel wiegen wie einer. Und dann dachte ich mir, daß vielleicht die Schmuckfabrikanten es aufgreifen würden. Garnituren von Hemd- und Manschettenknöpfen zusammen mit meinen Aufschlägen und Streifen in hübscher gemeinsamer Packung. Soweit bin ich noch gar nicht gekommen. Ich habe noch niemanden diesbezüglich gefragt. Vielleicht wird es doch noch etwas.«

»Wir sollten uns einmal zu einer längeren Besprechung zusammensetzen, Sie und ich«, sagte Mr. Pritchard. »Haben Sie ein Patent genommen?«
»Nein, das nicht. Ich wollte das viele Geld nicht ausgeben, solange ich nicht einen Interessenten gefunden hatte.«
»Oh«, sagte Mr. Pritchard, »vielleicht haben Sie recht. Patentanwälte und all das kosten eine Menge Geld. Vielleicht haben Sie recht.« Dann wechselte er das Thema. »Wann können wir weiterfahren?« fragte er Juan.
»Nun — der Greyhound-Bus kommt so um zehn herum. Er bringt jedesmal Frachtgut und einige Passagiere. Wir sollten um zehn Uhr dreißig abfahren. Fahrplanmäßig. Kann ich Ihnen noch etwas bringen? Kaffee vielleicht?«
»Noch etwas Kaffee«, sagte Mr. Pritchard.
Juan brachte ihm den Kaffee und schaute aus dem Fenster auf den Bus mit seinen Rädern, die sich in der Luft drehten. Mr. Pritchard schaute auf seine Uhr.
»Wir haben noch eine ganze Stunde Zeit«, sagte er.
Ein großer vorgebeugter alter Mann kam um das Haus herum. Der Mann, der in Pimples Bett geschlafen hatte. Er öffnete die Tür zum Lunchraum, kam herein und setzte sich auf einen der Stühle. Sein Kopf auf dem gichtigen Hals war ständig vorgeneigt, so daß seine Nasenspitze immer direkt auf den Boden zielte. Er war weit über Sechzig, und seine Augenbrauen hingen über seine Augen hinunter wie bei einem Skye-Terrier. Seine lange tiefgefurchte Oberlippe überragte seine Zähne wie der Rüssel eines Tapirs. Die Stelle über seinen Mittelzähnen wirkte beinahe wie zweigeteilt. Seine Augen waren so goldgelb, daß sie beinahe wild dreinschauten.
»Mir gefällt das nicht«, sagte er unvermittelt. »Es hat mir schon gestern nicht gefallen, als Ihr Bus zusammenbrach, und heute gefällt es mir noch weniger.«
»Ich habe den havarierten Teil schon repariert«, sagte Juan.
»Ich glaube, ich gebe die Fahrkarte zurück und fahre mit dem Greyhound wieder nach San Ysidro«, sagte der Mann.
»Nun, das können Sie ja tun.«
»Ich habe so ein Gefühl«, sagte der Mann. »Mir gefällt es nun einmal nicht. Es ist, als warnte mich etwas. Das ist mir schon früher ein-, zweimal passiert. Einmal habe ich es nicht beachtet, und das hab' ich teuer bezahlen müssen.«
»Der Bus ist vollkommen in Ordnung«, sagte Juan, und seine Stimme wurde etwas lauter, weil er gereizt war.
»Ich rede nicht von dem Bus«, sagte der Mann, »ich bin in dieser Gegend zu Hause, ich bin sogar hier geboren. Der Boden ist voll Wasser. Der San Ysidro River wird sehr hoch stehen. Sie wissen ja, wie der Ysidro zu steigen pflegt. Dicht unter Pico Blanco läuft er durch diesen Lone Pine Canyon und macht eine große Biegung. Der Boden saugt sich mit Wasser voll, und jeder Tropfen rinnt direkt in den San Ysidro. Der muß jetzt schon ganz reißend sein.«

Mrs. Pritchard machte ein ängstliches Gesicht. »Halten Sie das für gefährlich?« sagte Mr. Pritchard.
»Ich habe so ein Gefühl«, sagte der Mann. »Die alte Straße ging um diese Fußschlinge herum und nie durch sie hindurch. Vor dreißig Jahren aber kam Mr. Trask daher und ließ sich zum Straßenmeister des Bezirkes wählen. Die alte Straße war ihm nicht gut genug. Er baute zwei Brücken, und was ersparte er dadurch? Zwölf Meilen, das ist alles. Es kostete den Bezirk 27 000 Dollar. Mr. Trask war ein Betrüger.«
Er wandte seinen steifen Hals und schaute die Pritchards prüfend an.
»Ein Betrüger. Ich wollte ihn gerade wegen einer anderen Sache verklagen, da ist er gestorben, vor drei Jahren etwa. Als reicher Mann. Jetzt hat er zwei Jungens auf der Universität von Kalifornien, die auf Kosten der Steuerzahler leben.« Er unterbrach sich, und seine Oberlippe wackelte über seinem langen gelben Zahn hin und her... »Wenn diese Brücken einmal einen festen Stoß bekommen, sind sie erledigt. Die Betonplatten sind nicht stark genug. Ich gebe meine Karte einfach zurück und fahre wieder nach San Ysidro.«
»Vorgestern war der Fluß noch ganz in Ordnung«, sagte Juan. »Beinahe kein Wasser drin.«
»Sie kennen den San-Ysidro-Fluß nicht. Er kann innerhalb von zwei Stunden ganz hoch sein. Ich habe ihn schon eine halbe Meile breit gesehen und voll von Hühnerställen und toten Kühen. Nein, wenn ich einmal dieses Gefühl habe, dann darf ich nicht fahren. Dabei bin ich alles eher als abergläubisch.«
»Sie glauben, die Brücke könnte unter dem Bus einstürzen?«
»Ich sage nicht, was ich glaube, ich weiß nur, daß Trask ein Betrüger war. Er hat ein Vermögen von 36 500 Dollar hinterlassen. Seine Söhne vertun es jetzt unten im College.«
Juan kam hinter dem Schanktisch hervor und ging ans Wandtelefon. »Hallo«, sagte er. »Geben Sie mir die Benzinstation an der San-Juan-Straße. Ich weiß die Nummer nicht.« Er wartete eine Weile. Dann sagte er: »Hallo, hier ist Chicoy, unten an den Corners. Wie sieht der Fluß aus? So, so... Und die Brücke ist in Ordnung? Ja... Schön... O. K. Auf Wiedersehen in einer Weile.« Juan hängt ab. »Der Fluß ist recht gestiegen«, berichtete er, »aber die Brücke ist in Ordnung«, sagte er.
»Der Fluß kann einen Fuß per Stunde steigen, wenn Pine Canyon noch einen Wolkenbruch hineinpumpt. Bevor wir hinkommen, kann die Brücke weg sein.«
Juan drehte sich ein wenig ungeduldig zu ihm um. »Was soll ich also Ihrer Ansicht nach tun? Nicht fahren?«
»Tun Sie nur ruhig, was Sie wollen. Ich persönlich will meine Karte zurückgeben und nach San Ysidro zurückfahren. Auf solchen Unsinn lasse ich mich nicht ein. Einmal schon hatte ich ein ähnliches Gefühl, beachtete es nicht und

brach mir beide Beine. Nein, lieber Herr, als Sie gestern zusammenbrachen, hatte ich das gleiche Gefühl...«
»Dann betrachten Sie Ihre Karte als zurückgenommen.«
»Das hoffe ich auch, mein Lieber. Sie sind noch nicht so lange hier. Sie wissen nicht, was ich alles über Trask weiß. 1500 Doller jährlich und hinterläßt 36 500 Dollar und den verbrieften Besitz von 160 Äckern Landes. Ich möchte nur wissen...«
»Nun«, sagte Juan, »dann bringe ich Sie eben im Greyhound unter.«
»Es handelt sich für mich hier nicht um Trask, es handelt sich für mich um das, was passiert ist. Sie können es sich selbst ausrechnen. 36 500...«
Ernest Horton fragte: »Und wenn die Brücke hin ist — was dann?«
»Dann werden wir nicht über die Brücke fahren«, sagte Juan.
»Ja, aber was tun wir dann? Einfach umkehren und zurückfahren?«
»Natürlich«, sagte Juan. »Entweder das, oder wir müssen hinüberspringen.«
Der vorgebeugte Mann sah sich triumphierend lächelnd im Zimmer um. »Sehen Sie...«, sagte er. »Dann werden Sie hierher zurückkommen und haben keinen Autobus nach San Ysidro mehr. Wie lange wollen Sie hier herumsitzen? Monate? Wollen Sie warten, bis man eine neue Brücke gebaut hat? Wissen Sie, wer jetzt Straßenmeister ist? Ein Gymnasiast, gerade aus der Schule entlassen. Lauter Bücherweisheit und keine Praxis. Oh, zeichnen kann er eine Brücke schon — aber bauen? Das werden wir erst sehen.«
Juan lächelte plötzlich. »Wunderbar«, sagte er. »Die alte Brücke steht noch, und Sie ärgern sich bereits über die neue, die noch gar nicht gebaut ist.«
Der Mann wandte seinen schmerzenden Hals zur Seite. »Sollten Sie etwa keck werden?« fragte er.
Einen Augenblick schien in Juans Augen ein Lichtchen aufzuglimmen. »Ja«, sagte er, »ich bringe Sie im Greyhound unter. Ich möchte Sie gar nicht mithaben.«
»Nun, hinauswerfen können Sie mich nicht. Sie sind nichts als ein ganz gewöhnlicher Autobuschauffeur.«
»O. K.«, sagte Juan müde. »Manchmal weiß ich wirklich nicht, warum ich den Bus behalte. Vielleicht nicht mehr lange. Es ist eine Laune, weiter nichts. Sie haben Ahnungen — Unsinn.«
Bernice war der Konversation sehr interessiert gefolgt. »Ich glaube nicht an solche Dinge«, sagte sie, »aber angeblich ist jetzt in Mexiko die trockene Jahreszeit. So wie im Herbst. Im Sommer regnet es.«
»Mutter«, sagte Mildred. »Mr. Chicoy kommt aus Mexiko. Er ist dort geboren.«
»Ach, wirklich? Nun, ist jetzt dort die trockene Zeit?«
»Stellenweise«, sagte Juan. »Dort, wo Sie hinwollen, dürfte es stimmen. In anderen Gegenden gibt es keine trockene Zeit.«

Mr. Pritchard räusperte sich. »Wir fahren nach Mexiko City und nach Puebla, und dann nach Cuernavaca und Tasco, und vielleicht machen wir einen Abstecher nach Acapulco und sehen uns den Vulkan an, wenn alles klappt.«
»Es wird klappen«, sagte Juan.
»Sie kennen alle diese Orte?« fragte Mr. Pritchard.
»Natürlich.«
»Wie sind die Hotels?« fragte Mr. Pritchard. »Sie wissen, wie die Reisebüros sind — bei ihnen ist alles herrlich. Wie sind sie wirklich?«
»Herrlich«, sagte Juan; nun lächelte er. »Großartig. Jeden Morgen das Frühstück ins Bett...«
»Ich wollte wirklich heute früh keine Ungelegenheiten machen...«, sagte Mr. Pritchard.
»Freilich — es ist schon in Ordnung.« Er stützte die Arme auf den Schanktisch und sagte vertraulich:
»Manchmal bekomme ich es ein wenig satt. Ich fahre diesen Bus hin und her, hin und her... Manchmal, da packt es mich, und ich möchte am liebsten auf und davon in die Hügel hinauf. Ich habe einmal von einem Fährenkapitän im New Yorker Hafen gelesen, der einfach eines schönen Tages aufs Meer hinausfuhr — und wurde nie mehr gesehen. Vielleicht ist er mit seinem Schiff untergegangen, oder vielleicht hat er sich auf irgendeiner Insel niedergelassen, weiß Gott!... Den Mann kann ich verstehen.«
Ein großer roter Lastwagen mit einem Schlepper bremste draußen auf der Landstraße. Der Chauffeur schaute herein. Juan schwenkte seine Hand sichtlich abwinkend von links nach rechts. Der Lastwagen ging in den zweiten Gang, dann bekam er Schwung, und weg war er.
»Ich dachte, er würde hereinkommen«, sagte Mr. Pritchard.
»Er ißt sehr gern Himbeerkuchen«, sagte Juan, »und er hält nur, wenn ich welchen habe. Und darum habe ich ihm ein Zeichen gegeben, daß es heute keinen gibt.«
Mildred schaute Juan fasziniert an. In diesem dunklen Mann mit dem seltsamen warmen Blick war etwas, das sie packte. Sie fühlte sich zu ihm hingezogen. Und sie hätte gern seine Aufmerksamkeit erregt, seine ganz spezielle Aufmerksamkeit, die nur ihr galt. Sie saß mit zurückgeworfenen Schultern da, so daß ihr Busen sich wölbte.
»Warum sind Sie aus Mexiko weggegangen?« fragte sie. Sie nahm die Brille ab, damit er sie, wenn er ihr antwortete, ohne Augengläser sehe. Sie lehnte sich über den Tisch und zog mit dem Zeigefinger Haut und Lid des linken Auges nach rückwärts. Das veränderte ihren Blickwinkel. So konnte sie sein Gesicht klarer sehen. Und es gab gleichzeitig ihren Augen eine lange schmachtende Form, und ihre Augen waren sehr schön.
»Ich weiß nicht, warum ich weggegangen bin«, antwortete ihr Juan. Seine

warmen Blicke schienen sie einzuhüllen und zu liebkosen. Mildred wurde es schwach und süß um den Magen Das muß ich abbremsen, dachte sie. Es ist ja verrückt. Ein schwüles Bild hatte sich blitzartig in ihren Gedanken geformt.
Juan sagte: »Wenn die Leute dort unten nicht sehr reich sind, dann müssen sie für viel zuwenig Geld viel zu schwer arbeiten. Das dürfte wohl der Hauptgrund gewesen sein, warum ich weg bin.«
»Sie sprechen sehr gut Englisch«, sagte Bernice Pritchard. Es sollte ein Kompliment sein.
»Warum sollte ich nicht? Meine Mutter war Irin. Ich habe beide Sprachen gleichzeitig gelernt.«
»Nun, dann sind Sie wohl mexikanischer Staatsbürger?« fragte Mr. Pritchard.
»Wahrscheinlich«, sagte Juan. »Ich hab' mich nie darum gekümmert.«
»Sie sollten aber doch um Ihre amerikanische Staatsbürgerschaft einreichen«, sagte Mr. Pritchard.
»Wozu?«
»Es wäre gut.«
»Der Regierung ist es egal«, sagte Juan. »Besteuern und zum Militär einberufen können sie mich so auch.«
»Immerhin wäre es sehr gut«, sagte Mr. Pritchard.
Juans Blicke spielten mit Mildred, sie streiften ihre Brust und glitten an ihren Hüften entlang. Er sah sie aufseufzen und sich ein wenig zurückneigen, und tief in Juan regte sich ein Fünkchen Haß. Nicht stark; denn es war nicht viel Haß in ihm, aber sein indianisches Blut war nicht wegzuleugnen, und in dunkler Vorzeit war der Haß gegen die »ojos claros«, gegen die hellen Augen und gegen die blonden Haare sehr groß gewesen. Haß und Angst, die bloßem Aussehen galten. Diesem helläugigen Volk, das durch Jahrhunderte das beste Land, die besten Pferde und die besten Weiber an sich gerissen hatte. Juan fühlte diese Regung wie einen kurzen Blitz. Irgendwie tat ihm das Bewußtsein wohl, daß er dieses Mädchen nach Wunsch nehmen, bändigen und beschimpfen konnte, wann immer er wollte. Er konnte sie im Geiste verwirren und verführen, und körperlich auch, und sie dann wegwerfen. Die Grausamkeit bohrte und bohrte, und er ließ sie hochkommen. Seine Stimme wurde immer weicher und voller. Er sprach ganz in Mildreds violette Augen.
»Auch wenn ich nicht dort lebe«, sagte Juan, »trage ich meine Heimat in meinem Herzen.« Innerlich mußte er darüber lachen, aber Mildred lachte nicht. Sie neigte sich ein wenig vor und zog beide Augenwinkel zurück, damit sie sein Gesicht noch deutlicher sehen konnte.
»Ich erinnere mich an so manches«, sagte Juan. »Am Hauptplatz in meiner Heimatstadt saßen öffentliche Schreiber, die für die Leute, die nicht lesen und schreiben konnten, alles erledigten. Brave Menschen. Und sie mußten es auch

sein. Die Leute vom Land hätten es rasch herausgehabt, wenn sie es nicht gewesen wären. Diese Leute aus den Bergen, die wissen sehr viel. Ich erinnere mich, wie ich als kleiner Junge eines Morgens auf einer Bank gesessen bin. Es war gerade ein Fest in der Stadt, zu Ehren irgendeines Heiligen. Die Kirche war voll mit Blumen, Stände mit Süßigkeiten waren da, ein Riesenrad und ein kleines Karussell. Die ganze Nacht ließen die Leute zu Ehren des Heiligen Raketen steigen. Im Park kam ein Indianer zu dem Schreiber und sagte: ›Du mußt mir einen Brief an meinen Herrn schreiben. Ich werde dir sagen, was du schreiben sollst, und du setzest den Brief dann wunderschön auf, damit er mich nicht für unhöflich hält.‹ — ›Ist es ein langer Brief?‹ fragte der Mann. ›Ich weiß nicht‹, sagte der Indianer. ›Macht einen Peso‹, sagte der Mann. Der kleine Indianer bezahlte das Geld und sagte: ›Ich will, daß du meinem Herrn sagst, daß ich nicht in meine Stadt und auf meine Felder zurück kann; denn ich habe etwas sehr Schönes gesehen und muß dabei bleiben. Sag ihm, daß es mir leid tut und ich ihn nicht kränken will und auch seine Freunde nicht, aber ich könnte nicht zurückkommen. Ich bin anders geworden, und meine Freunde würden mich nicht mehr erkennen. Ich würde auf den Feldern unglücklich sein und voll Unrast. Weil ich jetzt anders bin, würden meine Freunde mich hassen und von sich stoßen. Ich habe die Sterne gesehen. Sag ihm das. Und sag ihm, daß er meinen Platz meinen Brüdern und Freunden geben soll und mein Schwein mit den zwei Jungen der alten Frau, die bei mir wachte, als ich im Fieber lag. Meine Töpfe meinem Schwager, und sag meinem Herrn, er soll mit Gott gehen und in Lieblichkeit. Sag ihm das.‹«
Juan hielt inne. Er sah, daß Mildreds Lippen ein wenig geöffnet waren, und er sah, daß sie seine Geschichte als Allegorie auf sich selbst bezog.
»Was ist mit ihm geschehen?« fragte sie.
»Nun, er hatte das Karussell gesehen«, sagte Juan. »Und kam nicht mehr los davon. Er liebte das Karussell. Vielleicht ist er jetzt noch dort.« Juan war ganz fremdartig geworden während seiner Erzählung. Auch seine Sprache hatte einen fremden Anklang bekommen.
Mildred seufzte tief auf. Mr. Pritchard sagte: »Das müssen Sie mir näher erklären. Wenn ich es recht verstehe, hat er seine Felder und alles, was er besaß, hergegeben, bloß weil er ein Karussell gesehen hatte; stimmt das?«
»Diese Felder haben ihm nicht einmal gehört«, sagte Juan. »Kleinen Indianern gehörten ihre Felder nie. Aber er schenkte alles weg, was er sonst hatte.«
Mildred starrte ihren Vater an. Das war einer der Momente, wo sie ihn bis zum Übelwerden albern fand. Warum konnte er die Schönheit dieser Geschichte nicht erfassen? Ihre Augen wanderten zu Juan zurück, um ihm stillschweigend zu sagen, daß sie ihn wohl verstanden hatte. Ihr war, als sähe sie jetzt etwas in seinem Gesicht, was früher nicht darin gewesen war. Ihr war, als sähe sie einen grausam spöttischen Triumph in seinem Gesicht. Aber wahr-

scheinlich waren nur ihre Augen daran schuld, ihre verdammten Augen, die so schlecht sehen konnten. Aber was sie sah, traf sie wie ein Schock. Sie warf einen flüchtigen Blick auf ihre Mutter und auf ihren Vater, um zu sehen, ob sie etwas bemerkt hatten. Aber sie sahen Juan nur ausdruckslos an.
Ihr Vater sagte auf seine langsame Art, die sie rasend machte: »Ich kann mir vorstellen, daß er es schön finden konnte, wenn er bisher noch nie ein Karussell zu sehen bekommen hatte, aber man gewöhnt sich schließlich an alles. Ein Mensch würde sich innerhalb weniger Tage auch an einen Palast gewöhnen und dann gleich wieder etwas anderes haben wollen.«
»Es ist doch nur eine Geschichte«, sagte Mildred in so heftigem Ton, daß ihr Vater sie überrascht ansah.
Mildred fühlte geradezu Juans Finger an ihren Hüften. Ihr ganzer Körper vibrierte vor erregter und unbefriedigter Lust. Die Begierde durchbebte ihren ganzen Körper. Ihr Wut entlud sich gegen ihren Vater, als hätte er sie mitten in einer Umarmung gestört. Sie setzte ihre Brille wieder auf, blickte Juan an und gleich wieder weg; denn sein Blick war verschleiert, obzwar er sie alle ansah. Er genoß eine Art von Triumph. Er lachte über sie und auch über das, was weder ihr Vater noch ihre Mutter geschehen sah. Und plötzlich verhärtete sich ihr Verlangen in der Magengegend. Ihr Magen tat weh, und ein Krampf packte sie. Sie glaubte, jetzt würde ihr übel werden.
Ernest Horton sagte: »Ich hatte schon immer vor, nach Mexiko hinunter zu fahren. Ich muß es einmal in der Zentrale anregen. Ich könnte viele interessante Verbindungen anknüpfen. Zum Beispiel diese Jahrmärkte, die sie dort haben. Verkaufen sie auch Galanteriewaren dort?«
»Gewiß«, sagte Juan. »Sie verkaufen kleine Rosenkränze und Heiligenbilder und Kerzen und solches Zeug, und Zuckerwaren und Gefrorenes.«
»Nun, wenn da einer hinkäme und eine Kollektion dieser Sachen zusammenstellen würde, könnten wir bestimmt alles etwas billiger herstellen als sie. Wir könnten diese Rosenkränze aus Blech stanzen – sehr hübsch meine ich. Und Feuerwerk. Mein Haus versorgt einige der größten Festlichkeiten mit allem erdenklichen Feuerwerk. Das ist eine Idee. Ich glaube, ich werde ihnen einen Brief schreiben diesbezüglich.«
Juan schaute auf das viele schmutzige Geschirr, das sich im Aufwaschtisch häufte. Er blickte über seine Schulter hinweg zur Schlafzimmertür, dann öffnete er die Tür und schaute hinein. Das Bett war leer. Alice war aufgestanden, aber die Tür zum Badezimmer war zu. Juan kam zurück und begann die schmutzigen Schüsseln im Aufwaschtisch abzukratzen.
Der Himmel heiterte sich nun rasch auf, und die saubere gelbe Sonne schien auf das frischgewaschene Land. Die jungen Eichenblätter waren beinahe gelb in dem neuen Licht. Die grünen Felder sahen unglaublich jung aus. Ein Lächeln huschte über Juans Gesicht. Er schnitt zwei Scheiben Brot ab.

»Ich glaube, ich gehe ein paar Schritte«, sagte Mr. Pritchard. »Willst du mitkommen, mein Kind?« fragte er seine Frau. Sie warf einen Blick auf die Schlafzimmertür.
»In einer Weile«, sagte sie, und er verstand sofort.
»Nun, ich gehe nur vors Haus«, sagte er.


Sechstes Kapitel

Nachdem Juan sie verlassen hatte, blieb Alice noch lange auf dem Rücken liegen, die Arme über ihrem Gesicht gekreuzt. Ihr Schluchzen verebbte langsam wie bei einem Kind. Sie konnte das halblaute Gespräch aus dem Nebenzimmer hören. Die Innenseite ihres Armes war warm und über ihren Augen auch noch feucht. Eine Art Behagen hüllte sie ein, und die gelöste Spannung war, als hätte man eine straffe Schnur um ihren Körper durchschnitten. Als sie so in entspanntem Wohlgefühl dalag, gingen ihre Gedanken zu dem zurück, was vorgefallen war. Die Frau, die Norma angeschrien hatte, war vergessen. Der ganze Morgen erschien ihr wie in Nebel gehüllt. Sie war sich über das, was sie getan hatte, noch nicht klargeworden. Wenn sie es jetzt recht bedachte, wußte sie, daß sie Norma keinen Augenblick verdächtigt hatte, und wenn auch, es wäre ihr vollkommen gleichgültig gewesen, was das Mädchen tat. Sie mochte Norma nicht. Ihr lag an Norma überhaupt nichts. So eine armselige farblose Null...
Als Norma ihren Dienst antrat, waren Alicens sämtliche Sinne natürlich wie ein Stethoskop auf das Mädchen und auf Juan gerichtet gewesen. Als sie sah, daß Juan nicht im geringsten reagierte, auch nicht mit einem Augenzwinkern, hatte Alice alles Interesse an Norma verloren; sie war für sie nur mehr ein Automat, der Kaffee ausschenkte und Geschirr abwusch. Alice hatte nur in geringem Maße einen Blick für Dinge oder Menschen, wenn sie ihr Leben nicht in irgendeiner Weise bereicherten oder ihr etwas wegnahmen. Nun, während sie so warm und ruhig dalag, begannen ihre Gedanken zu arbeiten, und mit ihnen krochen Angst und Grauen hervor.
Sie ließ die ganze Szene nochmals an sich vorüberziehen. Ihr Grauen hatte seine Wurzel in Juans Freundlichkeit. Er hätte sie schlagen können. Daß er es nicht getan hatte, machte ihr angst. Vielleicht war sie ihm gleichgültig geworden. So eine gedankenlose Güte bei einem Mann war meist der Anfang vom Ende, das wußte sie aus Erfahrung. Sie versuchte sich vorzustellen, wie die Pritchard-Frauen aussahen und auch, ob Juan eine von ihnen besonders warm angeschaut hatte. Sie kannte Juan; seine Augen flammten auf wie ein Ofen, wenn sein Interesse erwachte. Dann fiel ihr schlagartig ein, daß er ihr Bett den Pritchards überlassen hatte. Gerade jetzt konnte sie ganz deutlich

den Lavendelduft der Nachtwäsche riechen. Ein Haß und ein Ekel vor diesem Parfüm stiegen in ihr hoch.

Sie horchte durch die Tür auf die gedämpften Stimmen. Juan gab ihnen zu essen. Das hätte er bestimmt nicht getan, wenn sie ihn nicht interessiert hätten. Juan hätte gesagt: »Hol's der Teufel«, wäre hinausgegangen und hätte an seinem Bus gearbeitet. Rastlose Angst erwachte in Alice. Sie hatte Norma schlecht behandelt. Das war keine Kunst. Wenn man vor Menschen wie Norma schwach wurde, dann zerschmolzen sie. Und Norma würde auch zerschmelzen. So ein Mädchen hatte im Leben so wenig Liebe kennengelernt, daß man sie nur freundlich anblasen mußte und sie überlief vor lauter Rührung. Alice hatte Verständnis für diesen Hunger nach Liebe. Sie konnte natürlich ihren eigenen Liebeshunger nicht mit dem Normas vergleichen. Alice war groß und alle andern waren klein, mit Ausnahme von Juan. Und er war ja doch schließlich ein Stück von ihr. Sie sagte sich, daß sie jetzt vor allem Norma wieder auf die Beine bringen mußte. Sie brauchte Norma im Lunchraum, weil Alice vorhatte, sich sofort, wenn Juan mit dem Bus abgefahren wäre, einen Rausch anzutrinken. Und wenn er zurückkam, würde sie ihm sagen, daß sie schreckliche Zahnschmerzen habe.

Sie tat das nicht sehr oft, aber augenblicklich freute sie sich darauf. Wenn sie es schon vorhatte, dann war es an der Zeit, vorzuarbeiten. Juan mochte betrunkene Frauen nicht. Sie löste ihre über dem Gesicht gekreuzten Arme. Ihre Augen waren von dem Druck eingesunken, und es brauchte eine Weile, um sie wieder in die normale Lage zu bringen. Sie sah, wie lieblich die Sonne die grüne Ebene hinter dem Schlafzimmer überflutete und nach Westen zu die Hügel überglänzten. Ein bezaubernder Tag.

Sie raffte sich auf und ging ins Badezimmer. Dort tauchte sie den Zipfel eines Frottierhandtuches in kaltes Wasser und betupfte damit ihr Gesicht, um die Falten wegzubekommen, die der Druck ihrer Arme auf ihren dicken Wangen zurückgelassen hatte. Sie rieb den Handtuchzipfel um ihr Gesicht herum, über ihre Nase und den Haaransatz entlang. Ein Träger ihres Büstenhalters war abgerissen. Sie knöpfte ihr Kleid auf und merkte, daß die kleine Sicherheitsnadel, die ihn hielt, noch vorhanden war. Und sie befestigte den Träger wieder an dem Büstenhalter. Es war ein wenig straff, aber sie würde ihn schon annähen, bis Juan weg war. Natürlich tat sie es nicht. Wenn der Träger genügend zerrissen war, kaufte sie sich einfach einen neuen Büstenhalter.

Alice bürstete ihr Haar und fuhr sich mit dem Stift über ihre Lippen. Ihre Augen waren noch rot. Sie tropfte sich mittels eines Augentropfers irgend etwas in die Augenwinkel, dann rieb sie mit den Fingern ihre Lider gegen die Augen. Eine Weile betrachtete sie sich im Spiegel der Hausapotheke, dann ging sie hinaus. Sie schlüpfte aus ihrem zerdrückten Kleid und zog ein frisches geblümtes an.

Rasch ging sie durch das Schlafzimmer zu Normas Kammer und klopfte leise an die Tür. Keine Antwort. Sie klopfte noch einmal. Im Zimmer raschelte Papier. Norma kam zur Tür und öffnete. Ihre Augen waren glasig, als wäre sie eben aufgewacht. In der Hand hielt sie den Bleistiftstumpf, mit dem sie vorhin ihre Brauen nachgezogen hatte.
Als sie Alice erblickte, kam ein erschreckter Ausdruck in ihr Gesicht. »Ich hab' mit dem Menschen nichts Schlechtes gemacht«, sagte sie schnell.
Alice trat ins Zimmer. Sie wußte, wie Norma zu behandeln war, wenn sie ihre fünf Sinne beisammen hatte. »Ich weiß es, mein Herzchen«, sagte Alice. Sie schlug die Augen nieder, als schämte sie sich. Sie wußte, wie man Mädchen behandelt.
»Dann hätten Sie es auch nicht sagen sollen — wie, wenn jemand es gehört hätte? Und hätte es geglaubt? Ich bin keine solche. Ich muß mir verdienen, was ich zum Leben brauche, das ist alles, sonst will ich meine Ruhe haben.« Vor lauter Mitleid mit sich selbst schwammen ihre Augen in Tränen.
Alice sagte: »Sie haben recht, ich hätte es nicht tun sollen. Aber mir war gerade so schlecht. Es ist gerade mein Datum ... Sie wissen selbst, wie man sich da fühlt. Manchmal glaubt man, man werde verrückt.«
Norma betrachtete sie voll Interesse. Das war das erstemal, daß sie Alice weich werden sah. Und das erstemal, daß Alice sie ins Vertrauen zog. Alice mochte Frauen und Mädchen nicht. In Alicens Beziehung zu andern Frauen war immer ein Schuß Grausamkeit, und wenn sie Normas Augen in Tränen des Mitgefühls schwimmen sah, triumphierte sie.
»Sie wissen, wie das ist«, sagte Alice, »Man verliert regelrecht den Verstand.«
»Ich weiß«, sagte Norma. Weiche, warme Fühler gingen von ihr aus. Sie dürstete schmerzlich nach Liebe, nach Anschluß, nach einem menschlichen Wesen, zu dem man gut sein konnte. »Ich weiß«, sagte sie noch einmal, und sie fühlte sich älter und stärker als Alice und auch ein wenig beschützerisch, und das gerade brauchte Alice.
Alice hatte den Bleistift in Normas Hand bemerkt. »Sie sollten jetzt vielleicht doch hinausgehen und helfen. Mr. Chicoy muß alles allein machen.«
»Ich gehe gleich«, sagte Norma.
Alice schloß die Tür und horchte. Erst blieb es einen Augenblick still, dann hörte sie ein Schlurfen, dann das unverkennbar harte Geräusch einer schnell geschlossenen Schublade. Alice strich ihr Haar zurück und ging leise zur Frühstückszimmertür. Sie fühlte sich ausgezeichnet, denn sie hatte eine Menge Wissenswertes über Norma erfahren. Sie wußte, wie Norma zu verschiedenen Dingen stand. Sie wußte auch, wohin Norma den Brief gesteckt hatte.
Alice hatte versucht, Normas Koffer zu durchstöbern, aber er war immer zugesperrt, und wenn sie ihn auch mit den Fingern hätte aufbrechen können —

er war nur aus Pappendeckel —, so hätte man doch die Spuren sofort gesehen. Sie wollte doch lieber warten. Früher oder später würde Norma ja doch einmal vergessen, ihren Koffer zuzusperren. Alice war klug, aber sie wußte nicht, daß auch Norma klug war. Norma hatte schon früher für verschiedene Alicen gearbeitet. Wenn Alice Normas Schubfächer durchstöberte, sich ihre Sachen angesehen und die Briefe ihrer Schwester gelesen hatte, war ihr das Pappstreichholz nicht aufgefallen, das auf einer der Schubladenecken lag. Norma legte immer so etwas hin, und wenn es verschoben oder heruntergefallen war, wußte sie, daß jemand in ihren Sachen gekramt hatte. Daß es weder Juan war noch Pimples, das wußte sie genau, also konnte es nur Alice gewesen sein.

Es war höchst unwahrscheinlich, daß Norma ihren Koffer offenlassen würde. Denn so verträumt sie auch sein mochte, dumm war Norma nicht. In einer Zahnpastendose in ihrem versperrten Koffer waren 27 Dollar versteckt. Wenn es fünfzig wären, konnte sie nach Hollywood gehen, eine Stellung in einem Restaurant annehmen und auf eine Chance warten. Fünfzig Dollar genügten für zwei Monate Miete, und zu essen bekam sie dort, wo sie arbeitete. Ihre hochfliegenden stelzenhohen Träume waren eine Sache für sich, andererseits wußte sie auch praktisch für sich zu sorgen. Norma war kein Narr. Gewiß, sie verstand nicht, warum Alice alle Frauen haßte. Sie wußte auch nicht, daß ihr »Zu-Kreuz-Kriechen« ein Trick war. Aber sie fand es bestimmt noch rechtzeitig heraus, und während Norma glaubte, daß Clark Gable nur die edelsten Impulse und Gedanken kannte, so wußte sie andererseits genau um die Impulse der Leute Bescheid, mit denen sie im täglichen Leben zu tun hatte, und sie wußte, was sie von ihnen zu halten hatte.

Wenn Pimples bei Nacht leise an ihrem Fenster kratzte, wußte sie, was sie zu tun hatte. Sie schloß einfach ihr Fenster. Mehr Lärm zu machen, würde er nicht wagen, aus Angst, Juan im Nebenzimmer könnte ihn hören. Norma wußte Bescheid. Sie ließ sich von niemandem herumkriegen.

Nun stand Alice vor der Tür zwischen dem Lunchraum und dem Schlafzimmer. Sie fuhr sich mit dem Finger rechts und links an der Nase herunter, dann öffnete sie die Tür und ging hinter den Schanktisch, als ob nicht das geringste vorgefallen wäre.


Siebentes Kapitel


Der große schöne Greyhound-Bus stand auf der gedeckten Laderampe in San Ysidro. Arbeiter füllten den Benzintank und kontrollierten automatisch Öl und Reifen. Das Ganze war gut organisiert, alles ging glatt. Ein Neger räumte zwischen den Sitzen auf, bürstete die Kissen und klaubte Kaugummihülsen, Streichhölzer und Zigarettenstummel auf. Er fuhr tastend mit den Fingern in den Spalt hinter dem letzten Quersitz des Wagens. Manchmal fand er Münzen oder Taschenmesser hinter diesem Sitz. Geld steckte er ein, aber die meisten andern Sachen gab er im Büro ab. Die Leute machten ein schreckliches Geschrei, wenn sie etwas vergessen hatten, aber über lose Münzen sprachen sie nicht. Manchmal tauchte der Schwarze bis zu zwei Dollar hinter diesem Platz. Die heutige Ernte war groß: zwei Zehncentstücke, ein Fünfzigcentstück und eine Brieftasche mit einem Führerschein und einer Mitgliedskarte des Lions-Klubs.

Er schielte in das Banknotenfach. Zwei Fünfzigdollarscheine und ein beglaubigter Scheck auf 500 Dollar. Er steckte das Portefeuille in seine Hemdtasche und bürstete den Sitz mit einem Roßhaarbesen. Sein Atem ging ein wenig schwer. Dieses Geld war leicht verdient. Er konnte es herausnehmen und die Brieftasche für einen andern Wagenputzer hinter dem Sitz lassen. Auch der Scheck konnte drin bleiben. Schecks waren zu gefährlich. Aber diese beiden sympathischen Fünfziger — diese lieben, lieben Fünfziger! Seine Kehle war wie zugeschnürt und würde es auch bestimmt bleiben, so lange, bis er die beiden Fünfzigdollarscheine herausgenommen und die Brieftasche wieder hinter dem Sitz versenkt haben würde.

Aber er konnte nicht zu ihnen gelangen, weil der kleine Gehilfe draußen die Fenster wusch, die vom Nebel und Schmutz der Landstraße ganz fleckig geworden waren. Der Neger mußte sich gedulden. Denn wenn sie ihn erwischten, flog er hinaus.

Im Aufschlag seiner blauen Sergehose war ein kleiner Riß. In diesem Riß, dachte er, konnte er die beiden lieblichen Fünfziger stecken: ins Innere des Risses, und bevor er aus dem Bus ausstieg. Und ehe er heute den Dienst verließ, wollte er krank werden. Richtig krank. Genügend krank, um eine Woche lang wegbleiben zu können. Wenn ihm während der Arbeit schlecht würde und er doch bis zum Arbeitsschluß bliebe, dann konnte ihnen nichts auffallen, auch wenn er einige Tage weg war, und seine Stellung blieb ihm erhalten. Er hörte jemanden einsteigen und fuhr ein wenig zusammen. Louie, der Chauffeur des Busses, schaute herein.

»Hallo, George«, sagte er, »hast du vielleicht eine Brieftasche gefunden? Einer draußen sagte, er hätte eine verloren.«

George murmelte etwas.

»Schön, ich komme dann wieder zurück und werde nachschauen«, sagte Louie. George wandte sich um, er kniete gerade am Boden.

»Ich hab' sie gefunden«, sagte er. »Ich wollte sie abgeben, sobald ich hier fertig bin.«

»So, so...«, sagte Louie. Er nahm George die Brieftasche aus der Hand und

öffnete sie. Der Gehilfe schaute durchs Fenster zu. Louie blickte George sorgenvoll an und warf einen Blick zu dem Gehilfen hinüber.
»Zu dumm, George ...«, sagte Louie. »Mir scheint, sie wollten uns eine Falle stellen. Zwei Fünfzigernoten, sagten sie und es sind zwei Fünfziger.«
Er zog die Scheine heraus und auch den Scheck, so daß der Gehilfe sie durchs Fenster sehen konnte. »Mehr Glück für nächstens, George«, sagte Louie.
»Vielleicht zahlt der Mensch Finderlohn«, sagte George.
»Du bekommst die Hälfte«, sagte Louie. »Und wenn's weniger ist als ein Dollar, gebe ich dir das Ganze.«
Louie kletterte aus dem Bus und ging in den Wartesaal hinüber. Er gab die Brieftasche am Schalter ab.
»George hatte sie gefunden. Er war gerade im Begriff, sie abzugeben«, sagte Louie. »Ein braver Nigger, weiß Gott.«
Louie wußte, daß der Besitzer der Brieftasche dicht neben ihm stand, darum sagte er zum Kassierer: »Wenn ich die Tasche verloren hätte, dann würde ich George ein nettes kleines Geschenk machen. Nichts macht die Leute so schlecht, als wenn man ihre Anständigkeit nicht anerkennt. Ich erinnere mich an einen Burschen, der hatte eine Tausenddollarnote gefunden und sie zurückgegeben, und keiner hat ihm auch nur Dankeschön gesagt. Und was ist geschehen? Er hat eine Bank gesprengt und zwei Aufseher umgebracht.«
Louie log fließend, und es klang ganz natürlich.
»Wie viele Passagiere nach Süden?« fragte Louie.
»Der Bus ist voll«, sagte der Beamte. »Eine Person nach Rebel Corners, und vergessen Sie nicht wieder die Kuchen, so wie vorige Woche. In meinem Leben habe ich mit fünfzig Kuchen nicht so viele Scherereien gehabt. Da ist Ihre Brieftasche, Herr ... Wollen Sie bitte nachsehen, ob nichts fehlt ...«
Der Besitzer zahlte fünf Dollar Finderlohn. Louie beschloß, George gelegentlich einen Dollar davon zu geben. Er wußte, daß George ihm nicht glauben würde, aber hol's der Teufel! Das Ganze war ein Sauberuf und die Strecke dreckig. Jeder mußte sich um sich selbst kümmern. Louie war groß, eher dicklich, aber er zog sich gut an. Seine Freunde nannten ihn »Mondgesicht«. Er war elegant und geschniegelt und galt für einen großen Pferdekenner bei Rennen. Er nannte Rennpferde »Hunde« und sprach gern im Rennplatzjargon. Am liebsten wäre er Bob Hope gewesen oder noch lieber Bing Crosby. Louie sah George durch die Tür der Laderampe hereinschauen. Er bekam plötzlich einen Anfall von Freigebigkeit, ging zu ihm hinüber und gab ihm einen Dollarschein. »Eine Dreckseele, der Bursche«, sagte er. »Da hast du deinen Dollar. Er bekommt über 500 Dollar zurück und selbst schwitzt er nur einen schäbigen Dollar.«
George sah Louie ins Gesicht: es war nur ein einziger kurzer brauner Blick aus seinen Augen. Er wußte, daß das Ganze eine Lüge war, aber er wußte

ebenso, daß er nicht das geringste dagegen tun konnte. Wenn Louie auf ihn bös wurde, dann ging es ihm schlecht. Und George hatte das Geld vertrinken wollen. Er hatte schon die Wirkung des Alkohols deutlich gespürt. Wenn nur dieser Gehilfe seine Nase nicht drin gehabt hätte!
»Danke«, sagte George.
Der Gehilfe kam mit einem Schwamm und Eimer vorbei. George sagte: »Diese Fenster nennst du sauber?« Und Louie ergriff Georges Partei. »Aus dir wird im Leben nichts«, fuhr er den Jungen an. »Diese Fenster sehen fürchterlich aus. Wasch sie sofort noch einmal!«
»Sie haben mir nichts zu befehlen! Ich rühr' nichts an, solange der Aufseher mir nichts sagt.«
Louie und George tauschten Blicke. So ein Lausejunge. Aber warte nur: noch ehe die Woche um war, hatte Louie ihn hinausgebissen, und er flog. Louie brauchte nur zu wollen.
Die großen Greyhound-Busse fuhren unter dem Verladedach aus und ein; sie waren gewaltig und hoch wie Häuser. Die Chauffeure lenkten sie glatt und elegant an die vorgesehene Stelle. Die Station roch nach Öl, Auspuffgasen, Zuckerstangen und einem stark riechenden Bodenwachs, das einem in die Nase stieg.
Louie ging vors Haus zurück. Er bemerkte ein Mädchen, das von der Straße her kam. Sie trug einen Handkoffer. Louie erfaßte sie mit einem einzigen Blick. Das war was für ihn! So etwas Appetitliches setzte er gern dicht hinter seinen erhöhten Führersitz. So konnte er sie sehr gut durch seinen Gegenspiegel beobachten und ein wenig studieren. Vielleicht wohnte sie irgendwo auf seiner Strecke. Eine Menge von Louies Abenteuern fingen so an.
Das Licht von der Straße her war hinter dem Mädchen, so daß er ihr Gesicht nicht sehen konnte, aber er wußte, daß sie gut aussah. Und er wußte nicht, wieso er es wußte. Es hätten fünfzig Mädchen daherkommen können mit dem Licht im Rücken. Aber wieso wußte er, daß dieses hier gut aussah? Er sah eine hübsche Figur und schöne Beine. Aber auf irgendeine geheimnisvolle Art strömte dieses Mädchen Sex-Appeal aus wie Moschus.
Er sah, daß sie ihren Handkoffer zum Fahrkartenschalter hinübergetragen hatte. Darum ging er nicht einfach auf sie zu. Er verschwand im Waschraum. Und da stand er nun beim Waschbecken, tauchte seine Hände ins Wasser, kämmte sein Haar ganz glatt nach rückwärts und drückte es am Nacken flach, wo es wie ein Entenschwänzchen abzustehen pflegte. Und er kämmte auch seinen Schnurrbart, was er gar nicht nötig hatte; denn er war ganz kurz. Er zupfte seinen Manchestersamtrock zurecht, zog seinen Gürtel fester an und seinen Bauch ein wenig mehr ein.
Er steckte den Kamm wieder in die Tasche und betrachtete sich nochmals prüfend im Spiegel. Er fuhr mit der Hand sein Haar entlang. Er fühlte, ob

rückwärts keine Strähne abstand und ob der Entenschwanz flach lag. Er schob seine vorgeschriebene fertiggekaufte Schmetterlingskrawatte zurecht und nahm ein paar Körnchen Sen-Sen aus seiner Hemdtasche und warf sie in seinen Mund. Dann hob er die Schultern und rüttelte sich in seinem Anzug zurecht. Gerade als seine rechte Hand nach der Messingklinke des Waschraumes griff, fingerte seine Linke noch schnell an sämtlichen diskreten Verschlüssen herum, um sicher zu sein, daß alles ordentlich zugeknöpft war. Er setzte ein durchtriebenes Lächeln auf, halb schlau und halb naiv, mit dem er schon viel Erfolg gehabt hatte. Louie hatte irgendwo gelesen, daß man immer Erfolg hatte, wenn man einem Mädchen gerade in die Augen sah und lächelte. Man muß eine Frau ansehen, als wäre sie nicht nur die schönste auf der Welt, man muß ihr auch so lange in die Augen sehen, bis sie wegschaut. Und er kannte noch einen Trick. Wenn es einem peinlich war, Leuten in die Augen zu schauen, dann fixierte man einfach einen Punkt der Nasenwurzel, gerade zwischen den Augen. Die Person, die man so ansah, glaubte, daß man ihr in die Augen schaute, nur war es eben nicht so. Louie hatte mit dieser Art von Annäherung die besten Erfahrungen gemacht.
Den ganzen Tag, überhaupt solange er wach war, dachte Louie fast ausschließlich an Mädchen. Er behandelte sie gern schlecht. Er machte sie gern in sich verliebt, um sie dann stehenzulassen. Er nannte sie »Puten«. »Ich nehme eine Pute mit, und du such dir auch eine Pute, und dann gehen wir zusammen aus.«
Mit der Grandezza eines Lords trat er aus dem Waschraum, aber er mußte es rasch billiger geben; denn zwei Männer schleppten zwischen den Bänken eine lange luftdurchlässige Steige. An der einen Seite der Steige stand in großen weißen Lettern: »Mutter Mahoneys hausgebackene Kuchen.« Die beiden Männer gingen vor Louie auf die Laderampe hinaus.
Das Mädchen saß nun auf einer Bank, den Handkoffer neben sich am Boden. Während Louie durch den Warteraum ging, warf er einen Blick auf ihre Beine, dann fing er ihre Augen mit seinem Blick und hielt sie fest, während er weiterging. Er lächelte sein Gaunerlächeln und ging auf sie zu. Sie erwiderte seinen Blick, ohne zu lächeln; dann schaute sie weg.
Louie war enttäuscht. Sie war nicht verlegen gewesen, wie sie es hätte sein müssen. Sie interessierte sich einfach nicht weiter für ihn. Und dabei sah sie wirklich gut aus — schlanke, wohlgeformte Beine mit schön gerundeten Knöcheln und keine Hüften und ein breiter Busen, den sie richtig zu repräsentieren wußte. Sie war blond, und ihre Haar war straff und an den Enden von einer zu heißen Brennschere etwas abgebrochen. Aber es war gut ausgebürstetes Haar mit schönem hellem Glanz; ein schöner langgeschnittener gewellter Bubikopf, wie Louie ihn liebte. Ihre Augen waren mit blauen Schatten unterstrichen, auf den Lidern war etwas Cold Cream und viel Mascara

auf den Wimpern. Kein Rouge, aber ein Fleckchen Lippenstift, das so angebracht war, daß ihr Mund viereckig wirkte wie bei manchen Filmstars. Sie trug ein englisches Kostüm, einen engen Rock und eine Jacke mit rundem Kragen. Ihre Schuhe waren aus braunem, weiß gestepptem Rindsleder. Sie war nicht nur hübsch, sondern auch sehr gut angezogen. Das Ganze machte einen erfreulichen Eindruck.

Louie studierte im Vorbeigehen ihr Gesicht. Ihm war, als hätte er sie schon einmal irgendwo gesehen. Aber vielleicht sah sie auch nur jemandem ähnlich, den er kannte, oder vielleicht hatte er sie im Film gesehen. Das war schon vorgekommen. Ihre Augen saßen weit voneinander entfernt, beinahe abnormal weit, und sie waren blau, mit kleinen braunen Fleckchen drin und stark unterstrichenen Linien von der Pupille zum Saum der Iris. Ihre Augenbrauen waren ausgezupft und in hohem Bogen nachgezogen, so daß sie ein wenig erstaunt aussah. Louie konstatierte, daß ihre behandschuhten Hände keinerlei Nervosität zeigten. Sie war weder ungeduldig noch nervös, das beunruhigte ihn. Er hatte Angst vor beherrschten Leuten, und er fühlte, daß er sie schon irgendwo gesehen haben mußte. Ihre Knie waren hübsch gepolstert, nicht knochig, und ihr Rock war heruntergezogen, ohne daß sie an ihm zupfte.

Während Louie an ihr vorüberging, strafte er sie für das Vermeiden seines Blickes, indem er auf ihre Beine starrte. Das hatte gewöhnlich zur Folge, daß die Mädchen ihre Röcke herunterzuzerren begannen, auch wenn sie nicht zu kurz waren, aber bei diesem Mädchen wirkte auch das nicht. Daß sie auf seine Künste so gar nicht hereinfiel, war ihm ungemütlich. »Wahrscheinlich eine von der Straße«, sagte er sich. »Wahrscheinlich kann man sie für zwei Dollar haben.« Dann mußte er über sich selbst lachen. Nein, für zwei Dollar nicht, dazu war sie zu gut angezogen.

Louie ging an den Kartenschalter und lächelte Edgar, den Kassierer, mit seinem sardonischen Lächeln an. Edgar bewunderte Louie. Er wäre gern so gewesen wie er.

»Wohin fährt die Pute?« fragte Louie.

»Pute...?«

»Ja, die dort — die Blonde.«

»Ach die...« Edgar wechselte einen verständnisinnigen Männerblick mit Louie. »Nach Süden hinunter«, sagte er.

»In meinem Wagen?«

»Ja.«

Louie trommelte mit den Fingern auf das Schalterbrett. Er hatte den Nagel am kleinen Finger der linken Hand sehr lang wachsen lassen. Er war gebogen wie ein Röhrchen und teilweise gesprenkelt. Louie wußte nicht, warum er das tat, aber es war ihm eine Genugtuung, festzustellen, daß bereits einige andere Autobuschauffeure ihre kleinen Fingernägel ebenfalls wachsen ließen.

Louie kreierte eine Mode, und das freute ihn. Es ging ihm wie dem Taxichauffeur, der an seine Kühlerhaube einen Waschbärenschwanz gebunden hatte; beinahe über Nacht flatterte an jedem zweiten Wagen ein Stück Fell im Wind. Pelzhändler stellten künstliche Fuchsschwänze her, und Schulbuben wären um keinen Preis der Welt in einem Auto gefahren, an dem nicht so ein Schwanz gehangen hätte. Dieser Taxichauffeur konnte sich mit Stolz sagen, daß die ganze Angelegenheit sein Werk war. Louie hatte seinen kleinen Fingernagel fünf Monate lang wachsen lassen, und schon sah er fünf, sechs andere Chauffeure dasselbe tun. Vielleicht machte es die Runde durch das ganze Land, und dann war Louie der Schöpfer dieser neuen Mode.

Er klopfte mit dem langen gekrümmten Nagel auf das Schalterbrett, aber möglichst vorsichtig; denn wenn ein Nagel einmal so lang ist, dann bricht er leicht ab. Edgar sah den Nagel an. Er hielt sein linke Hand unter dem Schalter versteckt. Denn auch er ließ sich einen Nagel wachsen, aber er war noch nicht sehr lang, und Edgar wollte nicht, daß Louie ihn zu Gesicht bekam, bevor er richtig lang war. Edgars Nägel waren sehr brüchig, und er mußte farblosen Nagellack verwenden, damit die Spitzen nicht glatt abbrachen. Sogar im Bett war der Nagel einmal abgebrochen. Edgar warf einen Blick zu dem Mädchen hinüber.

»Glauben Sie, Sie werden mit ihr etwas anfangen – mit der Pute dort...?«
»Versuchen kann man's... Ein Straßenmensch wahrscheinlich...«
»Was haben Sie gegen ein braves Straßenmensch?« Edgars Augen leuchteten auf. Das Mädchen hatte die Beine wieder übergeschlagen.
»Louie, damit ich nicht vergesse... Sie sollten das Verladen dieser Kuchensteige vielleicht doch überwachen. Vorige Woche liefen Beschwerden ein. Irgendwo auf der Strecke hat jemand die Steige fallen lassen, und ein Himbeerkuchen wurde in einen Zitronenkuchen hineingedrückt, und das war ein schreckliches Durcheinander. Wir mußten Schadenersatz zahlen...«
»Auf meinen Fahrten ist so etwas noch nie passiert«, sagte Louie großspurig.
»Die Steige geht nach San Juan, wenn ich nicht irre? Wie? Das kann nur auf der holprigen Strecke bei Rebel Corners passiert sein, ich könnte wetten.«
»Nun, wir haben den Schaden ja bezahlt«, sagte Edgar. »Aber werfen Sie doch lieber einen Blick auf die Steige, nur zur Kontrolle... Wollen Sie so freundlich sein?«
»Auf meinen Fahrten ist noch nie eine Steige heruntergefallen«, sagte Louie, bereits sehr gereizt.
»Ich weiß, ich weiß, daß Sie es nicht waren. Aber man hat mich beauftragt, Sie zu bitten, das Verladen zu kontrollieren.«
»Warum kommen sie von der Direktion nicht direkt zu mir?« fragte Louie.
»Wenn Beschwerden bei ihnen einlaufen, warum lassen sie mich dann nicht kommen, statt mir Botschaften zu schicken?« Er schürte seine Wut, so wie er

ein Feuer schüren würde. Dabei war er nur auf die Blondine wütend. Dieses verfluchte Frauenzimmer! Er warf einen Blick auf die große Wanduhr. Ein zwei Fuß langer Zeiger schob Sekunden rund um ein Zifferblatt, und im Widerschein des Glases konnte Louie das Mädchen mit gekreuzten Beinen dasitzen sehen. Weil das Glas gewölbt war, konnte er nicht ganz sicher sein — aber es sah aus, als schaute sie auf seinen Hinterkopf.
Sein Zorn schmolz dahin.
»Ich werde wegen der Kuchen nachsehen«, sagte er. »Sagen Sie denen drinnen, sie könnten unbesorgt sein. Es wird kein Himbeerkuchen mehr im Zitronenkuchen sein. Ich glaube, ich werde meinen Spaß mit der Pute haben.« Er sah die Bewunderung in Edgars Augen, als er langsam kehrtmachte und in den Wartesaal schaute.
Er hatte sich nicht geirrt. Sie hatte auf seinen Hinterkopf geschaut, und als er sich umdrehte, schaute sie ihm ins Gesicht. Aus ihrem Blick sprach nicht das geringste Interesse; es sagte gar nichts. Aber wunderschöne Augen hatte sie, sagte sich Louie. Weiß Gott: gut sah sie aus! Louie hatte in einer Zeitschrift gelesen, daß weit auseinanderliegende Augen auf Sinnlichkeit schließen lassen und daß dieses Mädchen Sex-Appeal nur so ausstrahlte, das war klar. Sie gehörte zu jenen Mädchen, denen jeder Mensch nachschaut. Ja, wo immer sie vorbeiging, drehte sich jeder um und sah ihr nach. Man konnte die Köpfe sich wenden sehen wie bei einem Wettrennen. Sie hatte ein gewisses Etwas, und das war nicht gekünstelt, keine Schminke und auch nicht die Art, wie sie ging, wenn es auch mit dazugehörte. Was immer es sein mochte, es strahlte nach allen Seiten aus. Louie hatte es sofort gespürt, als sie von der Straße hereingekommen war, das Licht im Rücken, so daß er sie gar nicht richtig sehen konnte. Und nun schaute sie Louie ins Gesicht, nicht lächelnd und auch sonst ohne jeden Ausdruck, sie schaute nur so, und doch fühlte er es. Seine Kehle wurde ganz steif, und eine leichte Röte stieg aus seinem Kragen hoch. Er wußte, daß er jeden Moment wegschauen würde. Edgar wartete, und Edgar vertraute in Louie.
Louie hatte den Ruf, hie und da ein wenig zu lügen, aber was Puten betraf, so wußte er wirklich mit ihnen umzugehen. Nur augenblicklich war er nicht ganz auf der Höhe. Diese Pute hatte das Oberwasser. Er hätte ihr am liebsten mit der flachen Hand ins Gesicht geschlagen. Sein Atem ging schwer und schmerzhaft. Wenn er nicht jetzt sofort etwas unternahm, war alles verloren. Er konnte die strahlenförmigen dunklen Linien in ihrer Iris sehen und die Rundung ihrer Wangen. Nun setzte er seinen liebkosend einhüllenden Blick auf. Seine Augen weiteten sich, und er lächelte, als hätte er sie plötzlich wiedererkannt. Und schon ging er auf sie zu.
Sein Lächeln wurde vorsichtshalber ein wenig respektvoll. Ihre Augen begegneten den seinen, und etwas von ihrer Kälte schwand. Er näherte sich ihr:

»Der Kassierer sagt, daß Sie in meinem Bus nach Süden fahren, Madame«, sagte er.
Er mußte über das »Madame« beinahe lachen, aber es verfehlte selten seine Wirkung. Hier war es bestimmt das Richtige. Sie lächelte ein wenig.
»Ich werde Ihren Koffer besorgen«, fuhr Louie fort, »der Bus geht in drei Minuten.«
»Danke«, sagte das Mädchen. Ihre Stimme war heiser und sinnlich, konstatierte Louie.
»Lassen Sie mich Ihren Koffer tragen, ich werde mit ihm Ihren Platz belegen.«
»Er ist schwer«, sagte das Mädchen.
»Ich bin doch kein Zwerg«, sagte Louie. Er nahm ihren Koffer und ging hinaus zur Verladerampe. Dort stieg er in den Bus und stellte den Handkoffer vor den Platz dicht hinter seinem eigenen. So konnte er das Mädchen in seinem Spiegel beobachten und auch während der Fahrt ein wenig mit ihr plaudern. Er stieg wieder aus dem Bus aus und sah den jungen Gehilfen und einen Wagenwäscher die Kuchensteige oben am Bus verstauen.
»Vorsicht mit dem Zeug«, sagte Louie laut. »Ihr Gauner habt vorige Woche eine Steige fallen lassen, und ich hab's ausfressen müssen.«
»Ich hab' nie etwas fallen lassen«, sagte der Gehilfe.
»Hol dich der Kuckuck«, sagte Louie, »und gib lieber acht.« Er kehrte durch die Pendeltür in den Warteraum zurück.
»Was hat er denn?« fragte der Wagenwäscher.
»Ach, ich hab' ihn heute erwischt«, sagte der Junge. »Der Nigger hat eine Brieftasche gefunden, und ich hab's gesehen, und darum mußten sie sie abliefern. Es war eine Menge Moneten drin. Und nun haben sie beide Wut auf mich, weil ich sie gesehen hab'. Louie und der Nigger wollten sich ein paar Hunderter herausnehmen, und ich hab's ihnen verpatzt. Natürlich mußten sie's abliefern, wenn ich's gesehen hab'.«
»Ich hätte was davon brauchen können«, sagte der Wäscher.
»Wer nicht?« sagte der Junge.
»Wenn ich mit einem Hunderter losgehen würde, da könnte ich eine Menge schöne Sachen dafür bekommen.« Und das übliche Geschwätz ging noch eine Weile so weiter.
Ins Wartezimmer war plötzlich Leben gekommen. Die Leute, die nach Süden wollten, begannen sich zu sammeln. Edgar hinter seinem Schalter war sehr beschäftigt, aber doch nicht so sehr, daß er nicht hätte auf das Mädchen schauen können. »Eine Pute«, hauchte er. Das Wort war ihm neu. Von nun an würde er sich seiner auch bedienen. Er warf einen Blick auf den kleinen Fingernagel seiner linken Hand. Das würde noch eine Weile dauern, bevor er so schön war wie Louies Nagel. Aber er machte sich nichts vor. Ganz gleich-

tun würde er es Louie ja doch nie können. Er zog immer zum Schluß den kürzeren.
Noch ein letzter Ansturm der Reisenden auf den Bonbonautomaten, den Automaten, mit den Burennüssen und den Kaugummiverteiler. Ein Chinese kaufte die letzten Nummern des »Time«-Magazins und des »Newsweek«, rollte sie sorgfältig ein und steckte sie in die Tasche seines schwarzen Tuchüberrocks. Eine alte Dame blätterte nervös in Zeitschriften am Zeitungsstand. Zwei Hindus mit strahlend weißen Turbanen und glänzend schwarzen gelockten Bärten standen nebeneinander am Fahrkartenschalter. Sie blickten grimmig umher, während sie sich verständlich zu machen suchten.
Louie stand an der Tür zur Laderampe und schaute unausgesetzt zu dem Mädchen hinüber. Und er bemerkte, daß jeder Mann im Saal genau das gleiche tat. Alle beobachteten sie heimlich und wollten nicht dabei ertappt werden. Er drehte sich um und schaute durch die Pendelglastür und sah, daß der Gehilfe und der Wagenwäscher die Steige glücklich am Bus verstaut und die Plache darübergebreitet hatten. Die Beleuchtung im Wartezimmer wurde immer düsterer. Eine Wolke schien über der Sonne zu stehen. Und dann wurde es heller und heller. Langsam und wie unter Einwirkung eines Rheostats. Die große Glocke über den Glastüren gab ihr lautes Signal. Louie schaute auf seine Uhr und ging durch die Tür zu seinem Autobus. Und die Passagiere im Wartesaal standen auf und schoben und drängten dem Ausgang zu.
Edgar versuchte noch immer zu ergründen, wo die Inder hinwollten. »Verfluchte Fetzenschädel«, sagte er sich. »Warum lernen sie nicht Englisch, bevor sie anfangen herumzukutschieren!«
Louie kletterte auf seinen erhöhten, von einer rostfreien Stahlbarriere umgebenen Sitz und prüfte die Fahrkarten der einsteigenden Fahrgäste. Der Chinese in dem dunklen Überrock ging stracks nach hinten, zog seinen Rock aus und legte »Time« und »Newsweek« in seinen Schoß. Die alte Dame kletterte atemlos die Stufen hinauf und setzte sich auf den Platz dicht hinter Louie.
Er sagte: »Verzeihung, Madame, der Platz ist besetzt.«
»Was soll das heißen: besetzt?« fuhr sie ihn kampflustig an. »Es gibt keine reservierten Plätze!«
»Dieser Platz ist besetzt, Madame«, wiederholte Louie. »Sehen Sie nicht den Handkoffer, der davor steht?« Er haßte alte Weiber. Er hatte Angst vor ihnen. Sie strömten einen Geruch aus, der ihm Übelkeit verursachte. Sie waren ständig wütend und kannten keinen Stolz. Es machte ihnen nicht das geringste aus, eine Szene zu machen. Und sie erreichten immer, was sie wollten. Louies Großmutter war eine Tyrannin gewesen. Sie hatte durch Wutausbrüche alles erreicht, was sie wollte. Von der Seite her sah er das Mädchen auf der untersten Busstufe. Sie wartete hinter den Indern, um einsteigen zu können. Er stak in einer Sackgasse. Plötzlich wurde er böse.

»Madame«, sagte er, »in diesem Bus habe ich zu befehlen. Es sind noch eine Menge anderer guter Plätze da. Wollen Sie bitte nach rückwärts gehen.«
Die alte Frau hob herausfordernd ihr Kinn und fuhr ihn wütend an. Sie rückte ihr Hinterteil zurecht und machte es sich auf ihrem Sitz noch bequemer.
»Sie haben das Mädchen auf diesen Platz gesetzt, das ist es«, sagte sie. »Ich werde Sie bei der Direktion anzeigen!«
Louie ging hoch: »Schön, Madame. Lassen Sie sich nicht stören. Gehen Sie hin und zeigen Sie mich an. Die Gesellschaft hat Passagiere genug, aber gute Chauffeure liegen nicht auf der Straße.« Er merkte, daß das Mädchen zuhörte, und das tat ihm wohl.
Die alte Frau sah, daß er wütend war. »Ich werde Sie anzeigen«, sagte sie.
»Gut, zeigen Sie mich ruhig an. Sie können auch aussteigen, wenn Sie wollen«, sagte Louie laut. »Aber auf diesem Platz werden Sie nicht sitzen. Der Passagier auf diesem Platz hat ein ärztliches Zeugnis.«
Das machte einen Rückzug möglich, und die alte Frau benützte ihn. »Warum haben Sie das nicht gleich gesagt?« fragte sie. »Mit mir läßt sich reden. Aber wegen Unhöflichkeit werde ich Sie doch anzeigen!«
»Bitte sehr«, sagte Louie müde, »daran bin ich gewöhnt.«
Die alte Frau rückte einen Platz weiter zurück.
Hol sie der Teufel, dachte Louie. Es gibt weit mehr Passagiere als Wagenführer. Das Mädchen stand nun neben ihm und zeigte ihm seine Fahrkarte. Louie konnte nicht umhin zu sagen: »Sie fahren nur bis zu den Corners?«
»Ich weiß, daß ich umsteigen muß«, sagte das Mädchen. Sie lächelte, als sie seinen enttäuschten Tonfall bemerkte.
»Ihr Platz ist gleich hier«, sagte er. Er schaute in den Spiegel, während sie sich setzte, ihre Beine übereinanderschlug, ihren Rock zurechtzog und ihr Täschchen neben sich legte. Sie streckte ihre Schultern und zupfte auch den Kragen ihrer Jacke zurecht.
Sie wußte, daß Louie jede ihrer Bewegungen beobachtete. So ging es ihr aber immer. Sie wußte, daß sie irgendwie anders war als die anderen Mädchen, aber sie wußte nicht genau, wieso. In gewisser Beziehung war es ja angenehm, immer den besten Platz zu bekommen, zum Lunch eingeladen zu werden und immer eine helfende Hand zu finden, wenn ein Straßenübergang gefährlich aussah. Die Männer flogen auf sie wie Fliegen ins Licht, und es endete meist unangenehm. Sie mußte sich ständig durch Debatten, Schmeicheleien und Grobheiten aus den Situationen herauskämpfen. Alle Männer wollten dasselbe von ihr, so ging's nun einmal. Sie nahm es von vornherein an, und es wurde immer wahr.
Solange sie ganz jung gewesen war, hatte sie darunter gelitten. Sie hatte ein Schuldgefühl und ein Gefühl, schlecht zu sein. Aber nun, wo sie älter war.

fand sie sich damit ab und entwickelte ihre eigene Technik. Manchmal ging sie darauf sein, und manchmal bekam sie Geld und Kleider. Sie kannte die meisten Annäherungsarten. Sie hätte wahrscheinlich genau vorhersagen können, was Louie in der nächsten halben Stunde sagen oder tun würde. Dadurch, daß sie manches vorwegnahm, konnte sie hier und da Unangenehmem vorbeugen. Ältere Männer wollten ihr meist helfen, sie in eine Schule schicken oder zum Theater. Einzelne junge Männer wollten sie heiraten oder sie beschützen. Und einige wenige wollten einfach mit ihr schlafen: offen und ehrlich. Und sie sagten es ihr.
Mit denen war es am einfachsten; denn sie konnte »ja« sagen oder »nein«, und die Sache war erledigt. Was sie bei ihrem besonderen Reiz oder bei ihrem Manko, wie immer man es nennen wollte, am meisten haßte, das war das nicht enden wollende Kämpfen und Debattieren. Die Männer rauften verbissen miteinander, wenn sie im Spiele war. Sie rauften wie Terriers, und sie wünschte manchmal, Frauen sollten sie gern haben; aber sie hatten sie nicht gern. Und sie war gescheit. Sie wußte, warum, aber sie konnte nichts dagegen tun. Was sie sich ehrlich wünschte, das war ein hübsches Haus in einer hübschen Stadt, zwei Kinder und eine Türschwelle, auf der sie stehen könnte. Sie würde immer hübsch angezogen sein, und Gäste würden zum Abendessen kommen. Einen Mann würde sie natürlich auch haben, aber sie konnte sich ihn in ihrem Traumbild nicht vorstellen; denn in den Reklamebildern der Frauenzeitungen, aus denen sie ihre Phantasien schöpfte, kam nie ein Mann hervor, nur immer eine wunderschöne Frau, die die Treppe herunterkam, und Gäste im Speisezimmer und Kerzen auf dem gedeckten Tisch aus dunklem Holz, und saubere Kinder, denen man einen Gutenachtkuß gab. Das war es, was sie sich wirklich wünschte. Und sie wußte ganz genau, daß sie gerade das niemals haben würde.
Es war ein gut Teil Traurigkeit in ihr. Sie konnte andere Frauen nicht verstehen. Waren sie im Bett anders als sie? Die Beobachtung hatte sie gelehrt, daß Männer auf die meisten anderen Frauen nicht so reagierten wie auf sie. Ihre sexuellen Impulse waren weder sonderlich stark noch sehr anhaltend. Aber sie wußte nicht, wie es mit anderen Frauen war. Sie sprachen mit ihr nie über diese Dinge. Sie mochten sie nicht. Ein junger Doktor, zu dem sie einmal gegangen war, um Erleichterung von ihren monatlichen Schmerzen zu finden, hatte es auch mit ihr versucht, und als sie es ihm ausreden wollte, hatte er gesagt: »Sie strömen das nur so aus. Ich weiß nicht, wie Sie es machen, aber es ist so. Manche Frauen sind so«, sagte er. »Gott sei Dank sind nicht viele so; denn dann würden die Männer verrückt werden.«
Sie versuchte es mit solider Kleidung. Aber das half auch nicht viel. In einer alltäglichen Stellung konnte sie nicht bleiben. Sie lernte Maschine schreiben. Aber ganze Büros gingen in Fransen, wenn sie dort eintraf. Und nun hatte sie

einen unmöglichen Beruf. Er brachte viel Geld ein und machte nicht viel Mühe. Sie zog einfach bei Herrenabenden ihre Kleider aus. Es gab dafür eine richtige Agentur, und die »vermietete« sie. Sie konnte diese Herrenabende nicht verstehen und wußte nicht, was die Männer daran fanden, und sie verdiente fünfzig Dollar nur fürs Ausziehen ihrer Kleider, und das war weit angenehmer, als sie sich im Büro vom Leib reißen zu lassen. Sie hatte sogar Artikel über Nymphomanie gelesen, nur gerade genug, um zu wissen, daß sie nicht daran litt. Beinahe hätte sie sich's gewünscht. Manchmal fragte sie sich, ob sie nicht einfach in so ein Haus gehen, eine Menge Geld machen und sich dann aufs Land zurückziehen sollte – das eventuell, oder aber einen älteren Mann heiraten, den sie im Zaum halten konnte. Das würde noch am leichtesten sein. Junge Männer, die ihr gefielen, wurden meist rasch unangenehm. Sie hatten ewig Angst, von ihr betrogen zu werden. Sie schmollten oder versuchten sie zu schlagen oder wurden ganz wütend und warfen sie hinaus.
Sie hatte versucht, bei einem bleiben zu können, und so hatte es geendet. Aber ein alter Mann mit etwas Geld – das war wahrscheinlich das Richtige. Und gut würde sie bestimmt zu ihm sein. Er sollte für sein Geld und seine Zeit auch etwas haben. Die einzigen beiden Freundinnen, die sie hatte, arbeiteten in solchen Häusern. Sie schienen die einzigen zu sein, die nicht eifersüchtig auf sie waren und nicht gegen sie eingestellt. Aber die eine war jetzt auf dem Land. Sie wußte nicht, wo. Irgendwo in der Nähe von manövrierenden Truppen. Und die andere lebte mit einem Reklame-Agenten und wollte sie nicht in der Nähe haben.
Das war Loraine. Sie hatten zusammen gewohnt. Loraine hatte für Männer nicht viel übrig; aber für Frauen auch nicht. Dann aber wurde die Sache mit dem Reklame-Agenten ernst, und Loraine hatte sie gebeten, auszuziehen. Loraine erklärte ihr alles genau, als sie sie bat, wegzubleiben.
Loraine arbeitete in einem solchen Haus, und dieser Reklame-Agent verliebte sich in sie. Nun, Loraine war krank geworden, und noch ehe ein Symptom sich bemerkbar gemacht hatte, hatte der Reklame-Agent etwas abbekommen. Er war ein nervöser Mensch, und es ging mit ihm durch, er verlor seine Stellung und kam mit Leibschmerzen zu Loraine. Sie fühlte sich gewissermaßen verantwortlich, darum nahm sie ihn bei sich auf und fütterte ihn, während sie sich beide auskurierten. Das war noch vor der neuen Heilmethode, und es war kein Spaß.
Und dann begann der Reklame-Agent Schlafpillen zu nehmen. Sie fand ihn in elender Verfassung, seine Laune war miserabel, so lange, bis er seine Pillen wieder hatte, und er nahm mehr und mehr davon. Zweimal hatte Loraine ihn auspumpen lassen müssen.
Loraine war wirklich ein gutes Ding. Das Leben war nicht leicht, weil sie in dem Haus nicht arbeiten konnte, solange sie nicht auskuriert war. Sie wollte

niemanden anstecken, den sie kannte, und dabei brauchte sie doch Geld, um den Doktor zu bezahlen und für Miete und Essen. Sie mußte in Glendale auf die Straße gehen, um es sich zu verschaffen. Dabei fühlte sie sich selbst gar nicht gut. Und dann, zu allem übrigen, wurde der Reklame-Agent auch noch eifersüchtig und wollte nicht, daß sie überhaupt arbeitete, obschon er selbst keine Stellung hatte. Es wäre schön gewesen, wenn das Ganze inzwischen auseinandergegangen wäre und sie und Loraine wieder hätten zusammen wohnen können. Sie waren ein gutes Gespann gewesen. Und sie hatten Spaß miteinander gehabt, guten, ehrlichen, ruhigen Spaß.

In Chikago war eine ganze Reihe von Kongressen gewesen. Sie hatte bei den Herrenabenden etwas Geld gespart. Nach Los Angeles fuhr sie auch nur per Bus zurück, um Geld zu sparen. Sie wollte eine Weile ruhig leben. Von Loraine hatte sie schon lange nichts gehört. In ihrem letzten Brief schrieb sie, daß der Reklame-Agent ihre ganze Post lese, sie möge also lieber nicht schreiben.

Die letzten Passagiere eilten aus den Türen und stiegen in den Bus. Louie saß mit übergeschlagenen Beinen da. Dieses Mädchen schüchterte ihn etwas ein. »Sie fahren nach Los Angeles, wie ich sehe«, sagte er. »Leben Sie dort?«
»Zeitweise.«
»Ich schaue mir die Leute gern an und studiere, was sie wohl sein mögen«, sagte er. »Ein Mensch wie ich kommt mit vielen Leuten zusammen.«
Der Motor des Busses atmete leise. Die alte Frau starrte Louie an. Er konnte sie im Spiegel sehen. Sicher würde sie an die Direktion einen Brief schreiben. Nun, sagte Louie zu sich selbst, die Direktion kann mich gern haben. Er konnte immer wieder einen Posten bekommen. Die Direktion beachtete Briefe von alten Damen ohnehin nicht sehr. Er warf einen Blick in den Bus. Es sah aus, als hielten die beiden Inder einander bei der Hand. Der Chinese hatte »Time« und »Newsweek« offen vor sich auf dem Schoß liegen und verglich, was drin stand. Sein Kopf pendelte von einer Zeitschrift zur anderen, und eine verwunderte Falte zwischen den Brauen zog sich über seine Nase. Der Signalmann gab Louie einen Wink.

Louie zog den Hebel an, der die Tür schloß. Er schaltete die Übersetzung nach rückwärts ein und verließ die asphaltierte Auffahrt, dann bog er in elegantem Schwung zur Seite, und doch so vorsichtig, daß sein vorderer Kotflügel nur einen Bruchteil eines Zolls an der Nordmauer vorbeiglitt. Dann nahm er den ersten Gang und machte noch einen Bogen, und wieder so vorsichtig, daß ihn auch jetzt nur ein Stückchen eines Zolls von der gegenüberliegenden Einfriedung trennte. Bei der Ausfahrt zur Straße hielt er, um zu sehen, ob die Bahn für ihn frei sei. Louie war ein guter Fahrer mit tadellosen Zeugnissen. Der Bus fuhr die Hauptstraße von San Ysidro hinunter, kam in einen Vorort und dann auf die offene Landstraße.

Himmel und Sonne waren sauber gewaschen. Die Farben waren richtig grell. In den Gräben strömte das Wasser, und stellenweise, wo die Gräben verstopft waren, überflutete das Wasser die breite Straße. Der Bus schoß mitten in dieses Wasser, und Louie konnte den Anprall am Steuerrad spüren. Der heftige Regen hatte das Gras umgelegt, aber nun trieb die Sonnenwärme neue Kräfte in das dichte Gras, und auf den Anhöhen begann es sich bereits wieder aufzurichten.

Louie warf einen Blick in den Gegenspiegel, auf das Mädchen. Sie blickte auf seinen Hinterkopf. Aber wie unter Zwang schaute sie in den Spiegel auf und gerade in Louies Augen, und die Augen mit ihren dunklen Linien und die gerade hübsche Nase und der quadratisch untermalte Mund prägten sich unverrückbar in Louies Gehirn. Als sie ihm in die Augen schaute, lächelte sie; sie schien sich sehr wohl zu fühlen.

Louie wußte, daß seine Kehle sich zusammenzog. Er spürte, daß ein Druck in seiner Brust immer höher stieg. Er zweifelte an seinem Verstand. Er wußte, daß er schüchtern war, aber meist redete er sich das Gegenteil ein, und er machte alle Symptome eines halbwüchsigen Jungen mit. Seine Augen flitzten von der Straße zum Spiegel hin und her. Er merkte, daß seine Wangen gerötet waren. Was soll denn das heißen, zum Teufel? fragte er sich. Sollte ich am Ende gar wegen einer kleinen Pute den Verstand verlieren? Er sah sie sich näher an, um sich an irgendeinen rettenden Gedanken klammern zu können, und nun bemerkte er tiefe Operationsnarben ihre Kinnbacken entlang. Das tat ihm irgendwie wohl. Sie wäre nicht so verflucht selbstsicher, wenn sie wüßte, daß er die Narben bemerkt hatte. Noch 42 Meilen. Die Ziffer brannte in seinem Kopf. Nach 42 Meilen würde sie aussteigen. Louie mußte sich entschieden beeilen. Er durfte auch keine Minute mehr verlieren, wenn er dieses Dämchen einfangen wollte. Aber als er zu sprechen versuchte, war seine Stimme ganz heiser.

Sie beugte sich dicht zu ihm vor. »Ich habe Sie nicht verstanden«, sagte sie.
Louie räusperte sich. »Ich sagte, daß die Gegend nach dem Regen sehr schön ist.«
»Ja, das ist wahr.«
Er versuchte zu seiner gewohnten Einleitungstaktik zurückzukehren. Er bemerkte in seinem Spiegel, daß sie noch immer vorgebeugt saß, um besser hören zu können.
»Wie gesagt«, begann er wieder. »Ich versuche zu erraten, wer die Leute sind. Bei Ihnen würde ich auf Film tippen oder auf Theater.«
»Nein«, sagte sie, »da irren Sie sich.«
»Sie sind keine Schauspielerin?«
»Nein.«
»Arbeiten Sie überhaupt?«

Sie lachte, und ihr Gesicht war reizend, wenn sie lachte. Aber Louie bemerkte, daß einer ihrer oberen Vorderzähne krumm stand. Er ragte vor und kam seinem Nachbarn in die Quere. Sie hörte auf zu lachen, und ihre Oberlippe verdeckte den Zahn. Sie weiß es genau, dachte Louie.
Sie hatte ihm etwas voraus: sie wußte genau, was er sagen würde. Dasselbe war schon so oft vorher passiert. Er würde versuchen herauszukriegen, wo sie wohnte. Er wollte ihre Telefonnummer haben. Das war ganz einfach. Sie wohnte nirgends. Sie hatte einen Koffer mit ein paar Büchern, »Captain Hornblower« und »Das Leben Beethovens« und ein paar ungebundene Bücher mit Kurzgeschichten von Saroyan, und mit ein paar alten Abendkleidern, die modernisiert werden sollten, bei Loraine eingestellt. Sie wußte, Louie würde es nicht leicht haben. Sie kannte diese aus Männerkragen aufsteigende Röte und auch die Dickaufgetragenheit hochtrabender Reden. Sie sah Louie mißtrauisch durch den Spiegel in den rückwärtigen Teil des Busses schauen.
Die Inder lächelten einander ein wenig an. Der Chinese starrte in die Luft, bemüht, irgendeinen Widerspruch in den Dingen, die er eben gelesen hatte, geistig zu verarbeiten. Ein Grieche auf einem Hintersitz zerschnitt mit einem Taschenmesser eine italienische Zigarre in zwei Teile. Eine Hälfte steckte er in seinen Mund, die andere verstaute er sorgfältig in seiner Brusttasche. Die alte Frau redete sich in immer größere Wut über Louie hinein. Sie heftete einen stahlharten Blick auf seinen Hinterkopf, ihr Kinn bebte vor Wut, und ihre Lippen waren ganz weiß, so fest preßte sie sie zusammen.
Das Mädchen beugte sich wieder vor. »Ich will es Ihnen leichter machen; ich bin zahnärztliche Assistentin, das heißt, ich mache alle die Sachen, die man bei einem Zahnarzt braucht.« Diese Geschichte erzählte sie häufig. Warum, wußte sie nicht. Vielleicht, weil es jegliche weiteren Schlußfolgerungen ausschloß; wenn sie das einmal gesagt hatte, fragte keiner mehr weiter. Vom Zahnarzt sprachen die Leute nicht gern.
Louie schluckte die Geschichte. Der Bus erreichte eine Bahnkreuzung. Louie zog automatisch seine Luftbremse an und hielt. Die Bremse zischte, als er sie losließ und wieder auf normale Geschwindigkeit einschaltete. Er fühlte, daß die Luft ihm dick zu werden begann. Nun mußte die alte Kanaille jeden Moment Skandal zu machen beginnen. Und dann war es mit allem vorbei. Er hätte rascher vorgehen müssen, aber nach Louies bewährter Methode war es noch zu bald. Jetzt durfte er eine volle halbe Stunde nichts weiter unternehmen, aber die alte Hexe ließ ihm bestimmt keine freie Hand.
»Ich bin manchmal in L. A.«, sagte er. »Könnte ich Sie dort irgendwo anrufen — vielleicht könnten wir miteinander irgendwohin essen gehen oder ins Theater?«
Sie nahm es nicht unfreundlich auf. Sie war nicht ein bißchen berechnend oder niedrig denkend. Sie sagte: »Ich weiß nicht. Sie müssen wissen, augen-

blicklich habe ich überhaupt keine Wohnung. Ich will mir eine suchen, sobald ich kann.«

»Aber Sie arbeiten doch irgendwo«, sagte Louie. »Ich könnte Sie vielleicht dort anrufen.«

Die alte Frau rückte und rutschte auf ihrem Platz hin und her. Sie tobte, weil Louie sie nicht hatte auf dem Vordersitz Platz nehmen lassen.

»Nein, das geht nicht!« sagte das Mädchen. »Ich habe auch keine Stellung augenblicklich ... Natürlich kann ich sofort eine haben, wenn ich will; denn in meinem Beruf gibt es immer Arbeit genug.«

»Soll das eine Abfuhr sein?« fragte Louie.

»Nein.«

»Nun, dann könnten Sie mir vielleicht eine Zeile schreiben, sobald Sie wieder festsitzen?«

»Vielleicht.«

»Ich möchte gern in L. A. jemanden ausführen.«

Und nun war es soweit. Eine Stimme erhob sich, so schrill wie ein Schleifstein. »Es ist gesetzlich verboten, mit dem Wagenführer zu sprechen. Achten Sie lieber auf den Weg!« Die Alte wandte sich an den ganzen Bus. »Dieser Chauffeur bringt uns alle in Lebensgefahr. Ich werde ihn bitten müssen, mich aussteigen zu lassen, falls er sich mit anderen Dingen beschäftigt als mit seinem Wagen!«

Louie schwieg. Die Sache wurde ernst. Sie konnte ihm wirklich Unannehmlichkeiten bereiten. Er schaute in den Spiegel, und sein Blick traf den des Mädchens. Mit den Lippen formte er seine Gedanken: »Verdammte alte Hexe!«

Das Mädchen lächelte und legte den Finger auf den Mund. Einerseits fühlte sie sich erleichtert, anderseits tat es ihr leid. Sie wußte, daß es früher oder später mit Louie schiefgehen würde. Aber sie wußte auch, daß er in vieler Beziehung ein lieber Kerl war. Und einer, den sie bis zu einem gewissen Punkt in der Hand hatte. Sein Erröten verriet ihr, daß sie nur seine Gefühle zu verletzen brauchte, um ihn zur Vernunft zu bringen.

Aber das alles war vorbei, und Louie wußte es. Das Mädchen würde sich bestimmt auf keine Komplikationen einlassen. Er mußte sich sputen, solange der Bus noch unterwegs war, das wußte er. Hatte man eine Station einmal erreicht, dann eilten die Passagiere so schnell als möglich davon. Und das Spiel war für ihn verloren. In Rebel Corners würde er nur so lange halten, bis sie ausgestiegen war und jemand diese verdammten Kuchen übernommen hatte. Er beugte sich tief über den Volant, das Mädchen legte die gefalteten Hände in den Schoß und hob die Augen kein einziges Mal mehr zum Spiegel, um seinen Blicken zu begegnen. Es gab eine ganze Menge Mädchen, die hübscher waren als dieses hier. Die Operationsnarben waren verflucht häßlich.

Bei ihrem Anblick konnte einem Menschen angst und bange werden. Sie trug ihr Haar ja lang und nach vorn gekämmt, um sie zu verstecken. So ein Mädchen konnte das Haar nicht hoch tragen, wie er es gern hatte... Guter Gott!... Angenommen, man wachte im Bett auf und sah diese Narben... Es gab genug Puten auf der Welt, und Louie brauchte nicht noch mehr. Aber in seiner Brust und auf seinem Magen lag ein schwerer Druck. Er bekämpfte ihn und wollte ihn vertreiben, aber er rührte sich nicht. Er mußte dieses Mädchen haben, sein Verlangen nach ihr war heftiger, als er es je gekannt hatte, und von ganz neuer Art. Ihn quälte ein hartes beängstigendes Gefühl, etwas Unwiederbringliches zu verlieren. Er wußte nicht einmal ihren Namen, und nun würde er auch sie niemals kennenlernen. Er stellte sich Edgars fragenden Blick vor, wenn er nach San Ysidro zurückkam. Louie überlegte, ob er Edgar nicht anlügen sollte.

Die schweren Pneus sangen auf der Straße einen hohen scharfen Gesang, und der Motor pochte mit schweren Schlägen. Am Himmel standen große, nasse, lose Wolken. Pechschwarz in der Mitte und weiß und durchsichtig rund herum. Eine von ihnen kroch jetzt über die Sonne. Vorn auf der Landstraße konnte Louie bereits ihren Schatten dem Bus entgegengleiten sehen. Und weit drüben an der Landstraße konnte er schon das getürmte Grün der Eichen entdecken, die den Lunchraum der Rebel Corners überragten. Er war tief verstimmt.

Juan Chicoy trat an den Bus heran, als er einfuhr.

»Was bringen Sie mir?« fragte er, als die Tür sich öffnete.

»Einen Passagier und eine Kiste Kuchen.« Er erhob sich von seinem Sitz, langte zurück und faßte den Handkoffer des Mädchens. Er kletterte hinaus und reichte dem Mädchen beide Hände. Sie stützte ihre Hände auf seine Arme und stieg aus. Sie gingen miteinander zum Lunchraum hinüber.

»Adieu«, sagte sie.

»Adieu«, sagte Louie und sah ihr nach, als sie durch die Tür ging.

Juan und Pimples holten die Steige mit den Kuchen vom Dach des Autobusses. Louie kletterte in den Bus zurück.

»Auf Wiedersehen!« sagte Juan.

Die alte Frau war auf den Vordersitz übergesiedelt. Louie legte den Türhebel vor. Er schaltete den ersten Gang ein und fuhr davon. Als er in voller Fahrt war und die Reifen auf der Landstraße klangen und sangen, schaute er in den Spiegel. Die alte Frau hatte eine häßliche Siegermiene aufgesetzt.

»Du hast es umgebracht!« sagte Louie zu sich. »Du hast es gemein ermordet!« Die Frau schaute auf und fing im Spiegel seinen Blick auf. Bewußt formte Louie die Worte mit seinen Lippen: »Verfluchtes altes Aas!« Er sah, wie ihre Lippen straff und weiß wurden. Sie hatte ihn verstanden.

Und die Landstraße sang vor dem Bus weiter ihr klingendes Lied.

## Achtes Kapitel

Juan und Pimples trugen die Steige mit »Mutter Mahoneys hausgebackenen Kuchen« näher an die Tür des Frühstücksraumes heran. Sie stellten sie am Boden ab. Beide sahen der Blonden nach, als sie durch die Tür ins Haus verschwand. Pimples pfiff einen tiefen gurgelnden Ton. Seine Hände wurden plötzlich feucht. Juan hielt seine Augen so lange gesenkt, bis nurmehr ein winziger Funke zwischen den Wimpern durchschimmerte. Er fuhr sich nervös und hastig mit der Zunge über die Lippen.

»Ich weiß, was du dir denkst«, sagte Juan. »Du willst dir freinehmen und ein wenig das Leben genießen.«

»Guter Gott!« sagte Pimples. »Unglaublich!«

»Ja, ja«, sagte Juan. Er bückte sich rasch, drehte das Schloß der Steige um und hob den Deckel. »Ich könnte bestimmt wetten, Kit.«

»Warum wetten?« fragte Pimples.

»Ich wette«, sagte Juan. »Ich wette zwei zu eins, daß du darüber nachdenkst, daß du schon über zwei Wochen keinen Ausgang gehabt hast und daß du dir heute freinehmen und mit mir nach San Juan fahren möchtest. Vielleicht wär's sogar ganz gut, falls der Bus wieder zusammenbrechen sollte.«

Pimples begann um seine Pusteln herum zu erröten. Er blickte scheu auf und sah Juan an, und in Juans Augen war so viel gütiger Humor, daß Pimples sich gleich wohl fühlte. Himmel, Herrgott, dachte er, das nenn' ich einen Mann! Warum sollte ich je im Leben für einen anderen arbeiten?

»Nun«, sagte Pimples laut, und er fühlte, daß er zu einem Mann sprach. Juan verstand, wie ein Junge die Dinge sah. Wenn etwas Süßes vorbeiging, wußte Juan, wie ein Junge fühlte. »Nun«, sagte er nochmals.

»Nun...«, äffte Juan ihn nach, »und wer wird die Benzinpumpe bedienen und geplatzte Reifen reparieren?«

»Wer hat es früher gemacht?« fragte Pimples.

»Niemand«, sagte Juan. »Wir hängten einfach ein Schild vor die Garage: ›Reparaturwerkstätte geschlossen.‹ Benzin kann auch Alice einpumpen.« Er gab Pimples einen Schlag auf die Schulter.

Das ist ein Kerl! dachte Pimples. Das ist ein Kerl!

Die Kuchen wurden von einer Art kleiner Tassen gehalten, die an Eckstützen hingen, so daß jeder Kuchen einzeln verstaut war. Die Steige enthielt viermal zwölf übereinandergetürmte Kuchen. Achtundvierzig im ganzen.

»Schauen wir einmal nach«, sagte Juan. »Wir sollen sechs Himbeerkuchen haben, vier mit Zitronencreme, vier Rosinenkuchen und zwei mit gebranntem Zucker und Vanillecreme.« Er zog die Kuchen in der Reihenfolge heraus, in der er sie ansagte, und stellte sie oben auf der Steige ab. »Trage sie hinein, Pim..., das heißt – Kit.«

Pimples nahm einen Kuchen in jede Hand und ging damit in den Lunchraum. Die Blonde saß auf einem hohen Barstuhl und trank eine Tasse Kaffee. Er konnte ihr Gesicht nicht sehen, aber er fühlte die Elektrizität, die sie ausstrahlte, oder was es sonst sein mochte. Er stellte die Kuchen auf den Schanktisch.
Als er sich zur Tür wandte, fühlte er die Stille, die über dem Raum lag.
Mr. Pritchard und der wunderliche Alte und der junge Mensch, dieser Horton, waren hingerissen. Ihre Augen hoben sich, streiften die Blonde und senkten sich wieder. Miß Pritchard und ihre Mutter blickten starr auf die Cornflakepakete hinter dem Schanktisch. Alice war nicht da, aber Norma bediente die Blonde und scheuerte den Schanktisch mit einem Tuch.
»Möchten Sie vielleicht eine Schnecke?« fragte Norma.
Pimples blieb stehen. Er mußte die Stimme der Blonden hören.
»Ich glaube schon«, sagte sie. Bei dem heiseren Ton zog sich Pimples' Magen blitzartig zusammen. Er eilte hinaus und holte noch mehr Kuchen.
»Schnell, schnell«, sagte Juan. »Du kannst sie am Weg nach San Juan in einem fort anschauen, außer du willst lieber chauffieren.«
Pimples beförderte die Kuchen eiligst ins Haus. Sechzehn Stück. Zweiunddreißig blieben noch in der Steige. Juan schloß den Holzdeckel und schob den Riegel vor. Als Pimples zum letztenmal herauskam, brachte er die Steige mit Juan im Gepäckraum des Sweetheart-Busses unter. Er war nun bereit. Bereit abzufahren. Juan trat zurück und betrachtete ihn. Ein Greyhound war es keiner, aber darum kein schlechtes Vehikel. Um die Fenster herum schlug durch den Aluminiumanstrich ein wenig Rost durch. Das mußte er reparieren. Und die Achsenkappen konnten auch eine Auffrischung vertragen.
»Machen wir, daß wir fortkommen«, sagte er zu Pimples. »Sperr die Garagentür zu. Zwischen den Bänken, gerade unter dem Kühlerschlauch, findest du das Schild für die Tür. Und wenn du dich noch umkleiden willst, dann beeil dich.«
Pimples war mit einem Satz bei der Garage. Juan richtete sich auf und reckte und streckte sich und breitete weit seine Arme. Dann ging er zum Lunchraum hinüber.
Mr. Pritchards rechtes Bein war über das linke geschlagen, und seine hochgelagerte Zehe zuckte kurz und nervös. Er hatte der Blonden ins Gesicht geschaut, als sie hereinkam, und von dem Moment an erfüllte ihn eine angenehm prickelnde Erregung. Aber merkwürdigerweise hatte er das Gefühl, dieses Mädchen schon irgendwo gesehen zu haben. Vielleicht hatte sie in einer seiner Fabriken gearbeitet, vielleicht war sie auch Sekretärin im Büro seiner Freunde. Aber gesehen hatte er sie. Dessen war er sicher. Er bildete sich wirklich ein, daß er nie ein Gesicht vergaß, das er einmal gesehen hatte, dabei merkte er sich fast nie eines. Er sah sich kein Gesicht wirklich an, außer er

wollte mit dem Besitzer dieses Gesichtes ein Geschäft machen. Er konnte nur das Schuldgefühl nicht verstehen, das ihn bei dieser Reminiszenz erfüllte. Wo konnte er dieses Mädchen nur gesehen haben?
Seine Frau beobachtete heimlich seinen wippenden Fuß. Ernest Horton starrte ganz offen auf die Beine der Blonden. Auch Norma gefiel dieses Mädchen. Sie war in gewisser Beziehung so wie Loraine. Sie liebte niemanden — mit einer einzigen Ausnahme natürlich —, darum konnte ihr niemand etwas wegnehmen, und sie hatte nichts zu verlieren. Und dieses Mädchen war sehr nett, freundlich und höflich. Und umgekehrt mochte das Mädchen auch Norma leiden, Norma fühlte das.
Kurz bevor der Greyhound eingefahren war, hatte Alice zu Norma gesagt: »Bleiben Sie jetzt bei der Kasse, ich bin gleich wieder da.« Und dann hatten der Bus und die Blonde und das Kaffeeausschenken Norma abgelenkt. Aber nun fiel ihr plötzlich etwas ein, und ihr wurde beinahe schlecht bei dem Gedanken. Sie wußte, was sich abspielen würde, sie wußte es so genau, als sähe sie es mit ihren eigenen Augen. Sie wußte es, und weil sie es wußte, drängten sich alle möglichen Berechnungen in ihren Kopf, mitten in ihren krankhaften Zorn. Die dünne Rolle kleiner Banknoten. Sie mußte genügen, bis sie eine Anstellung fand. Warum wollte sie nicht jetzt schon gehen? Früher oder später würde es ja doch dazu kommen. Sie öffnete die Fächer hinter dem Schanktisch und schob die Kuchen hinein. Nur einen von jeder Sorte ließ sie draußen. Einen Himbeerkuchen, einen Rosinenkuchen, einen mit Zitronencreme und einen mit gebranntem Zucker und Vanille. Sie reihte sie auf dem Schanktisch auf, und bei ihrem Duft hob sich ihr Magen noch mehr. Sie wußte noch immer nicht genau, was sie tun sollte.
Juan kam durch die Vordertür. Sein Blick blieb am Haar der Blonden haften.
»Wollen Sie einen Augenblick beim Schanktisch bleiben, Mr. Chicoy?« fragte Norma.
»Wo ist Alice?« fragte Juan.
»Ich weiß nicht«, sagte Norma. Sie sah Alice vor sich. In Alicens Augen stimmte etwas nicht. Bestimmt nahm sie den Brief ans Fenster und hielt ihn ans Licht. Er interessierte sie gar nicht ernstlich. Nichts als eine oberflächliche Neugier, das war alles. Bestimmt beugte sie sich seitlich zum Licht, das Haar fiel ihr ins Gesicht, sie blies es weg, und ihre Finger raschelten durch die Briefseiten und zerknitterten sie. Norma überlief es kalt. Sie sah sich ins Zimmer stürzen, sah sich den Brief an sich reißen, und ihre Finger krallten sich. Sie fühlte Alicens Haut an ihren Fingernägeln, und diese Nägel schlugen und krallten nach Alicens Augen, diesen schrecklichen, feuchten, triefenden Augen. Alice würde auf den Rücken fallen und Norma über sie her auf diesen großen, weichen Bauch, und sie würde in ihn hineinknien und Alicens Gesicht zerkratzen, und aus den Kratzern würde das Blut nur so strömen.

Juan sah Norma an und fragte: »Was ist denn los? Sind Sie krank?«
»Ja«, sagte Norma.
»Dann schauen Sie, daß Sie hinauskommen, damit Ihnen nicht hier schlecht wird.«
Norma drehte sich aus dem Schanktisch heraus und öffnete leise die Schlafzimmertür. Die Tür zu ihrer Kammer war nur gerade spaltweit offen. Sie schloß die Tür zum Lunchraum und schlich lautlos zu ihrer eigenen. Ihr war jetzt ganz kalt, und sie zitterte. Kalt wie Eis. Lautlos stieß sie ihre Tür auf. Und richtig, es war so ... Alice stand am Fenster, mit dem Brief an Clark Gable dicht vor den Augen, und sie blies sich das Haar aus dem Gesicht.
Alice blies ihr Haar weg, sie blickte auf und sah Norma auf der Schwelle stehen. Ihr Mund war geöffnet, ihr Gesicht voll Gier. Sie konnte ihren Ausdruck nicht so rasch ändern. Norma trat einen Schritt vor. Ihre Haut war so straff gespannt, daß Linien von ihrem Mund nach abwärts führten. Albern hielt Alice ihr den Brief entgegen. Norma nahm ihn, faltete ihn sorgfältig zusammen und steckte ihn in ihren Kleiderausschnitt. Dann ging Norma an ihren Schreibtisch. Sie zog ihren Handkoffer hervor, nestelte den Schlüssel von der Nadel unter dem Kragenaufschlag los und sperrte den Koffer auf. Umständlich begann sie einzupacken. Sie leerte die Schubfächer in ihren Koffer und drückte die aufgehäuften Kleider mit der Faust nieder. Aus dem Wandschrank holte sie ihre drei guten Kleider und den Mantel mit dem Kaninchenkragen. Sie legte den Mantel aufs Bett und rollte die Kleider um die Hänger und brachte auch sie in dem Handkoffer unter.
Alice stand wie versteinert da. Sie sah dem Mädchen zu, und ihr Kopf pendelte in Verfolgung des hin und her pendelnden Mädchens. In Normas Kopf jubelte stummer Triumph. Nun hatte sie Oberwasser. Nach lebenslangem Herumgeschobenwerden hatte sie Oberwasser und schwieg. Das tat ihr wohl. Sie sagte kein Wort und würde auch kein Wort sagen. Sie warf noch zwei Paar Schuhe in den Koffer, dann klappte sie den Deckel darüber und versperrte das Schloß.
»Gehen Sie jetzt gleich?« fragte Alice.
Norma gab keine Antwort. Das hätte ihren Triumph zerstört. Nichts konnte sie zwingen.
»Ich hab's ja nicht bös gemeint«, sagte Alice.
Norma schaute nicht auf.
»Ich würde Ihnen raten, nichts darüber zu erwähnen, sonst bringe ich Sie in die Tunke«, bemerkte Alice, aber ihr war nicht wohl dabei. Norma sprach noch immer nicht. Sie ging zum Bett und holte ihren Mantel mit dem Kaninchenkragen. Dann nahm sie ihren Handkoffer und ging aus dem Zimmer. Ihr Atem pfiff durch ihre Nase. Sie ging hinter den Schanktisch und drückte auf einen Knopf der Registrierkasse. Norma entnahm ihr zehn Dollar, einen

Fünfdollarschein, vier Dollarnoten und zwei 25-Cent-Stücke. Das Geld steckte sie in die Seitentasche ihres Mantels. Ihr weichlicher Mund war plötzlich hart geworden.

Juan fragte:

»Was ist denn hier los?«

»Ich fahre mit Ihnen nach San Juan«, sagte Norma.

»Sie müssen Alice helfen«, sagte Juan, »sie kann nicht allein hierbleiben.«

»Ich habe gekündigt«, sagte Norma. Sie merkte, daß die Blonde sie ansah, während sie um den Schanktisch herumging. Norma ging durch die vergitterte Tür hinaus. Sie trug ihren Handkoffer zum Bus und kletterte hinein. Dann setzte sie sich auf einen der rückwärtigen Plätze. Ihren Handkoffer stellte sie aufrecht neben sich. Sie saß kerzengerade da.

Juan sah ihr nach, als sie hinausging. Er zuckte die Achseln. »Was mag da wieder vorgegangen sein?« fragte er vor sich hin. Er wandte sich an niemanden im besonderen dabei.

Ernest Horton sah finster drein. Er haßte Alice Chicoy. Er sagte: »Wann, glauben Sie, können wir wegfahren?«

»Um zehn Uhr dreißig«, sagte Juan. »Jetzt ist es zehn nach zehn.« Er warf einen Blick zu den Pritchards hinüber. »Ich muß mich jetzt umkleiden gehen. Wenn noch jemand einen Kaffee will oder sonst etwas, dann soll er sich ruhig selbst bedienen.«

Er ging ins Schlafzimmer. Er schob die Achselträger seines Overalls hinunter und ließ die Hosen über seine Schuhe fallen. Er hatte Shorts an mit dünnen blauen Streifen. Er zog sein blaues Baumwollhemd über seinen Kopf, schnellte seine Mokassins weg und stieg aus seinem Overall heraus; Schuhe, Socken und Overall blieben in einem Haufen am Boden liegen. Sein Körper war massiv und braun, nicht sonngebräunt, sondern braun von seinen braunen Vorfahren her. Er ging zur Badezimmertür und klopfte an. Alice zog an der Toilette und öffnete. Sie hatte sich wieder das Gesicht gewaschen, und eine nasse Haarsträhne klebte an ihrer Wange. Ihr Mund hing schlaff herunter, und ihre Augen waren rot und geschwollen.

»Was geht denn hier vor?« fragte Juan. »Mir scheint, du führst wieder einmal schreckliche Sachen auf, wie?«

»Ich habe Zahnschmerzen«, sagte Alice. »Ich kann nichts dagegen tun. Ein schrecklicher Schmerz, gerade hier an dieser Stelle.«

»Was ist denn mit Norma los?« fragte Juan.

»Laß sie laufen«, sagte Alice. »Ich wußte, daß es einmal mit ihr zu einem Krach kommen wird.«

»Was hat sie angestellt?«

»Sie hat ein wenig zu lange Finger«, sagte Alice.

»Was hat sie genommen?«
»Ich wollte mich nur eben überzeugen. Erinnerst du dich an die Flasche Bellodgia, die du mir zu Weihnachten geschenkt hast? Nun — sie war plötzlich weg, und ich hab' sie in ihrem Koffer gefunden. Sie ist gerade hereingekommen, als ich sie fand, und wurde frech, und da hab' ich ihr gesagt, daß sie gehen kann.«
Juans Augen trübten sich. Er wußte, daß das eine Lüge war, aber es lag ihm an der Wahrheit nicht viel. Weiberstreit interessierte ihn nicht. Er stieg in die Wanne und zog den Duschvorhang um sich zu.
»Du warst den ganzen Morgen schon unerträglich«, sagte er. »Was ist denn in dich gefahren?«
»Nun — es wird das Datum sein — und dann noch die Zahnschmerzen dazu...«
Juan wußte, daß der erste Punkt nicht stimmte. Aber daß auch der zweite unwahr war, das ahnte er bloß. »Trink einen Schluck Schnaps, bis wir weg sind«, sagte er, »das wird für beides gut sein.«
Alice war das sehr angenehm. Sie wollte, daß der Vorschlag von ihm kam.
»Du mußt hier alles allein erledigen«, fuhr Juan fort. »Ich nehme Pimples heute mit.«
Alice war ganz aufgeregt. Sie würde allein sein — ganz allein im Haus. Aber Juan durfte nicht merken, wie froh sie darüber war. »Warum fährt Pimples mit?«
»Er hat in San Juan etwas zu erledigen. Sag, warum machen wir das Haus nicht einfach zu? Du kannst nach Juan zum Zahnarzt fahren.«
»Nein«, sagte Alice. »Das ist keine gute Idee. Ich fahre morgen nach San Ysidro oder sonst an einem Tag. Es ist keine gute Idee, den Lunchraum ganz zu schließen.«
»O. K. Es ist dein Zahn, nicht meiner«, sagte Juan und drehte das Wasser auf. Er steckte den Kopf zwischen dem Vorhang vor. »Geh jetzt hinaus und kümmere dich um die Passagiere.«
Ernest Horton war zu der Blonden übergesiedelt, als Alice ins Frühstückszimmer trat.
»Geben Sie uns jetzt einmal zwei Tassen Kaffee«, sagte er. Und zu der Blonden gewandt: »Oder hätten Sie lieber ein Coca-Cola?«
»Nein, Kaffee, Coca-Cola macht zu dick.«
Ernest hatte sich beeilt. Er hatte nach ihrem Namen gefragt, und die Blonde hatte gesagt, sie heiße Camille Oaks. Natürlich hieß sie nicht wirklich so. Sie kombinierte nur schnell ein Camel-Paket an die Wand — auch wieder eine Blonde mit kugelrunden Brüstchen — und einen Eichenbaum, den sie durchs Fenster sehen konnte. Aber von jetzt an blieb sie Camille Oaks, zumindest solange die Fahrt dauerte.

»Diesen Namen habe ich kürzlich wo gehört«, sagte Ernest. Und er reichte ihr höflich den Zuckerstreuer.

Mr. Pritchards Fuß wippte stoßweise, und Mrs. Pritchard war auf der Lauer. Sie wußte, daß Mr. Pritchard aus irgendeinem Grund nervös war, aber sie wußte nicht, warum. Mit derlei Dingen hatte sie keine Erfahrung. Ihre Freundinnen waren alle miteinander nicht imstande, Mr. Pritchards Fuß in Bewegung zu setzen. Und von seinem Leben außerhalb ihres Kreises wußten sie nichts.

Er stand auf und ging an den Schanktisch. »Sie denken an den Mordprozeß von Oake«, sagte er zu Ernest. »Ich bin sicher, diese junge Dame da ist weder ermordet worden, noch hat sie jemanden ermordet«, kicherte er. »Noch etwas Kaffee«, bat er Alice galant.

Mr. Pritchard sagte: »Ich muß Ihnen schon irgendwo begegnet sein. Ist das möglich?«

In Gedanken äffte Mildred ihn nach: Habe ich Sie nicht schon irgendwo gesehen?

Camille sah sich Mr. Pritchards Gesicht an, und ihr Blick blieb an dem Klubabzeichen in seinem Knopfloch haften. Sie wußte, wo er sie gesehen hatte. Wenn sie sich auszog und in dem Weinglas saß, dann vermied sie es sorgfältig, die Männer anzusehen. In ihren feuchten, herausgewälzten Augen und in ihren schlaffen, halb lächelnden Mündern war etwas, was ihr Angst machte. Sie fürchtete, wenn sie einen ansah, könnte er auf sie springen. Für sie war ihr Publikum nichts als ein großer Fleck rosiger Gesichter, Hunderter weißer Kragen und tadelloser Selbstbinder. In den exklusiven Klubs pflegten sie meist Smokings zu tragen.

Sie sagte: »Ich kann mich nicht erinnern.«

»Waren Sie je im Mittelwesten?« Pritchard ließ nicht locker.

»Ich habe in Chikago gearbeitet«, sagte Camille.

»Wo?« fragte Mr. Pritchard. »Ich habe das deutliche Gefühl ...«

»Ich bin Assistentin bei einem Zahnarzt«, sagte Camille.

Mr. Pritchards Augen blitzten hinter seiner Brille auf. »Ich könnte wetten, daß ich es jetzt weiß. Dr. Horace Liebholtz ist mein Zahnarzt in Chikago.«

»Nein«, sagte Camille, »nein, bei ihm habe ich nie gearbeitet. Zuletzt war ich bei Dr. T. S. Chesterfield.« Auch das hatte sie von der Wand heruntergelesen, und es war nicht sonderlich gescheit gewählt. Sie hoffte, er würde das Plakat nicht bemerken, das gerade über seiner Schulter hing: »Chesterfields für den verwöhntesten Geschmack. ...«

Mr. Pritchard bemerkte munter und keineswegs zur Freude seiner Tochter: »Nun, ich werde mich schon noch erinnern. Ich vergesse kein Gesicht, das ich einmal gesehen habe.«

Mrs. Pritchard hatte den Blick ihrer Tochter aufgefangen, und sie sah den

Widerwillen in Mildreds Gesicht. Dann warf sie wieder einen Blick auf ihren Mann. Er benahm sich sonderbar. »Elliot«, sagte sie, »würdest du mir noch eine Tasse Kaffee bringen?«

Mr. Pritchard schien sich nur mit Mühe in den Alltag zurückzufinden. »Natürlich — gewiß ...«, sagte er, und seine Stimme wurde wieder die alte. Aber er war von neuem nervös.

Die Gittertür ging auf und fiel krachend wieder zu. Pimples Carson trat ein, aber es war ein völlig verwandelter Pimples. Sein Gesicht war dick gepudert, um die Pusteln möglichst zu verdecken, und er erreichte seinen Zweck nur insoweit, als sie nun statt rot grellviolett erstrahlten. Sein Haar war zurückgebürstet und mit Hilfe von viel Pomade wie abgeschleckt. Er trug ein Hemd mit einem sehr steifen Kragen, eine grüne Krawatte mit einem kleinen Knoten, und der Hemdkragen war unter dem Knoten mittels einer goldenen Kragennadel befestigt. Pimples sah ein wenig gewürgt aus, so eng war sein Kragen. Hemd und Krawatte stiegen und sanken leise, wenn er schluckte. Sein Anzug war schokoladebraun, aus haarigem Stoff, und an den Hosenseiten bemerkte man deutlich die Abdrücke von Sprungfedern. Er trug weiße, braun besetzte Schuhe und rotgrün gewürfelte Wollsocken.

Alice sah ihn erstaunt an. »Da sieh mal einer, was da eben hereingekommen ist!« sagte sie.

Pimples haßte sie. Er saß auf dem Barstuhl, den Mr. Pritchard eben verlassen hatte, um seiner Frau Kaffee zu bringen. »Ich möchte ein Stück von dem frischen Himbeerkuchen«, sagte er. Er blinzelte nervös zu Camille hinüber, und seine Stimme klang ein wenig gewürgt. »Miß, Sie sollten auch so ein Stück Kuchen essen.«

Camille sah ihn an, und ihre Augen waren voll Wärme. Sie erkannte es sofort, wenn ein Mann Trost brauchte. »Nein, danke«, sagte sie freundlich. »Ich habe in San Ysidro gefrühstückt.«

»Ich hätte Sie gern eingeladen«, sagte Pimples aufgeregt.

»Nein, wirklich, ich kann jetzt nichts essen.«

»Nun, er schon«, sagte Alice. »Er könnte Kuchen essen, selbst wenn er am Palmsonntag in einer Wanne voll Bier am Kopf stände.« Sie drehte einen Kuchen herum und zog ein Messer heraus. — »Eine Doppelportion, bitte«, sagte Pimples.

»Ich glaube nicht, daß du noch Gehalt ausstehend hast«, sagte Alice grausam. »Du hast diese Woche dein ganzes Gehalt bereits aufgegessen.«

Pimples wand sich wie ein Wurm. Gott, wie haßte er dieses Weib! Alice beobachtete die Blonde. Sie wußte bereits alles. Sämtliche Männer im Lunchraum waren überlebhaft, und alle waren auf dieses Mädchen scharf. Und das machte Alice nervös. Sie wartete nur ab, bis Juan kam; dann erst würde sie alles noch besser wissen. Noch vor einem Weilchen hatte sie den Bus weit

weg gewünscht, damit sie sich ungestört ein paar tüchtige Züge aus der Flasche gönnen könnte. Jetzt aber — jetzt begann sie unruhig zu werden.
Ernest Horton sagte: »Sobald ich an meinen Musterkoffer heran kann, zeige ich Ihnen ein paar hübsche Kleinigkeiten, die ich vertreibe. Etwas ganz Neues. Und sehr hübsch.«
Camille fragte: »Wie lange sind Sie schon vom Militär weg?«
»Seit fünf Monaten.«
Sie schaute auf sein Knopfloch mit dem blauen Band und den weißen Sternen. »Das hier ist etwas Schönes. Das richtige Große, nicht wahr?«
»Angeblich«, sagte Ernest. »Darin bin ich kein Fachmann.« Und beide lachten.
»Hat der General es Ihnen persönlich angesteckt?«
»Ja«, sagte Ernest.
Mr. Pritchard beugte sich vor. Es ärgerte ihn, daß er nicht verfolgen konnte, was vorging.
Pimples sagte: »Sie sollten doch diesen Himbeerkuchen versuchen.«
»Ich kann nicht«, sagte Camille.
»Vielleicht finden Sie eine Fliege drin, und dann lasse ich Ihnen die ganze Portion gratis«, sagte Alice.
Camille kannte diese Symptome. Auch diese Frau war im Begriff, sie zu hassen. Mit Unbehagen warf sie einen Blick auf die beiden anderen Frauen im Zimmer. Mrs. Pritchard machte ihr keine Sorge. Aber dafür das Mädchen, welches versuchte, ohne Brille auszukommen. Camille hoffte nur, mit ihr nicht aneinandergeraten zu müssen. Die hatte Haare auf den Zähnen. Und sie flehte im Geiste: Ach, Jesus, Loraine, mach dich doch von diesem Menschen los, damit wir wieder zusammenziehen können! Sie fühlte sich schrecklich einsam und müde. Sie fragte sich, wie es wohl sein müßte, mit Mr. Pritchard verheiratet zu sein. Er war so beiläufig von der Art, wie sie sich ihn vorgestellt hatte. Es konnte bestimmt nicht arg sein, mit ihm zu leben. Seine Frau sah nicht aus, als hätte sie es schwer mit ihm.
Bernice Pritchard kannte sich nicht aus. Sie haßte Camille nicht. Aber irgendwie fühlte sie, daß in dem Zimmer etwas anders geworden war. Sie wußte nur nicht, was. »Ich glaube, wir sollten unsere Sachen vorbereiten«, sagte sie klug zu Mildred, ungeachtet der Tatsache, daß ihre Sachen längst vorbereitet waren.
Nun kam Juan aus dem Schlafzimmer. Er hatte saubere Waschsamthosen angezogen, ein reines blaues Hemd und eine Lederjacke. Sein dichtes Haar war zurückgekämmt, und sein Gesicht glänzte vom Rasieren.
»Alle bereit?« fragte er.
Alice beobachtete ihn, während er um den Schanktisch herumging. Camille sah er überhaupt nicht an. Das war Alice verdächtig. Juan sah sonst alle

Mädchen an. Tat er es einmal nicht, dann hieß es auf der Hut sein. Das gefiel Alice ganz und gar nicht.
Mr. Van Brunt, der alte Herr mit dem steifen Hals, kam von draußen und ließ einen Spalt der Drehtür offen: »Es sieht nach noch mehr Regen aus«, sagte er.
Juan antwortete sehr kurz: »Sie fahren mit dem nächsten Greyhound-Bus wieder nach Norden«, sagte er.
»Ich hab's mir überlegt«, sagte Van Brunt. »Ich fahre doch mit Ihnen. Ich muß mir diese Brücke anschauen. Aber es wird noch mehr regnen, das sage ich Ihnen.«
»Ich dachte, Sie wollten nicht mitkommen.«
»Ich werde es mir doch vielleicht noch überlegen dürfen, nicht? Warum rufen Sie nicht nochmals wegen der Brücke an?«
»Die Leute haben gesagt, daß alles in Ordnung sei.«
»Das ist aber schon eine ganze Weile her«, sagte Van Brunt. »Sie sind hier fremd. Sie wissen nicht, wie rasch der San Ysidro steigen kann. Ich habe ihn schon einen Fuß per Stunde steigen sehen. Während der Schneeschmelze. Sie sollten doch anrufen.«
Juan war außer sich: »Schauen Sie«, sagte er, »ich führe doch den Bus. Und ich führe ihn schon eine ganze Weile. Haben Sie etwas dagegen einzuwenden? Fahren Sie einfach mit, und verlassen Sie sich auf mich, oder fahren Sie nicht – aber lassen Sie mich freundlichst chauffieren.«
Van Brunt wandte den Kopf zur Seite und sah Juan kalt an: »Ich weiß noch nicht, ob ich mit Ihnen fahren werde, oder nicht. Vielleicht schreibe ich auch ein paar Zeilen an die Bahnverwaltung. Sie sind weiter nichts als ein ganz gewöhnlicher Chauffeur, lassen Sie sich das gesagt sein!«
»Gehen wir«, sagte Juan.
Alice wandte die Augen nicht von ihm ab, er schaute Camille nicht an und machte sich auch nicht erbötig, ihren Koffer zu tragen. Das war bös. Alice machte es außerordentlich stutzig; weil es Juan so gar nicht ähnlich sah.
Camille faßte ihren Koffer und eilte mit ihm zum Bus hinaus. Sie wollte neben keinem der Männer sitzen. Sie war müde. Im Geiste hatte sie rasch alle Möglichkeiten erwogen. Mildred Pritchard war zwar ledig und frei, doch Mildred mochte sie bereits nicht. Aber das Mädchen, das eben gekündigt hatte, saß draußen im Bus. Camille hastete zur Tür hinaus und kletterte in den Wagen. Ernest Horton und Mr. Pritchard folgten ihr, so rasch sie konnten, aber Camille war bereits im Bus. Norma saß ganz still. Ihre Augen blitzten feindselig, und ihre Nase war rot und glänzte. Norma bekam es mit der Angst wegen ihres raschen Entschlusses.
Camille fragte: »Dürfte ich mich neben Sie setzen, Herzchen?« Norma wandte

steif den Kopf und schaute die Blonde an: »Es sind Sitze genug hier«, sagte sie.
»Dürfte ich doch? Ich sage Ihnen später, warum.«
»Tun Sie, was Sie wollen«, sagte Norma großspurig. Sie hatte sofort gemerkt, wie kostspielig dieses Mädchen gekleidet war. Was fiel ihr denn ein? Neben Norma wollte kein Mensch sitzen. Sie mußte ihre geheimen Gründe haben. Norma ging nicht umsonst so viel ins Kino. Solche Sachen konnten zu ungeahnten Herrlichkeiten führen. Sie rückte näher ans Fenster und machte Platz.
»Bis wohin fahren Sie?« fragte Norma.
»Nach L. A.«
»Ach, dahin fahre ich auch. Sind Sie dort zu Hause?«
»Ja und nein«, sagte Camille. Sie konstatierte, daß die Männer, die aus dem Lunchraum kamen, sie neben Norma Platz nehmen sahen. Sie mäßigten ihre Schritte, und es kam zu keinem Wettkampf. Nun sammelten sie sich um den Rückteil des Autobusses und verstauten ihre Koffer im Gepäckraum.
Juan stand mit Alice an der Tür des Lunchraumes und schaute durch das Fliegengitter. »Laß dir's gutgehen«, sagte er. »Du warst den ganzen Morgen verflucht verdrießlich. Schau, daß das erledigt ist, wenn ich nach Hause komme.«
Alicens Züge verhärteten sich plötzlich. Sie hatte etwas auf der Zunge.
Juan fuhr fort: »Sonst komme ich eines schönen Tages gar nicht mehr nach Hause.«
Ihr stockte der Atem. »Ich fühle mich doch nur nicht wohl«, wimmerte sie.
»Nun, dann schau, daß du dich wieder wohl fühlst. Und hör auf damit; kranke Leute mag keiner sehr lange. Keiner. Verstanden?« Seine Augen sahen sie nicht an, er schaute um sie herum und durch sie hindurch, und Alice zog sich das Herz zusammen. Juan drehte sich um und ging zum Bus hinüber.
Alice stützte ihre Ellbogen gegen das Holzkreuz der Gittertür. Große, weiche Tränen füllten ihre Augen. »Ich bin dick«, sagte sie vor sich hin, »ich bin alt.« Die Tränen liefen ihr in die Nase. Sie schnupfte sie wieder auf. Sie sagte: »Du kannst immer junge Mädchen haben, aber was bleibt mir? Nichts. Ein altes Weib ...« Sie schnupfte leise hinter dem Fliegengitter.
Mr. Pritchard wäre gern hinter der Blonden gesessen, um sie zu beobachten, aber Mrs. Pritchard setzte sich ganz vorn hin, und er mußte sich neben sie setzen. Mildred saß allein auf der anderen Seite hinter ihnen. Pimples kletterte hinauf und bekam den Platz, den Mr. Pritchard haben wollte, und Ernest Horton saß neben ihm.
Juan bemerkte zu seinem Mißvergnügen, daß Van Brunt sich dicht hinter den Führerplatz gesetzt hatte. Juan war nervös. Er hatte nur wenig geschlafen,

seit dem frühen Morgen war irgendwie die Hölle los gewesen. Er brachte die Koffer ordentlich im Gepäckabteil unter, zog eine dicke Leinendecke darüber und schloß die Tür des Verschlages. Er winkte Alice zu, die hinter der Tür stand. An ihrer Haltung merkte er, daß sie weinte, und das war ihm ganz recht. Sie war zu üppig geworden. Er wußte nicht, warum er eigentlich bei ihr blieb. Reine Trägheit, sonst nichts, sagte er sich. Er scheute die lästigen Aufregungen so eines Davonlaufens. Ob er wollte oder nicht, würde er sich ihretwegen Sorgen machen, und das waren dann lästige Scherereien. Er würde auch sofort wieder eine andere Frau brauchen, und damit hing wieder eine Menge Geschwätz, Überredungskünste und Streit zusammen. Einfach ein Mädel zu nehmen und mit ihr für kurze Zeit etwas anzufangen, das war nicht, was er wollte; er mußte eine Frau ständig um sich haben. Man gewöhnte sich an die eine, und das war viel bequemer. Außerdem war Alice die einzige Frau außerhalb von Mexiko, die Bohnen zu kochen verstand. Komisch. Jeder kleine Indianer in Mexiko wußte, wie man Bohnen kocht und hier kein Mensch außer Alice: gerade genug Sauce und der richtige Bohnengeschmack ohne irgendein anderes Gewürz, das nicht dazugehörte. Hier gaben sie Tomaten und Knoblauch hinein und Chilisauce und solches Zeug, und Bohnen mußten doch ganz allein gekocht werden, nur mit ihrem eigenen Geschmack. Juan kicherte: Weil sie Bohnen kochen kann..., sagte er sich. Aber es war auch noch ein anderer Grund da. Sie liebte ihn. Sie liebte ihn wirklich. Und er wußte es, und so jemanden kann man nicht verlassen. Das Ganze ist ein Gebäude mit seiner eigenen Zusammenfügung, man kann davon nicht mehr weg, ohne ein Stück von sich selbst abzureißen. Wenn man also ganz bleiben will, dann muß man bleiben, so wenig es einen auch freuen mag. Juan war keiner von denen, die sich etwas vormachten.
Er war schon dicht am Bus, aber er drehte sich nochmals um und ging zurück zur Drahttür. »Laß dir's gutgehen«, sagte er. Seine Augen blitzten warm und gut. »Nimm einen Schluck Schnaps gegen die Zahnschmerzen.« Dann drehte er sich um und ging zum Bus zurück. Sie würde betrunken sein wie ein Stinktier, wenn er nach Hause kam, das wußte er, aber vielleicht putzte es sie gründlich aus, und sie würde wieder vernünftig. Falls Alice betrunken sein sollte, würde er in Normas Bett schlafen. Er konnte ihren Geruch nicht ertragen, wenn sie betrunken war, ein saurer, bitterer Geruch.
Juan sah zum Himmel auf. Die Luft war still, aber hoch oben trieb ein starker Wind Legionen frischer Wolken über die Berge, und diese Wolken waren flach und verschwammen eine in die andere, während sie über den Himmel jagten. Die Eichen tropften noch immer vom Morgenregen, und die Geranienblätter trugen glitzernde Tropfen in ihrer Mitte. Es war still über dem Land und doch voll Geschäftigkeit.
Obzwar Juan Van Brunt um keinen Preis recht geben wollte, mußte er doch

zugeben, daß es nach Regen aussah. Er kletterte die Stufen zum Bus hinauf. Van Brunt hatte ihn beim Schlafittchen, noch ehe er sich setzen konnte.
»Wissen Sie, woher dieser Wind weht? Von Südwesten. Wissen Sie, woher diese Wolken kommen? Von Südwesten. Wissen Sie, woher unser Regen kommt?« fragte er triumphierend. »Auch von Südwesten.«
»O. K., und wir müssen alle einmal sterben«, sagte Juan. »Und manche von uns auf gar schreckliche Art. Vielleicht werden Sie von einem Traktor überfahren. Haben Sie schon einmal einen Menschen gesehen, den ein Traktor überfahren hat?«
»Wie kommen Sie da drauf?« fragte Van Brunt.
»Lassen Sie es regnen«, sagte Juan.
»Ich besitze keinen Traktor«, sagte Van Brunt. »Dafür besitze ich vier Paar der besten Pferde im ganzen Land. Wie kommen Sie auf den Traktor?«
Juan trat auf den Starter. Es klang hoch, dünn und kreischend, aber beinahe sofort sprang der Motor an, und es klang sehr gut.
»Kit!« rief er. »Horch einmal nach hinten.«
»O. K.«, sagte Pimples. Juans Vertrauen tat ihm wohl.
Juan winkte zu Alice hinüber und schloß die Bustür mit einem Hebel. Er konnte durch das Fliegengitter nicht sehen, was sie tat. Er mußte wohl erst außer Sehweite sein, ehe sie die Flasche holte. Hoffentlich machte sie keine Dummheiten.
Juan fuhr um die Front des Lunchraumes herum und bog direkt in die schwarze hochgelegene Straße, die nach San Juan de la Cruz führte. Es war keine sehr breite Straße, aber sie war ziemlich glatt und gut gewölbt, so daß das Wasser schön abfloß. Tal und Hügel waren mit Sonnenflecken gesprenkelt und von den wandelnden Schatten der Wolken durchbrochen, die über den Himmel jagten. Sonnenflecken und Schatten waren dunkelgrau, bedrohlich und traurig.
»Sweetheart« polterte mit einer Geschwindigkeit von vierzig Meilen dahin. Ein guter, braver Bus, und auch rückwärts klang die Maschine gut.
»Ich habe Traktoren nie gemocht«, sagte Van Brunt.
»Ich auch nicht«, sagte Juan. Plötzlich war ihm sauwohl.
Van Brunt konnte es dabei nicht bewenden lassen. Juan hatte gesiegt: über alle Erwartung. Van Brunt wandte seinen Kopf auf dem steifen Hals seitwärts. »Sagen Sie mal, Sie sind doch wohl keiner von diesen Wahrsagern oder dergleichen?«
»Nein«, sagte Juan.
»Weil ich an das Zeug nicht glaube«, sagte Van Brunt.
»Ich auch nicht«, sagte Juan.
»Ich möchte keinen Traktor auf meinem Hof haben.«
Juan hätte gern gesagt: Ich hatte einen Bruder, den hat ein Pferd mit dem

Huf erschlagen, aber er sagte sich: Hol's der Teufel! Der Kerl will mir nur das Leben schwer machen. Ich möchte nur wissen, wovor er sich eigentlich fürchtet.


Neuntes Kapitel

Die Hochstraße nach San Juan de la Cruz war geteert. In den zwanziger Jahren waren unten in Kalifornien Hunderte von Meilen asphaltierter Straßen gebaut worden, und die Leute hatten sich zufrieden zurückgelehnt und gesagt: »Das ist etwas für die Ewigkeit. Das wird genausolange halten wie die Römerstraßen, sogar noch länger, weil durch den Asphalt kein Gras sprießen kann, das ihn sprengen könnte.« Aber es war nicht so. Die Gummireifen der Lastwagen und die schweren Automobile sprengten den Asphalt, und nach einiger Zeit starb er ab und zerbröckelte. Dann sprang eine Seite ab, ein Loch brach durch, ein Sprung bildete sich, wurde immer größer, und im Winter erweiterte ein wenig Eis diesen noch mehr. Selbst der widerstandsfähigste Asphalt hielt das Gehämmer der Kraftwagen nicht lange aus und brach zusammen.
Dann gossen die Straßenkontrollen des jeweiligen Bezirks die Sprünge mit Teer aus, um das Wasser abzuhalten, aber das half nicht, bis sie schließlich die Straße mit einer Mischung von Asphalt und Kies überzogen. Und die hielt, weil sie den schweren Reifen keinen harten Widerstand leistete. Etwas davon wurde mitgenommen, dafür ließen die Räder wieder etwas zurück. Im Sommer wurde der Boden weich, im Winter hart. Mit der Zeit waren alle Straßen schwarz lackiert und leuchteten von weitem wie Silber.
Die Straße nach San Juan zog sich eine Zeitlang durch flache Felder. Die Felder waren nicht eingezäunt, weil kein Vieh mehr frei herumlief. Das Land war zu kostbar, um als Weide zu dienen. Die Felder lagen offen an der Landstraße. Sie wurden durch Gräben begrenzt, die den Weg entlangliefen. In den Gräben wuchs buschig wilder Senf und die wilde Rübe mit ihren kleinen Purpurblüten. Die Gräben waren mit blauen Lupinen auswattiert. Die Mohnblumen waren fest zusammengewickelt, die offenen Blüten hatte der Regen heruntergeschlagen.
Die Straße lief gerade auf die Hügelausläufer zu — runde weiblich-weiche Hügel, sinnlich sanft gerundet wie lebendiges Fleisch. Und das grüne, wogende Gras blühte gleich junger Haut. Die Hügel waren üppig und lieblich von alldem Wasser. Diese glatte schöne Straße entlang glitt Juans »Sweetheart«. Seine saubergewaschenen, glänzenden Flanken spiegelten sich im Wasser der Gräben. Die kleinen Amulette schwangen gegen die Windschutzscheibe: der

winzige Boxhandschuh und der Babyschuh; die Jungfrau von Guadeloupe auf ihrem Halbmond blickte selig auf die Passagiere zurück.

Vom rückwärtigen Ende kam kein falscher oder schriller Ton, nur das seltsame Winseln der Transmission war vernehmbar. In behaglicher Erwartung einer schönen Fahrt setzte Juan sich in seinem Sitz zurecht. Vor sich hatte er einen großen Spiegel, in dem er die Passagiere beobachten konnte, und einen langen Spiegel hatte er außerhalb des Fensters. In diesem sah er die Straße hinter dem Bus. Die Straße war wie ausgestorben. Nur wenige Wagen kamen vorbei, keiner in der Richtung von San Juan. Anfangs beunruhigte ihn das nur ganz unbewußt, nach und nach aber begann er ernstlich besorgt zu werden. Am Ende war die Brücke doch kaputt. Nun, wenn es sich so verhielt, dann mußten sie eben umkehren. Dann brachte er die ganze Gesellschaft nach San Ysidro und ließ sie laufen. War die Brücke hin, dann gab es keine Buslinie, so lange, bis die Brücke wieder stand. Er sah in seinem Spiegel, daß Ernest Horton seinen Musterkoffer geöffnet hatte und Pimples irgendein Spielzeug zeigte, das schwirrte, aufleuchtete und verschwand. Er bemerkte auch, daß Norma und die Blonde die Köpfe zusammensteckten und tuschelten. Er fuhr ein wenig schneller.

Er dachte nicht daran, mit der Blonden etwas anzufangen. Denn es fehlte jede Möglichkeit, an sie heranzukommen. Juan war zu alt, um sich etwas nahegehen zu lassen, das außerhalb des Bereiches der Möglichkeit lag. Bot sich die Gelegenheit, dann natürlich war der Fall für ihn klar. In seiner Magengrube hatte sich eine Art Schraube zusammengezogen, als er die Blonde zuerst erblickt hatte.

Norma war anfangs Camille gegenüber ganz steif gewesen; sie war so fest zugefroren, daß es eine Weile dauerte, ehe sie auftaute. Aber Camille brauchte Norma als Schutzschild. Auch hatten sie das gleiche Reiseziel.

»Ich war noch nie in L. A. oder in Hollywood«, gestand Norma leise, damit Ernest es nicht hören konnte. »Ich weiß gar nicht, wo ich hingehen soll, und überhaupt...«

»Was wollen Sie dort machen?« fragte Camille.

»Ich werde wohl eine Stellung finden — als Kellnerin oder dergleichen. Ich möchte gern zum Film.«

Camilles Mund gefror in einem Lächeln. »Erst versuchen Sie es einmal als Kellnerin«, sagte sie. »Das Filmen ist eine harte Nuß.«

»Sind Sie eine Schauspielerin?« fragte Norma. »Sie schauen so aus.«

»Nein«, sagte Camille. »Ich arbeite bei Zahnärzten. Ich bin eine zahnärztliche Assistentin.«

»Leben Sie in einem Hotel, oder haben Sie ein Zimmer oder ein Haus?«

»Ich habe überhaupt keine Wohnung«, sagte Camille. »Bevor ich in Chikago gearbeitet habe, wohnte ich mit einer Freundin zusammen.«

Norma spitzte die Ohren. »Ich habe ein wenig Geld erspart«, sagte sie. »Vielleicht könnten wir uns zusammen eine Wohnung nehmen. Wissen Sie, wenn ich in einem Restaurant Arbeit bekomme, dann würde mich das Essen fast gar nichts kosten. Ich könnte sogar noch manches nach Hause bringen.« Normas Augen wurden richtig gierig. »Vielleicht wär's gar nicht so teuer, wenn wir die Miete teilen würden. Es kann auch sein, daß ich gute Trinkgelder bekomme...«
In Camille stieg ein warmes Gefühl für das Mädchen auf, sie sah sich die rote Nase an, den grauen Teint und die kleinen wasserblauen Augen.
»Wir werden sehen«, sagte sie.
Norma rückte näher. »Ich weiß, Ihr Haar ist naturblond«, sagte sie. »Aber vielleicht könnten Sie mir raten, was ich mit dem meinen machen soll. Es ist so unschön und hat eine so fade Farbe.«
Camille lachte. »Sie würden staunen, wenn Sie wüßten, was für eine Farbe mein Haar wirklich hat«, sagte sie. »Warten Sie einen Augenblick.« Sie studierte Normas Gesicht und versuchte sich vorzustellen, was Cold-Cream und Puder und Mascara aus ihr machen könnten, sie stellte sich das Haar glänzend und gewellt vor, die Augen mittels dunkler Schatten vergrößert, die Mundform durch Lippenstift korrigiert. Camille machte sich keine Illusionen, was Schönheit betraf. Loraine sah ohne Aufmachung aus wie eine aus dem Wasser gezogene kleine Ratte, trotzdem konnte Loraine gut aussehen. Es wäre ein Spaß und eine ganz nette Beschäftigung, dieses Mädchen hier umzumodeln und ihm Selbstvertrauen zu geben. Vielleicht würde sie dann sogar noch besser aussehen als Loraine.
»Wir wollen es uns überlegen«, sagte sie. »Diese Gegend hier ist sehr hübsch. Es wäre ganz schön, hier zu leben.« In Gedanken sah sie bereits, was sich abspielen würde. Sie richtete Norma her, und diese konnte wirklich ganz hübsch aussehen, wenn sie geschickt war. Dann würde Norma einen jungen Mann kennenlernen und selbstverständlich nach Hause bringen, weil sie doch stolz auf ihn war und ihn zeigen wollte. Der junge Mann würde mit Camille zu flirten beginnen, und Norma würde sie hassen.
Genauso würde es sich abspielen. Genauso hatte es sich abgespielt. Aber hol's der Teufel — bevor es soweit war, konnte sie eine Menge Spaß damit haben. Vielleicht gelang es ihr vorzubauen und nie zu Hause zu sein, wenn Norma einen Mann mitbrachte.
Sie war warm und freundlich gestimmt. »Wir wollen es uns überlegen«, sagte sie.
Vor sich auf der Landstraße sah Juan ein überfahrenes Kaninchen. Vielen Leuten machte es Vergnügen, etwas zu überfahren, aber Juan war keiner von ihnen. Er lenkte den Bus so, daß das tote Tier zwischen die Räder zu liegen kam. Dadurch vermied er das Krachen der Knochen unter den Reifen. Er fuhr

mit einer Geschwindigkeit von 45 Meilen. Die großen Landstraßenbusse fuhren manchmal mit sechzig, aber Juan hatte reichlich Zeit. Die Straße war noch weitere zwei Meilen kerzengerade, bevor sie sich durch Hügelausläufer zu schlängeln begann. Juan löste eine Hand am Steuer und reckte sich.

Mildred fühlte die vorbeiflitzenden Telegraphenstangen an ihren Augen wie winzige Schläge. Sie hatte wieder die Brille aufgesetzt und beobachtete Juans Gesicht im Spiegel. Von der Stelle, an der sie saß, konnte sie nur gerade sein Profil sehen. Sie bemerkte, daß er beinahe jede Minute den Kopf hob und auf die Blonde zurückschaute, und war bitterböse deswegen. Sie war noch ganz verwirrt von dem, was in der Frühe geschehen war. Außer Juan hatte natürlich kein Mensch etwas bemerkt. Sie war noch immer ein wenig hochgespannt und kribblig vom Ganzen. Ein Satz ging ihr unausgesetzt durch den Sinn. Sie ist weder blond, noch arbeitet sie bei einem Zahnarzt. Camille Oaks heißt sie auch nicht. Dieser Satz ging in ihrem Kopf um und um. Dann mußte sie innerlich über sich selbst lachen. Ich versuche sie zu zerfetzen, dachte sie, das ist sehr dumm von mir. Warum gebe ich nicht ehrlich zu, daß ich eifersüchtig bin? Ich bin eifersüchtig. Schön. Aber bin ich darum weniger eifersüchtig, bloß weil ich es zugebe? Nein, keineswegs. Aber sie hat meinen Vater dazu gebracht, sich lächerlich zu machen. Schön. Liegt mir denn das Geringste daran, ob mein Vater sich lächerlich macht oder nicht? Nein, es liegt mir nichts daran, wenn ich nicht dabei bin. Ich will nicht, daß die Leute wissen, daß ich seine Tochter bin. Das ist alles. Nein, auch das ist nicht wahr. Ich habe keine Lust, mit ihm nach Mexiko zu fahren. Ich weiß jetzt schon genau jedes Wort, das er sagen wird. Sie fühlte sich nicht wohl, und das Rattern des Autobusses machte die Sache nicht besser. Basketball, dachte sie, das ist das richtige. Sie spannte ihre Schenkelmuskeln und dachte an den stichelhaarigen Studenten der Technik. Und auch an ihre Beziehungen zu ihm.

Mr. Pritchard war gelangweilt und müde. Er konnte sehr unangenehm werden, wenn er sich langweilte. Er zappelte nervös. »Die Gegend sieht sehr reich aus«, sagte er zu seiner Frau. »Kalifornien zieht fast das ganze Gemüse für die Vereinigten Staaten, mußt du wissen.«

Mrs. Pritchard hörte genau, was sie erzählen würde, sobald sie wieder zu Hause war. Dann fuhren wir Meilen um Meilen durch grüne Felder mit Mohn und Lupinen, es war wie ein großer Garten. In einer komischen kleinen Station kam ein blondes Mädchen an, und die Männer waren ganz verrückt mit ihr, sogar Elliott. Ich neckte ihn noch eine ganze Woche damit. Aber sie würde es lieber schon in einem Brief schreiben. Und dabei war das arme geschminkte kleine Ding wirklich besonders süß. Sie sagte, sie arbeite bei einem Zahnarzt, aber ich glaube, sie war eine Schauspielerin — so kleine Rollen, du weißt ja. In Hollywood wimmelt es von solchen Mädchen. 38 000 — sta-

tistisch nachgewiesen. Es gibt dort eine große Agentur, die sie unterbringen — 38 000... Ihr Kopf nickte leicht. Bernice war schläfrig und hungrig. Ich bin neugierig, was für Abenteuer jetzt auf uns warten, dachte sie.
Mr. Pritchard wußte genau, wann seine Frau in ihre Wachträume versank. Er war lange genug mit ihr verheiratet, um zu wissen, wann sie ihm nicht zuhörte, und gewöhnlich sprach er dann trotzdem weiter. Häufig machte er sich selbst seine Ideen über Gesellschaft und Politik klar, indem er sie Bernice erzählte, wenn sie nicht zuhörte. Er hatte ein geschultes Gedächtnis für Ziffern und kleine Informationen. Er wußte beiläufig, wie viele Tonnen Zuckerrüben im Salinastal gezogen wurden. Er hatte es gelesen und behielt es, obschon er gerade für diese Information nicht die geringste praktische Verwendung hatte. Er war überzeugt, daß es gut war, so etwas zu wissen, doch hatte er sich nie den Kopf darüber zerbrochen, warum es gut war. Aber augenblicklich hatte er keinerlei Interesse für wissenschaftliche Fragen. Etwas sehr Mächtiges stürmte vom Hintergrund des Wagens auf ihn ein. Er hätte sich gern umgedreht und die Blonde angeschaut. Er wäre gern irgendwo gesessen, von wo er sie hätte beobachten können. Horton und Pimples saßen hinter ihm. Er konnte sich nicht einfach gegenübersetzen und sie anschauen.
Mrs. Pritchard fragte: »Für wie alt hältst du sie?« Diese Frage gab ihm einen Schock; denn er hatte sich eben das gleiche gefragt.
»Wen?« fragte er.
»Die junge Frau. Die blonde junge Frau.«
»Ach die! Wie soll ich das wissen?« Seine Antwort kam so grob heraus, daß seine Frau ein wenig verstört und gekränkt dreinsah. Er bemerkte es und versuchte seinen Fehler wiedergutzumachen. »Kleine Mädchen verstehen mehr von kleinen Mädchen«, sagte er. »Du weißt das gewiß besser zu beurteilen als ich.«
»Warum? Ich weiß es nicht. Bei dieser Aufmachung und dem gefärbten Haar ist es schwer zu sagen. Ich bin mir nicht klar darüber. Sie dürfte so zwischen 25 und 30 sein.«
»Ich habe keine Ahnung«, sagte Mr. Pritchard. Er schaute aus dem Fenster auf die immer näher rückenden Hügelausläufer. Seine Hände waren innen ein wenig feucht. Aus dem Hintergrund des Busses zog und zerrte ihn ein Magnet. Er wollte sich umsehen. »Ich verstehe nichts davon«, sagte Mr. Pritchard. »Aber dieser junge Horton interessiert mich. Er ist jung, er hat Courage und gute Ideen. Ich muß sagen, er hat mir wirklich gefallen. Vielleicht könnte ich für einen solchen Menschen in unserer Firma eine Stellung finden.« Das war Geschäft.
Auch Bernice wußte einen Zauberkreis um sich zu ziehen; entweder bediente sie sich hierzu der Mutterliebe oder ein anderes Mal der Menstruation oder dergleichen. Kein Mensch hätte in diesen Zauberkreis einzudringen vermocht

oder es auch nur versucht. Der Zauberkreis ihres Mannes war das Geschäft. Sie hatte kein Recht, näher an ihn heranzukommen, wenn es um geschäftliche Fragen ging. Sie verstand nichts vom Geschäft, sie interessierte sich auch nicht dafür. Das war sein ureigenstes Gebiet, und sie respektierte es.
»Er scheint ein netter, junger Mensch zu sein«, sagte sie. »Seine Art, sich auszudrücken und seine Kinderstube . . .«
»Lieber Gott, Bernice«, fuhr er verärgert auf. »Geschäft hat mit Ausdrucksweise und mit Kinderstube nicht das geringste zu tun. Hier handelt es sich nur darum, was ein Mensch leistet. Geschäft ist die demokratischste Sache von der Welt. Nur was man leistet, zählt!«
Er versuchte, sich die Lippen der Blonden vorzustellen. Er war der Ansicht, Frauen mit vollen Lippen seien sinnlich. »Ich muß noch etwas mit Horton besprechen, bevor er aussteigt«, sagte er.
Bernice wußte, daß er nervös war.
»Warum sprichst du nicht gleich mit ihm?« schlug sie vor.
»Ach, ich weiß nicht, er sitzt dort mit dem Buben.«
»Nun, der Bub wird sich gewiß auch anderswohin setzen, wenn du ihn freundlich darum ersuchst.« Sie war überzeugt, daß jeder alles gern tun würde, wenn man ihn freundlich darum bat. Und was sie selbst betraf, so hatte sie recht. Sie bat, und wildfremde Leute erwiesen ihr die unerhörtesten Gefälligkeiten, nur deshalb, weil sie so freundlich darum gebeten hatte. Sie war imstande, einen Pagen im Hotel zu ersuchen, ihr Handgepäck vier Straßen weit an die Bahn zu tragen — bloß weil es nicht weit genug war, um ein Taxi zu nehmen —, ihm freundlich zu danken und mit zehn Cent zu verabschieden.
Nun wußte sie, daß sie ihrem Mann half, etwas zu tun, was er tun wollte. Was es war, wußte sie nicht genau, aber sie wollte im Geist an ihrem Bericht weiterschreiben: Elliott interessiert sich derart für alles. Er führt mit allen Leuten lange Gespräche. Ich glaube, das ist auch der Grund, warum er so erfolgreich ist. Er hat so viele Interessen. Und er ist dabei so rücksichtsvoll. Da war zum Beispiel ein Junge mit einer Menge dicker Pusteln. Elliott wollte ihn nicht stören, aber ich riet ihm, ihn nur recht freundlich zu bitten. Die Leute haben es gern, wenn man nett zu ihnen ist.
Mr. Pritchard putzte sich wieder die Nägel mit dem goldenen Anhängsel, das er an seiner Uhrkette trug.
Pimples Blicke hafteten an Camilles Haar. Aber bevor er sich niedergesetzt hatte, überzeugte er sich erst, daß er unter dem Sitz ihre Beine nicht sehen konnte, ja nicht einmal ihre Knöchel. Hie und da wandte sie den Kopf, um aus dem Fenster zu schauen, dann sah er ihr Profil, die langen nachgedunkelten und nach oben geschwungenen Wimpern, die gerade gepuderte Nase und die leicht von Tabakrauch und Reisestaub umränderten Nasenlöcher. Ihre Oberlippe schwang sich zu einer scharfen Linie hinauf, bevor sie in die weiche

Fülle ihres Rosenmundes überging. Und Pimples konnte den Flaum auf ihrer Oberlippe sehen. Aus irgendeinem Grunde benahm ihm das den Atem. Wenn ihr Kopf nach vorn gerichtet war, konnte er eines ihrer Ohren sehen, dort, wo das Haar sich ein wenig teilte und es frei ließ. Er konnte das volle Läppchen sehen und die Wölbung hinter dem Ohr, an der Stelle, wo es an den Kopf angewachsen war. Der Rand ihres Ohres war eingerollt. Als er auf ihr Ohr starrte, schien sie seinen Blick geradezu zu fühlen; denn sie hob das Kinn und wiegte den Kopf hin und her, so daß die Teilung in ihrem Haar zusammenfiel und das Ohr verdeckte. Sie entnahm ihrem Täschchen einen Kamm, weil das Zurückschütteln des Haares auch die tiefen Narben entblößt hatte. Nun sah Pimples die häßlichen Narben zum erstenmal. Er mußte sich zur Seite neigen, um sie zu sehen, und es gab ihm einen schmerzhaften Stich mitten in die Brust. Plötzlich und völlig grundlos wurde ihm furchtbar weh zumute, aber auch dieses Weh war von wollüstiger Art. Er stellte sich vor, daß er ihren Kopf in seinen Armen hielt und die armen Narben mit seinem Finger streichelte. Er schluckte ein paarmal.

Camille sagte leise zu Norma: »Dann gibt's auch noch diesen Friedhof in der Heide, ich glaube, das ist der schönste auf der Welt. Man braucht eine Eintrittskarte, wenn man hinein will, müssen Sie wissen. Ich gehe dort sehr gern spazieren. Es ist so wunderschön, die Orgel spielt beinahe die ganze Zeit, und es sind Leute dort begraben, die man aus Filmen kennt. Ich habe immer gesagt: ›Dort möchte ich begraben sein.‹«

»Ich spreche nicht gern von solchen Sachen«, sagte Norma, »das bringt Unglück.«

Pimples hatte mit Ernest über seine Soldatenzeit gesprochen. »Es heißt, daß man ein Gewerbe lernen und dann die ganze Welt bereisen kann. Ich weiß es nicht. Ich mache jetzt einen technischen Kurs über Radar. Es ist ein brieflicher Kurs. Nächste Woche fängt er an. Ich glaube, Radar ist keine leichte Sache. Aber beim Militär, da kann man einen richtig guten Kurs über Radar hören.«

Ernest sagte: »Ich weiß nicht, wie es im Frieden wäre. Im Krieg kann man das alles haben.«

»Haben Sie wirklich mitgekämpft?«

»Ich habe mich nicht darum gerissen, aber ich war mitten drin.«

»Wo waren Sie?« fragte Pimples.

»In der ganzen Hölle, überall«, sagte Ernest.

»Vielleicht könnte ich auch eine gute Branche erwischen und Vertreter werden wie Sie«, meinte Pimples.

»Ach, dabei kann man verhungern, solange man nicht seine Verbindungen angeknüpft hat. Ich habe fünf Jahre gebraucht, um mir einen Kundenstock aufzubauen. Dann mußte ich ins Feld. Ich fange jetzt erst wieder an, ein wenig ins Gleichgewicht zu kommen. Man kann da nicht einfach hineinspringen, so etwas will erarbeitet sein. Es sieht nicht wie Arbeit aus, aber es ist Arbeit. Wenn ich von neuem anfangen könnte, würde ich ein Handwerk lernen und könnte ein Heim haben. Es ist gar nicht schlecht, eine Frau zu haben und ein paar Kinder.« Das sagte Ernest immer. Wenn er betrunken war, glaubte er es auch. Er wollte gar kein Heim. Er fuhr für sein Leben gern herum und kam gern mit allen möglichen Leuten zusammen. Aus einem Heim wäre er sofort davongelaufen. Er war einmal verheiratet gewesen. Schon am zweiten Tag war er auf und davon gegangen, hatte eine verängstigte und verärgerte Frau zurückgelassen und sie nie mehr wiedergesehen. Geschrieben hatte er ihr auch nicht. Aber einmal sah er ihr Bild. Sie war verhaftet worden, weil sie fünf Männer geheiratet und von allen fünfen die militärische Unterstützung bezogen hatte. Das war eine Nummer gewesen! Eine richtige Dirne. So wie sie im Buch stand. Er bewunderte sie beinahe. Hurerei konnte auch Dividenden tragen.

»Warum gehen Sie nicht wieder in die Schule?« fragte Pimples.

»Ich mag keine überflüssigen Sachen«, sagte Ernest. »Diese Studenten sind lauter grüne Jungen. Ich will leben wie ein Mann.«

Camille hatte sich zu Norma gebeugt und flüsterte ihr etwas ins Ohr. Die beiden Mädchen schüttelten sich vor Lachen. Der Bus machte eine Wendung und bog ins Hügelland ein. Die zwischen hohen Wänden eingeschnittene Straße und auch die Erde der Abhänge waren schwarz von rieselndem Wasser. Kleine Farne mit goldenen Rücken klebten im Sand und triefen vor Regen. Juan faßte das Steuerrad mit der rechten Hand und ließ den Ellbogen frei hängen. Jetzt kamen fünfzehn Minuten gewundener Hügelstraße, ohne irgendwelche gerade Strecke. Er blickte in seinen Gegenspiegel auf die Blonde. Ihre Augen funkelten vor Lachen, und sie bedeckte den Mund mit ihren gespreizten Fingern, so wie kleine Mädchen es zu tun pflegen.

Mr. Pritchard war nicht vorsichtig genug, als er nach rückwärts ging, und bei einer Drehung des Busses wurde er nach der Seite geschleudert. Er griff nach der Sitzlehne, aber er verfehlte sie und sank in Camilles Schoß. Sein vorgestreckter Arm, mit dem er sich zu halten versucht hatte, peitschte ihren kurzen Rock hoch, und sein Arm lag zwischen ihren Knien. Ihr Rock bekam einen kleinen Riß. Sie stützte Mr. Pritchard und zog ihren Rock zurecht. Mr. Pritchard wurde puterrot.

»Pardon«, sagte er.

»Das tut ja nichts.«

»Aber ich habe ja Ihren Rock zerrissen.«

»Den näh' ich schon wieder zu.«

»Nein, das muß ich machen lassen.«

»Ach, ich flick' das schon allein zurecht. Es ist nicht arg.« Sie sah ihm ins

Gesicht und wußte genau, daß er die Angelegenheit soviel als möglich in die Länge zog. Er will nur meine Adresse wissen, damit er weiß, wohin er das Geld schicken kann, dachte sie.

Mrs. Pritchard rief hinüber: »Elliott, willst du vielleicht auf dem Schoß der Dame sitzen bleiben?«

Jetzt mußte sogar Juan lachen. Alle lachten. Und plötzlich war der Bus nicht voll fremder Leute. Irgendeine chemische Verbindung hatte stattgefunden. Norma lachte hysterisch. Die Spannung dieses Morgens brach in ihrem Lachen durch.

Mr. Pritchard sagte: »Sie nehmen die Sache wirklich leicht, muß ich sagen. Ich bin nicht hier nach rückwärts gekommen, um auf Ihrem Schoß zu sitzen, ich wollte nur ein paar Worte mit diesem Herrn hier reden. Hören Sie zu, junger Mann«, sagte er zu Pimples, »würden Sie so gut sein, für ein Weilchen zu übersiedeln? Ich möchte mit dem Herrn gern etwas Geschäftliches besprechen... Wie war doch Ihr Name, ich habe ihn nicht verstanden...?«

»Horton«, sagte Ernest. »Ernest Horton.«

Mr. Pritchard verfügte im Verkehr mit Menschen über eine ganze Reihe von Taktiken. Den Namen eines Mannes, der reicher oder mächtiger war als er, vergaß er nie und wußte andererseits niemals die Namen von Leuten, die weniger bedeutend waren als er selbst. Er hatte herausgefunden, daß, wenn ein Mensch gezwungen wird, seinen eigenen Namen zu nennen, ihn dies einigermaßen ins Hintertreffen bringt. Wenn ein Mann seinen eigenen Namen nennen muß, entblößt ihn dies gewissermaßen und macht ihn schutzlos.

Camille schaute auf den Riß in ihrem Rock und sprach leise mit Norma: »Ich habe mir immer gewünscht, auf einer Anhöhe zu wohnen«, sagte sie. »Ich liebe Hügel sehr und gehe gern auf ihnen spazieren.«

»Das ist alles schön und gut, wenn man einmal reich und berühmt ist«, sagte Norma in überzeugtem Ton. »Ich kenne beim Film Leute, die, wann immer sie nur können, jagen und fischen gehen, alte Kleider tragen und Pfeife rauchen.«

Camille wirkte befreiend auf Norma. Sie hatte sich noch nie im Leben so aufgepulvert gefühlt. Plötzlich konnte sie alles sagen, was ihr durch den Kopf ging. Sie kicherte ein wenig.

»Es ist angenehmer, alte, schmutzige Kleider zu tragen, wenn man zu Hause den Schrank voll neuer schöner Sachen hat«, sagte sie. »Ich hab' überhaupt nur alte Kleider – und das wächst mir schon reichlich aus dem Hals.« Sie blinzelte zu Camille hinüber, um zu sehen, wie diese Aufrichtigkeit auf sie wirkte.

Camille nickte. »Das glaub' ich Ihnen aufs Wort.« Ein sehr starkes Gefühl der Sympathie entwickelte sich zwischen den beiden. Mr. Pritchard versuchte vergebens, ihr Gespräch zu hören.

Die Gräben entlang der Landstraße waren voll Wasser, das dem Tal zuströmte.
»Gleich wird es regnen«, sagte Van Brunt strahlend.
Juan knurrte: »Ich hatte einen Schwager, den hat ein Pferd mit dem Huf erschlagen«, bemerkte er.
»Wahrscheinlich war er unvorsichtig«, sagte Van Brunt. »Wenn ein Pferd einen Mann mit dem Huf trifft, dann ist meist der Mann dran schuld.«
»Aber erschlagen hat es ihn doch«, sagte Juan und versank in Schweigen.
Der Bus näherte sich dem höchsten Punkt, und die Kehren wurden immer enger.
»Mich hat unser Gespräch heute früh sehr interessiert, Mr. Horton. Es ist ein Vergnügen, mit einem Menschen zu reden, der Grütze hat und Unternehmungsgeist. Ich fahnde immer nach solchen Leuten für unsere Firma.«
»Sehr liebenswürdig«, sagte Ernest.
»Jetzt gerade haben wir eine Menge Schwierigkeiten mit den Heimkehrern«, sagte Mr. Pritchard. »Lauter brave Leute, darüber ist gar nichts zu sagen, und ich bin der Ansicht, daß alles Erdenkliche für sie getan werden muß — einfach alles. Aber sie waren zu lange weg. Sie haben Rost angesetzt, möchte ich sagen. Im Geschäft muß man ständig auf dem ›qui vive‹ sein. Ein Mensch, der immer bei der Stange geblieben ist, der ist zweimal soviel wert wie einer, der eine Zeitlang weg war.« Er schaute Ernest beifallheischend an. Statt dessen bemerkte er in Ernests Augen plötzlich einen harten, höhnischen Ausdruck.
»Ich weiß, was Sie meinen«, sagte Ernest. »Ich war vier Jahre draußen.«
»Oh ...«, sagte Mr. Pritchard. »Ach ja ... Aber Sie tragen Ihr Abzeichen nicht, wie ich sehe.«
»Ich habe eine Anstellung bekommen«, sagte Ernest.
Mr. Pritchard war völlig aus dem Konzept gebracht. Da hatte er einen bösen Taktfehler begangen. Was mochte nur das Ding in Ernests Knopfloch sein? Es sah ganz bekannt aus. Warum wußte er das nur nicht! »Nun, sie sind ganz prachtvolle Jungens«, sagte er, »und ich hoffe, daß eine Organisation geschaffen werden wird, die sich ihrer annimmt.«
»Wie nach dem vorigen Krieg?« fragte Ernest. Das war die zweite kalte Dusche, die Mr. Pritchard bekam, und er begann sich zu fragen, ob er sich in Horton nicht geirrt habe. Horton hatte etwas Brutales an sich und die großsprecherische, übertrieben sichere Art der meisten Leute, die im Feld gewesen waren. Die Ärzte meinten, das würde sich geben, sobald sie sich wieder zu einem normalen Leben zurückgefunden hätten. Sie waren aus dem Gleichgewicht geraten. Da mußte unbedingt etwas geschehen.
»Ich bin gewiß der erste, der unsere Heimkehrer verteidigt«, sagte Mr. Pritchard. Er wäre für sein Leben gern von dem Thema losgekommen. Ernest sah

ihn mit dem leicht feindseligen Lächeln an, das er schon bei vielen Stellensuchenden beobachtet hatte. »Ich habe mir nur gedacht, daß ich einen Menschen wie Sie gern interviewen würde«, sagte Pritchard etwas verlegen. »Bis ich von meinem Urlaub zurück bin, wäre es mir ein Vergnügen, wenn Sie bei mir vorsprechen würden. Für jemanden wie Sie finden wir immer einen Platz.«
»Nun, ich gestehe, daß ich das Herumreisen schon langsam satt bekomme. Ich habe mir oft gedacht, wie hübsch es wäre, eine Frau zu haben und ein Heim und Kinder. Schön, wer so leben kann. Man kommt abends nach Hause und macht hinter sich die Tür zu und sperrt die ganze Welt draußen aus. Und vielleicht hat man gar einen Buben und ein Mädel ... Dieses Schlafen in Hotelbetten, das ist kein Leben.«
Mr. Pritchard nickte. »Sie haben hundertprozentig recht«, sagte er, und es fiel ihm ein Stein vom Herzen. »Niemand kann das besser verstehen als ich. Ich bin jetzt 21 Jahre verheiratet und möchte es mir nicht besser wünschen.«
»Sie haben eben Glück gehabt«, sagte Ernest. »Mrs. Pritchard sieht sehr gut aus.«
»Sie ist auch eine besonders gute Frau«, sagte Mr. Pritchard. »Und die fürsorglichste Frau von der Welt. Ich frage mich manchmal, was ich ohne sie täte.«
»Ich war auch einmal verheiratet«, sagte Ernest. »Meine Frau ist gestorben.« Er machte ein trauriges Gesicht.
»Das tut mir aber leid«, sagte Mr. Pritchard. »Es klingt vielleicht lächerlich, wenn ich sage: ›Die Zeit heilt alle Wunden‹ – aber wer weiß – eines schönen Tages – ich würde die Hoffnung nicht aufgeben ...«
»Ach, das tu' ich auch nicht!«
»Ich will mich nicht in Ihre geschäftlichen Angelegenheiten mischen«, sagte Mr. Pritchard, »aber ich habe über Ihre Idee mit der Verwandlung eines dunklen Anzuges in einen Smoking nachgedacht. Wenn Sie nicht bereits irgendwo gebunden sind, glaube ich, könnten wir – ich meine –, wir könnten vielleicht ein kleines Geschäft miteinander machen ...«
»Nun«, sagte Ernest, »es verhält sich so, wie ich es Ihnen sagte. Die Konfektionäre werden sich gegen eine Neuheit stellen, die sie um einen Teil ihres Geschäftes bringen könnte. Ich bin mir augenblicklich noch nicht klar über die Sache.«
Mr. Pritchard sagte: »Ich kann mich nicht mehr erinnern: Haben Sie ein Patent angemeldet oder nicht?«
»Aber nein, ich habe es Ihnen doch gesagt. Ich habe die Idee nur festgelegt.«
»Was verstehen Sie unter ›festgelegt‹?«
»Nun, ich habe eine genaue Beschreibung zu Papier gebracht, mit ein paar Zeichnungen, und das Ganze in einen Briefumschlag getan und eingeschrieben

an mich selbst geschickt. Das ist ein Beweis für den Zeitpunkt der Abfassung; denn der Briefumschlag ist versiegelt.«
»Ich verstehe«, sagte Mr. Pritchard, und er fragte sich, ob dieses Vorgehen vor Gericht einen Wert haben würde. Er wußte es nicht. Aber es war immer günstiger, den Erfinder prozentual zu beteiligen. Nur die ganz Großen konnten es sich leisten, eine Erfindung allein herauszubringen. Die ganz Großen konnten einen langen Kampf durchhalten. Sie errechneten, daß es billiger war, als einen Erfinder zu beteiligen, und die Resultate gaben ihnen recht. Aber dazu war Mr. Pritchards Firma nicht groß genug, und außerdem fand er, daß Großzügigkeit sich immer bezahlt mache.
»Mir sind zwei, drei Dinge eingefallen, die vielleicht ganz gut wären«, sagte er. »Natürlich würde es einer gewissen Organisation bedürfen. Nehmen wir einmal an, Sie und ich würden eine Vereinbarung treffen. Ganz theoretisch gesprochen. Verstehen Sie? Ich würde die Organisation übernehmen, und nach Abzug der Spesen könnten wir dann einen Prozentsatz vom Gewinn behalten.«
»Aber die Leute wollen es ja nicht haben«, sagte Ernest, »ich habe mich an verschiedenen Stellen erkundigt.«
Mr. Pritchard legte seine Hand auf Hortons Knie. Irgend etwas sagte ihm, daß er jetzt den Mund halten müßte, aber er erinnerte sich noch an den feindseligen Blick in Ernests Augen, und er wollte von Ernest bewundert werden und seine Sympathie erringen. Aber er konnte einfach den Mund nicht halten.
»Nehmen wir an, wir bilden eine Gesellschaft und schützen die Idee?« sagte er. »Ich habe ein Patent im Auge. Dann organisieren wir die Fabrikation des Artikels und eine Reklamekampagne im ganzen Land.«
»Einen Augenblick!« unterbrach ihn Ernest.
Aber Mr. Pritchard war nicht aufzuhalten. »Nun nehmen wir an, die Pläne fallen durch einen Zufall in die Hände von, sagen wir Hart, Schaeffer und Marx oder sonst eines großen Konfektionärs oder gar des Verbandes der Kleiderindustriellen. Selbstverständlich nur durch einen reinen Zufall. Nun, wer weiß — vielleicht kaufen sie uns das Ganze ab ...«
Ernest sah bereits viel interessierter drein. »Sie würden das Patent kaufen?«
»Nicht nur das Patent allein; das ganze Unternehmen.«
»Ja, aber wenn Sie das Patent kaufen, dann können Sie es ja umbringen«, sagte Ernest.
Mr. Pritchard kniff die Augen zu, seine Pupillen blinzelten durch die Brille, und in seinen Mundwinkeln saß ein Lächeln. Zum erstenmal, seit sie aus dem San-Ysidro-Bus ausgestiegen war, hatte er Camille vergessen. »Blicken Sie doch noch ein wenig weiter«, sagte er. »Wenn wir die Gesellschaft verkaufen und auflösen, haben wir nur eine Kapitalzuwachssteuer vom Gewinn zu bezahlen.«

»Das ist aber schlau«, sagte Ernest aufgeregt. »Wirklich, Mr. Pritchard, das ist fabelhaft schlau. Es ist eine Erpressung, aber eine Erpressung von Klasse, und kein Mensch kann uns etwas anhaben.«
Von Mr. Pritchards Mund schwand das Lächeln. »Was meinen Sie mit ›Erpressung‹? Wir würden doch ernstlich die Absicht haben, mit der Fabrikation zu beginnen und würden sogar Maschinen bestellen.«
»Das meine ich ja«, sagte Ernest. »Das Ganze ist großartig. Alles so durchdacht. Sie sind wirklich sehr tüchtig, Mr. Pritchard.«
Mr. Pritchard sagte: »Ich hoffe, Sie halten die Idee nicht für unanständig. Ich stehe seit 35 Jahren im Geschäftsleben und habe es bis zum Direktor unserer Firma gebracht. Ich kann mit Stolz auf meine Laufbahn zurückblicken.«
»Ich kritisiere Sie ja nicht«, sagte Ernest. »Ich muß sagen, daß Sie da eine sehr vernünftige Idee gehabt haben. Ich bin sehr dafür, nur ...«
»Nur was?« fragte Mr. Pritchard.
»Ich bin nicht sehr kapitalkräftig«, sagte Ernest. »Und dazu würde ich rasch Dollar brauchen. Nun, ich könnte sie mir wahrscheinlich ausborgen.«
»Wozu brauchen Sie Geld? Vielleicht könnte ich Ihnen etwas vorstrecken ...?«
»Nein«, wehrte Ernest ab, »ich muß es mir selbst verschaffen.«
»Haben Sie sich eine neue Quengelei ausgedacht?«
»Ja«, sagte Ernest, »ich schicke die Idee mittels Brieftaube ans Patentamt.«
»Sie glauben doch hoffentlich nicht einen Augenblick ...«
»Gewiß nicht«, sagte Ernest, »gewiß nicht. Aber mir wird wohler sein, bis ich den Briefumschlag in Washington weiß.«
Mr. Pritchard lehnte sich zurück und lächelte. Die Landstraße drehte und schlängelte sich vorwärts, und zwischen zwei hohen Felswänden führte der Paß ins nächste Tal.
»Es wird schon für Sie alles gut werden, mein Junge. Ich glaube, wir werden das Geschäft machen können. Ich will nicht, daß Sie glauben sollen, ich könnte Sie ausnützen. Dagegen spricht mein guter Ruf.«
»Ach, gewiß nicht«, sagte Ernest, »gewiß nicht.« Er blickte heimlich zu Mr. Pritchard hinüber. »Mich erwarten aber zwei sehr reizende Fräulein in L. A., und ich möchte nicht gern in ihre Wohnung kommen und dann alles vergessen.« Er merkte, daß Mr. Pritchard nach Wunsch reagierte.
»Ich halte mich zwei Tage in Hollywood auf«, sagte Mr. Pritchard. »Vielleicht könnten wir dort ein wenig übers Geschäft sprechen.«
»Vielleicht in der Wohnung der beiden Damen?«
»Nun, ein Mensch braucht immer einmal eine Entspannung. Ich werde im ›Beverly Wilshire‹ absteigen. Sie könnten mich dort anrufen.«
»Das werde ich bestimmt tun«, sagte Ernest. »Welche Haarfarbe ziehen Sie bei Frauen vor?«

»Sie dürfen mich nicht mißverstehen«, sagte Mr. Pritchard. »Ich sitze gern gemütlich irgendwo und trinke einen Whisky-Soda, aber ich muß auf meinen Ruf achten, das werden Sie verstehen. Sie dürfen sich kein falsches Bild machen.«
»Oh, gewiß nicht«, sagte Ernest. »Ich könnte vielleicht gleich die Blonde hier einfangen, was meinen Sie?«
»Machen Sie keine Dummheiten«, sagte Mr. Pritchard.
Pimples war im Bus weiter nach vorn gerückt. Unten am Kinn fühlte er brennendes Jucken, und er wußte, daß wieder eine Pustel dicht am Platzen war. Er setzte sich auf den Sitz quer gegenüber von Mildred. Er wollte diese neue Stelle nicht berühren, aber er hatte über seine Hände keine Macht. Seine rechte Hand kroch nach oben, und sein Zeigefinger rieb das Knötchen unter dem Kinn. Es war ein sehr wundes Knötchen. Das würde es ihm wieder höllisch antun. Er wußte bereits, wie es aussehen würde. Er hätte es gern gequetscht, gekratzt und zerrieben. Seine Nerven waren zum Reißen gespannt. Er zwang seine Hand in seine Rocktasche zurück und ballte darin die Faust.
Mildred starrte durchs Fenster ins Leere.
»Ich wollte, ich könnte nach Mexiko fahren«, sagte Pimples.
Mildred drehte sich überrascht zu ihm um. Ihre Brille fing das Licht vom Fenster auf, und sie starrte ihn an, ohne ihn zu sehen.
Pimples schluckte. »Ich war nie dort«, sagte er kleinlaut.
»Ich auch nicht«, sagte Mildred.
»Ja, aber Sie fahren jetzt hin.«
Sie nickte. Sie wollte ihn nicht anschauen, denn sie konnte den Blick nicht von seinem Ausschlag wenden, und das machte ihn verlegen. »Vielleicht kommen Sie auch bald hin«, sagte sie gezwungen.
»Oh, das werde ich bestimmt«, sagte Pimples. »Ich werde überall hinfahren. Ich bin ein großer Reisender. Reisen ist mir das liebste. So sammelt man Erfahrungen.«
Sie nickte wieder und nahm zum Schutz gegen Pimples ihre Brille ab. Nun konnte sie ihn nicht so deutlich sehen.
»Ich dachte, vielleicht könnte ich ein Missionar werden, wie Spencer Tracy, und nach China gehen und die Leute von all den Krankheiten kurieren. Waren Sie je in China?«
»Nein«, sagte Mildred. Sie war von seinen Ideen hingerissen.
Pimples bezog sie meist aus Filmen und alles übrige aus dem Radio. »In China sind die Leute sehr arm«, sagte er. »Manche sind so arm, daß sie einfach vor den Fenstern der Leute verhungern, wenn nicht gerade ein Missionar vorbeikommt und ihnen hilft. Und wenn man ihnen hilft, dann lieben sie einen natürlich, und wenn ein Japaner vorbeikommt, dann wehe, dann erstechen sie ihn einfach.« Er nickte feierlich. »Ich glaube, sie sind genau

solche Menschen wie Sie und ich«, sagte er. »Spencer Tracy kam einfach hin und machte sie gesund, und sie liebten ihn — und wissen Sie, was er getan hat? Er entdeckte seine eigene Seele. Und da war dieses Mädchen, und er wußte nicht, ob er sie heiraten sollte, denn sie hatte eine Vergangenheit. Natürlich zeigte es sich, daß es nicht ihre Schuld war, und überhaupt nicht wahr, und daß diese Alte nur Lügen über sie verbreitet hatte.« Pimples Augen leuchteten vor Mitleid und Begeisterung. »Aber Spencer Tracy glaubte diese Lügen nicht, und er lebte in einem alten Palast mit geheimen Ausgängen und Tunnels, nun, und — dann kamen eben die Japaner...«
»Ich habe den Film gesehen«, sagte Mildred.
Vor der letzten Steigung fiel der Bus in den zweiten Gang. Nun war er in dem schmalen Durchlaß ganz oben, dann ließ er ihn hinter sich und bog scharf nach links, und unten lag düster unter den grauen Wolken das Tal, und die große Schlinge des San-Ysidro-Flusses erglänzte in dem trüben Licht wie dunkler Stahl. Juan schaltete den dritten Gang ein, und es ging bergab.


Zehntes Kapitel

Der San Ysidro fließt durch das San-Juan-Tal und dreht und windet sich, bis er sich schließlich im Schutz von Bat Point träge in die Black-Rock-Bay ergießt. Das Tal selbst ist lang und nicht sehr breit, und da der San-Ysidro-Fluß nicht sehr weit zu laufen hat, nützt er die kurze Strecke aus, indem er sich von einer Seite des schmalen Tals zur andern schlängelt. Hier beißt er sich zu Füßen eines Berges unter einer Klippe durch, dort wieder breitet er sich dünn und seicht über Sandbänke. Einen Großteil des Jahres sieht man an der Oberfläche überhaupt kein Wasser, und das sandige Bett ist von Weiden überwuchert, die mit ihren Wurzeln nach Grundwasser suchen.
Kaninchen, Waschbären, kleine Füchse und Präriehunde lassen sich, wenn das Wasser tief steht, zwischen den Weiden im Flußbett häuslich nieder. Oben im Tal, gegen Norden und gegen Osten, steigt der Fluß, aber nicht als ein einziger dicker Strang, sondern in vielen kleinen Ästen und Zweigen, so daß die Quelle auf einer Landkarte aussieht wie ein Baum mit vielen unbelaubten Ästchen. Die dürren, steinigen Hügelrücken mit Gießbachbetten und Schluchten speisen den Fluß das ganze Jahr über nicht mit einem Tropfen Wasser, aber wenn spät im Winter oder im Frühling der Regen fällt, dann saugen die felsigen Hügelrücken ein wenig davon auf, und alles übrige ergießt sich in schwarzen Sturzbächen in die kleinen Ströme, die aus den Spalten quellen, und diese Strömchen vereinigen sich und ergießen sich in breitere Gewässer, und diese Gewässer wieder fließen dann unten am Nordende des Tales zusammen.

So kommt es, daß spät im Frühjahr, wenn die Hügel soviel Wasser aufgesogen haben, als sie können, ein starkes Gewitter den San-Ysidro-Fluß binnen weniger Stunden in einen reißenden Strom zu verwandeln vermag. Dann nagt das schäumende gelbe Wasser an den Ufern, und große Brocken guten Ackerlandes stürzen in den Fluß. Und tote Kühe und Schafe wälzen sich und wirbeln durch die Flut. Es ist ein heimtückischer, völlig unverläßlicher Fluß: tot oder todbringend, je nach der Jahreszeit.

In der Mitte des Tales, das Rebel Corners und San Juan de la Cruz in gerader Linie verbindet, bildet der Fluß eine große Schlinge, die sich von einer Seite des flachen Tales zur andern breitet, im Osten gegen die Berge stößt und sich wieder wegwendet, um Wiesen und Ackerland zu durchqueren. In alter Zeit folgte die Straße der Windung des Flusses und kletterte am Hügelabhang hoch, um ein Kreuzen zu vermeiden. Aber dann kamen Ingenieure, und mit ihnen Stahl und Beton, und zwei Brücken wurden über den Fluß geschlagen, die von dem verspielten Lauf des San Ysidro zwölf Meilen abschnitten.

Es waren von Stahlgerüsten gestützte Holzbrücken, und beide wurden in der Mitte und an den Enden von Betonpfeilern getragen. Das Holz war rot gestrichen, und die Eisenteile waren dunkel von Rost. Am Flußufer oberhalb beider Brücken lenkten Holzstöße und dichtes Weidengeflecht das Wasser ab, um eine Unterspülung der Brückenköpfe durch die reißende Strömung zu verhüten.

Die Brücken waren nicht sehr alt, aber sie waren zu einer Zeit gebaut worden, wo die Steuern nicht nur niedrig waren, sondern zum großen Teil uneintreibbar wegen der sogenannten »schweren Zeiten«. Der Bauingenieur des Bezirks hatte es für nötig befunden, das ausgesetzte Budget nicht zu überschreiten, und dieses Budget gestattete nur die allereinfachste Konstruktion. Das Bauholz hätte schwerer und die Streben hätten zahlreicher sein müssen, aber er hatte eine Brücke für einen bestimmten Preis bauen müssen, und das tat er. Jahr für Jahr beobachteten die Farmer in der Talmitte den Fluß mit zynischer Besorgnis. Sie wußten, daß eines Tages die plötzliche Sturmflut kommen und die Brücken mitreißen mußte. Jahr für Jahr machten sie eine Eingabe an die Bezirksleitung mit der Bitte, die Holzbrücken durch andere zu ersetzen, aber es waren nicht genug Stimmen in dem Agrargebiet, um den Eingaben Gewicht zu verleihen. Die großen Städte, die nicht nur die Stimmen hatten, sondern auch die versteuerbaren Werte, setzten ihre baulichen Verbesserungen durch. Niemand übersiedelte in das nur mäßig reiche Ackergebiet. Eine gute Benzinstation an irgendeiner Ecke von San Juan de la Cruz wurde höher gewertet als hundert Äcker unten im Tal. Die Farmer wußten, daß der Einsturz der Brücken nur eine Frage der Zeit war, und erst dann, sagten sie, würde die Bezirksleitung rasch zu Verstand kommen.

Etwa hundert Yards vor der ersten Brücke gegen Rebel Corners zu stand an der Landstraße eine Gemischtwarenhandlung. Man bekam dort alle die Spezereien, Reifen, Töpfe und Pfannen, welche die Leute Samstag nachmittags einkauften, wenn sie keine Zeit hatten, entweder nach San Juan de la Cruz oder über die Hügel nach San Ysidro zu fahren. Das war Breeds Gemischtwarenladen. Und mit den Jahren hatte er sich auch noch eine Benzinpumpe und ein Lager von Automobil-Bedarfsartikeln zugelegt.
Mr. und Mrs. Breed waren die, wenn auch nicht amtlich eingesetzten Brückenwächter. Bei Hochwasser klingelte ständig das Telefon, und sie gaben Berichte über den Wasserstand aus. Daran waren sie schon gewöhnt. Sie lebten ja selbst in der ständigen Angst, eines Tages könnte die Brücke einstürzen und die neue könnte eine Viertelmeile höher oben gebaut werden; dann würden sie ihren Laden übersiedeln oder einen zweiten an der zweiten Brücke aufbauen müssen.
Nahezu ihr halbes Geschäft bestand im Ausschank von Erfrischungsgetränken und im Verkauf von Sandwiches, Benzin und Zuckerzeug an die auf der Landstraße vorbeikommenden Automobilisten. Selbst der Bus von Rebel Corners nach San Juan de la Cruz blieb immer ganz selbstverständlich bei dem Laden stehen. Er brachte Expreßpakete mit, und die Passagiere tranken irgendein Glas Sodawasser. Juan Chicoy und die Breeds waren alte, gute Freunde.
Und nun stand der Fluß hoch, aber nicht nur hoch, sondern, wie Mr. Breed zu seiner Frau sagte, »der Weidendamm war an einer Stelle durchgebrochen, und wenn der Durchbruch breiter wurde, dann — adieu!« Seit Morgengrauen war er mindestens ein halbdutzendmal unten am Brückenkopf gewesen. Es sah nicht schön aus, und Mr. Breed wußte es. Mit zusammengekniffenen Lippen und unrasiert war er heute um acht Uhr früh auf der Brücke gestanden und hatte die mit gelbem Schaum gesäumten und mit Eichenreisern und Baumwollhölzern gesprenkelten gelben Fluten beobachtet. Er hatte einige gehobelte Bretter herunterwirbeln sehen, dann die Wasserleiche von McElroys schwarzem, untersetztem, kurzbeinigem Angusstier. Als das tote Tier die Brücke erreichte, drehte es sich auf den Rücken, und Breed konnte die wilden, nach oben gerichteten Augen und die heraushängende Zunge sehen. Breed wurde übel im Magen.
Jeder wußte, daß McElroys Scheune zu nahe am Ufer stand und dieser Stier achtzehnhundert Dollar gekostet hatte. McElroy hatte auch kein Geld zum Hinauswerfen. Breed sah von der restlichen Herde nichts mehr vorbeikommen. Aber der Stier allein genügte. Mac hatte solche Hoffnungen in den Stier gesetzt ...
Breed ging weiter auf die Brücke hinaus. Das Wasser stand nur noch drei Fuß unter dem Holzgerüst, und Breed konnte den Anprall des Wassers und den Gegenstoß der Caissons unter seinen Füßen fühlen. Er rieb sein unrasier-

tes Kinn mit den Fingern und kehrte zum Laden zurück. Er erzählte seiner Frau nichts von McElroys Angusstier. Es hätte sie nur traurig gemacht. Als Juan Chicoy wegen der Brücke anrief, sagte Breed ihm die Wahrheit. Die Brücke stand noch, aber weiß Gott wie lange noch. Das Wasser stieg unausgesetzt weiter. Die kahlen, steinigen Hügel schütteten noch immer ihre Bäche in den Fluß, und es zogen sich auch wieder Wolken zusammen.

Um neun Uhr überragten die unteren Balken die Flut nur noch um 18 Zoll. Wenn der Druck einmal diese Streben und Stützbalken erreicht haben würde und ein paar entwurzelte Bäume gegen die Brücke schlugen, dann war es nur noch eine Frage der Zeit. Breed stand hinter seiner Gittertür und trommelte mit den Fingern gegen das Drahtgeflecht.

»Ich mache dir ein Frühstück zurecht«, sagte seine Frau. »Man müßte wirklich glauben, daß die Brücke dir gehört!«

»Sie gehört mir ja gewissermaßen«, sagte Breed. »Wenn sie draufginge, würde es heißen, es sei meine Schuld. Ich habe das Büro des Aufsehers angerufen und auch das Bezirksbauamt. Beide Büros waren geschlossen. Wenn dieser Dammbruch sich ausbreitet, dann — adieu!«

»Iß lieber ein Frühstück. Ich backe dir ein paar Weizenkuchen.«

»Schön«, sagte Breed. »Aber mach sie nicht zu dick.«

»Ich mache sie nie dick«, sagte Mrs. Breed. »Soll ich ein Ei draufschlagen?«

»Natürlich«, sagte Breed. »Ich weiß nicht, ob Juan es wagen wird oder nicht. Er muß innerhalb einer Stunde hier sein ... Schau nur, wie das Wasser steigt ... Herrgott ... !«

»Deshalb brauchst du noch lange nicht zu fluchen«, sagte Mrs. Breed.

Ihr Mann sah sie an. »Wenn ich heute nicht fluchen soll — wann denn? Ich muß ein Gläschen trinken.«

»Jetzt vor dem Frühstück?«

»Vor allem.«

Sie wußte ja nichts von dem schwarzen Stier. Er ging an sein Wandtelefon und rief McElroy an. Erst klingelte er dreimal, dann zweimal, das war das Zeichen für diese Nummer. Er wartete und wartete, bis endlich Pinedale sich meldete, zwei Meilen diesseits von McElroys Hof.

»Ich habe auch versucht, ihn zu erreichen«, sagte Pinedale. »Es meldet sich niemand. Ich fahre jetzt einmal hinüber und schaue nach.«

»Das wäre sehr gut«, sagte Breed. »Sein neuer Stier ist heute unter der Brücke vorbeigeschwommen.«

Mrs. Breed fuhr entsetzt auf: »Walter!«

»Nun ja, es ist so, ich wollte dich nur nicht erschrecken.«

»Walter ... Guter Gott!« sagte Mrs. Breed.

# Elftes Kapitel

Alice Chicoy stand hinter der Drahttür und sah den Bus abfahren. Sie ließ ihre Tränen an ihren Wangen trocknen.
Als der Bus aus ihrem Blickfeld entschwand, ging sie an das Seitenfenster, von wo aus sie die Landstraße länger übersehen konnte. Der Bus glitt in einen Sonnenfleck und leuchtete einen Augenblick auf, dann konnte sie ihn nicht mehr sehen. Alice holte tief Atem und atmete genießerisch wieder aus. Der Tag gehörte ihr! Sie war allein. Sie fühlte sich glücklich und geborgen und auch ein wenig sündhaft. Sie glättete ihr Kleid über den Hüften und fuhr liebkosend über ihre Schenkel. Sie sah ihre Nägel an. Nein, das kam später.
Sie schaute sich langsam im Lunchraum um. Sie spürte noch den Zigarettenrauch. Verschiedenes war noch zu erledigen, obschon der Tag ihr gehörte, und sie machte sich langsam daran. Erst holte sie von einem Regal ein Pappschild mit der Aufschrift »Geschlossen«, in großen Lettern. Sie ging hinaus und hängte es an eine Ecke der Drahttür. Dann schloß sie die Innentür und sperrte sie ab. Darauf ging sie von Fenster zu Fenster und ließ die Jalousien herunter, die Brettchen dicht geschlossen, damit niemand hereinsehen konnte.
Der Lunchraum war schummrig und sehr still. Alice arbeitete äußerst umsichtig. Sie wusch das schmutzige Kaffeegeschirr und räumte es weg, dann schrubbte sie den Schanktisch und die Tischplatten sauber. Die Kuchen verstaute sie in den Fächern hinter dem Schanktisch. Dann holte sie einen Besen aus dem Schlafzimmer, kehrte den Boden und tat den Staub, den Schmutz und die Zigarettenstummel in den Kehrichteimer. Der Schanktisch schimmerte ein wenig im Dämmerlicht, und die Tischplatten sahen weiß und sauber aus. Alice kam hinter dem Schanktisch hervor und setzte sich auf einen der Barstühle. Der Tag gehörte ihr! Ihr war merkwürdig schwindlig zumute. »Nun, warum denn nicht?« sagte sie laut. »Ich hab' ohnehin nichts vom Leben!« sagte sie. »Bringen Sie mir einen Doppelwhisky, aber es muß schnell sein!«
Sie legte ihre Hände auf den Schanktisch und betrachtete sie aufmerksam. »Arme, abgearbeitete Hände«, flüsterte sie, »liebe, arme Hände.« Dann brüllte sie: »Wo bleibt denn der Whisky, zum Teufel!« Und sie antwortete selbst: »Gleich bitte, er kommt sofort, bitte ...«
»Nun, das klingt schon besser«, sagte Alice. »Ich wollte Ihnen nur klarmachen, mit wem Sie es zu tun haben. Ziehen Sie keine Gesichter, das nützt Ihnen gar nichts. Ich sehe alles.«
»Ja, Ma'am«, antwortete sie selbst. Und stand auf und ging hinter den Schanktisch. Sie beugte sich vor, öffnete die Tür und griff blind hinein. Sie holte eine mittelgroße Flasche Old Grandad Bourbon heraus. Dann nahm sie ein Wasserglas vom Wandbrett und stellte Glas und Flasche auf den Schanktisch, vor den Platz, auf dem sie gesessen hatte.

»Hier bitte, Ma'am ...«
»Bringen Sie mir noch ein Glas und eine Flasche kaltes Bier.«
»Ja, Ma'am.«
Sie trug das alles zu dem Tisch neben der Tür und stellte sie nebeneinander.
»Jetzt können Sie gehen«, sagte sie und antwortete: »Ja, Ma'am.«
»Aber bleiben Sie in der Nähe; vielleicht brauche ich Sie noch.«
Als sie sich das Bier einschenkte, kicherte sie. »Wenn jemand mich hören würde, könnte er mich für verrückt halten. Nun, vielleicht bin ich wirklich verrückt.« Sie goß einen tüchtigen Schluck in das andere Glas. »Alice«, sagte sie: »Eins, zwei drei!« Sie hob das Glas und trank langsam. Sie stürzte es nicht hinunter und ließ den scharfen, puren Whisky brennend über ihre Zunge fließen und hinter ihre Zunge, sie schluckte ganz langsam und fühlte das Brennen auf ihrem Gaumen, und die Wärme des Whiskys drang in ihre Brust und in ihren Magen. Selbst nachdem das Glas bereits geleert war, hielt sie es noch an ihre Lippen. Sie stellte es schließlich hin, sagte: »Ah!« und atmete kurz und rauh.
Sie konnte beim Ausatmen den süßen Whisky nochmals schmecken. Nun griff sie nach dem Bierglas. Sie überschlug ihre Beine und trank ganz langsam, so lange, bis das Glas leer war.
»Gott ...!« sagte sie.
Alice schien es, als hätte sie noch nie zuvor bemerkt, wie besonders behaglich und freundlich der Lunchraum war und wie hübsch das Licht durch die Jalousiebrettchen sickerte. Sie hörte auf der Landstraße ein Lastauto vorbeirattern. Und das störte sie. Wenn ihr nur nichts den herrlichen Tag zerstörte! Nun, dazu hätte man die Türen aufbrechen müssen. Sie selbst ließ jedenfalls niemand ein. Sie goß zwei Finger hoch Whisky in ein Glas und vier Finger hoch Bier in das andere.
»Man kann ein Getränk auf verschiedene Arten genießen«, sagte sie, goß den Whisky herunter und das Bier hinterdrein. »Das ist wirklich eine gute Idee. Es schmeckt ganz anders. Die Art, wie man trinkt, verändert den Geschmack. Wieso ist nur bis jetzt niemand darauf gekommen? Alice ist die erste. Jemand sollte es aufschreiben: ›Die Art, wie man trinkt, bestimmt den Geschmack.‹« Sie fühlte eine kleine Spannung im rechten Augenlid, und ein merkwürdiger, aber angenehmer Schmerz lief durch die Adern ihrer Arme.
»Keiner hat Zeit, auf Ideen zu kommen. Überhaupt hat keiner Zeit«, sagte sie feierlich. Sie goß ein Glas halb mit Bier voll und füllte das andere mit Whisky. »Ob das wohl schon einmal einer ausprobiert hat?«
Der metallene Papierserviettenhalter stand vor ihr. Sie konnte in ihm ihr Gesicht sehen. »Hallo, Kleine«, sagte sie. Sie hob das Glas, und es sah in dem glänzenden Metall genauso verzerrt aus wie ihr Gesicht. »Auf dein Wohl, Kleine! Prosit!« Sie trank das Bier und den Whisky, wie ein dursti-

ger Mann Milch trinkt. »Ach«, sagte sie, »gar nicht schlecht! Nein, nein, ich glaube, ich habe da etwas Feines herausgefunden. Oh, wie gut!«
Sie stellte den Serviettenhalter so, daß sie sich noch besser sehen konnte. Aber eine kleine Beule im Metall ließ ihre Nase oben wie zerbrochen erscheinen, an der Spitze hingegen dick und fett.
Sie stand auf, ging um den Schanktisch herum ins Schlafzimmer, kam mit einem runden Handspiegel zu ihrem Tisch zurück und lehnte ihn gegen den Serviettenbehälter. Sie setzte sich wieder nieder und schlug die Beine übereinander. »Hallo, Sie da drüben, ich möchte Sie auf ein Gläschen einladen.«
Sie goß in beide Gläser Whisky. »Kein Bier«, sagte sie. »Kein Bier mehr. Nun, das werden wir gleich haben.«
Sie ging zum Kühlschrank hinüber und holte noch eine Bierflasche. »Also, jetzt passen Sie auf«, sagte sie zum Spiegel. »Erst geben wir etwas Whisky hinein — nicht zuviel, nicht zuwenig —, und dann kommt gerade das richtige Quantum Bier dazu. Das ist alles.« Sie schob ein Glas zum Spiegel hinüber und leerte das andere. »Manche Leute haben Angst vor einem Gläschen«, sagte sie. »Die verstehen eben nicht zu trinken.«
»Ach? ... Sie wollen es nicht? Nun, das ist Ihre Sache. Dann lassen Sie's eben bleiben. Aber verkommen lasse ich es auch nicht.« Und sie leerte auch das andere Glas. Ihre Wangen kribbelten nun wie an einem eisigen Frosttag. Sie zog den Spiegel näher und betrachtete ihr Gesicht. Ihre Augen waren feucht und glänzend. Sie strich hastig eine gelockerte Haarsträhne zurück.
»Kein Grund, sich zu vernachlässigen, bloß weil man sich's gutgehen läßt.« Ganz unerwartet sah sie etwas vor sich, und es setzte sich zäh in ihrem Gehirn fest. Diese Vision war ganz plötzlich gekommen, wie ein Schlag über den Kopf. Vielleicht war das verdunkelte Zimmer schuld daran. Alice schrie auf: »Nein, das nicht! Ich mag nicht daran denken. Ich will nicht — ich will nicht ...!«
Aber der Gedanke und die Vision saßen fest. Ein verdunkeltes Zimmer, ein weißes Bett und ihre gelähmte, regungslos daliegende Mutter, den starren Blick nach oben gerichtet, dann die weiße Hand, die sich verzweifelt, um Hilfe flehend, von der Bettdecke hob. Alice mochte noch so heimlich hineinschleichen und ganz lautlos, immer hob sich diese Hand so verzweifelt hilflos. Alice nahm sie einen Augenblick in die ihre und legte sie sanft wieder zurück, um hinauszugehen. Immer wenn sie das Zimmer betrat, flehte sie im Geist die Hand an, sich nicht zu erheben, liegen zu bleiben und tot zu sein wie der Körper.
»Ich will nicht daran denken!« schrie sie. »Wie ist mir das nur eingefallen?«
Ihre Hand zitterte, und die Flasche schlug gegen das Glas. Sie schenkte sich ein Riesenglas voll und trank es aus. Er brannte sie in der Kehle, so daß sie

husten mußte. Beinahe hätte sie sich erbrochen. »Jetzt wirst du Ruh geben!« sagte sie. »Ich möchte auf andere Gedanken kommen.«
Sie sah sich mit Juan im Bett, aber ihre Gedanken glitten weiter. »Ich hätte jeden Mann haben können, den ich gewollt hätte«, prahlte sie. »Viele haben's mit mir probiert, das weiß Gott, aber sie haben nicht viel Glück gehabt.« Wollüstig schürzte sie die Lippen, so daß ihre Zähne sichtbar wurden. »Vielleicht hätte ich ›ja‹ sagen sollen, solange es noch Zeit war. Die Jahre vergehen ... Nein!« schrie sie. »Das ist eine verdammte Lüge! Ich sehe noch genauso gut aus wie damals — wenn nicht noch besser. Wer will schon so eine knochige Ziege haben, die nicht aus und ein weiß. Kein wirklicher Mann mag so etwas. Wenn ich jetzt wollte, könnte ich an jedem Finger zehn haben!«
Die Flasche war nun etwas weniger als halbvoll. Sie vergoß ein wenig beim Einschenken und lachte in sich hinein. »Mir scheint, ich bekomme einen kleinen Schwips«, sagte sie.
Plötzlich klopfte jemand stark an der Drehtür, und Alice gefror in eisigem Schweigen. Es klopfte wieder. »Niemand hier? Mir war, als hörte ich reden.«
»Nun — versuch's noch mal ... Vielleicht sind sie irgendwo rückwärts«, bemerkte eine weibliche Stimme.
Alice hob den Spiegel und sah sich an. Sie nickte und zwinkerte sich mit dem Auge zu. Es klopfte wieder.
»Ich sag dir doch, daß niemand da ist.«
»Versuch doch die Tür zu öffnen.«
Alice hörte die Gittertür rattern.
»Es ist zugesperrt«, sagte der Mann, und die Frau antwortete: »Es ist von innen zugesperrt. Sie müssen da sein.«
Der Mann lachte, und seine Füße scharrten im Sand. »Nun, wenn sie drin sind, dann wollen sie eben allein bleiben. Bist du nicht auch manchmal gern allein, Baby? Allein mit mir, meine ich?«
»Gib Ruh ... Ich möchte ein Sandwich haben«, sagte die Frau.
»Du wirst dich eben gedulden müssen.«
Alice konnte nicht verstehen, wieso sie den Wagen nicht gehört hatte und auch nicht die Schritte im Kies, bevor angeklopft wurde. »Ich muß doch einen Schwips haben, ich könnte wetten«, sagte sie. Nun hörte sie den Wagen ganz deutlich wegfahren.
»So einer Person kann man ›nein‹ sagen, soviel man will«, dachte Alice laut, »wenn sie ein Sandwich will, dann darf ein Mensch sich auch nicht ein einziges Mal Ruhe gönnen.«
Sie hielt die Flasche in die Höhe und schielte kennerisch durch das Glas. »Viel ist nicht mehr drin.« Sie bekam Angst. Wenn ihr der Alkohol ausging, bevor sie soweit war, was dann? Und plötzlich nickte sie und lächelte sich zu. Hin-

ten im Wandschrank waren ja noch zwei Flaschen Portwein. Das gab ihr ein Gefühl von Sicherheit; sie goß sich einen tüchtigen Schluck ein und schüttete ihn hinunter. Juan war nicht gern mit Frauen beisammen, wenn sie tranken. Er sagte, ihre Gesichter würden ganz verzerrt davon, und das haßte er. Nun, Alice würde es ihm schon zeigen. Sie trank den halben Whisky aus ihrem Glas aus und erhob sich schwerfällig.

»So, jetzt bleiben Sie da und warten auf mich«, sagte sie höflich zu dem Glas. Als sie um den Schanktisch herumging, schwankte sie ein wenig und stieß gerade über der Hüfte an einer Ecke an. »Das wird ganz schwarz und blau werden«, sagte sie. Sie ging durchs Schlafzimmer ins Bad. Dort befeuchtete sie den Waschlappen und seifte ihn dick ein, dann rieb sie damit ihr Gesicht. Sie rieb besonders fest um die Nase herum und in der kleinen Furche, die ihr Kinn teilte. Sie wickelte den Lappen um ihren kleinen Finger, fuhr sich damit in die Nasenlöcher und wusch ihre Ohren. Dann kniff sie die Augen zu, spülte die Seife ab und betrachtete sich über dem Waschbecken im Spiegel. Ihr Gesicht sah sehr rot aus, und ihre Augen waren ein wenig blutunterlaufen. Sie arbeitete lange an ihrem Gesicht herum. Erst Cold-Cream und dann wieder herunter damit. Sie betrachtete das Handtuch, mit dem sie die Creme weggewischt hatte. Es war so schmutzig, wie sie es erwartet hatte. Mit einem braunen Stift korrigierte sie ihre Augenbrauen. Mit dem Lippenstift war die Sache schon schwerer. Sie schmierte einen Klecks Karmin zu tief unter die Unterlippe und mußte das Ganze mit dem Handtuch wegwischen und von vorn beginnen. Sie malte sich sehr volle Lippen an, dann schloß sie sie und rieb eine an der anderen, dann schaute sie die Zähne nach und rieb von ihnen den Lippenstift weg. Sie hätte sich die Zähne putzen sollen, bevor sie mit dem Lippenstift anfing. Jetzt kam der Puder dran. Sie wollte die Röte ihres Gesichtes dämpfen. Zum Schluß bürstete sie ihr Haar. Sie hatte ihr Haar nie gemocht. Erst hielt sie es nach einer Seite, dann nach der anderen, um zu sehen, wie es hübscher aussehe. Aber sie gab es bald auf.

Im Schlafzimmer kramte sie einen enganliegenden schwarzen Filzhut heraus, mit einer Art Schild daran. Sie schob ihr Haar darunter und bog die Krempe unternehmend hoch.

»So, und jetzt wollen wir sehen, ob das Gesicht einer Frau verzerrt aussieht. Ich wollte, Juan wäre jetzt hier. Er würde anders reden.«

Im Schlafzimmer holte sie die Flasche Bellodgia von ihrem Toilettentisch und tat Parfüm auf ihren Busen, auf ihre Ohrläppchen und um den Haaransatz. Auch auf ihre Oberlippe tupfte sie ein wenig. »Ich riech' es selbst gern«, sagte sie.

Sie kehrte in den Lunchraum zurück, unter sorgfältiger Vermeidung der Ecke, an der sie sich gestoßen hatte. Es war jetzt noch finsterer als vorhin; denn die Wolken ballten sich dicht und ließen nur ganz wenig Licht durch. Alice setzte sich an ihren Tisch und stellte ihren Handspiegel zurecht. »Hübsch«, sagte sie, »Sie sind wirklich sehr hübsch. Was haben Sie für heute abend vor? Möchten Sie nicht tanzen gehen?«

Sie goß sich ihr Glas voll. Wie, wenn der Chauffeur von der Red Arrow Line vorüberkam und anklopfte? Ihn würde sie hereinlassen. Er war ein großer Frauenjäger. Sie würde ihm ein, zwei Gläschen zu trinken geben, und dann würde sie ihm Verschiedenes zeigen.

Red, würde sie sagen, Sie bilden sich ein, daß Sie ein großer Weiberheld sind. Aber ich will Ihnen etwas zeigen. Das ahnen Sie nicht. Sie sah seine schlanke Taille vor sich und seinen muskulösen Unterarm. Er trug einen breiten Gürtel um seine blauen Samthosen. Mit einem Wort: Der Kerl war o. k. Auf diese Hosen konnte man ruhig noch ein paar Gedanken verwenden. Dort, wo der Hosenschlitz anfing, saß eine Messingklammer. Und etwas an dieser Klammer stimmte Alice traurig. Bud hatte auch so eine gehabt. Eine Messingklammer, gerade dort. Sie versuchte auch diese Vision loszuwerden, und da es ihr nicht gelingen wollte, rief sie sich alles ganz genau wieder ins Gedächtnis zurück. Er hatte sie immer wieder bestürmt. Schließlich gingen sie miteinander vier Meilen weit zu dem Picknickplätzchen. Bud trug das Essen — harte Eier, Schinkenbrote und einen Apfelkuchen. Den hatte sie gekauft, aber sie hatte Bud gesagt, daß sie ihn selbst gebacken habe. Er wartete nicht einmal das Essen ab.

Er tat ihr weh. Dann fragte sie: »Wohin gehen Sie?«
»Ich hab' zu tun«, sagte Bud.
»Du hast doch gesagt, daß du mich liebst?«
»Hab' ich das gesagt?«
»Du wirst mich doch nicht verlassen wollen, Bud?«
»Hör mal zu, meine Liebe, ich hab' dich einfach genommen, das ist alles. Ich hab' keinen langen Kontrakt gemacht.«
»Aber es ist doch das erste Mal, Bud.«
»Jeder muß einmal anfangen«, sagte er.

Nun weinte Alice über sich selbst. »So eine Gemeinheit«, schrie sie ihrem Spiegelbild zu. »Sie sind alle gemein ...« Sie plärrte, während sie den nächsten Whisky trank und den Rest aus der Flasche in ein Glas goß.

Die anderen waren auch nicht besser gewesen. Was hatte sie jetzt? Einen Sauberuf, verbunden mit ehelichen Pflichten und ohne Bezahlung. Das war alles. Sie war mit einem stinkenden Ölschmierer verheiratet, das war schon was! Verheiratet! Mitten auf dem Land und weit weg von jedem Kind. Den ganzen Tag mußte sie in dem stinkenden Lunchraum hocken.

Sie legte den Kopf auf ihre verschränkten Arme und weinte bitterlich. Hinter ihr stand eine zweite Alice und konnte die erste weinen hören. Sie mußte ständig auf Eiern tanzen, um es ihm recht zu tun. Sie hob den Kopf und

schaute in den Spiegel. Der Lippenstift war über ihr ganzes Gesicht verschmiert. Ihre Augen waren rot, und ihre Nase tropfte. Sie zog zwei Papierservietten aus dem Behälter und schneuzte sich. Dann knüllte sie das Papier zusammen und warf es auf den Boden.
Wozu sollte sie diese Bude sauberhalten? Wer kümmerte sich darum? Wer kümmerte sich um sie? Kein Mensch. Aber sie selbst sorgte für sich. Kein Mensch wird es ungestraft wagen, Alice herumzustoßen. Sie goß den letzten Whisky herunter.
Den Portwein herauszuholen war keine leichte Angelegenheit. Sie stolperte und rannte gegen den Aufwaschtisch. In ihrer Nase war Hochdruck, und ihr Atem zischte durch ihre Nasenlöcher. Sie stellte die Weinflasche auf den Schanktisch und holte einen Korkzieher. Die Flasche fiel um, als sie den Korkzieher einzuschrauben versuchte. Beim zweiten Versuch zerkrümelte der Kork in kleine Brocken. Sie trieb das restliche Stück mit dem Daumen in die Flasche und schwankte zu ihrem Tisch zurück.
Sie füllte ihr Glas mit dem dunklen Wein ganz voll. »Ich wollte, es wäre noch Whisky da.« Ihr Mund war ganz trocken. Sie trank durstig das halbe Glas aus. »Ah — ist das gut...«, kicherte sie. Vielleicht würde sie jetzt immer erst Whisky trinken, damit der Wein den richtigen Geschmack bekam. Sie zog den Spiegel ganz dicht an sich heran. »Du bist ein alter Sack«, sagte sie bitter. »Ein dreckiger, alter, besoffener Sack. Kein Wunder, daß keiner dich mag. Ich möchte dich selber nicht!«
Das Gesicht im Spiegel war kein doppeltes, es hatte nur doppelte Konturen, und außerhalb ihres Gesichtsfeldes fühlte Alice, wie das ganze Zimmer schwang und sich drehte. Sie trank das Glas aus, würgte und sprudelte, und der rote Wein sickerte aus ihren Mundwinkeln. Sie fand das Glas nicht und vergoß Wein auf der Tischplatte, bevor das Glas gefüllt war. Ihr Herz klopfte heftig; sie konnte es hören, sie konnte es auch in ihren Armen schlagen fühlen, in ihren Schultern und in den Adern ihrer Brust. Sie trank feierlich weiter.
»Ich werde das Bewußtsein verlieren, das wird schön sein. Ich möchte am liebsten überhaupt nie mehr zu mir kommen. Ich möcht', daß das Ganze einmal ein End' hätt' — ein Ende — ein Ende —, das Gesindel soll sehen, daß ich nicht leben muß, wenn ich nicht will. Ich werd's ihnen schon zeigen...!«
Und dann sah sie die Fliege. Es war keine gewöhnliche Stubenfliege, sondern eine neugeborene Schmeißfliege; ihr Körper glänzte irisierend blau. Sie war zu dem Tischchen gekommen und saß am Rand der Weinpfütze. Sie tauchte ihren Rüssel ein, dann rückte sie weg, um sich zu putzen.
Alice saß mäuschenstill da. Ihr Haar sträubte sich vor lauter Haß. Ihre ganze Verzweiflung und ihre ganze Wut konzentrierten sich auf diese Fliege. Mit Aufbietung ihrer ganzen Willenskraft zwang sie die zwei Fliegen, die sie sah,

in ein einziges Bild zusammen. »Du Mistvieh«, sagte sie leise. »Du glaubst, daß ich betrunken sei... Ich werde dir zeigen...!«
Ihre Augen waren lauernd und schlau. Langsam, langsam schlich sie seitlich vom Tischchen weg und kauerte am Boden nieder. Sie stützte sich auf ihre Hände dabei und ließ die Augen nicht von der Fliege. Die hatte sich nicht gerührt. Alice kroch zum Schanktisch hinüber und hinter ihn. Auf dem rostfreien Stahlaufwaschtisch lag ein Geschirrtuch. Sie nahm es in die rechte Hand und faltete es zusammen. Es war zu leicht. Sie befeuchtete es unter der Leitung und drückte das überschüssige Wasser aus. »Ich werde dem Mistvieh schon zeigen...«, sagte sie und schlich wie eine Katze um die Ecke. Die Fliege war noch da und schimmerte frecher denn je.
Alice hob die Hand und warf das Tuch über die Schulter. Vorsichtig und Schritt für Schritt näherte sie sich, die Hand erhoben und schlagbereit. Sie schlug zu. Flasche und Gläser und Zuckerstreuer und Serviettenhalter, alles fiel krachend zu Boden. Die Fliege summte und kreiste in der Luft. Alice stand still und verfolgte sie mit den Blicken. Die Fliege landete auf dem Schanktisch. Alice holte weit aus und zielte. Und als die Fliege wieder aufflog, peitschte sie erfolglos die Luft.
»So geht's nicht«, sagte sie zu sich selbst. »Ich muß näher an sie herankommen.« Der Boden schwankte unter ihren Füßen. Sie streckte die Hand aus und stützte sich auf einen Barstuhl. Wo war die Fliege jetzt? Sie konnte sie summen hören. Das ärgerliche, ekelhafte Gewimmer ihrer Flügel. Aber irgendwo mußte sie ja doch landen — irgendwo... Sie fühlte, wie es in ihrem Hals hochstieg.
Die Fliege beschrieb einige Schlingen und Achter und Kreise, dann begnügte sie sich mit niedrigen Sturzflügen von einem Ende des Zimmers zum anderen. Alice wartete. Von allen Seiten kroch Dunkelheit in ihr Blickfeld. Die Fliege landete mit einem kleinen Klopfton auf der Cornflakeschachtel, ganz oben an der Spitze der Pyramide mit den Getreideflocken auf dem Wandbrett hinter dem Schanktisch. Sie saß auf dem »C« von »Corn« und kroch emsig zum »O« hinüber. Nun stand sie ganz still. Alice schnupperte.
Das Zimmer wackelte und drehte sich, aber wenn man wirklich wollte, dann blieb der Platz um die Fliege herum starr und reglos. Ihre linke Hand tastete zum Schanktisch zurück, und ihre Finger krochen über ihn hin. Sie rückte lautlos und langsam am Rand des Tisches vor. Dann hob sie ihre rechte Hand ganz, ganz langsam. Die Fliege hüpfte einen Schritt weiter, dann blieb sie wieder sitzen. Abflugbereit. Alice fühlte das. Sie fühlte ihren Abflug, noch ehe sie sich erhob. Und sie holte mit ihrem ganzen Körpergewicht aus. Das feuchte Tuch klatschte über die Pappschachtelpyramide und noch weiter. Schachteln, eine Reihe Gläser und eine Schale mit Orangen, alles krachte auf den Boden hinter den Schanktisch. Und Alice obendrauf.

Das Zimmer fiel mit roten und blauen Lichtern über ihr zusammen. Unter ihrer Wange verstreute eine zerbrochene Schachtel ihre Cornflakes. Sie hob einmal den Kopf, dann ließ sie ihn wieder sinken, und schwankende Dunkelheit hüllte sie ein.
Der Lunchraum war düster und ganz still. Die Fliege setzte sich an den Rand der trocknenden Weinpfütze auf die weiße Tischplatte. Einen Augenblick sah sie sich nach allen Seiten um, ob nicht von irgendwo Gefahr drohe, dann tauchte sie ihre flachen Fühler bedächtig in den süßen, klebrigen Wein.


Zwölftes Kapitel

Drohend türmten sich Wolken auf Wolken, blaue Dunkelheit lag über dem Land. Im San-Juan-Tal wirkte das tiefere Grün schwarz, das hellere Grasgrün aber sah naßkalt und blau aus. Chicoys »Sweetheart« rollte schwerfällig die Landstraße entlang, der Aluminiumanstrich schimmerte drohend wie eine Kanone. Drüben gegen Süden stand eine dunkle, regenzerfranste Wolke, deren feuchter Vorhang langsam niedersank.
Der Bus kam bis dicht an die Benzinpumpe vor Breeds Laden heran und blieb stehen. Die kleinen Boxhandschuhe und der Babyhandschuh schwangen wie kurze Pendelchen vor und zurück. Juan blieb sitzen, auch als der Bus bereits stand. Er trieb den Motor noch ein wenig an und horchte; dann seufzte er und drehte den Schlüssel um. Die Maschine schwieg.
»Wie lange gedenken Sie hier zu warten?« fragte Van Brunt.
»Ich will mir die Brücke einmal ansehen«, sagte Juan.
»Sie steht noch«, sagte Van Brunt.
»Wir auch«, sagte Juan und öffnete die Bustür.
Breed kam hinter seiner Gittertür hervor zum Autobus. Er schüttelte Juan die Hand. »Sind Sie nicht ein wenig verspätet?«
»Ich glaube nicht«, sagte Juan, »außer meine Uhr geht falsch.«
Pimples kroch hinaus und blieb neben Breed stehen. Er wollte als erster draußen sein, um die Blonde aussteigen zu sehen.
»Kann ich ein Coca-Cola haben?« fragte er.
»Nein«, sagte Breed. »Nur etwas Pepsi-Cola ist noch da. Wir haben schon seit Monaten kein Coca-Cola bekommen. Es ist ja ganz dasselbe. Kein Mensch kann es unterscheiden.«
»Wie steht's mit der Brücke?« fragte Juan.
Mr. Breed schüttelte den Kopf: »Ich glaube, diesmal ist es Schluß mit ihr. Schauen Sie sich sie selbst an. Mir gefällt die Sache nicht.«
»Aber geborsten ist sie noch nirgends?« fragte Juan.
»Das kann eins, zwei passieren ... Einfach so ...«, und er klatschte seine

Hände gegeneinander. »Sie steht unter so einem furchtbaren Druck, daß sie wimmert wie ein kleines Kind. Kommen Sie mit mir hinüber.«
Mr. Pritchard und Ernest kletterten aus dem Bus, nach ihnen Mildred und Camille, zum Schluß Norma. Pimples bekam nichts zu sehen.
»Sie haben hier ein paar Flaschen Pepsi-Cola«, sagte Pimples. »Möchten Sie eine haben?«
Camille wandte sich an Norma. Sie begann daraufzukommen, daß Norma für sie sehr wertvoll sein konnte. »Wollen Sie ein Glas?« fragte sie.
»Nun, warum nicht?« sagte Norma.
Pimples versuchte seine Enttäuschung zu verbergen. Breed und Juan schlenderten von der Landstraße zum Fluß hinüber. »Wir schauen uns erst einmal die Brücke an!« rief Juan mit halb gewendetem Kopf den anderen zu.
Mrs. Pritchard rief von der Busstufe: »Sag, mein Herz, könntest du mir etwas Kaltes zu trinken verschaffen? Es kann auch nur Wasser sein. Und erkundige dich nach einem gewissen Örtchen.«
»Gleich hier rückwärts«, sagte Norma.
Breed ging mit Juan im Schritt. »Ich warte schon seit Jahren darauf, daß die Brücke einstürzt«, sagte er. »Ich wollte, wir hätten wieder eine anständige Brücke, damit ich auch ruhig schlafen kann, wenn's in der Nacht regnet. Ich lieg' jetzt immer im Bett und hör' den Regen aufs Dach prasseln und horch' dabei unausgesetzt, ob die Brücke einstürzt. Und dabei weiß ich gar nicht, wie es klingen wird, wenn's einmal wirklich soweit ist.«
Juan grinste. »Ich kenne das. Ich erinnere mich an Torréon, als ich noch ein kleiner Junge war. Wir pflegten bei Nacht auf das Knattern zu horchen; denn dann wurde irgendwo gekämpft. Wir hatten das Kämpfen irgendwie gern, aber dann ging mein Vater immer für eine Weile fort. Und schließlich ging er fort und kam nicht wieder. Ich glaube, wir wußten schon immer, daß das einmal so kommen würde.«
»Was ist mit ihm geschehen?« fragte Breed.
»Ich weiß nicht. Wahrscheinlich hat einer ihn doch zu fassen bekommen. Er hielt es zu Hause nicht aus, wenn irgendwo gekämpft wurde. Er mußte dabeisein. Ich glaube, es war ihm ganz gleichgültig, worum es ging. Wenn er nach Hause kam, war er jedenfalls immer voll von Geschichten.« Juan lachte. »Besonders gern erzählte er eine über Pancho Villa. Er sagte, eine arme Frau sei zu Villa gekommen und hätte gesagt: ›Du hast meinen Mann erschossen, nun muß ich mit meinen Kindern verhungern.‹ Nun, damals hatte Villa viel Geld. Er hatte die Pressen und druckte es einfach. Er drehte sich zu seinem Schatzmeister um und sagte: ›Pack schnell fünf Kilo Zwanzigpesoscheine für die arme Frau ein.‹ Er zählte das Geld nicht einmal, soviel hatte er. Und so geschah es. Sie bündelten die Banknoten mit Draht zusammen, und die Frau ging nach Hause. Aber dann kam ein Sergeant zu Villa und sagte: ›General,

es ist ein Irrtum unterlaufen. Wir haben den Mann dieser Frau gar nicht erschossen. Er war besoffen, und wir haben ihn eingesperrt.‹ Worauf Pancho sagte: ›Dann geht sofort hin und erschießt ihn. Wir dürfen das der armen Frau nicht antun.‹«
Breed sagte: »Das ist doch ein Unsinn.«
Juan lachte: »Ich weiß, und darum hab' ich's so gern. Himmlischer Vater, das Wasser unterwühlt ja bereits alles hinter dem Weidengestrüpp.«
»Ich weiß. Ich hab' versucht zu telefonieren und es zu melden«, sagte Breed, »aber ich kann niemanden erreichen.«
Sie gingen miteinander auf die Holzbrücke hinaus. In dem Augenblick, wo Juan sie betrat, konnte er bereits den dröhnenden Anprall des Wassers spüren. Die Brücke zitterte und bebte. Das Dröhnen der Balken übertönte sogar das Tosen des Wassers. Juan blickte über das Geländer in die Tiefe. Die Stützpfeiler waren unter Wasser, und der Fluß unter ihnen sprudelte und schäumte. Die ganze Brücke bebte und keuchte, und von dort, wo die eisernen Bolzen saßen, drang kurzes, gepreßtes Stöhnen. Während sie die Strömung beobachteten, kam schwer eine eben losgerissene große Eiche dahergeschwommen. Als sie gegen die Brücke schlug und sich drehte und wälzte, schrie der ganze Bau auf und schien sich zu bäumen. Der Baum verfing sich in dem überfluteten Fundament, und unter der Brücke gellte ein schriller, kreischender Ton hervor. Die beiden Männer kehrten hastig zum Brückenkopf zurück.
»Wie rasch steigt das Wasser?« fragte Juan.
»Zehn Zoll während der letzten Stunde. Aber vielleicht sinkt es jetzt schon wieder. Es könnte den Höhepunkt bereits erreicht haben.«
Juan blickte seitlich an den Stützcaissons hinunter. Sein Blick entdeckte einen braunen, aus dem Wasser ragenden Bolzenkopf, und er sah ihn lange an. »Ich glaube, ich könnte es wagen«, sagte er. »Ich könnte versuchen, rasch hinüberzukommen. Oder ich könnte auch die Passagiere zu Fuß hinüberschicken und allein hinüberfahren und sie drüben wieder einsteigen lassen. Wie steht's mit der anderen Brücke?«
»Das weiß ich nicht«, sagte Breed. »Ich habe versucht zu telefonieren, aber ich kann niemanden erreichen. Nun, und wenn Sie über diese Brücke hinüberkommen und die andere ist hin, dann sitzen Sie in der Falle. Dann wären Ihre Passagiere erst recht wütend.«
»Wütend werden sie ohnehin sein«, sagte Juan. »Ich habe einen mit — nein, zwei —, die werden mir was antun, was immer geschehen mag. Ich weiß das schon. Kennen Sie einen Menschen namens Van Brunt?«
»Oh, das alte Schwein — gewiß kenne ich ihn. Er ist mir 37 Dollar schuldig. Ich habe ihm Kleesamen verkauft, und er behauptet, daß er schlecht war. Er wollte ihn nicht bezahlen. Wo Sie hinschauen, überall hat er Schulden. In der ganzen Gegend. Nichts, was er kauft, ist gut. Ich würde ihm keine Tafel

Schokolade mehr auf Kredit verkaufen. Er würde sagen, sie sei nicht süß. So, also der ist mit im Bus ...«

»Ja, der«, sagte Juan. »Und dann noch einer aus Chikago. Ein reicher Kerl, ein Fabrikant oder so was. Der wird sich schön aufführen, wenn nicht alles geht, wie er es sich denkt.«

»Nun«, sagte Breed, »dann müssen Sie selbst entscheiden.«

Juan schaute zum drohenden Himmel auf. »Ich glaube, es wird gleich wieder regnen. Und mit den triefend nassen Hügeln, die alles Wasser in den Fluß gießen, ist auch nicht zu spaßen. Gesetzt den Fall, ich komme hinüber, aber wie sieht's mit dem Zurückkommen aus?«

»Knapp zehn Prozent Wahrscheinlichkeit«, sagte Breed. »Wie geht's Ihrer Frau?«

»Nicht besonders«, sagte Juan, »sie hat Zahnschmerzen.«

»Man sollte seine Zähne wirklich nicht vernachlässigen«, sagte Breed. »Man sollte jedes halbe Jahr zum Zahnarzt gehen.«

Juan lachte: »Kennen Sie jemanden, der das wirklich tut?«

»Nein«, sagte Breed. Er hatte Juan gern und betrachtete ihn nicht einmal als einen Ausländer.

»Ich auch nicht«, sagte Juan. »Nun, ich weiß noch einen Weg, Unannehmlichkeiten mit den Passagieren zu vermeiden.«

»Und das wäre?«

»Sie sollen selbst entscheiden. Das ist die wahre Demokratie. Nicht?«

»Sie werden sich nur in den Haaren liegen.«

»Nun, was liegt schon daran? Die Hauptsache ist, daß sie's untereinander abmachen«, sagte Juan.

»Sie mögen recht haben«, sagte Breed. »Aber ich sage Ihnen eines: Was immer einer oder der andere vorschlagen wird, Van Brunt wird immer dagegen sein. Der Kerl würde nicht einmal für die Wiederkehr Christi stimmen, und wenn alle Welt dafür wäre.«

»Lassen Sie ihn nur«, sagte Juan. »Man muß ihn nur zu nehmen verstehen. Ich habe einmal ein Pferd gehabt, das war so ein Luder, daß es, wenn man rechts zog, nach links ging. Und ich hab's doch drangekriegt. Ich hab' immer das Entgegengesetzte getan, und es hat geglaubt, nun gehe alles nach seinem Kopf. Man könnte Van Brunt zu allem bringen, einfach, indem man ihm widerspricht.«

»Nun, dann werde ich ihm verbieten, mir die 37 Dollar zu bezahlen«, sagte Breed.

»Vielleicht wirkt es«, sagte Juan. »Nun, die Überschwemmung hat den Höhepunkt noch nicht erreicht, der Bolzenkopf ist jetzt auch schon unter Wasser. Ich will einmal hören, wie die Passagiere sich entscheiden.«

Pimples hinten im Laden fühlte sich ein wenig betrogen. Er hatte sich be-

müßigt gefühlt, nicht nur Camille, sondern auch Norma ein Pepsi-Cola zu spendieren. Und was immer er tun mochte, Camille war von Norma absolut nicht zu trennen. Und es war nicht Normas Schuld, Camille wollte es so.
Norma schwamm in Wonne. Sie war im Leben nicht so glücklich gewesen. Dieses wunderbare Geschöpf war gut zu ihr. Sie waren Freundinnen. Und sie hatte nicht gesagt, daß sie zusammen wohnen würden. Sie sagte, sie wolle erst sehen, wie die Dinge standen. Aus irgendeinem Grund flößte gerade das Norma Vertrauen ein. Die Menschen waren zu Norma nie nett gewesen. Manchmal hatten sie ja gesagt, aber sich dann immer wieder herausgedreht. Aber dieses Mädchen, das in jeder Hinsicht so aussah, wie Norma gern ausgesehen hätte, sagte nur, sie wolle sehen... Im Geiste stellte Norma sich schon die Wohnung vor, die sie haben würden. Ein Samtsofa mußte drin stehen und davor ein Kaffeetisch. Und Vorhänge aus weinrotem Samt an den Fenstern. Sie würden ein Radio mit Grammophon haben und natürlich eine Menge Schallplatten. Darüber hinaus wagte sie nicht zu denken. Sie hätte gefürchtet, das Ganze zu beschreien, wenn sie noch weiter dachte. Das Sofa stellte sie sich elektrischblau vor.
Sie hob ihr Glas mit Pepsi-Cola und ließ das süße prickelnde Getränk ihre Kehle hinunterfließen, aber mitten in dem Schluck senkte sich Verzweiflung über sie wie ein schweres Gas. »Es wird nie dazu kommen«, sagte sie. »Das Ganze wird in nichts zerfließen, und ich werde wieder allein sein.« Sie kniff die Augen zu und fuhr sich mit der Hand darüber. Ich werde jedenfalls dafür sparen, dachte sie. Nach und nach richte ich die Wohnung ein, und wenn es nicht dazu kommt, dann habe ich doch wenigstens das. Eine Art Härte kam über sie und eine gewisse Entschlossenheit. Wenn nur etwas davon wahr wird, ist es schon gut. Aber ich darf nicht damit rechnen, ich darf einfach nicht. Denn dann wird bestimmt nichts draus!
Pimples sagte: »Ich habe eine Menge Pläne. Ich studiere Radar. Das wird eine ganz große Sache werden. Wenn einer was von Radar versteht, ist er gut dran. Man muß doch vorausdenken, nicht wahr? Es gibt Leute, die denken gar nicht an die Zukunft, die bleiben einfach liegen, wo sie angefangen haben.«
Um Camilles Lippen spielte ein leichtes Lächeln.
»Ja, da ist schon etwas dran«, sagte sie. Sie wäre den Jungen gern losgeworden. Er war lieb, aber sie wäre ihn doch gern losgeworden. Sie konnte ihn geradezu riechen. »Danke sehr für das Pepsi-Cola«, sagte sie. »Aber ich glaube, ich muß mich ein wenig herrichten. Kommen Sie mit, Norma?«
Normas Blick war voll Anbetung. »Ach ja«, sagte sie, »ich glaube, ich sollte es auch tun.« Was immer Camille sagen mochte, alles war richtig, klug und fein. Ach, Jesus, laß es doch wahr werden, flehte sie im Geiste.
Mrs. Pritchard schlürfte eine Limonade. Es hatte eine Weile gedauert, ehe sie diese bekam; denn sie pflegten keine Limonade auszuschenken. Aber als Mrs.

Pritchard in dem kleinen Laden Zitronen entdeckt und sogar angeboten hatte, sich sie selbst auszudrücken — konnte Mrs. Breed sich nicht helfen und mußte ja sagen.

»Ich kann einfach in Flaschen gefüllte alte Sachen nicht trinken«, erklärte Mrs. Pritchard. »Für mich gibt es nur frischen Fruchtsaft.« Mrs. Breed ertrank zähneknirschend in dieser Flut von Süßigkeit. Mrs. Pritchard schlürfte ihre Limonade und sah sich dabei die auf einem Ständer ausgestellten Ansichtskarten an. Da waren Bilder vom Gerichtsgebäude in San Juan de la Cruz und von dem Hotel in San Ysidro, das über einer heißen Bittersalzquelle errichtet war. Ein schönes altes Hotel, meist von Rheumatikern besucht, die in dem Heilwasser badeten. Auf den Karten hieß das Hotel prahlerisch »Kurhaus«. Auf demselben Tisch waren noch andere Dinge ausgestellt. Bemalte Gipshunde und mit farbigen Drops gefüllte Glaspistolen und grell bemalte Babypüppchen und Schachteln aus kalifornischem Red-Woo, mit glasierten Früchten gefüllt. Und Lampen, deren Schirme sich automatisch zu drehen begannen, sobald das Licht angedreht wurde, so daß die Waldbrände und Segelschiffe ungeheuer lebendig strahlten und vorbeiglitten.

Ernest Horton stand auch vor dem Tisch und betrachtete die zur Schau gestellten Gegenstände mit einer gewissen Verachtung. Er sagte zu Mrs. Pritchard: »Manchmal denke ich mir, daß ich mit allen meinen neuen Schlagern einen Laden aufmachen sollte. Manche von diesen alten Sachen sind nun schon seit Jahren auf dem Markt, und kein Mensch kauft sie. Mein Haus führt ausschließlich das Allerneueste.«

Mr. Pritchard nickte. »Es gibt einem Menschen Vertrauen, wenn er für eine Firma arbeitet, von der er weiß, daß sie die Augen offenhält«, sagte er. »Darum glaube ich ja auch, daß Sie für uns gern arbeiten würden. Bei uns können Sie sicher sein, daß wir auch nicht eine Stunde am Tag schlafen.«

Ernest sagte: »Entschuldigen Sie, aber ich muß meinen Koffer holen. Ich habe da einen Artikel, der wohl noch nicht ins Publikum gedrungen ist, aber im Zwischenhandel, geht er ab wie heiße Brötchen. Aber, wie gesagt, bis jetzt nur im Zwischenhandel. Ich möchte hier gern ein paar Stück davon verkaufen.«

Er eilte hinaus und schleppte seinen Musterkoffer herein. Er öffnete ihn und packte eine Pappschachtel aus. »Ganz gewöhnliche Verpackung, wie Sie sehen. Dadurch ist die Überraschung um so größer.« Er öffnete die Schachtel und entnahm ihre eine richtige kleine Toilette mit Wasserspülung, das Ganze zwölf Zoll hoch. An dem Reservoir hing eine kleine Kette mit einem Messinggriff, und die Toilettenschüssel war weiß. Sogar ein Sitzüberzug war dabei, braun, und das Muster sah aus wie Holz.

Mrs. Breed war hinter den Verkaufstisch getreten: »Den Einkauf besorgt mein Mann ganz allein«, sagte sie. »Darüber müssen Sie schon mit ihm selbst sprechen.«

»Ich weiß«, sagte Ernest. »Ich will nur, daß Sie sich diese Sache einmal ansehen. Sie verkauft sich ganz von selbst.«
»Wozu soll das gut sein?« fragte Mr. Pritchard.
»Passen Sie auf«, sagte Ernest. Er zog an der kleinen Kette, und sofort füllte sich die Toilettenschale mit einer bräunlichen Flüssigkeit. Ernest hob den Toilettensitz einfach heraus, und siehe da, es war ein Likörgläschen. »Eine Unze«, sagte er triumphierend. »Wenn Sie eine Doppelportion haben wollen, müssen Sie zweimal ziehen.«
»Whisky...!« rief Mr. Pritchard.
»Oder Kognak oder Rum«, sagte Ernest. »Was Sie wollen. Sehen Sie, hier im Reservoir muß das Ganze gefüllt werden. Es ist garantiert aus Plastik. Die Leute sind alle einfach paff. Ich habe Aufträge auf über 1800 Stück. Ein Schlager ersten Ranges. Die Leute wälzen sich immer von neuem vor Lachen.«
»Weiß der Teufel, das ist wirklich großartig. Wer sich nur diese Sachen immer ausdenken mag!«
»Nun«, erklärte Ernest, »wir haben zu diesem Zweck eine Ideenabteilung. Diese Sache hier hat einer unserer Reisenden vorgeschlagen. Es wird ihm einen schönen Bonus einbringen. Denn unsere Gesellschaft garantiert jedem, der eine brauchbare Idee bringt, zwei Prozent vom Gewinn.«
»Ich muß sagen – das ist wirklich sehr gut«, sagte Mr. Pritchard. Im Geiste sah er bereits Charlie Johnson vor sich, wenn er das zum erstenmal zu Gesicht bekam. Charlie Johnson würde sofort alles aufbieten, um sich so ein Stück zu verschaffen. »Was soll das kosten?« fragte Mr. Pritchard.
»Nun, das hier kostet im Detail fünf Dollar. Aber wenn ich mir einen Vorschlag erlauben dürfte – wir haben auch ein Modell für 27 Dollar 50.«
Mr. Pritchard rümpfte ablehnend die Nase.
»Sie müssen bedenken, was Ihnen dafür geboten wird«, fuhr Ernest fort. »Das hier ist aus Plastik. Bei der besseren Ausführung ist die Schachtel aus Eichenholz hergestellt – aus alten Whiskyfässern, so daß der Schnaps sein Aroma behält. Die Kette ist aus echtem Silber und der Griff ein brasilianischer Diamant. Und die Schale ist aus Porzellan hergestellt, aus echtem Klosettporzellan, der Sitz ist handgeschnitztes Mahagoni. Und in den Deckel der Schachtel ist ein kleines Silberschildchen eingelassen, in das können Sie Ihren Namen eingravieren lassen, falls Sie das Stück Ihrem Klub zum Geschenk machen wollen oder Ihrer Loge...«
»Es erscheint mir sehr preiswert«, sagte Mr. Pritchard. Sein Entschluß war gefaßt. Nun wußte er, wie er Charlie drankam. Er würde Charlie so eine Toilette schenken. Aber in das Plättchen mußte folgende Gravierung kommen: »Gewidmet Charlie Johnson von Elliott Pritchard.« Und dann mochte Charlie sich patzig machen, soviel er wollte. Denn dann konnte jeder gleich sehen, wer als erster die Idee gehabt hatte.

»Sie haben wohl kein solches Stück bei sich?« fragte er.
»Nein, das müssen Sie bestellen«, sagte Ernest.
Nun aber mischte sich Mrs. Pritchard ein. Sie war ganz still näher getreten.
»Elliott, du wirst doch so etwas nicht kaufen. Das ist doch so ordinär, Elliott!«
»Ich möchte es nirgendwo haben wollen, wo Damen in der Nähe sind«, sagte Mr. Pritchard. »Nein, mein kleines Mädchen. Weißt du, was ich damit tun will? Ich schicke es an Charlie Johnson, als Rache für das ausgestopfte Stinktier, das ich von ihm bekommen habe. Ja, mein Junge, du sollst sehen...«
Mrs. Pritchard glaubte erklären zu müssen: »Charlie Johnson war Mr. Pritchards Zimmergenosse in der Schule. Sie machten die tollsten Dinge miteinander. Und sie benehmen sich jetzt noch wie kleine Jungen, wenn sie beisammen sind.«
»Nun«, sagte Mr. Pritchard ganz ernst, »wenn ich ein Stück bestellte, könnten Sie es an eine bestimmte Adresse schicken und können Sie mir auch etwas eingravieren lassen? Ich schreibe es Ihnen genau auf.«
»Was willst du schreiben?« fragte Bernice.
»Das ist nichts für kleine Mädchen. Sie sollen nicht ihre Näschen in die Angelegenheiten erwachsener Männer stecken«, sagte Mr. Pritchard.
»Sicher etwas Schreckliches«, sagte Bernice.
Mildred war in furchtbarer Stimmung. Sie fühlte sich schwer und matt und hatte für gar nichts Interesse. Sie saß ganz allein hinter dem Verkaufstisch auf einem der geflochtenen Drahtstühle, die für diese Art Lokale so charakteristisch sind. Zynisch hatte sie Pimples Versuche beobachtet, die Blonde für sich allein zu haben. Die Fahrt hatte sie ganz müde gemacht. Ihr ekelte vor sich selbst und vor dem, was passiert war. Was für eine Person mußte sie sein, wenn ein Autobuschauffeur sie aus dem Gleichgewicht zu bringen vermochte. Sie schüttelte sich ein wenig vor lauter Abscheu. Wo war er jetzt? Warum kam er nicht zurück? Sie hielt sich mit Gewalt zurück, um nicht aufzustehen und nach ihm zu schauen. Van Brunts Stimme dicht neben ihr ließ sie zusammenfahren: »Junge Dame«, sagte er, »Ihr Unterrock schaut vor. Ich dachte, es würde Ihnen angenehm sein, es zu wissen.«
»Oh, danke sehr.«
»Sie könnten den ganzen Tag so herumlaufen und glauben, daß Sie tadellos angezogen seien, wenn keiner Sie darauf aufmerksam macht«, sagte er.
»O ja, danke sehr.« Sie stand auf, lehnte sich zurück und zog ihren Rock herunter. Und sie konstatierte, daß ihr Unterrock hinten einen Zoll vorschaute.
»Ich glaube, es ist besser, wenn man auf so etwas aufmerksam gemacht wird«, sagte Van Brunt.
»Gewiß. Ich muß mir meine Achselspange abgerissen haben.«
»Ihr Unterwäsche interessiert mich nicht«, sagte er kalt. »Ich sage nur —

und ich wiederhole es —, daß Ihr Unterrock vorschaut. Und ich wünsche nicht, daß Sie mir irgendwelche anderen Beweggründe unterschieben.«
»Daran denke ich ja gar nicht«, sagte Mildred hilflos.
Van Brunt fuhr fort: »Die Mädchen bilden sich viel zuviel auf ihre Beine ein. Sie glauben, jeder sehe sie an.«
Plötzlich lachte Mildred auf wie eine Irre.
»Was ist daran so komisch?« fragte Van Brunt.
»Nichts«, sagte Mildred. »Ich habe mich nur an etwas Komisches erinnert.« Ihr war eingefallen, daß Van Brunt von früh an unausgesetzt alle weiblichen Beine angestarrt hatte.
»Nun, wenn es gar so komisch ist, dann sagen Sie es doch«, bemerkte er.
»Ach nein, das ist etwas ganz Persönliches. Jetzt werde ich aber hinausgehen und meinen Träger befestigen.« Sie sah ihn an und sagte erklärend: »Sie müssen wissen, an jeder Schulter sind zwei Träger. Der eine gehört zum Unterkleid, und der andere zum Büstenhalter, und der wieder stützt den Busen.« Sie sah hinter Van Brunts Kragen heftige Röte hochsteigen. »Und darunter ist nichts mehr, bis auf die Höschen, das heißt, wenn ich Höschen tragen würde, was nicht der Fall ist.«
Van Brunt drehte sich um und machte sich eilig davon. Mildred fühlte sich erleichtert. Nun würde dem alten Narren eine Weile nicht wohl zumute sein. Sie konnte ihn beobachten und vielleicht später noch bis zum äußersten treiben. Sie lachte in sich hinein und ging hinten um den Ladentisch herum zum Anbau mit der Aufschrift »Damen«.
Die Tür war vergittert, und eine Winde begann sich an ihr hochzuranken. Mildred stand vor der geschlossenen Tür. Sie konnte Norma drin mit der Blonden sprechen hören. Sie horchte. Vielleicht wurde dieser Ausflug reizvoller, wenn sie einfach den Gesprächen der Leute zuhörte. Mildred horchte gern, wenn Leute miteinander redeten. Manchmal ärgerte sie sich sogar über diese Vorliebe. Sie war imstande, sich selbst die größten Nichtigkeiten voll Interesse anzuhören. Aber am schönsten waren die Gespräche, die man in Damentoiletten zu hören bekam. Es hatte sie schon immer interessiert zu beobachten, wie Frauen sich sofort in einem Raum mit einer Toilette und einem Waschtisch und einem Spiegel gehenließen. Sie hatte sogar in ihrer Schulzeit einmal einen Aufsatz darüber geschrieben, der als sehr gewagt beurteilt worden war, und in dem sie behauptete, daß Frauen, wenn sie die Röcke heben, sofort alle Hemmungen verlieren.
Entweder ist es das, dachte sie, oder die Sicherheit, daß der Mann, dieser Erbfeind, in dieses Gebiet niemals eindringen konnte. Es war der einzige Ort auf der Welt, wo Frauen sicher sein konnten, keine Männer zu treffen. Und da ließen sie sich eben gehen und wurden auch äußerlich, was sie in ihrem Innern waren. Mildred hatte viel darüber nachgedacht. Frauen waren in

öffentlichen Toiletten freundlicher zueinander oder sie waren gemeiner, aber unbedingt persönlicher. Vielleicht weil keine Männer da waren. Und weil, wo keine Männer waren, jede Konkurrenz wegfiel und Posen unnötig wurden. Mildred hätte gern gewußt, ob es in Männertoiletten auch so war. Sie zweifelte deshalb daran, weil Männern noch andere Dinge wichtig sind, nicht ausschließlich Frauen, während bei Frauen fast alle Schwierigkeiten mit Männern zusammenhingen. Sie hatte ihren Schulaufsatz mit dem Vermerk zurückbekommen: »Nicht genügend durchdacht.« Und wollte ihn nun noch einmal machen.

Draußen im Laden war sie zu Camille nicht gerade freundlich gewesen. Sie mochte sie einfach nicht. Aber sie wußte, in der Toilette würde ihre Animosität nicht standhalten. Sie dachte: Ist es nicht merkwürdig, daß Frauen sogar um Männer werben, die sie gar nicht mögen?

Norma und Camille redeten und redeten. Mildred faßte die Türklinke und stieß die Tür auf. In dem kleinen Raum war eine Toilette und ein Waschtisch und darüber ein viereckiger Spiegel. An einer Wand hing ein Behälter mit papiernen Klosettsitzüberzügen, und neben dem Waschtisch hing eine Rolle Papierhandtücher. Neben dem Milchglasfenster war ein Einwurfautomat mit hygienischen Binden angebracht. Der Asphaltboden war rot gestrichen, und die Wände waren unzählige Male weiß übertüncht. Die Luft war schwer von einem stark riechenden Desinfektionsmittel.

Camille saß auf der Toilette, und Norma stand vor dem Spiegel. Beide blickten zur Tür hinüber, als Mildred eintrat.

»Wollen Sie her?« fragte Camille.

»Nein«, sagte Mildred, »ich habe mir eine Achselspange von meinem Unterkleid abgerissen.«

Camille schaute auf Mildreds Rocksaum. »Ja, stimmt.« Und zu Norma gewandt: »Nein, nicht so! Sie sehen doch, wie Ihr Haaransatz läuft. Nun – ziehen Sie also die Augenbrauen weiter nach außen, nicht so viel, nur ein bißchen ... Warten Sie einen Moment, Kind, ich zeige es Ihnen.«

Sie stand auf und ging zu Norma hinüber. »Drehen Sie sich um, damit ich Sie sehen kann. So – also jetzt. Jetzt schauen Sie sich einmal an. Sehen Sie, wie es Ihren Haaransatz ein wenig tiefer drückt? Ihre Stirn ist hoch, deshalb müssen Sie das Haar tiefer zu ziehen versuchen. Jetzt machen Sie Ihre Augen zu.« Sie nahm Normas Brauenstift und führte ihn leicht über die unteren Lider; dicht unter der Wimper und außerhalb der äußeren Augenwinkel zog sie noch etwas dunkler nach.

»Sie haben zu dick Mascara aufgetragen, Kind«, sagte sie. »Sehen Sie nur, wie die Wimpern zusammenkleben. Nehmen Sie mehr Wasser, und lassen Sie sich Zeit. Warten Sie einen Augenblick.« Sie entnahm ihrer Tasche ein Plastikbüchschen mit »Augenschatten«. »Damit müssen Sie vorsichtig umgehen.«

Sie fuhr mit der Fingerspitze über die blaue Paste und rieb ein wenig davon auf Normas obere Augenlider. Gegen die äußeren Winkel machte sie es dunkler. »Nun lassen Sie mich's sehen!« Sie inspizierte ihr Werk. »Hören Sie einmal, mein Kind, Sie reißen Ihre Augen zu weit auf... Wie ein Kaninchen. Senken Sie Ihre Lider ein wenig. So — ja —, das ist recht. Und jetzt schauen Sie sich an. Sehen Sie den Unterschied?«

»Mein Gott, ich sehe ja total anders aus«, sagte Norma. Ihre Stimme klang richtig ehrfürchtig.

»Natürlich sehen Sie anders aus. Und den Lippenstift haben Sie auch schlecht aufgetragen. Schauen Sie, Kind, Ihre Unterlippe ist zu schmal. Meine auch. Fahren Sie mit dem Lippenstift hier ein wenig tiefer und hier auch.«

Norma hielt still wie ein braves Kind und ließ sie gewähren.

»Sehen Sie? In den Winkeln etwas mehr«, sagte Camille. »Jetzt sieht Ihre Unterlippe voller aus.«

Mildred sagte: »Sie sind wirklich lieb. Ich könnte auch Rat brauchen.«

»Ach Gott«, sagte Camille, »das ist doch so einfach.«

»So macht man's für die Bühne, nicht wahr?« fragte Mildred, »ich meine, so in der Art, wie für die Bühne...«

»Ja, wissen Sie, wenn man es mit dem Publikum zu tun hat — die Zahnärzte verwenden ihre Assistentinnen ja auch zugleich als Empfangsdamen...«

»Zu dumm!« rief Mildred verärgert, »das Achselband ist richtig zerrissen.« Sie schälte ihr Kleid von der Schulter und hielt ein Seidenbändchen in der Hand.

»Sie müssen es zusammenstecken«, sagte Camille.

»Aber ich habe keine Nadel, und meine Nähsachen sind in meinem Gepäck.«

Camille öffnete nochmals ihr Täschchen, und im Futter steckte ein halbes Dutzend Sicherheitsnadeln. »Da«, sagte Camille, »ich sehe mich immer vor.« Sie nestelte eine der Nadeln los. »Soll ich es Ihnen anstecken?«

»Wenn Sie so freundlich sein wollen... Meine verdammten Augen! Ich kann nichts sehen.«

Camille zog das gelockerte Unterkleid hoch, hielt die Trägerenden übereinander und heftete sie fest zusammen. »Sehr schön ist es nicht, aber wenigstens schaut das Unterkleid nicht vor. Angenäht wär's natürlich besser... Waren Sie schon immer kurzsichtig, Kind?«

»Nein«, sagte Mildred. »Die Augen waren ganz in Ordnung, bis ich — nun — bis zu meinem vierzehnten Jahr... Ein Doktor hat gesagt, es hänge mit der Pubertät zusammen. Nach dem ersten Baby wird es angeblich manchmal wieder ganz gut.«

»So etwas...«, sagte Camille.

»Es ist fürchterlich lästig«, sagte Mildred. »Die Leute können noch so viele Arten von Brillen erfinden — keine sieht wirklich gut aus.«

»Haben Sie schon von denen gehört, die dicht an den Augen anliegen?«
»Ich hab' schon daran gedacht, aber noch nichts unternommen. Ich glaube, ich hab' doch Angst vor so einer direkten Berührung der Augen...«
Norma bewunderte sich noch immer hingerissen im Spiegel. Ihre Augen waren plötzlich größer geworden und ihre Lippen voller und weicher, und sie hatte auch nicht mehr das Aussehen einer nassen Ratte.
»Ist sie nicht wunderbar«, sagte Norma ziellos vor sich hin. »Ist sie nicht wirklich wunderbar?«
Camille sagte: »Sie wird ein sehr hübsches Mädel sein, wenn sie ein paar Tricks gelernt haben wird und ein wenig Selbstvertrauen bekommt. Das Haar werden wir uns gleich vornehmen, wenn wir einmal an Ort und Stelle sind und Zeit dazu haben.«
»Wie... Haben Sie es sich am Ende schon überlegt...?« stieß Norma hervor. »Sie glauben, wir werden die Wohnung nehmen?« Und zu Mildred gewandt: »Wir werden eine Wohnung haben«, sagte sie atemlos. »Und Sonntag früh werden wir uns die Haare waschen und eindrehen...«
»Wir wollen sehen«, unterbrach sie Camille. »Wir müssen die Dinge erst einmal an uns herankommen lassen. Wir stehen beide ohne Stellung da, und sie mietet schon eine Riesenwohnung. Nur schön langsam, mein Kind.«
»Eine komische Fahrt ist das«, sagte Mildred. »Wir sind unterwegs nach Mexiko. Gleich von Anfang an ist alles schiefgegangen. Mein Vater wollte etwas von der Gegend sehen. Er denkt daran, eventuell nach Kalifornien zu übersiedeln. Und darum wollte er per Bus nach Los Angeles fahren. Er dachte, so könnte er alles besser sehen.«
»Nun, das kann er auch«, sagte Camille.
»Vielleicht sogar zu gut«, sagte Mildred. »Aber haben Sie schon jemals so eine Kollektion von Menschen beisammen gesehen wie in unserem Bus?«
»Ach, alle sind mehr oder weniger gleich«, sagte Camille.
»Mir gefällt Mr. Chicoy«, sagte Mildred. »Er ist ein halber Mexikaner. Der ist ein Kerl! Ich habe das Gefühl, er würde über jede Frau herfallen, wenn sie nicht acht gibt.«
»Oh, der ist sehr nett«, sagte Camille. »Eben ein wenig draufgängerisch, wie die meisten Männer, das wird sich schon geben.«
»Oder vielleicht auch nicht«, sagte Mildred. »Haben Sie sich diesen Alten näher angeschaut? Diesen Van Brunt? Der ist noch nicht soweit, der hat eine dreckige Phantasie...«
Camille lächelte: »Mein Gott, der ist so alt...«
Mildred setzte sich in dem kleinen Verschlag nieder: »Ich wollte Sie etwas fragen«, sagte sie. »Mein Vater glaubt, daß er Sie irgendwo gesehen habe. Und er hat ein gutes Gedächtnis. Haben Sie ihn je gesehen?«
Einen Augenblick sah Mildred die ganze tiefe Feindseligkeit in Camilles

Augen aufblitzen, sie sah ihren zusammengepreßten Mund und wußte, daß sie an eine wunde Stelle gerührt hatte. Aber sofort wurde Camilles Gesicht wieder völlig ausdruckslos.

»Wahrscheinlich verwechselt er mich mit jemand anderem«, sagte sie. »Diesmal muß er sich geirrt haben, außer er hat mich auf der Straße gesehen.«

»Wirklich?« fragte Mildred. »Ich will Sie nicht irgendwie fangen. Ich hätte es nur gern gewußt.«

Die ganze Freundlichkeit, Kameradschaft und Gelöstheit waren mit einem Schlag wie weggeblasen. Es war, als wäre ein Mann ins Zimmer gekommen. Camilles Augen durchbohrten Mildred: »Er hat sich geirrt«, sagte sie kalt. »Sie können sich das auslegen, wie Sie wollen.«

Die Tür öffnete sich, und Mrs. Pritchard kam herein. »Ach, da bist du«, sagte sie zu Mildred. »Ich dachte schon, du seiest vorausgegangen.«

»Ach, ich hab' mir ein Schulterband abgerissen«, sagte Mildred.

»Nun, dann beeil dich. Mr. Chicoy ist schon zurück, und draußen geht ein richtiger Streit an ... Danke sehr, nein, mein Kind«, sagte sie zu Norma, die vom Waschtisch weggegangen war, um ihr Platz zu machen. »Ich will nur mein Taschentuch befeuchten und ein wenig von dem Staub wegbekommen. Warum nimmst du nicht eine Limonade?« fragte sie Mildred. »Diese nette Frau macht sie dir sicher gern. Ich habe ihr gesagt, daß sie richtig berühmt würde, wenn man bei ihr frische Fruchtsäfte bekäme.« Plötzlich sagte Camille: »Ich wollte, wir könnten etwas zu essen haben. Ich bekomme langsam Hunger. Ich hätte Lust auf etwas Gutes.«

»Ich auch«, sagte Mrs. Pritchard.

»Ich hätte Lust auf eisgekühlte Krabben und Mayonnaise und auf eine Flasche Bier«, sagte Camille.

»Nun, so habe ich Krabben noch nie gegessen«, sagte Mrs. Pritchard. »Aber Sie hätten den gebackenen Butterfisch essen sollen, wie meine Mutter ihn zu machen pflegte. Das würde ich Ihnen wirklich wünschen. Sie nahm immer eine altmodische Eisenpfanne, und der Fisch mußte ganz frisch sein und sehr sorgfältig geputzt. Dann machte sie einen dünnen Teig aus gerösteten Bröseln — Weißbrot, nicht Keks —, und dann gab sie einen ganzen Suppenlöffel Worcestershire-Sauce in ein zerklopftes Ei ... Ich glaube, das war das ganze Geheimnis ...«

»Mutter ...«, sagte Mildred, »fang nicht schon wieder mit dem Butterfischrezept an.«

»Du solltest doch eine Limonade trinken«, sagte Mrs. Pritchard. »Es wäre bestimmt gut für deinen Teint. So eine lange Reise ist sehr schlecht für die Haut.«

»Ich wollte, wir könnten weiterfahren«, sagte Mildred. »Wir können an der nächsten Station zu Mittag essen. Wie heißt denn die nächste Stadt?«

»San Juan de la Cruz«, sagte Norma.
»San Juan de la Cruz«, wiederholte Mrs. Pritchard sanft. »Ich finde diese spanischen Namen so hübsch.«
Norma warf noch einen langen erstaunten Blick in den Spiegel, bevor sie hinausging. Sie senkte die Augen. Es würde eine Weile dauern, ehe sie sich daran gewöhnt haben würde, es ständig zu tun, aber es veränderte ihren ganzen Ausdruck, und das freute sie.


Dreizehntes Kapitel

Juan saß auf einem Barstuhl und fuhr mit dem glänzenden Ende seines amputierten Fingers über die erhöhten Streifen seiner Manchesterhose. Als die Frauen aus dem Hintergrund des Ladens hervorkamen, sah er zu ihnen auf, und aus dem Streichen seiner Finger wurde ein Klopfen.
»Sind alle beisammen?« fragte er. »Nein — einer fehlt noch. Wo ist Mr. Van Brunt?«
»Ich bin hier.« Seine Stimme kam hinter dem Ladentisch hervor, wo er hinter einer Wand aufgetürmter Kaffeedosen ganz überflüssigerweise die Regale inspizierte.
Mr. Pritchard sagte: »Ich möchte wissen, wann wir weiterfahren können. Ich darf meinen Anschluß nicht versäumen.«
»Ich weiß«, sagte Juan freundlich, »und eben darüber wollte ich mit Ihnen sprechen. Die Brücke ist nicht ganz sicher. Ich könnte wahrscheinlich noch hinüberkommen. Aber dann ist noch eine zweite Brücke da, und die kann bereits eingestürzt sein oder jeden Augenblick einstürzen. Es ist unmöglich, darüber etwas zu erfahren. Falls wir bis in die Flußschlinge kommen, und beide Brücken sind hin, dann sind wir gefangen, und niemand erreicht seinen Anschluß. Ich will also jetzt abstimmen und das tun, was die Majorität bestimmt. Entweder ich probier's, oder ich bringe Sie alle wieder zurück, und Sie können Ihre Pläne ändern. Es liegt nur bei Ihnen. Aber wenn Sie sich einmal entschlossen haben, dann müssen Sie dabei bleiben.«
Er hob die Flasche und trank sein Pepsi-Cola.
»Ich habe keine Zeit«, sagte Mr. Pritchard laut. »Hören Sie zu, lieber Freund, ich habe seit Kriegsbeginn auch nicht einen einzigen Urlaub gehabt. Ich habe die Werkzeuge produziert, mit denen wir den Krieg gewonnen haben, und das ist mein erster Urlaub. Ich habe einfach nicht die Zeit, im Land herumzuvagabundieren. Ich brauche Ruhe. Ich habe nur wenige Wochen zur Verfügung, und solche Sachen fressen sie auf.«
Juan sagte: »Das tut mir sehr leid. Es geschieht ja nicht mit Absicht, wie Sie wissen, und wenn Sie in der Flußbiegung gefangen wären, dann würden Sie

noch mehr Zeit verlieren und ich meinen Autobus, falls ich versuche, ihn übers Wasser zu bringen. Die Brücke ist zum Bersten gespannt. Sie kann jeden Augenblick zusammenbrechen. Es bleibt uns nur die Wahl, wieder umzukehren.«

Van Brunt kam hinter der Kaffeepyramide hervor. Er hielt eine Zweieinhalbpfunddose Pfirsichkompott in der Hand und ging quer durch den Laden zu Mrs. Breed hinüber. »Wieviel kostet das?« fragte er.

»47 Cent.«

»Guter Gott — für eine einzige Dose Pfirsiche?«

»Unser Verdienst ist der gleiche geblieben. Wir haben nur mehr für sie bezahlen müssen.«

Van Brunt warf wütend einen halben Dollar auf den Ladentisch. »Öffnen Sie das«, sagte er. »47 Cent für eine schäbige Dose Pfirsiche!«

Mrs. Breed hielt die Dose an einen an der Wand befestigten Konservenöffner, leierte den Hebel ein paarmal herum, so lange, bis der Deckel sich löste. Dann reichte sie die Dose über den Tisch hinweg Vant Brunt hinüber. Er trank erst einen Teil des Saftes aus, dann griff er hinein und zog eine gelbe Schnitte mit den Fingern heraus. Er hielt sie über die offene Dose, um sie abtropfen zu lassen.

»Nun, ich habe gehört, was Sie gesagt haben«, bemerkte er. »Sie glauben, Sie können uns unsere Zeit stehlen. Ich muß zu Gericht und muß unbedingt heute nachmittag dort sein. Mich hinzubringen ist Ihre Sache. Sie sind ein ganz gewöhnlicher Chauffeur und haben sich an die Vorschriften der Verkehrskommission zu halten.«

»Das versuche ich ja eben zu tun«, sagte Juan. »Denn eine dieser Vorschriften geht dahin, daß ich meine Passagiere nicht umbringen darf.«

»Das kommt nur daher, daß Sie die Gegend nicht kennen«, fuhr Van Brunt fort. »Es sollte ein strenges Gesetz geben, das einem, der die Gegend nicht kennt, das Chauffieren verbietet.« Er schwenkte eine Pfirsichscheibe, jonglierte sie in seinen Mund und faßte die nächste zwischen Daumen und Zeigefinger. Er freute sich.

»Sie haben gesagt, daß wir nur die Wahl zwischen zwei Möglichkeiten haben. Es gibt ihrer aber drei. Sie wissen natürlich nichts von der alten Straße, die existierte, ehe diese zwei verfluchten Brücken errichtet wurden. Sie führt dicht an der Flußwindung entlang. Die Postkutschen pflegten diese Straße immer zu fahren.«

Juan blickte fragend zu Mr. Breed hinüber. »Ich habe von ihr gehört, aber in was für einem Zustand ist sie jetzt?«

»Postkutschen bedienten sich ihrer über hundert Jahre«, sagte Van Brunt.

Mr. Breed sagte: »Zwei Meilen weit soll sie ganz gut sein, aber wie es weiter ausschaut, das weiß ich nicht. Sie führt gegen Osten den Berg hinauf — dort drüben. Vielleicht ist sie auch ganz ausgewaschen. Als ich das letztemal dort war, das war lange vor dem großen Regen...«

»Sie haben die Wahl«, sagte Van Brunt. Er schwenkte seine Pfirsichscheibe, schaukelte sie in seinen Mund und redete mit vollem Mund weiter. »Ich habe Ihnen gesagt, daß es regnen wird. Ich habe Ihnen gesagt, daß der Fluß steigen wird, und jetzt, wo wir festsitzen, sage ich Ihnen auch, wie Sie aus der Sache herauskommen können. Soll ich vielleicht Ihren verdammten Bus auch noch selbst chauffieren?«

Juan brüllte: »Spielen Sie sich nicht so auf, und geben Sie acht auf Ihren Mund. Es sind Damen im Zimmer!«

Van Brunt neigte die Dose und trank den Rest des Saftes aus, wobei er die Zähne als Damm benützte. Der dicke Saft rann an seinem Kinn hinunter, und er wischte ihn mit seinem Ärmel ab. »Das ist eine schöne Fahrt«, sagte er, »gleich von Anfang an.«

Juan drehte sich zu den anderen Passagieren um und sah sie an: »Nun, so steht die Sache. Meine Lizenz gilt für die Landstraße. Ich kenne die alte Straße nicht. Sie müssen entscheiden, was geschehen soll. Wenn wir steckenbleiben sollten, will ich keine Vorwürfe hören.«

Mr. Pritchard sagte: »Ich habe es gern, wenn etwas, das man sich vornimmt, auch wirklich durchgeführt wird. Hören Sie zu, lieber Freund: Ich muß nach Los Angeles. Ich habe Flugplätze nach Mexiko reserviert. Wissen Sie, was die kosten? Und diese Karten sind fest genommen. Wir müssen also fahren. Und deshalb muß etwas geschehen. Sie halten die Brücke für gefährlich?«

»Ich weiß es, daß sie gefährlich ist«, sagte Juan.

»Nun«, sagte Mr. Pritchard, »und wissen Sie nicht, ob Sie auf der alten Straße weiterkommen?«

»So ist es«, sagte Juan.

»Es kommen also zwei Hasardspiele in Frage und eine sichere Sache. Und die sichere Sache ist auch nicht großartig. Hm —«, sagte Mr. Pritchard, »Hm...«

»Was glaubst du, mein Schatz«, sagte Mrs. Pritchard. »Es muß doch etwas geschehen. Ich habe seit drei Tagen kein richtiges Bad gehabt. Es muß etwas geschehen, mein Schatz...«

Mildred sagte: »Probieren wir's doch mit der alten Straße. Es kann sehr interessant sein.« Sie schielte zu Juan hinüber, um zu sehen, wie er ihre Einstellung aufnahm, aber schon war sein Blick von ihr zu Camille hinübergeglitten.

Irgend etwas wirkte bei Camille noch von dem kürzlichen Beisammensein nach, und sie sagte: »Ich bin auch für die alte Straße. Ich bin jetzt schon so müde und schmutzig, daß mir bereits alles egal ist.«

Juan schaute hinunter, und sein Blick wurde richtig erstaunt, als er Normas Gesicht sah. Das war nicht mehr dasselbe Mädchen. Und Norma fühlte, daß

er es bemerkt hatte. »Ich bin auch für die alte Straße«, stieß sie atemlos hervor.
Ernest Horton entdeckte einen freien Stuhl; es war der, den Mrs. Breed gegen Abend zu benützen pflegte, wenn ihre Beine anzuschwellen begannen. Er hatte bei der Abstimmung zugehört.
»Mir ist es gleich«, sagte er. »Ich wäre gewiß gern in L. A., aber es spielt keine Rolle. Ich bin mit allem einverstanden, was die anderen beschließen.«
Van Brunt stellte die Dose mit einem Krach auf den Ladentisch. »Es wird regnen«, sagte er. »Diese Nebenstraße kann furchtbar glitschig werden. Vielleicht kommen Sie gar nicht über den Hügel nach Osten hinüber. Der Weg ist steil und glatt. Wenn Sie dort steckenbleiben, dann weiß ich nicht, wie Sie je wieder herauskommen sollen.«
»Aber Sie waren doch derjenige, der den Vorschlag gemacht hat!« sagte Mildred.
»Ich widerlege nur die verschiedenen Einwände. Ordnung muß sein. Das ist alles.«
»Nun, und wie würden Sie stimmen?« fragte Juan.
»Oh, ich stimme überhaupt nicht. Das ist das Albernste, das ich je gehört habe. Meiner Ansicht nach haben die Chauffeure zu entscheiden, so wie der Kapitän auf einem Schiff.«
Pimples ging zum Bonbonstand hinüber. Er legte zehn Cent hin und nahm zwei Schokoladestangen. Eine davon steckte er in seine Seitentasche, um sie Camille zu geben, wenn er ihrer allein habhaft werden konnte, die andere packte er bedächtig aus. Ein toller Gedanke war ihm eben durch den Kopf geschossen. Angenommen, sie fuhren über die Brücken, und mitten drin brach der Stützbalken. Und der Bus fiel in den Fluß. Pimples würde glatt hinausfliegen, aber die Blonde war im Bus gefangen. Und Pimples tauchte und tauchte und war schon beinahe tot, aber im letzten Augenblick schlug er ein Fenster ein, zog Camille heraus und schwamm ans Ufer und legte die Bewußtlose auf den grünen Rasen und rieb ihre Beine, um die Blutzirkulation zu erhöhen. Oder noch besser, er drehte sie um und legte die Hände unter ihre Brust und versuchte es mit künstlicher Atmung.
Aber angenommen, sie fuhren über die alte Straße, und der Bus blieb stecken. Dann würden sie die ganze Nacht dastehen und vielleicht ein Feuer anzünden, sie würden beisammen sein und nebeneinander am Feuer sitzen, mit dem Licht in ihren Gesichtern, und vielleicht gemeinsam unter einer warmen Decke.
Pimples sagte: »Ich glaube, wir sollten es mit der alten Straße versuchen.«
Juan sah ihn an und grinste.
»Mir scheint, du hast echtes Kit-Carson-Blut in den Adern, Kit. Hab' ich recht?« Und Pimples wußte, daß er scherzte, aber es war ein gutmütiger Spaß.
»Nun, ich glaube, das wären jetzt alle, bis auf einen, und der will nicht stim-

men. Was wollen Sie denn eigentlich? Mir scheint, Sie wollen sich nur die Möglichkeit offenlassen, die Gesellschaft zu verklagen, wie?«

Van Brunt war plötzlich wieder auf der Seite der anderen. »Ihr seid alle verrückt!« sagte er. »Wißt ihr denn, was er da macht? Er will sich nur schön aus der Affäre ziehen. Wenn irgend etwas passiert, dann trifft nicht ihn die Schuld; denn er kann sagen, er habe es nur getan, weil ihr es so habt haben wollen. Nein, mich wird er nicht hereinlegen – mich nicht!«

Mr. Pritchard putzte seine Brille mit seinem blütenweißen Taschentuch.

»Das hat auch etwas für sich«, sagte er. »In diesem Licht hatte ich es bis jetzt nicht gesehen. Wir verlieren tatsächlich jegliches Anspruchsrecht, wenn wir darauf eingehen.«

Juans Augen blitzten vor Wut. Sein Mund war ganz schmal und scharf. »Einsteigen«, sagte er. »Ich bringe Sie nach San Ysidro zurück, und dann werden Sie's haben. Ich versuche, Sie aus der Patsche zu ziehen, und Sie benehmen sich, als wollte ich Sie ermorden. Also los! Einsteigen! Ich hab's satt. Seit gestern abend habe ich nichts als Unannehmlichkeiten, nur damit Sie es recht bequem haben, aber jetzt habe ich genug davon. Los! Wir fahren zurück.«

Mr. Pritchard ging zu ihm hinüber. »Nein«, sagte er, »so hab' ich's ja nicht gemeint. Ich anerkenne vollkommen, was Sie getan haben. Und alle anderen auch. Ich habe nur versucht, die Situation nach allen Richtungen klar zu überdenken. So wie ich's im Geschäft zu tun pflege. Man soll nie etwas tun, bevor man es gründlich überlegt hat.«

»Ich hab' es satt«, sagte Juan noch einmal. »Sie haben heute nacht in meinem Bett geschlafen. Ich will Sie einfach endlich los sein.«

Van Brunt sagte: »Vergessen Sie bitte nicht, daß es Ihr Bus war, der eine Panne hatte. Es war nicht unsere Schuld.«

Juan sagte gelassen: »Vor allem möchte ich gerade Sie los sein!«

»Hüten Sie sich«, sagte Van Brunt. »Vergessen Sie freundlich nicht, daß Sie nichts weiter sind als ein ganz gewöhnlicher Chauffeur mit einer Lizenz. Nach dieser Erfahrung kann es nicht schwerhalten, Ihnen diese Lizenz wieder entziehen zu lassen.«

Juan war plötzlich wie ausgewechselt. Er lachte. »Mein Gott! Das wäre ja ein Segen! Dann hätte ich ja nichts mehr mit Leuten zu tun wie Sie! Und ich weiß ganz genau, was ich mit der Lizenz täte. Erst würde ich sie schön einrollen und mit Stacheldraht umwickeln, dann – oh, das wäre schön!«

Camille lachte laut auf, und Horton kicherte vergnügt. »Das muß ich mir merken, das ist zu gut. Hören Sie zu, Mr. Chicoy, was diese beiden Männer geredet haben, war lauter Geschwätz. Wir andern wollen alle fahren. Wir wollen es riskieren. Warum ziehen Sie nicht einfach eine Linie, und wer die

Linie überschreitet, fährt mit, und die andern bleiben da? Das ist doch ein vollkommen fairer Ausweg!«

Mildred sagte: »Mr. Chicoy, ich will fahren.«

»O. K.«, sagte Juan. »Hier, sehen Sie den breiten Sprung im Fußboden. Alle, die zurückfahren wollen, gehen auf die andere Seite, wo das Gemüse ist.«

Keiner rührte sich. Juan blickte jedem einzelnen aufmerksam ins Gesicht.

»Das ist ungesetzlich«, sagte Van Brunt. »Kein Richter wird das ernst nehmen.«

»Was wird er nicht ernst nehmen?«

»Das, was Sie hier machen?«

»Das hat mit Gericht nichts zu tun.«

»Vielleicht doch«, sagte Van Brunt.

»Sie können bestimmt nicht mitfahren, selbst wenn Sie wollten«, sagte Juan.

»Versuchen Sie's nur, mich zurückzulassen. Ich besitze eine Fahrkarte und habe daher das Recht auf einen Platz im Bus. Versuchen Sie's nur, mich hier zu lassen!«

Juan zuckte die Achseln: »Das sieht Ihnen ähnlich«, sagte er. »O. K. Also fahren wir.« Und zu Mr. Breed gewandt: »Können Sie mir Werkzeug borgen? Ich bring's dann gleich wieder zurück.«

»Was für Werkzeug?«

»Ach — eine Spitzhacke und eine Schaufel ...«

»Selbstverständlich. Sie meinen — falls Sie irgendwo steckenbleiben sollten?«

»Ja, und haben Sie vielleicht einen Flaschenzug?«

»Keinen sehr guten. Das Ding selbst wäre ganz brauchbar, aber es ist nur eine halbe Elle Strick daran. Ich weiß nicht, ob Sie ihn verwenden könnten. Es ist ein sehr schwerer Bus ...«

»Nun, es ist jedenfalls besser als nichts«, sagte Juan. »Haben Sie keinen neuen Strick hier, den ich Ihnen abkaufen könnte?«

»Seit Kriegsbeginn habe ich nicht ein einziges Stück Manilastrick gesehen«, sagte Breed. »Aber Sie können sich alles nehmen, was ich habe. Kommen Sie mit mir und suchen Sie sich aus, was Sie wollen.«

Juan sagte: »Komm, Kit, und hilf mir, willst du?« Die drei verließen den Laden und gingen hinters Haus.

Ernest sagte zu Camille: »Das hätte ich nicht versäumen mögen, um nichts in der Welt.«

»Wenn ich nur nicht so müde wäre«, sagte sie. »Seit fünf Tagen sitze ich nun schon im Autobus. Ich möchte mich so schrecklich gern einmal richtig ausziehen und zwei Tage lang durchschlafen.«

»Warum sind Sie nicht mit der Bahn gefahren? Sie kommen von Chikago, sagten Sie?«

»Ja, von Chikago.«

»Nun, da hätten Sie doch den ›Super-Chief‹ nehmen können. In dem Zug kann man bis L. A. durchschlafen. Ein ausgezeichneter Zug.«
»Ich wollte sparen«, sagte Camille. »Ich hab' mir ein paar Groschen erspart und möchte gern eine Woche ausruhen, bevor ich wieder anfange zu arbeiten. Und das ist in einem Doppelbett angenehmer als in einem Schlafwagen.«
»Habe ich Sie richtig verstanden?« fragte er.
»Nein«, sagte Camille.
»O. K. Sie haben zu befehlen.«
»Hören Sie einmal«, sagte Camille, »ich bin zu solchem Unsinn nicht aufgelegt. Ich bin viel zu müde, um mit Ihnen Rätselraten zu spielen.«
»O. K., mein Fräulein, O. K. Ich spiele mit Ihnen, was Sie wollen.«
»Nun, dann bleiben wir eine Weile ruhig sitzen, ohne Unsinn zu reden — was halten Sie davon?«
»Wissen Sie, daß ich Sie gern habe?« fragte Ernest. »Ich möchte mit Ihnen ausgehen, wenn Sie nicht mehr so müde sind.«
»Nun... Wir werden sehen«, sagte Camille. Er gefiel ihr. Mit ihm ließ sich reden. Ihm saß der Mund am rechten Fleck, und das war eine Wohltat.
Norma hatte sie beobachtet und ihnen zugehört. Sie war voll Bewunderung für Camille. Sie wollte ihr abgucken, wie sie es machte. Plötzlich fiel ihr ein, daß sie mit weit aufgerissenen Augen dasaß. Wie ein Kaninchen. Und sie senkte die Lider.
Mrs. Pritchard sagte: »Hoffentlich bekomme ich keine Kopfschmerzen. Elliot, würdest du einmal fragen, ob man hier Aspirin bekommt?«
Mrs. Breed löste ein kleines Zellophansäckchen von einem Pappdeckelplakat an der Wand: »Wollen Sie nur eins? Es kostet fünf Cent.«
»Geben Sie mir ein halbes Dutzend«, sagte Mr. Pritchard.
»Macht 26 Cent mit Steuer.«
»Du hättest nicht so viel nehmen sollen, Elliott«, sagte Mrs. Pritchard. »Ich habe eine Flasche mit fünfhundert Stück im Koffer.«
»Es ist immer besser, man sieht sich vor«, antwortete er. Er kannte ihre Kopfschmerzen, und sie waren fürchterlich. Sie verkrampften ihr Gesicht und verwandelten sie in ein zappelndes, schwitzendes, grinsendes, zitterndes Jammerbündel. Sie erfüllten ein ganzes Zimmer und ein ganzes Haus. Und bemächtigten sich jedes einzelnen, der in ihre Nähe kam. Mr. Pritchard konnte es durch Wände hindurch spüren, wenn sie Kopfschmerzen hatte. Er fühlte es am ganzen Körper, und der Arzt sagte, es ließe sich nichts dagegen tun. Sie spritzten ihr Calcium ein und gaben ihr Beruhigungsmittel. Die Kopfschmerzen stellten sich meist ein, wenn sie nervös war und wenn etwas ohne ihre eigene Schuld schiefging.
Ihr Mann hätte sie gern davor geschützt. Diese Kopfschmerzen schienen von egoistischer Art zu sein, aber sie waren es nicht. Die Schmerzen waren echt.

Ein so grausamer Schmerz ließ sich nicht simulieren. Mr. Pritchard fürchtete ihn mehr als irgend etwas auf der Welt. Wenn er ganz richtig tobte, dann bebte das ganze Haus vor Angst und Grauen. Und sie waren auch eine Art Gewissen. Mr. Pritchard konnte tun, was er wollte, er wurde nie das Gefühl los, irgendwie schuld daran zu sein. Nicht etwa, daß Mrs. Pritchard je etwas Derartiges geäußert oder es auch nur angedeutet hätte. Im Gegenteil, sie war äußerst tapfer und versuchte ihr Stöhnen in den Kissen zu ersticken.
Mr. Pritchard belästigte sie im Bett nicht sehr — man kann sogar sagen, nur äußerst selten. Aber ganz merkwürdigerweise brachte er seine gelegentlichen Liebesanfälle und den Verlust seiner Selbstbeherrschung mit diesen Kopfschmerzen in Zusammenhang. Es saß tief in seinem Gehirn fest, daß es sich so verhielt, und er wußte nicht, wieso es sich dort festgesetzt hatte. Seine Bestialität, seine unbeherrschte Sinnlichkeit waren schuld daran. Und er wußte einfach nicht, was er dagegen tun sollte. Manchmal haßte er seine Frau aufs tiefste, weil er so unglücklich war. Er blieb länger in seinem Büro, wenn sie Kopfschmerzen hatte, und manchmal saß er einfach stundenlang an seinem Schreibtisch und starrte die braune Wandverkleidung an, und sein Körper litt die Qualen seiner Frau mit.
Mitten in ihren ärgsten Zuständen versuchte sie ihm zu helfen: »Geh in ein Kino«, wimmerte sie dann. »Geh zu Charlie Johnson hinüber. Trink einen Whisky. Trink dir einen Rausch an. Bleib nicht hier. Geh ins Kino.« Aber das war unmöglich. Er konnte einfach nicht.
Er steckte die sechs durchsichtigen Säckchen in die Tasche seines Mantels: »Möchtest du vielleicht jetzt gleich zwei nehmen, als Vorbeugung?« fragte er.
»Nein«, sagte sie. »Ich glaube, es wird nichts sein.« Und sie lächelte ihr tapferes süßes Lächeln.
Als Mildred das Aspirin zum erstenmal erwähnen hörte, ging sie in das Verkaufsabteil hinüber und studierte die Höchstpreise auf dem vom Lebensmittelamt herausgegebenen Plakat. Ihr Mund war fest zusammengepreßt und ihre Kehle verkrampft. »Jesus Christus«, keuchte sie. »Fängt sie jetzt schon damit an!« Mildred glaubte nicht ganz an diese Kopfschmerzen. Sie hatte selbst noch nie arge Kopfschmerzen gehabt, nur ganz schwache, jeden Monat einmal, und kurze Katzenjammer-Kopfschmerzen im Pensionat. Die Kopfschmerzen ihrer Mutter nannte sie »psychosomatisch« und »psychotisch«, und sie fürchtete sich vor ihnen noch mehr als ihr Vater. Als kleines Mädel war sie vor ihnen davongelaufen und hatte sich tief in der Erde im Keller verkrochen. Oder in einem Winkel hinter dem Schränkchen im Nähzimmer. Und meist zerrte man sie von dort hervor und zu ihrer Mutter hinein, weil Mutter, wenn sie Kopfschmerzen hatte, noch mehr Liebe brauchte als sonst und entsprechend verwöhnt werden mußte. Mildred empfand diese Kopfschmerzen als einen Fluch. Und sie haßte ihre Mutter, wenn sie sie hatte.

Eine Zeitlang hatte Mildred sie für eine reine Komödie gehalten, und selbst jetzt, wo sie aus Büchern wußte, daß die Schmerzen echt waren, selbst jetzt sah sie in den Kopfschmerzen eine Waffe, deren ihre Mutter sich auf das raffinierteste und brutalste bediente. Die Kopfschmerzen waren eine Qual für ihre Mutter, gewiß; aber sie beherrschten und marterten gleichzeitig die ganze Familie. Die Familie war völlig unter ihrem Bann. Gewisse Dinge, die ihre Mutter nicht mochte, wurden nie getan, weil sie Kopfschmerzen im Gefolge hatten. Und wenn Mildred zu Hause war, dann wußte sie, daß sie nur deshalb so peinlich vermied, nachts nach ein Uhr nach Hause zu kommen, weil sie beinahe sicher sein konnte, daß ihre Mutter Kopfschmerzen bekam, falls sie sich verspätete.

Von einem Kopfschmerzanfall zum anderen vergaß man, wie verheerend sie waren. Mildred war der Ansicht, daß ihre Mutter vor allem einen Psychiater gebraucht hätte. Und Bernice hätte alles getan. Sie wollte alles tun. Und nun war es Mr. Pritchard, der sich dagegenstellte. Er halte nichts von Psychiatern, sagte er. Aber in Wirklichkeit glaubte er so sehr an sie, daß er sich vor ihnen fürchtete. Denn Mr. Pritchard fing nachgerade an, von diesen Kopfschmerzen abhängig zu werden. Sie waren eine Strafe für ihn und versorgten ihn mit abzubüßenden Sünden. Mr. Pritchard brauchte Sünden. In seinem Geschäftsleben gab es keine; denn die Grausamkeiten, die dort vorkamen, wurden als Notwendigkeiten bezeichnet und vertreten, und wegen der Verantwortung gegenüber den Aktionären. Und Mr. Pritchard brauchte persönliche Sünden und persönliche Sühne. Er wies die Idee mit dem Psychiater ärgerlich von sich. Mildred nahm sich zusammen und kehrte zu ihrer Mutter zurück.

»Fühlst du dich ganz wohl, Mutter?«

»Ja«, sagte Bernice strahlend.

»Keine Kopfschmerzen?«

Bernice verteidigte sich: »Ich hatte nur so eine leise Mahnung und bekam Angst«, sagte sie. »Ich könnte es mir nie verzeihen, wenn ich mit so einem scheußlichen Anfall Vaters Sommerreise zerstören würde.«

Mildred überlief ein leiser Angstschauer vor dieser Frau, die ihre Mutter war. — Und vor ihrer Macht und Unbarmherzigkeit. Das konnte nur unbewußt sein. Es war einfach nicht anders möglich. Mildred hatte die ganzen Machinationen, mit Hilfe deren dieser Ausflug zustande gekommen war, mit angesehen und angehört. Ihr Vater hatte nicht fahren wollen. Er hätte gern einen Urlaub genommen, aber so, daß er einfach nicht ins Büro ging; das heißt, daß er täglich ins Büro gegangen wäre; aber dadurch, daß er zu ungewohnten Stunden kam und ging, und nicht wie sonst nach der Uhr, sondern nach eigenem Gutdünken, würde es ihm vorkommen wie ein Urlaub, und er würde sich erholen. Aber die Reise nach Mexiko war beschlossen worden. Wann und wo? Das wußte Mildred nicht, und ihr Vater wußte es auch nicht. Aber nach und nach

bekam er die Überzeugung, daß es nicht nur seine Idee gewesen war, sondern daß er auch seine Familie dazu überredet hatte. Und das gab ihm das angenehme Gefühl, der Herr im Hause zu sein.
Er war blind von einer Falle in die andere gegangen. Eine richtige Nestfalle war es: Eine Henne entdeckt ein Loch, sie schaut hinein, sieht ein Körnchen drin liegen, geht durch die Tür, und die Tür fällt zu. Nun, es war immerhin ein Nest: dunkel und still. Warum sollte sie kein Ei legen? Wer immer dieses Türchen offengelassen hatte — es geschah ihm recht.
Ihr Vater hatte schon beinahe vergessen, daß er nicht hatte nach Mexiko fahren wollen. Sie beide, Mr. und Mrs. Pritchard, taten es Mildred zuliebe. Das war das Gegebene. Sie lernte in der Schule Spanisch, eine Sprache, die sie ebensowenig verstand wie ihr Lehrer. Mexiko war der gegebene Ort, um zu üben. Ihre Mutter sagte, es gebe keine bessere Art, eine Sprache zu erlernen, als wenn man sich ihrer bedienen mußte.
Wenn Mildred das süße, stille Gesicht ihrer Mutter so vor sich sah, dann konnte sie einfach nicht glauben, daß ein Mensch etwas derart betreiben konnte, um es dann zu zerstören. Warum? Und sie würde es bestimmt tun. Sie hatte den Gedanken bereits gefaßt. Die Kopfschmerzen mußten kommen wie das Amen im Gebet. Aber sie würde so lange damit warten, bis weit und breit kein Arzt erreichbar war, um ihre Kopfschmerzen möglichst eindrucksvoll zu gestalten. Es war kaum zu glauben. Mildred konnte nicht annehmen, daß ihre Mutter wirklich wußte, was sie tat. Aber in Mildreds Brust steckte ein dicker Klumpen und drückte schwer auf ihren Magen. Die Kopfschmerzen waren am Weg, sie wußte es.
Sie beneidete Camille. Camille war eine Hure, dachte sie. Für eine solche ist alles soviel einfacher. Die kannte kein Gewissen, keine Angst vor Verlust, für sie gab es nur einen herrlichen, entspannenden, katzenwohligen Egoismus. Sie konnte schlafen, mit wem sie wollte, und den Betreffenden nie mehr wiedersehen, ohne das geringste Gefühl eines Verlustes oder einer Ungewißheit. So stellte Mildred sich Camilles Leben vor. Sie hätte gewünscht, auch so zu sein, aber sie wußte, daß sie es nicht konnte. Sie konnte es ihrer Mutter wegen nicht. Ungerufen kroch der Gedanke in ihr Gehirn, daß, wenn ihre Mutter tot wäre, Mildreds Leben ein so viel einfacheres sein würde. Sie dachte an irgendein kleines geheimes Plätzchen, wo sie wohnen könnte. Beinahe wild schob sie den Gedanken von sich. »Wie kann man nur so etwas Scheußliches denken«, sagte sie feierlich zu sich selbst. Aber sie hatte diesen Traum sehr oft.
Sie sah durch das Vorderfenster hinaus. Pimples hatte geholfen, den Flaschenzug aufzuladen, und auf dem Strick war Schmieröl, und etwas von dem Schmieröl war auf Pimples' schokoladenfarbene Hose geraten. Er versuchte, den Fleck mit seinem Taschentuch wegzureiben. Armer Junge, dachte Mildred,

das ist wahrscheinlich sein einziger Anzug. Als sie gerade sagen wollte, daß er an dem Fleck nicht herumreiben solle, sah sie ihn zur Benzinpumpe gehen und etwas Benzin aufs Taschentuch tropfen und den Fleck ganz fachmännisch behandeln.
Und da rief auch schon Juan: »Also los — alle miteinander!«


Vierzehntes Kapitel


Die Nebenstraße entlang der San-Ysidro-Schleife war sehr alt, kein Mensch wußte mehr, wie alt. Es war wahr, daß die Postkutschen und auch Reiter sich dieses Weges bedient hatten. In der heißen Jahreszeit hatte man das Vieh hier zum Fluß hinuntergetrieben, wo es während der Tageshitze im Weidengestrüpp liegen und aus den Löchern im Flußbett trinken konnte. Die alte Straße war nichts als ein Streifen Land gewesen, der einfach unbebaut blieb und dann von Huftritten festgestampft und bloß durch Radspuren kenntlich wurde. Wenn im Sommer ein Lastwagen diese Strecke fuhr, erhob sich eine dichte Staubwolke, und im Winter flog teigdicker Dreck von den Pferdehufen auf. Nach und nach wurde die Straße so ausgehöhlt, daß sie tiefer lag als die Felder, die sie durchschnitt, und dadurch wurde sie im Winter zu einem endlosen und manchmal sehr tiefen See voll stehenden Wassers.
Dann begannen Männer mit Pflügen zu beiden Seiten gegen die Straße abgedämmte Gräben zu graben, und dann fing langsam die Viehzucht an, und das Vieh stieg so im Wert, daß die Grundbesitzer längs der Straße Einfriedungen aufrichteten, um ihr Vieh abzusperren und das der anderen abzuhalten.
Diese Einfriedungen bestanden aus gespaltenen Redwood-Pfählen, die in den Boden gerammt und in halber Höhe mit zolldicken und sechs Zoll breiten angenagelten Latten verbunden waren. Von einer Pfahlspitze zur anderen zog sich ein altmodischer Stacheldraht aus gewundenem Metall mit scharfen Spitzen. Die Einfriedungen verrotteten in Sonne und Regen, die Redwood-Latten und -Pfähle wurden grau und graugrün, und Flechten bedeckten das Holz, und Moos wuchs an der Schattenseite der Pfähle.
Von ihrer Mission durchglühte Wanderprediger kamen vorbei und malten ihre Botschaften auf die Latten. »Gehet in euch; denn das Reich des Himmels ist nah ...«, »Sünder, findet den Weg zu Gott ...«, »Es ist spät ...«, »Und wenn er alles Gold der Welt gewänne ...«, »Kommet zu Jesus ...« Und andere Männer wieder schrieben mit Bleistift auf die Bretter »Jay's Droguerie ...«, »Cyrus Noble ...«, »Doctor's Whisky ...«, »San-Ysidro-Fahrradhandlung ...« Alle diese Aufschriften waren nun verwaschen und nachgedunkelt.
Da die Felder jetzt weniger als Weiden Verwendung fanden und mehr zum

Anbau von Weizen, Hafer und Gerste, suchten die wilde Rübe, der gelbe Senf, der Mohn und die Disteln und die Wolfsmilch und sonstiges vertriebenes Unkraut einen Unterschlupf in den Gräben die Straße entlang. Der Senf stand im späten Frühling sieben Fuß hoch, und rotgeflügelte Amseln bauten ihre Nester unter den gelben Blüten. Und in dem feuchten Graben wuchs Brunnenkresse.

Die Gräben an der Straße mit dem überwuchernden Unkraut wurden ein Schlupfwinkel für Wiesel und bunte Wasserschlangen, und abends löschten die Vögel hier ihren Durst. Die Feldlerche saß im Frühling den ganzen Morgen auf den alten Pfählen und schmetterte ihre Jodler in die Luft. Die Wildtauben saßen an herbstlichen Abenden auf dem Stacheldraht dicht nebeneinander, meilenlang Schulter an Schulter, und ihr Ruf zog durch all die Meilen einen einzigen, ausgehaltenen Ton. Am Abend flogen Nachtschwalben die Gräben entlang und schauten nach Fleisch aus, und im Dunkel gingen die Nachteulen auf Kaninchenjagd. Wenn eine Kuh krank war, dann hockte der große häßliche brasilianische Geier auf dem alten Geländer und wartete auf ihren Tod.

Die Straße war mehr oder weniger verlassen. Nur einzelne Familien, deren Gehöfte man auf keinem anderen Weg erreichen konnte, benützten sie noch. Früher einmal hatte es hier viele kleine Anwesen gegeben, und der Besitzer lebte dicht bei seinen Feldern, seinem Hof und einem Streifchen Gemüseland unter den Wohnzimmerfenstern. Aber jetzt lag das Land unbewirtschaftet da, und die kleinen Häuschen und die alten Scheunen standen ohne Fenster, grau und ungestrichen in der öden Landschaft.

Als es Mittag wurde, jagten die Wolken von Südwesten her und ballten sich. Es ist eine alte Bauernregel, daß der Regen um so länger anhalten wird, je länger die Wolken sich ballen. Aber es war noch nicht soweit. Noch immer blieben einzelne Flecken blauen Himmels sichtbar, und hie und da drang ein blendender Sonnenstrahl durch und traf die Erde. Einmal zerteilte eine große Wolke diese Sonnenstrahlen in lange, straffe Bänder.

Juan mußte ein Stückchen die Landstraße entlang zurückfahren, um den Eingang zur alten Straße zu erreichen. Bevor er in sie einbog, blieb er mit dem Bus stehen, stieg aus und ging ein Stück vorwärts. Er fühlte den schlierigen Dreck unter seinen Füßen. Und in Juan stieg eine Art Freude hoch. Er hatte versucht, seine lebende Fracht heil zu ihren diversen Geschäften zu bringen, die ihn selbst nicht interessierten. Jetzt empfand er etwas wie Bosheit. Sie hatten sich für diese Straße entschieden, und vielleicht war es die richtige. Ein fröhliches Urlaubsgefühl erfüllte ihn. Sie hatten es so gewollt und sie sollten es haben. Er war neugierig, was sie tun würden, falls der Bus festsaß. Er grub seine Fußspitze in das Gemisch aus Dreck und Sand, bevor er umkehrte. Was mochte Alice wohl jetzt machen? Er wußte nur zu gut, was sie tat. Und wenn der Bus zusammenbrach — nun, dann ging er vielleicht ganz einfach auf und davon und kam nie wieder. Es war ein sehr beglückendes Urlaubsgefühl, das ihn erfüllte. Er strahlte geradezu vor Vergnügen, als er wieder in den Bus einstieg.

»Ich weiß nicht, ob wir's schaffen werden oder nicht«, sagte er vergnügt. Und die Passagiere wurden ein wenig nervös angesichts seiner guten Laune. Die Passagiere saßen dicht beisammen und so weit vorn als irgend möglich. Jeder einzelne fühlte, daß Juan ihre einzige Verbindung mit dem normalen Alltag war, und wenn sie gewußt hätten, wie es in ihm aussah, wären sie noch verängstigter gewesen. Juan war hochgestimmt. Er schloß die Bustür, gab zweimal Gas und ließ seinen Motor erst leer laufen, bevor er den Bus in niedrigen Gang setzte und in die lehmige Landstraße einbog.

Der Regenguß war nun dicht am Losbrechen. Er wußte das. Im Westen konnte er schon eine regenzerfranste Wolke sehen. Dort ging's los, und dann griff es in einem einzigen Frühlingsschauer weiter über das Tal. Das Licht war wieder stahlgrau geworden, ausgewaschen und unklar, was nur auf starken Regen deuten konnte.

Van Brunt sagte strahlend: »Der Regen kommt!«

»Es sieht so aus«, sagte Juan und bog mit dem Bus tiefer in die Straße. Seine Reifen waren noch gut gekerbt, aber wenn er von der Mitte der Straße abwich, konnte er fühlen, wie der Gummi auf dem fettigen Dreck abglitt und das hintere Ende des Busses in einem kleinen Bogen hochschwang. Aber es war noch fester Grund vorhanden, und der Bus schwankte schwer über die Straße. Juan schaltete den zweiten Gang ein, voraussichtlich für die ganze Dauer der Fahrt.

Mr. Pritchard überschrie den Lärm des Motors: »Wie weit ist dieser Umweg?«

»Ich weiß nicht«, sagte Juan. »Ich bin nie hier gefahren. Angeblich 13 bis 15 Meilen ungefähr.« Er beugte sich über den Volant und hob den Blick von der Straße zu Unserer Lieben Frau von Guadeloupe, die aus ihrem Altärchen über seinem Werkzeugkasten herniederschaute.

Juan war kein tiefreligiöser Mensch. Er glaubte an die Allmacht der Jungfrau, so wie kleine Kinder an die Allmacht ihrer Onkel glauben. Sie war eine Puppe, eine Göttin, ein Amulett und eine nahe Verwandte. Seine Mutter — eine Irin — hatte in die Familie der Jungfrau hineingeheiratet und sie genauso selbstverständlich mit übernommen wie die Mutter und die Großmutter ihres Mannes. Die Guadeloupana wurde ihre Familie und ihre Göttin.

Juan war mit dieser Lieben Frau in den weißen Röcken, die auf ihrem Halbmond stand, aufgewachsen. Sie war überall, als er noch klein war — über seinem Bett, um seine Träume zu behüten, in der Küche, um das Kochen zu überwachen, im Vorhaus, um sein Kommen und Gehen zu kontrollieren, und

auf der »Zaguan«-Tür, um ihn auf der Straße spielen zu hören. Sie stand in ihrer engen, schönen Kapelle in der Kirche, im Klassenzimmer in der Schule und, als wäre das noch nicht genug Allgegenwart, trug er sie auch noch als kleines Goldmedaillon an einem Goldkettchen um den Hals. Er konnte seiner Mutter und seinem Vater und seinen Brüdern aus den Augen geraten, aber die dunkle Madonna war immer bei ihm. Seine Angehörigen konnte er nasführen und beschwindeln und anlügen, aber die Guadeloupana wußte ohnehin alles. Er beichtete ihr alles, aber wozu eigentlich? Sie wußte es ja ohnehin. Es war mehr ein Klarlegen der Gründe, warum man das und das getan hatte. Und auch das war ein Unsinn; denn sie kannte ja auch die Beweggründe genau. Und außerdem lag über ihrem Gesicht ein leises Lächeln, als würde sie jeden Augenblick in lautes Lachen ausbrechen. Sie verstand nicht nur alles, es amüsierte sie auch ein wenig. Die furchtbaren Verbrechen der Kinderzeit schienen, nach ihrem Gesichtsausdruck zu schließen, keine Höllenstrafe zu verdienen.
Darum hatte Juan sie als Kind heiß geliebt und ihr vertraut, und sein Vater hatte ihm erklärt, daß sie ganz besonders damit betraut war, die mexikanischen Kinder zu beschützen. Wenn er deutsche oder andere fremde Kinder auf der Straße sah, dann wußte er, daß sie seine Madonna nicht interessierten, weil sie ja keine Mexikaner waren.
Wenn man zu all dem noch hinzufügt, daß Juan nicht mit seinem Verstand an sie glaubte, dafür aber mit seinem ganzen Herzen, dann weiß man, wie er zu Unserer Lieben Frau von Guadeloupe stand.
Der Bus schlitterte die dreckige Straße entlang, er kam nur langsam vorwärts und ließ tiefe Spuren zurück. Juan blinzelte zu der Madonna empor und sagte im Geist: Du weißt, daß ich nicht glücklich gewesen bin, du weißt, daß ich nur aus einem mir gar nicht gemäßen Pflichtgefühl in den Fallen geblieben bin, die man mir angelegt hat. Und nun sollst du entscheiden. Ich kann die Verantwortung nicht übernehmen, meiner Frau und meinem Geschäft davonzulaufen. Früher, als ich noch jünger war, da wäre ich dazu imstande gewesen, aber jetzt bin ich weich geworden und schwach von Entschlüssen. *Ich lege das Ganze in deine Hände.* Ich bin nicht aus eigenem Antrieb hier auf dieser Straße. Ich bin von diesen Leuten dazu gezwungen worden, denen nicht das geringste an mir oder meiner Sicherheit gelegen ist, oder gar an meinem Glück, und die nur an sich und an ihre eigenen Angelegenheiten denken. Ich glaube, sie haben mich noch nicht einmal angeschaut. Ich bin eine Maschine, die sie dorthin zu bringen hat, wohin sie wollen. Ich habe ihnen angeboten, sie zurückzubringen. Du hast mich gehört. Darum überlasse ich es dir, und ich werde genau wissen, wie du entscheidest. Wenn der Bus steckenbleibt und normale Arbeit ihn herausreißen und weiterführen kann, dann werde ich ihn herauskriegen, und wenn Vorsicht Unheil vermeiden kann, dann werde ich keinerlei Vorsicht außer acht lassen. Aber wenn du in deiner Weisheit mir ein

Zeichen zu geben wünschest, indem du den Bus bis zu den Achsen in Dreck versenkst oder ihn von der Straße in einen Graben rutschen läßt, von wo weder ich noch sonst jemand ihn wieder herausziehen kann, dann werde ich wissen, daß du mit dem, was ich vorhabe, einverstanden bist. Dann gehe ich auf und davon. Dann sollen die Leute hier sehen, wie sie fertig werden. Ich werde weggehen auf Nimmerwiedersehen. Und nie mehr zu Alice zurückkommen. Ich werde mein altes Leben ausziehen wie eine alte Unterhose. Das alles liegt nun bei dir.

Er nickte und lächelte der Jungfrau zu, und auch ihr Gesicht umspielte das alte Lächeln. Sie wußte genau, was geschehen würde, aber natürlich gab es keine Möglichkeit, es herauszubekommen. Er konnte ohne ihre Einwilligung nicht weglaufen. Er brauchte die Erlaubnis der Madonna dazu. Es lag ganz bei ihr. Wenn sie seine Rückkehr zu Alice sehr dringend wünschte, dann würde sie die Straße ebnen und den Bus durchbringen, und er würde wissen, daß er sich ein für allemal mit dem Gegebenen abzufinden hatte.

Er atmete ganz tief auf vor Erregung, und seine Augen leuchteten. Mildred konnte sein Gesicht im Gegenspiegel sehen. Sie hätte gern gewußt, was das für eine schreckliche Freude war, die so aus seinem Gesicht strahlte. Das war ein Mann, dachte sie, ein hundertprozentiger Mann. So eine Art Mann würde eine reiche Frau sich wünschen; denn so ein Mann würde nie bis zu einem gewissen Grad Weib sein wollen. Er wäre mit seinem eigenen Geschlecht zufrieden. Er würde nicht einmal den Versuch machen, Frauen zu verstehen, und das war etwas Herrliches. Er würde einfach von ihnen nehmen, was er haben wollte. Ihr Ekel vor sich selbst verschwand, und sie fühlte sich wieder richtig wohl.

Ihre Mutter schrieb im Geist wieder einen Brief. Und da waren wir wieder auf der schmutzigen Landstraße, meilenweit weg von jedem bewohnbaren Ort. Nicht einmal der Chauffeur kannte den Weg. Mit einem Wort, es konnte einfach alles passieren. Alles. Kein Haus weit und breit, und außerdem begann es zu regnen.

Es begann zu regnen. Es war zwar kein Wolkenbruch wie heute früh, aber immerhin ein starker, peitschender, trommelnder, fachgemäßer Regen, der soundso viele Gallonen Wasser per Stunde in einem gegebenen Gebiet zu liefern hatte. Und es blies kein Wind. Nichts als ein kerzengerader, alltäglicher, vertikaler Regenguß. Der Bus zischte und platschte über die ebene Straße, und Juan konnte, wenn er die Vorderräder ein wenig laufen ließ, das hintere Ende gleiten fühlen.

»Haben Sie Ketten?« fragte Van Brunt.

»Nein«, sagte Juan vergnügt. »Schon vor dem Krieg waren keine zu haben.«

»Ich glaube nicht, daß Sie durchkommen«, sagte Van Brunt. »In der Ebene geht's ja, aber der Weg fängt sehr bald an zu steigen.« Er deutete gegen

Osten und auf die Berge, denen der Bus zukroch. »Die Flußbiegung liegt dicht unter einer steilen Wand«, brüllte er nach rückwärts den anderen Passagieren zu, »und die Straße führt über diese steile Wand. Ich glaube aber nicht, daß wir das zwingen können.«

Für Pimples war es ein Vormittag voll innerer Konflikte und Spannungen gewesen. In seinem Leben gab es überhaupt nur wenige entspannte Momente, aber dieser Tag war ganz besonders aufreibend gewesen. Sein Körper brannte vor Erregung. Pimples war mit den lüsternen Säften der Pubertät bis zum Bersten geladen. Seine wachen und auch seine durchschlafenen Stunden kannten nur ein einziges Ziel. Aber er reagierte so verschieden auf diesen einen, einzigen Antrieb, daß er eine Weile vergnügt sein konnte wie ein junger Hund, dann in dicke, idealistische Gefühlsduselei versank, um sich schließlich zerknirscht in Selbstvorwürfen zu zerfleischen. Dann fühlte er sich schrecklich einsam und hielt sich und nur sich allein für den größten Sünder der Welt. Und er schaute mit tiefster Bewunderung zu der Selbstbeherrschung und Sicherheit Juans auf und noch einiger anderer Männer, die er kannte.

Seit er Camille erblickt hatte, strebte sein ganzer Körper und sein ganzes Denken nur ihr zu, und seine Gefühle schwankten zwischen lüsternen Vorstellungen, sie beide betreffend, und zwischen anderen Visionen hin und her, in denen er sich mit ihr verheiratet und bürgerlich installiert sah. Manchmal fühlte er sich mutig genug, einfach hinzugehen und sie zu fragen; dann wieder, wenn zufällig ihr Blick ihn traf, zitterte er vor Befangenheit.

Wieder versuchte er, sich einen Platz zu sichern, von dem aus er sie unbemerkt beobachten konnte. Und wieder gelang es ihm nicht. Er konnte nur ihren Hinterkopf sehen, dafür aber sah er Normas Profil. Und so kam es, daß Pimples erst so spät bemerkte, was für eine Veränderung mit Norma vorgegangen war. Und als er es bemerkte, benahm es ihm den Atem. Sie war nicht mehr dieselbe. Er wußte, daß es nichts war als Puder und Schminke. Denn er konnte von seinem Platz aus den Brauenstift und den Lippenstift wahrnehmen. Aber nicht das war es, was sein Blut heiß seinem Magen zuströmen ließ. Sie war verändert. Um sie war eine bewußte Mädchenhaftigkeit, die früher nicht da war. Und Pimples' wilde Säfte tobten. Wenn er, wie er in der tiefsten Tiefe seines Herzens fühlte, Camille nicht bekommen konnte, wer weiß — vielleicht konnte er Norma haben. Er hatte keine solche Angst vor ihr wie vor der Göttin Camille. Und bewußt begann er darüber nachzudenken, wie er Norma fangen und erobern könnte. Gerade vor seinem linken Ohr begann sich eine neue Pustel zu bilden. Automatisch kratzte er daran. Und das giftige rote Blut spritzte aus seiner vom Ausschlag gefleckten Wange. Er betrachtete heimlich seinen Fingernagel, der das Unglück angerichtet hatte, und steckte ihn in seine Tasche, um ihn dort abzuwischen. Er hatte seine Wange blutig gekratzt und zog nun sein Taschentuch heraus und preßte es an sein Gesicht.

Mr. Pritchard konnte es nicht erwarten, durchzukommen, um seinen Anschluß zu erreichen. In ihm nagte und bohrte etwas, das ihn nicht zur Ruhe kommen ließ. Er versuchte es wegzulachen. Vergebens hatte er alle üblichen Mittel versucht, unangenehme Gedanken von sich zu weisen, aber sie versagten.
Ernest Horton hatte gesagt, Mr. Pritchards Plan sei Erpressung. Und Ernest Horton hatte beinahe angedeutet, daß er Angst habe, Mr. Pritchard könnte seine Idee mit den Überzügen für einen dunklen Anzug zwecks Verwandlung in einen Smoking stehlen, und daß er vor ihm auf der Hut sein müsse. Das hatte Mr. Pritchard zuerst in Harnisch gebracht — ein Mann von seinem Ruf und Ansehen! Und dann hatte er gedacht: Ja, ich habe Ruf und Ansehen, aber nur in meinem Kreis ... Hier habe ich gar nichts. Hier bin ich allein. Dieser Mensch hält mich für einen Gauner. Ich kann ihn nicht zu Charlie Johnson schicken, damit er sieht, daß er sich irrt. Das quälte Mr. Pritchard sehr.
Und Ernest war sogar noch weitergegangen. Er hatte angedeutet, daß er Mr. Pritchard für einen jener Männer halte, die Blondinen in ihren Wohnungen zu besuchen pflegen. Das hatte er wirklich in seinem ganzen Leben nie getan. Er mußte Ernest beweisen, daß er ihn falsch beurteilt hatte. Aber wie? Mr. Pritchards Arm lag auf der Lehne seines Sitzes, und Ernest saß allein auf dem Sitz hinter ihm. Der Motor des Busses, der im zweiten Gang lief, dröhnte laut, und der alte Kasten vibrierte geräuschvoll. Es gab nur eine Möglichkeit — er mußte Ernest Horton etwas anbieten, etwas Anständiges und Ehrliches, so daß er einsehen mußte, daß Mr. Pritchard kein Gauner war.
Wieder schoß ihm ein flüchtiger Gedanke durch den Kopf. Er drehte sich auf seinem Sitz um. »Was Sie vorhin von Ihrer Firma erzählt haben, hat mich interessiert ... Ich meine Ihre Methode, gute Ideen zu honorieren.«
Ernest sah ihn belustigt an. Der Kerl wollte etwas von ihm. Er hatte den alten Knaben im Verdacht, daß er gern mit ihm bummeln gegangen wäre. Ernest war das von seinem Chef so gewöhnt. Er setzte mit Vorliebe nächtliche Konferenzen an, und die endeten immer in einem Bordell, und jedesmal war er von neuem überrascht, wie er dorthin geraten war.
»Wir haben einen sehr netten Kreis«, sagte Ernest.
»Daran habe ich jetzt gar nicht gedacht«, sagte Mr. Pritchard. »Mir ist nur eben etwas eingefallen. Ich kann es Ihnen gern sagen, vielleicht interessiert es Sie.«
Ernest wartete ab, ohne ein Wort dazu zu sagen.
»Stellen Sie sich Manschettenknöpfe vor«, sagte Mr. Pritchard. »Ich zum Beispiel trage immer französische Manschetten und Knöpfe. Nun, diese Knöpfe muß man immer herausnehmen, ehe man das Hemd ausziehen kann. Und wenn man die Ärmel hochziehen will, um sich die Hände zu waschen, muß man die Manschettenknöpfe ebenfalls heraustun. Sie lassen sich leicht ein-

knöpfen, bevor man das Hemd anhat, aber man bringt die Hände nicht durch. Wenn man aber das Hemd schon anhat, dann ist es wieder schwer, die Knöpfe zu befestigen. Sie verstehen, was ich meine?«
»Es gibt solche, die zusammenklappen«, sagte Ernest.
»Ja, aber sie sind nicht beliebt. Immer fehlt ein Teil, und man kann ihn nicht finden.«
Der Bus hielt. Juan schaltete auf einen niedrigen Gang um und fuhr schnell los. Es krachte, als er in ein Loch fiel, es krachte wieder, als die Hinterräder das Loch passierten, und der Bus bewegte sich langsam vorwärts. Der Regen trommelte schwer aufs Dach. Quietschend fuhr der Wischer über das Glas.
Mr. Pritchard lehnte sich tiefer in seinen Sitz zurück. Er schob seine Ärmel hoch, so daß seine einfachen, goldenen Manschettenknöpfe sichtbar wurden. »Nehmen wir nun an, hier wären Federn anstatt Karabinern oder eines Querstäbchens. Wenn Sie nun die Manschette über Ihre Hand ziehen, gibt die Feder nach, und Sie können die Manschette am Arm hochschieben, wenn Sie sich waschen wollen, dann springt die Feder wieder zurück.« Er studierte Ernests Gesicht.
Ernests Augen waren nachdenklich halb geschlossen. »Wie würde das aber ausschauen? Denn es müßte eine Stahlfeder sein, sonst hält sie nicht.«
Mr. Pritchard schnappte eifrig ein. »Ich habe mir das genau überlegt. Bei der billigeren Ausführung kann man die Federn einfach vergolden oder versilbern. Aber bei der teureren, aus reinem Gold oder aus Platin — ich meine bei der ganz feinen — ist es dann statt eines Stäbchens eine kleine Röhre, in der die Feder verschwindet, solange die Manschette am Handgelenk sitzt.«
Ernest nickte bedächtig. »Ja«, sagte er. »Ja — das hört sich ganz gut an.«
»Sie können die Idee haben«, sagte Mr. Pritchard. »Tun Sie mit ihr, was Sie wollen. Sie gehört Ihnen.«
Ernest sagte: »Meine Firma ist in einer anderen Art von Neuheiten spezialisiert. Aber vielleicht könnte ich sie dafür interessieren. Am besten auf der ganzen Welt — in Herrenartikeln meine ich — gehen Rasierapparate oder Behelfe, Federn, Bleistifte und Schmuckgegenstände. Ein Kerl, der das ganze Jahr keine fünf Zeilen schreibt, legt mit Leichtigkeit fünfzehn Dollar für eine Füllfeder hin, die alle Stücke spielt. Und Schmuck? Ja, Sie haben recht, es kann ganz gut sein. Was würden Sie dafür verlangen, wenn es angenommen werden sollte?«
»Nichts«, sagte Mr. Pritchard. »Keinen Cent. Es gehört Ihnen. Es macht mir Freude, einem strebsamen jungen Mann behilflich sein zu können.« Er begann sich wieder wohl zu fühlen. Aber angenommen, die Sache war wirklich gut und hatte Erfolg ... Angenommen, sie brachte eine Million Dollar ein ... Angenommen ... Aber nun hatte er es einmal gesagt, und sein Wort galt. Sein Wort war bindend für ihn. Wenn Ernest sich erkenntlich erweisen wollte

— nun, das war dann seine Sache. »Ich verlange nicht das geringste«, wiederholte er.
»Nun, das ist wirklich nett von Ihnen.« Ernest zog ein Notizbuch aus der Tasche, trug etwas ein und riß die Seite heraus. »Vielleicht rufen Sie mich in Hollywood an, wenn Sie Zeit haben. Wir könnten dann eine geschäftliche Besprechung vereinbaren. Gar nicht unmöglich, daß wir ein Geschäft miteinander machen.« Er kniff das linke Auge ein wenig zusammen, dann sah er sich nach Mrs. Pritchard um. Er reichte Mr. Pritchard den Zettel und sagte: »Aloha Arms, Hempstead 3255, Türnummer 12 B.«
Mr. Pritchard errötete ein wenig, dann nahm er seine Brieftasche heraus, legte den Zettel hinein und schob ihn ganz tief in das durchgehende rückwärtige Fach. Er mußte ihn ja nicht behalten und konnte ihn bei der nächsten Gelegenheit wegwerfen. Denn sein Gedächtnis war gut. Es würde Jahre dauern, ehe er diese Telefonnummer wieder vergaß. Sein altes mnemotechnisches System funktionierte tadellos. Drei plus zwei ist fünf und nochmals fünf und Hempstead. »Hemp« bedeutet »Hanf«. »Instead« bedeutet »statt«. Gelber Hanf ... Hempstead. Er verfügte über unzählige solcher Gedächtniskunststücke. Es juckte ihn, den Zettel wegzuwerfen. Manchmal durchstöberte Bernice seine Brieftasche nach kleinen Noten. Er selbst gab ihr die Tasche zu diesem Zweck. Aber in seiner Magengegend spürte er drohende Gefahr — noch immer das scheußliche Gefühl, ein Dieb genannt worden zu sein. Er fragte seine Frau: »Fühlst du dich auch ganz wohl, mein Mädelchen?«
»Ja«, sagte sie. »Ich glaube, ich habe es überwunden. Ich habe mir gerade gesagt: ›Ich lasse es einfach nicht aufkommen. Es darf meinem Schatz nicht den Urlaub verderben.‹«
»Das freut mich«, sagte Mr. Pritchard.
»Aber jetzt sag mir nur«, fuhr sie fort, »wie kommt ihr Männer nur immer auf so großartige Ideen?«
»Ach, die fallen einem eben so ein«, sagte er. »An dieser Idee ist mein neues Hemd mit den zu kleinen Knopflöchern schuld. Ich war vor ein paar Tagen so in dem Hemd gefangen, daß ich beinahe um Hilfe gerufen hätte.«
Sie lächelte. »Du bist wirklich lieb«, sagte sie, und er streckte die Hand aus und legte sie auf ihr Knie und drückte ihr Bein. Sie gab ihm einen neckischen Klaps über die Hand, und er nahm sie gleich wieder weg.
Norma hatte den Kopf zur Seite gedreht, so daß ihr Mund dicht an Camilles Ohr war. Sie sprach so leise als möglich, weil sie wußte, daß Pimples zu horchen versuchte. Sie fühlte seinen Blick, und das freute sie eigentlich. Sie sah so vertrauensvoll in die Zukunft wie noch nie.
»Ich habe tatsächlich keine Familie, was man so Familie nennt«, sagte sie. Sie zog sich vor Camille vollkommen aus. Sie erklärte und entrollte ihr ganzes Leben. Camille sollte alles über sie wissen, alles, was früher war und auch,

wie es heute um sie stand. Auf diese Art würde Camille jetzt ihre Familie werden, und das würde dieses schöne, selbstsichere Geschöpf fester an sie binden.

»Wenn man allein ist, dann tut man solche Dummheiten«, sagte sie. »Ich habe die Leute gern angelogen und hab' mir selbst vieles vorgemacht. Und ich möchte so gern all das wirklich tun, was ich den Leuten bisher nur eingeredet habe. Wissen Sie, was ich tun möchte? Ich möchte mir gern einbilden, ein bestimmter Filmstar wäre mein Mann ...«

Draußen war es. Sie hatte gar nicht so weit gehen wollen. Sie wurde rot. Das hätte sie doch nicht sagen sollen. Es war wie ein Verrat an Mr. Gable. Aber als sie es recht überdachte, fand sie, daß es doch nicht so war. Ihre Gefühle für Mr. Gable waren nicht mehr ganz die gleichen. Sie waren auf Camille übergegangen. Es war ein richtiger Schock, als ihr das klar wurde. War sie am Ende gar flatterhaft?

»Wenn man eben keine Familie und keine Freunde hat, dann kann das passieren. Dann muß man sie eben erfinden, was bleibt einem sonst übrig? Aber jetzt, wenn wir wirklich eine gemeinsame Wohnung haben sollten, dann müßte ich nichts mehr erfinden.«

Camille schaute weg, um die Nacktheit und völlige Wehrlosigkeit in Normas Augen nicht sehen zu müssen. Guter Gott! dachte Camille, da habe ich etwas Schönes angefangen. Da habe ich ja ein Baby bekommen. Ich habe mir was Schönes eingebrockt. Wie ist das nur gekommen? Ich werde sie ganz ummodeln und ihr Leben leben müssen, und dann wird mich der Teufel holen, und ich werde mich zu tief eingelassen haben und nicht mehr herauskönnen. Wenn Loraine den Reklamefritzen loswird und wir wieder zusammenziehen können, was soll ich dann mit der hier anfangen? Wie ist das nur gekommen? Wie bin ich nur da hineingeraten?

Sie wandte sich zu Norma um: »Hören Sie zu, mein Kind«, sagte sie etwas scharf. »Ich habe nicht gesagt, daß es gehe. Ich habe gesagt, daß wir erst abwarten müssen. Sie wissen von mir soviel wie nichts. Vor allem einmal bin ich verlobt und werde heiraten, und mein Verlobter glaubt, daß es sehr bald soweit sein werde. Nun, und falls er bereits jetzt entschlossen sein sollte, wie kann ich dann mit Ihnen etwas abmachen?«

Camille sah die Verzweiflung in Normas Augen. Es war ein kaltes Grauen. Ihre Wangen und ihr Mund hingen schlaff hinunter, und ihre Schulter- und Armmuskeln versagten plötzlich den Dienst. Camille sagte sich: Ich kann mir schließlich in der nächsten Stadt ein Zimmer nehmen und mich dort so lange verstecken, bis sie weg ist. Ich verliere sie einfach. Ich kann ... Jesus, nein – wie konnte ich mich nur auf so etwas einlassen? Ich bin zu müde. Ich brauche ein heißes Bad ...

Laut sagte sie: »Nehmen Sie es nicht so schwer, mein Herzchen. Vielleicht ist

es noch nicht soweit. Vielleicht — nun, mein Kind —, vielleicht geht es doch. Sehr leicht möglich. Wirklich. Wir müssen es nur eben abwarten.«
Norma preßte leicht die Lippen zusammen und sah zur Seite. Ihr Kopf wackelte hin und her. Im Takt mit dem Autobus. Camille vermied es, sie anzusehen. Nach einer Weile hatte Norma sich gefaßt. Sie sagte ruhig: »Sie schämen sich vielleicht meiner, ich könnte das gut verstehen. Ich kann nur eine Kellnerin sein, aber vielleicht, wenn Sie es mir zeigen würden, könnte ich es doch bis zu einer Assistentin bei einem Zahnarzt bringen. So wie Sie. Ich würde bei Nacht studieren und bei Tag im Restaurant arbeiten. Aber ich würde es durchsetzen, dann müßten Sie sich meiner nicht mehr schämen. Es wäre dann leichter für Sie, mir zu helfen.«
Camille wurde etwas übel auf dem Magen. O du mein Gott! Nun sitz' ich drin! Was soll ich ihr nur sagen? Noch eine Lüge? Oder wäre es vielleicht besser, das Mädel einfach offen darüber aufzuklären, wie ich lebe und was mein wirklicher Beruf ist? Oder würde das die Sache nur noch ärger machen? Das könnte sie so tief treffen, daß sie mich gar nicht mehr als Freundin haben möchte. Vielleicht wäre es doch das beste. Aber nein, das beste wird sein, sie einfach in der Menge zu verlieren...
Norma hatte gesagt: »Ich möchte gern einen anständigen Beruf haben, so wie Sie.«
Camille war außer sich: »Schauen Sie, Kind, ich bin fürchterlich müde. Ich bin zu müde, um zu denken. Ich bin jetzt schon den vierten Tag unterwegs. Ich bin zu erschöpft, um über irgend etwas nachdenken zu können. Lassen wir die Sache für eine Weile fallen. Dann werden wir sehen.«
»Seien Sie nicht bös'«, sagte Norma. »Ich war nur so aufgeregt und hab's vergessen. Ich werde nicht mehr darüber reden. Wir werden es an uns herankommen lassen. Recht so?«
»Ja, warten wir es ab.«
Der Bus blieb mit einem Ruck stehen. Sie näherten sich nun den Hügelausläufern, und die grüne wellige Landschaft war durch den Regen nur undeutlich sichtbar. Juan richtete sich halb auf, um sich den Weg anzusehen. Vor ihnen war ein Loch in der Straße, und das Loch war voll Wasser, so daß man nicht wissen konnte, wie tief es war. Es konnte den Autobus einfach schlucken. Er blickte schnell zur Madonna auf. »Soll ich's wagen?« hauchte er. Die Vorderräder standen dicht am Rand der Lache. Er grinste und reversierte etwa zwanzig Fuß.
Van Brunt sagte: »Sie wollen es riskieren...? Sie bleiben bestimmt stecken.«
Juans Lippen bewegten sich lautlos. Wenn du nur wüßtest, meine liebe, kleine Freundin! Wenn ihr nur alle miteinander wüßtet...! Er schaltete den ersten Gang ein und fuhr in das Loch. Zischend spritzte das Wasser hoch. Die Vorderräder waren in der Lache. Der Bus rutschte und wackelte. Die Hinterräder

drehten sich, der Motor brüllte, und die sich drehenden Räder schleppten den Koloß quer hindurch und drüben wieder heraus. Juan stellte den zweiten Gang ein und kroch weiter.
»Es muß Kies drunter gewesen sein«, sagte er über seine Schulter hinweg zu Van Brunt.
»Nun, warten Sie nur, bis es bergauf gehen wird«, sagte Van Brunt bedeutungsvoll.
»Ich muß sagen, für einen Menschen, der es eilig hat, irgendwohin zu kommen, legen Sie einem genug Prügel zwischen die Füße«, sagte Juan.
Die Straße begann anzusteigen, und das Wasser blieb nirgends mehr stehen. Dafür waren die Gräben überströmend voll. Das Steuerrad rutschte und knirschte in den Gleisen. Plötzlich wußte Juan genau, was er tun würde, falls der Bus steckenblieb. Er hatte es bis jetzt nicht gewußt. Er hatte gedacht, er würde nach Los Angeles fahren und dort als Lastwagenchauffeur arbeiten. Aber das würde er nicht tun. Er hatte fünfzig Dollar in der Tasche. Er hatte immer so viel Geld bei sich für den Notfall: Reparaturen oder dergleichen, und das würde genügen. Er wollte weggehen, aber nicht weit, und sich irgendwo unterstellen, um den Regen abzuwarten. Er konnte sogar irgendwo übernachten. Einen der Kuchen würde er mitgehen lassen, damit er etwas zu essen hätte. Und dann, wenn er ausgeruht war, würde er zur Landstraße hinübergehen und an einer Benzinstation so lange warten, bis einer ihn auflas. So konnte er sich bis San Diego durchschlagen und dann über die Grenze nach Tijuana wandern. Dort war es hübsch, und er konnte zwei bis drei Tage einfach am Strand liegen. Die Grenze machte ihm keine Sorgen. Diesseits würde er sagen, er sei Amerikaner, und drüben würde er ein Mexikaner sein. Und dann, wenn es soweit war, würde er die Stadt verlassen. Entweder ließ er sich wieder mitnehmen oder er wanderte den kleinen Flüßchen entlang über die Hügel, möglicherweise bis Santo Tomás, hier würde er auf den Postwagen warten. In Santo Tomás würde er eine Menge Wein kaufen. Er würde den Postmann bezahlen, und dann würde er die Halbinsel hinuntergehen über Ballenas Bay durch St. Quentin. Zwei Wochen würde die Reise durch die Felsen und die heiße Wüste schon dauern, und dann weiter bis La Paz. Er würde schon sehen, daß ihm noch Geld übrigblieb. Von La Paz würde er ein Schiff über den Golf nach Guaymas oder Mazatlan benützen, vielleicht sogar bis Acapulco, dort überall würde er Touristen treffen. In Acapulco mehr als in Guaymas oder in Mazatlan. Und wo Touristen waren, in einem fremden Land und mit einer fremden Sprache, dort würde Juan mit Spanisch gut durchkommen. Nach und nach konnte er sich bis Mexiko City durchschlagen, dort waren gar eine Menge Touristen. Er würde Touren arrangieren. Dabei gab es eine Menge von Möglichkeiten, Geld zu machen. Viel würde er ja nicht brauchen.

Er kicherte in sich hinein. Warum, um Himmels willen, war er nur so lange bei diesem Geschäft steckengeblieben? Er war frei. Er konnte alles tun, wozu er Lust hatte. Sollten sie ihn nur suchen! Vielleicht las er sogar eines Tages eine Abgängigkeitsanzeige in einer kalifornischen Zeitung. Sie würden ihn für tot halten und seine Leiche suchen. Alice würde eine Zeitlang schrecklich toben. Und sich dabei ungemein wichtig vorkommen.
Viele Leute in Mexiko verstanden Bohnen zu kochen. Er konnte sich mit einer jener Amerikanerinnen zusammentun, die in Mexiko lebten, um Steuern zu sparen. Juan wußte, daß er mit ein paar anständigen Anzügen ganz gut aussah. Warum, zum Teufel, war er nicht schon früher zurückgegangen?
Er fühlte den Geruch von Mexiko in seiner Nase. Er konnte es einfach nicht verstehen, warum er es nicht früher schon getan hatte. Und die Passagiere? Die sollten sich nur um sich selbst kümmern. Sie waren nicht gar so weit weg. Sie hatten sich viel zu sehr daran gewöhnt, ihre Sorgen anderen aufzuhalsen, sie hatten dadurch ganz verlernt, sich selbst zu helfen. Das würde ihnen ganz guttun. Juan hingegen wußte sich zu helfen, er würde das sehr bald beweisen. Er hatte wirklich ein zu albernes Leben geführt, das darin bestanden hatte, Obstkuchen von einem Ort zum anderen zu transportieren. Also damit war es nun zu Ende.
Er blinzelte verständnisvoll zur Guadeloupana empor. »Oh, ich werde mein Wort halten«, flüsterte er. »Ich bring' sie durch, wenn du es so willst. Aber selbst dann bin ich nicht so sicher, ob ich nicht auf und davon gehen werde.«
Seine Gedanken waren erfüllt von den Bildern der sonnbeschienenen Hügel Niederkaliforniens und der stechenden Sonne von Sonora und der eisigen Morgenluft am Plateau von Mexiko mit dem Harzduft des Tannenholzes in den Hütten und dem Maisgeruch gerösteter Tortillas. Heimweh überfiel ihn wie eine süße Erregung. Der Geschmack frischer Orangen und das Brennen des Cayenne-Pfeffers. Was wollte er überhaupt in diesem Land? Er gehörte nicht hierher.
Der Vorhang der Jahre teilte sich, und übereinander getürmt sah und hörte er auf der lehmigen Landstraße Mexikos: das Stimmengewirr am Markt, den schreienden Papagei im Garten, die raufenden Schweine auf der Straße, die Blumen und Fische und die kleinen bescheidenen Mädchen in ihren blauen Rebozos. Wie hatte er das nur so lange vergessen können? Er strebte voll Sehnsucht dem Süden zu. Er konnte nicht fassen, welche tolle Falle ihn hier hatte zurückhalten können. Mit einemmal konnte er es nicht erwarten, weg zu sein. Warum konnte er nicht plötzlich auf die Bremse hauen, die Tür öffnen und durch den Regen davongehen? Er sah ihre albernen Gesichter vor sich, wie sie ihm nachschauten, und auch ihre empörten Ausbrüche konnte er hören.
Wieder blickte er zur Madonna auf. »Ich werde mein Wort halten«, flüsterte

er. »Ich werde den Bus durchbringen, wenn's geht.« Er spürte, wie die Räder im Dreck rutschten und grinste zur Jungfrau von Guadeloupe hinauf.
Der Fluß führte jetzt bis dicht an die Hügel heran, mit samt seinem weidenbewachsenen Ufer. Und die Straße wich ein wenig zur Seite, weg vom Fluß. Der Regen ließ nach, und von der Straße aus konnten sie das lehmgelbe Wasser in dem breiten Flußbett wirbeln und lange, gewundene Streifen Schaumes mit sich ziehen sehen. Vor ihnen kletterte die Straße hügelan, und ganz oben war ein gelber Einschnitt, eine Art Klippe, und vor ihr zog sich die Straße. Ganz oben auf dem Felsen standen in großen, verwaschenen Lettern die Worte: »Geh in dich!« Es mußte für den von Leidenschaft erfüllten Maler nicht leicht gewesen sein, sie gerade an dieser Stelle mit weißer Farbe hinzupinseln. Und nun waren sie beinahe ausgeblichen.
In den Sandsteinfelsen waren vom Wind ausgefressene und von Tieren gegrabene Höhlen. Sie sahen aus wie dunkle, aus dem gelben Felsen starrende Augen.
Die Einfriedungen waren hier ziemlich stark, und in dem Almengras standen dunkle und naß-braunrote Kühe. Einige von ihnen hatten bereits ihre Frühlingskälbchen geboren. Die roten Kühe wandten langsam ihre Köpfe und sahen dem vorbeiratternden Autobus nach, eine alte, närrische Kuh bekam es mit der Angst und lief bockend und stampfend davon, als könnte sie damit den Bus aus der Welt schaffen.
Die Straße hatte sich verändert, Kies verbesserte die Angriffsfläche für die Reifen. Der schwarze Kasten holperte und stolperte über den regendurchwaschenen Sand, aber die Räder rutschten nicht. Juan sah die Madonna mißtrauisch an. Machte sie sich einen Spaß mit ihm? Wollte sie ihm durchhelfen, so daß er gezwungen war, selbst zu entscheiden? Das wäre nicht schön von ihr. Ohne ein Zeichen vom Himmel war Juan ratlos. Die Straße beschrieb eine weite Schlinge um ein altes Bauerngehöft, und nun begann sie richtig zu den Felsen hochzuklettern.
Juan hatte wieder einen niedrigen Gang eingeschaltet, ein Strom von Dampf drang aus dem Abflußrohr und zog vor dem Kühler wellenförmige Kringel. Die höchste Stelle der Straße lag dicht vor dem Felsen mit den dunklen Höhlen. Beinahe ärgerlich schaltete Juan eine größere Geschwindigkeit ein. Die Räder schleuderten Sand nach allen Seiten. An einer Stelle war der Graben verstopft, Wasser und Erdbrocken überschwemmten die Straße. Juan flitzte in die dunkle Wegstrecke. Die Vorderräder überquerten sie, und die Hinterräder drehten sich in dem nassen Dreck um sich selbst. Der Hinterteil des Busses schwang nach der Seite, die Räder drehten sich, und das rückwärtige Ende des Busses sank schwer in den Graben. Juan grinste wild. Er trieb seinen Motor an, die Räder gruben sich mehr und mehr ein. Er reversierte und ließ die Räder laufen, die kreisenden Reifen wühlten Löcher für sich selbst, in die

sie einsanken, und das Differential lag hart am Boden auf. Juan ließ seinen Motor leer laufen. Im Gegenspiegel konnte er Pimples sehen, der ihn entgeistert anstarrte.

Juan hatte Pimples total vergessen. Pimples stand der Mund offen. Juan mußte das doch genau wissen! Wenn man an eine weiche Stelle kommt, dann läßt man die Räder nicht laufen. Juan konnte die Frage in Pimples Augen lesen. Warum hatte er das getan? So dumm war er doch nicht. Er fing Pimples' Blick im Spiegel auf und zwinkerte ihm heimlich zu, weil ihm nichts anderes einfiel. Aber er sah, wie Pimples aufatmete. Wenn es Absicht war, dann war es natürlich O. K. Wenn etwas dahintersteckte, dann konnte er auf Pimples rechnen. Aber plötzlich durchzuckte Pimples' Gehirn ein furchtbarer Verdacht. Vielleicht steckte gar Camille dahinter. Wenn Juan auf sie spitzte, dann war Pimples unten durch. Mit Juan konnte er es nicht aufnehmen.

Der Bus war in scharfem Winkel geneigt. Die Hinterräder waren tief eingegraben, und das Vorderteil stand hoch oben auf der Straße. Juans »Sweetheart« sah aus wie ein verkrüppelter Käfer. Nun verdrängte Van Brunts Gesicht Pimples Bild im Gegenspiegel. Van Brunt war rot und wütend, und sein knochiger Finger fuhr unter Juans Nase durch die Luft.

»Sie haben es also richtig soweit gebracht! Sie haben uns festgenagelt. Ich hab's ja gewußt. Bei Gott, ich hab' es gewußt! Wie soll ich jetzt zum Gericht kommen? Wie wollen Sie uns hier herauskriegen?«

Juan schlug den Finger mit seinem Handrücken zur Seite. »Weg mit dem Finger aus meinem Gesicht!« sagte er. »Ich hab' es satt. Gehen Sie gleich zu Ihrem Sitz zurück!«

Van Brunts wütende Augen flatterten. Plötzlich wurde ihm bewußt, daß dieser Mann nicht mehr in ihrer Gewalt war. Er fürchtete sich weder vor der Bahnverwaltung noch vor sonst jemandem. Van Brunt zog sich ein Stückchen zurück und setzte sich auf den geneigten Sitz.

Juan drehte den Schlüssel um, und der Motor starb ab. Der Regen prasselte auf das Dach. Juan klopfte ein paarmal mit der Hand aufs Steuerrad, dann drehte er sich auf seinem Sitz um und schaute seinen Passagieren ins Gesicht. »Nun«, sagte er, »das genügt.«

Sie starrten ihn an und konnten die Sachlage nicht erfassen. Mr. Pritchard fragte sanft: »Können Sie uns hier herauskriegen?« — »Ich habe noch nicht nachgeschaut«, sagte Juan.

»Aber mir kommt vor, daß wir sehr tief drinstecken. Was wollen Sie machen?«

»Ich weiß nicht«, sagte Juan. Er hätte gern Ernests Gesicht gesehen. Er wollte wissen, ob er ahnte, daß das Ganze beabsichtigt war. Aber Ernest war hinter Norma versteckt. Camille schien ganz unbeeindruckt. Sie hatte schon zu lange gewartet, um noch ungeduldig werden zu können.

»Bleiben Sie ruhig sitzen«, sagte Juan. Er stand nun aufrecht in dem schief geneigten Bus und drückte auf den Türhebel. Das Schloß knackte, aber die Tür hing fest. Sie wollte nicht aufgehen. Juan trat sie mit dem Fuß auf. Sie konnten den Regen auf Straße und Gras niederrauschen hören. Juan sprang in den Regen hinaus. Und ging um den Bus herum nach hinten. Schief peitschte der kalte Regen um seinen Kopf.
Das hatte er gut gemacht. Den Bus konnte nur ein Abschleppwagen wieder herausbekommen oder ein Traktor. Er bückte sich und schaute unten nach, um festzustellen, was er längst wußte. Achsen und Differential saßen hart am Boden auf. Die Passagiere schauten aus den Fenstern. Ihre Gesichter waren durch das nasse Glas ganz verzerrt. Juan richtete sich auf und kletterte zurück in den Bus.
»Nun, ich kann Ihnen leider nicht helfen. Es bleibt Ihnen nichts anderes übrig, als zu warten. Es tut mir leid, aber vergessen Sie nicht, Sie haben es selbst so gewollt.«
»Ich nicht«, sagte Van Brunt.
Juan fuhr auf ihn los: »Himmel Herrgott, mischen Sie sich nicht hinein! Machen Sie mich nicht wütend, ich bin ohnehin dicht daran.«
Van Brunt merkte, daß es ihm Ernst war. Er schaute auf seine Hände hinunter, zupfte an der losen Haut über seinen Knöcheln und rieb seine linke Hand mit seiner rechten.
Juan saß seitlings am Führersitz. Seine Augen blitzten zur Madonna hinüber. Schon gut, schon gut! sagten ihr seine Gedanken, wenn ich auch ein wenig geschwindelt habe. Nicht sehr, nur ein ganz klein wenig. Aber dafür hast du es mir auch möglichst schwer gemacht. Laut sagte er: »Ich muß vorausgehen und um einen Abschleppwagen telefonieren. Ich bestelle auch gleich ein Taxi für Sie alle. Das kann nicht gar zu lange dauern.« Van Brunt hielt sich zurück: »Der nächste Ort ist mindestens vier Meilen von hier entfernt. Zum alten Hawkinshaus ist es eine Meile, aber es steht leer, seit die Bank of America es übernommen hat. Sie werden bis zur Bezirksstraße gehen müssen, und das sind gute vier Meilen.«
»Nun, wenn ich muß, dann muß ich eben«, sagte Juan. »Ich kann höchstens naß werden.«
Pimples hatte einen Anfall von Liebenswürdigkeit. »Lassen Sie mich gehen«, sagte er. »Bleiben Sie hier, und ich gehe.«
»Nein«, sagte Juan, »heute ist dein freier Tag.« Er lachte. »Genieß ihn nur recht, Kit.« Er langte nach dem Werkzeugbrett, öffnete den kleinen Kasten und sagte: »Hier ist für den Notfall etwas Whisky.«
Er überlegte. Sollte er seinen Revolver mitnehmen ...? Seinen guten 45kalibrigen Smith & Wesson mit sechs Zoll langem Lauf ...? Es wäre ein Jammer, ihn zurückzulassen. Aber anderseits war es lästig, ihn mitzuhaben. Wenn er

in irgendwelche Schwierigkeiten geriet, dann war der Revolver ein Belastungsbeweis, und darum beschloß er, ihn doch zurückzulassen. Wenn er imstande war, seine Frau im Stich zu lassen, dann konnte er wohl auch seinen Revolver dalassen. Und er sagte ganz nebenbei: »Falls Tiger Sie überfallen sollten – da drin ist ein Revolver.«
»Ich hab' Hunger«, sagte Camille.
Juan lächelte ihr zu. »Da haben Sie den Schlüssel. Machen Sie das Gepäckfach auf. Es sind eine Menge Kuchen drin.« Er grinste zu Pimples hinüber. »Iß sie nicht alle auf, mein Junge. So, und nun können Sie im Bus sitzen bleiben, oder Sie können hinten die Plache herausnehmen und sich's in diesen Höhlen bequem machen, wenn Sie wollen. Sie können sich sogar drin ein Feuer anmachen, falls Sie trockenes Holz finden sollten. Ich schicke Ihnen einen Wagen, sobald ich kann.«
»Ich möchte doch gern statt Ihrer gehen«, sagte Pimples.
»Nein, du bleibst da und kümmerst dich um alles«, sagte Juan, und er sah ein Aufleuchten in Pimples' Gesicht. Juan knöpfte seine Jacke über der Brust fest zu. »Rühr dich nur nicht weg von hier.« Dann sprang er aus dem Wagen. Pimples kletterte hinter ihm hinaus. Er ging Juan ein paar Schritte nach, bis er sich schließlich umdrehte und auf ihn wartete. »Mr. Chicoy«, fragte er sanft, »warum haben Sie es gemacht?«
»Was denn?«
»Ja – wissen Sie ... Sie haben doch die Räder laufen lassen ...«
Juan legte seine Hand auf Pimples' Schulter. »Ich sag's dir später einmal, Kit ... Hab' nur Vertrauen zu mir ... Willst du?«
»Ja, natürlich, Mr. Chicoy – ich hätte es nur eben gern gewußt ...«
»Ich werde dir alles sagen, wenn wir einmal eine Minute allein sind«, sagte Juan. »Schau nur dazu, daß diese Leute sich noch eine Weile nicht gegenseitig umbringen, sei so gut.«
»Ja, gewiß«, sagte Pimples etwas befangen. »Wie lange, glauben Sie, werden Sie wegbleiben ...?«
»Das weiß ich nicht«, sagte Juan ungeduldig. »Wie kann ich das voraussehen? Und du tu, was ich sage.«
»Gewiß, natürlich ...«, sagte Pimples.
»Und iß nicht ganz so viel Kuchen, wie du möchtest«, sagte Juan.
»Aber wir müssen den Kuchen doch bezahlen, Mr. Chicoy ...«
»Natürlich«, sagte Juan und ging im Regen weiter die Straße entlang. Er wußte, daß Pimples ihm nachschaute, und er wußte, daß Pimples etwas witterte. Pimples wußte, daß er davonlief. Juan war nicht mehr ganz wohl dabei zumute. Nicht ganz so, wie er gedacht hatte. Es erschien ihm nicht mehr ganz so schön und frei und angenehm. Er blieb stehen und schaute sich um. Pimples kletterte gerade in den Bus.

Die Straße führte an dem Felsen mit seinen verwitterten Steinhöhlen vorbei. Juan stellte sich eine Weile unter. Die Höhlen und ihre überhängenden Felsdächer waren größer, als sie von draußen aussahen, und sie waren auch ziemlich trocken. Vor dem Eingang zu der größten Höhle lagen drei feuergeschwärzte Steine und eine zerbeulte Zinndose. Juan kehrte auf die Straße zurück und wanderte weiter.

Der Regen ließ nach. Zu seiner Rechten, zu Füßen des Hügels, konnte er die scharfe Biegung des Flusses sehen, wie er sich umdrehte und durch die aufgeweichten grünen Felder zurückstrebte. Die Erde war zu naß. In der Luft lag Modergeruch, die fetten grünen Halme gärten. Die Straße vor ihm war vom Regen gepeitscht und von Wasser zerwühlt, aber nicht von Radspuren. Seit langem war hier kein einziger Wagen gefahren.

Juan neigte den Kopf unter dem Regen und ging schneller. Es war nicht gar so schön. Er versuchte an die sonnige Klarheit von Mexiko zu denken und an die kleinen Mädchen in ihren blauen Rebozos und an den Geruch von kochenden Bohnen, und statt dessen fiel ihm Alice ein. Alice hinter dem Fliegengitter der Tür, und er dachte an das Schlafzimmer mit den geblümten Vorhängen. Er liebte hübsche Sachen. Zum Beispiel die Bettdecke: dieses riesige Ding hatte sie selbst in kleinen Quadraten gestrickt und nicht zwei davon in der gleichen Farbe. Sie sagte, sie könnte über hundert Dollar dafür bekommen. Und das alles hatte sie ganz allein gestrickt.

Und er dachte an die grünen Bäume, und wie schön es war, im Badezimmer in einer Wanne voll heißen Wassers zu sitzen. Im ersten wirklichen Badezimmer, das er — von Hotels abgesehen — je gehabt hatte. Und immer lag ein Stück süß duftender Seife da. Nichts als eine verfluchte Gewohnheit, weiter nichts, sagte er sich. Nichts als eine verdammte Falle. Man gewöhnt sich an so etwas, und dann glaubt man, man hänge wirklich daran. Ich werde es genauso loswerden wie einen Schnupfen. Natürlich — schwer wird es sein. Ich werde mich um Alice sorgen, und sie wird mir leid tun. Ich werde mir Vorwürfe machen, und vielleicht werde ich nicht gut schlafen. Aber ich werde es überwinden. Nach einiger Zeit werde ich überhaupt nicht mehr daran denken. Es ist weiter nichts als eine verdammte Falle. Und er sah wieder Pimples' vertrauensvolles Gesicht vor sich. »Ich sag' dir's später einmal, Kit Carson.« Nicht viele Menschen hatten Juan so vertraut.

Er versuchte, an den See von Chapale zu denken, aber über seinem bleichen Spiegel sah er »Sweetheart«, den Bus, der tief im Dreck steckte.

Vor ihm und links unter dem Hügel in einem Einschnitt zwischen den Hügelausläufern sah er ein Haus und eine Scheune und eine Windmühle mit abgebrochenen, herunterhängenden Flügeln. Das mußte das alte Hawkinshaus sein. Gerade der Unterschlupf, den er sich vorgestellt hatte. Dorthin wollte er gehen, vielleicht ins Haus, aber noch wahrscheinlicher in die Scheune. Alte

Scheunen sind meist sauberer als alte Häuser. Sicher lag noch etwas Heu oder Stroh in der Scheune, und da würde Juan hineinkriechen und schlafen und an nichts mehr denken. Vielleicht schlief er bis zur gleichen Zeit morgen, und dann ging er zur Bezirksstraße hinüber und ließ sich mitnehmen. Was gingen ihn die Passagiere an? Verhungern können sie nicht. Es wird ihnen gar nichts schaden, im Gegenteil, es wird ihnen ganz guttun. Mich geht's jedenfalls nichts an.
Er eilte hügelabwärts auf das Hawkinshaus zu. Bestimmt würden sie ihn suchen. Alice würde glauben, er sei ermordet worden und den Sheriff holen. Kein Mensch hätte sich je vorstellen können, daß er so davonlaufen könnte. Eben darum war es so ein guter Witz. Keiner hielt es für möglich. Nun, er wollte es ihnen beweisen. Erst nach San Diego, dann über die Grenze und mit einem Postwagen nach La Paz. Alice wird die Polizei alarmieren.
Er blieb stehen und schaute auf die Straße zurück, die er gekommen war. Seine Fußspuren waren deutlich genug, aber der Regen würde sie voraussichtlich wegwaschen, und er konnte, wenn er wollte, seine Spuren verwischen. Er bog von der Straße weg zum Hawkinshaus ab.
Das alte Haus war, seit man es verlassen hatte, ziemlich rasch verfallen. Landstreicher hatten die Fenster herausgebrochen und Röhren und Leitungen gestohlen, die Türen schwangen bald bis zur Bewußtlosigkeit hin und her und fielen aus den Angeln. Regen und Wind peitschten die alte dunkle Tapete los und enthüllten dicke Unterlagen aus altem Zeitungspapier mit alten Witzen und Illustrationen. Vagabunden waren dagewesen und hatten ihre Strohlager dagelassen und die Türstöcke in dem alten, schwarzen Kamin verbrannt. Ein säuerlicher Geruch nach Verfall und Dumpfheit war in dem Haus. Juan schaute in den Hausflur, ging tiefer ins Haus und atmete den typischen Geruch der verlassenen Wohnstätte, dann ging er durch die Hintertür hinüber in die Scheune.
Die Einfriedung fürs Vieh war weggerissen, und das große Tor war weg, aber drinnen in der Scheune roch es frisch und gut. Die Ställe waren dort, wo die Pferde sich an dem Holz gescheuert hatten, wie poliert. In den Winkeln hingen Spinnweben. Zwischen den Düngerfenstern standen noch die Kerzenschachteln mit den abgenützten Bürsten und den rostigen Striegeln. Ein alter Halfter und Kummet und ein paar Stränge hingen an einem Gestell neben der Tür. Das Leder des Halfters war geborsten, und die Fütterung hing heraus. Die Scheune hatte keinen Heuboden. Der ganze Raum war als Heulager verwendet worden. Juan ging hinten um das letzte Stallabteil herum. Es war düster darin, das Licht drang von draußen nur durch einige Risse im Dach ein. Der Boden war mit altersgeschwärztem Häcksel bedeckt, der leicht muffig roch. Juan konnte von der Schwelle aus das Piepsen der Mäuse hören und die Mäusekolonie auch deutlich riechen. Von einem Querbalken starrten zwei

sahnefarbene Turmeulen auf ihn herunter, aber sie schlossen ihre gelben Augen gleich wieder.

Der Regen hatte so sehr nachgelassen, daß am Dach nur noch ein leises Plätschern hörbar war. Juan ging in eine Ecke und schob mit dem Fuß die oberste Schicht der staubigen Strohdecke beiseite. Er setzte sich nieder, lehnte sich zurück und verschränkte die Arme unter seinem Kopf. Die Scheune war belebt von geheimnisvollen Geräuschen, aber Juan war sehr müde. Seine Nerven prickelten, und er fühlte sich scheußlich. Er dachte, es werde vielleicht besser werden, wenn er schlafe.

Drüben im Autobus hatte er vorwegnehmend ein tolles, überschäumendes Vorgefühl von Freiheit empfunden. Aber sie war nicht so, wie er gedacht hatte. Er fühlte sich elend. Seine Schultern schmerzten ihn, und nun, wo er dalag und sich ausruhen konnte, war er nicht schläfrig. Er konnte es nicht verstehen. Werde ich denn nie mehr glücklich sein? Ist da gar nichts zu machen? Er versuchte, sich an alte Zeiten zu erinnern, wo er glücklich zu sein glaubte, wo er sich ehrlich gefreut hatte, und kleine Szenen fielen ihm ein. Ein früher Morgen mit kühler Luft, die Sonne war hinter den Bergen aufgegangen, und auf einer schmalen, schmutzigen Straße waren kleine graue Vögel herumgehüpft. Zur Freude hatte gar kein Grund bestanden, und doch war sie da.

Und ein andermal. Es war Abend, ein glänzendes Pferd hatte seinen ebenmäßig schönen Hals an einem Geländer gerieben, die Schnepfen schrien, und irgendwo hörte man Wasser tropfen. Er atmete kurz vor Erregung beim bloßen Gedanken.

Und wieder ein andermal. Er fuhr in einem alten Karren mit einer Kusine. Sie war älter als er. — Er wußte nicht mehr, wie sie aussah. Das Pferd scheute vor einem Fetzen Papier, und sie fiel auf ihn. Um sich aufzurichten, streckte sie die Hand aus und berührte sein Bein, Wonne erfüllte seinen Magen, und sein Kopf schmerzte vor Seligkeit.

Und wieder ein andermal: Er stand um Mitternacht in einer großen düsteren Kathedrale und ein scharfer, wüster Kopalgeruch stieg ihm beißend in die Nase. Er hielt ein dünnes, um die Mitte mit einem weißen Bändchen abgebundenes Kerzchen in der Hand. Gleich einem Traum kam von weit her, vom Hochaltar, das süße Gemurmel der Messe, und die einschläfernde Lieblichkeit schlug über ihm zusammen.

Juans Muskeln erschlafften, und er schlief im Stroh der verlassenen Scheune ein. Die ängstlichen Mäuse spürten, daß er schlief, kamen unterm Stroh hervor und taumelten sich emsig herum, während auf dem Scheunendach still der Regen wisperte.

## Fünfzehntes Kapitel

Die Passagiere schauten Juan nach und sahen ihn über den Hügelkamm verschwinden. Sie sprachen kein Wort, auch nicht, als Pimples in den Autobus geklettert kam und sich auf den Platz des Chauffeurs setzte. Die Sitze standen alle schief, und jeder einzelne versuchte, es sich so bequem als möglich zu machen.
Schließlich fragte Mr. Pritchard: »Wie lange, glauben Sie, wird es dauern, bis er einen Wagen bekommen kann?«
Van Brunt rieb nervös seine linke Hand. »Vor drei Stunden ist es kaum möglich. Er muß vier Meilen weit gehen. Und selbst wenn er einen Wagen auftreiben kann, der herfahren will, braucht er bestimmt eine Stunde, bevor er fahrbereit ist, dazu kommt eine Stunde Fahrt. Das heißt, wenn sie überhaupt kommen. Ich bin nicht so sicher, daß sich irgend jemand für diese Straße findet. Wir hätten ihn begleiten sollen. Auf der Bezirksstraße hätte uns schon jemand aufgelesen.«
»Das konnten wir nicht«, sagte Mr. Pritchard, »wir haben doch alle unser Gepäck.«
Mrs. Pritchard sagte: »Ich wollte dir nicht dreinreden, Elliot, als du diese tolle Idee hattest, denn es ist doch schließlich dein Urlaub.«
Sie mußte doch den anderen Passagieren erklären, wieso Leute in der gesellschaftlichen Stellung der Pritchards in einen Autobus kamen und in solche Situationen geraten konnten. Das konnten sie gewiß nicht verstehen, dachte sie. Und darum würdigte sie sie jetzt einer aufklärenden Ansprache. »Wir sind per Bahn gekommen, mit einem sehr guten Zug, mit der ›City of San Francisco‹. Das ist ein besonders teurer, aber sehr bequemer Expreßzug. Und dann hatte mein Gatte die tolle Idee, per Bus hinunterzufahren. Er glaubte, daß man so die Gegend besser kennenlerne.«
»Nun, die lernen wir doch jetzt wirklich kennen, mein Mädchen«, sagte er bitter.
Sie fuhr fort: »Mein Mann sagte, daß er mit dem Volk nicht in Fühlung sei. Er wollte wissen, worüber die Leute, ich meine das wirkliche Volk, eigentlich reden.« Eine feine Bosheit klang in ihrer Stimme mit. »Ich hab' es lächerlich gefunden, aber es ist sein Urlaub, und er ist derjenige, der so schwer für den Kriegsbedarf gearbeitet hat. Die Frauen hatten lange nicht so viel zu tun, sie mußten sich nur eben an die Rationierung halten und sich mit den leeren Lebensmittelgeschäften abfinden. Wir, zum Beispiel, haben zwei Monate kein Rindfleisch gehabt. Nichts als Hühner.«
Mr. Pritchard schaute seine Frau etwas überrascht an. Dieser Tonfall war bei ihr etwas ganz Ungewohntes. Und wenn ihre Stimme so klang, übte das auf ihn eine ganz seltsame Wirkung aus. Plötzlich fühlte er, wie er wütend

wurde, wild und ganz unsinnig wütend. Das hatte nur ihr Tonfall bewirkt.
»Ich wollte, wir wären nie hergekommen«, sagte er. »Ich wollte ohnehin nicht fahren. Ich hätte mich am besten ausgeruht, wenn ich meine kleinen Golfpartien gehabt hätte und in meinem eigenen Bett hätte schlafen können. Ich habe niemals fahren wollen.«
Die anderen Passagiere hörten mit gespanntem Interesse zu. Sie langweilten sich. Vielleicht wurde es jetzt interessant. Die Wut dieser beiden begann den Autobus zu füllen.
Mildred sagte: »Mutter — Papa — wollt ihr nicht aufhören?«
»Du, misch dich nicht hinein«, sagte Mr. Pritchard. »Ich wollte nicht fahren. Ich wollte es absolut nicht. Ich hasse fremde Länder, besonders wenn sie schmutzig sind.«
Mrs. Pritchards Mund war ganz weiß, so preßte sie ihre Lippen zusammen, und ihre Blicke waren eisig. »Du suchst dir einen hübschen Moment aus, um mir das zu erzählen«, sagte sie. »Wer hat die ganzen Reisepläne gemacht und die Fahrkarten besorgt? Wer hat uns in diesen Bus gesetzt, der jetzt mitten in Nirgendwo festsitzt? Wer hat das alles gemacht? Ich vielleicht?«
»Mutter!« schrie Mildred. Diesen Ton hatte sie bei ihrer Mutter noch nie gehört.
»Und es kommt mir sehr merkwürdig vor ...«, Mrs. Pritchards Stimme kippte ein wenig ... »Ich nehme mir solche Mühe ... Diese Reise wird alles in allem drei- bis viertausend Dollar kosten. Wenn du nicht hättest fahren wollen, dann hätte ich mir das kleine Orchideentreibhaus bauen können, das ich mir schon so lange wünsche, nur ein ganz klein winziges Orchideenhaus. Du hast gesagt, es würde böses Blut machen, so mitten im Krieg; aber der Krieg ist jetzt vorüber, und wir machen eine Reise, die du gar nicht machen willst. Nun, jetzt hast du sie auch mir verdorben. Ich werde sie gar nicht genießen. Du verdirbst ja immer alles — alles.« Sie bedeckte ihre Augen mit der Hand.
Mildred stand auf: »Hör auf, Mutter. Hör sofort auf!«
Mrs. Pritchard wimmerte ein wenig.
»Wenn du nicht aufhörst, geh' ich sofort auf und davon«, sagte Mildred.
»Geh nur«, sagte Mrs. Pritchard. »Geh doch — geh! Du verstehst nichts davon.«
Mildreds Gesicht wurde ganz ruhig. Sie holte ihren Gabardine-Regenmantel hervor und zog ihn an. »Ich gehe zu Fuß zur Bezirksstraße«, sagte sie.
»Das sind vier Meilen«, sagte Van Brunt. »Sie werden sich Ihre Schuhe ruinieren.«
»Ich bin gut zu Fuß«, sagte Mildred. Sie mußte weg, ihr Haß gegen ihre Mutter stieg in ihr hoch, ihr wurde ganz übel.

Mrs. Pritchard hatte ihr Taschentuch herausgezogen, und der ganze Bus roch nach Lavendel.

»Nimm dich doch zusammen!« sagte Mildred schroff. »Ich weiß genau, was du vorhast. Du wirst jetzt sofort Kopfschmerzen bekommen, um uns zu bestrafen. Ich kenne dich. Deine gewohnte Kopfschmerzenkomödie«, sagte sie bös'. »Aber ich denke nicht daran, hier herumzusitzen und dir zuzuschauen!«

Pimples hörte entgeistert zu. Sein Mund stand offen.

Mrs. Pritchard schaute ihre Tochter entsetzt an. »Guter Gott, du glaubst doch nicht etwa ...«

»Ich bin schon soweit«, sagte Mildred. »Diese Kopfschmerzen pflegen allzu à propos zu kommen.«

Mr. Pritchard sagte: »Ruhig, Mildred ...«

»Ich denke nicht daran.«

»Mildred, ich verbiete es dir!«

Seine Tochter fuhr auf ihn los: »Du kannst mir verbieten, was du willst ...« Und sie knöpfte ihren Mantel über der Brust zu.

Mr. Pritchard streckte seine Hand aus: »Mildred, ich bitte dich ...«

»Ich hab's satt«, sagte sie. »Ich brauche Bewegung.« Sie stieg aus und ging mit raschen Schritten davon.

»Elliot!« schrie Mrs. Pritchard »... Elliot, halte sie auf. Laß sie nicht weg!«

Er tätschelte ihren Arm: »Aber, aber, Mädchen, es geschieht ihr ja nichts. Wir sind nur alle so gereizt ... Alle ...«

»Ach, Elliot«, wimmerte sie. »Wenn ich mich nur niederlegen könnte! Ich brauche so sehr etwas Ruhe. Sie glaubt, meine Kopfschmerzen seien eine Komödie. Elliot, ich bring' mich um, wenn sie das glaubt. Ach, wenn ich mich nur ausstrecken könnte!«

Pimples sagte: »Madam, wir haben im Gepäckfach ein paar Plachen. Wir decken das Gepäck auf dem Dach immer damit zu. Wenn Ihr Mann eine davon in diese Höhle tragen will, könnten Sie sich sehr gut dort ausstrecken.«

»Das ist eine ausgezeichnete Idee«, sagte Mr. Pritchard.

»Ich soll mich auf den feuchten Boden legen?« fragte sie. »... Oh, nein!«

»Nicht auf den Boden, auf die Plache. Ich könnte dir ein schönes Bettchen zurechtmachen. Ein Bettchen für ein kleines Mädchen.«

»Nun – ich weiß nicht ...«, sagte sie.

»Schau, mein Kind ...« Er sprach sehr eindringlich. »Schau, ich rolle meinen Mantel zusammen, und du legst den Kopf darauf – so ... Nun – und in einer Weile hole ich dich und bringe dich in dein eigenes Bettchen.« Sie wimmerte.

»Jetzt leg deinen Kopf auf das Kissen und schließ die Augen.«

Pimples sagte: »Mr. Chicoy hat mir aufgetragen, die Kuchen zu holen, wenn jemand Hunger hat. Es sind vier verschiedene Sorten da, und sie sind wirklich gut. Ich könnte gleich ein Stück vertragen.«

»Holen wir erst einmal die Plachen«, sagte Mr. Pritchard. »Meine Frau ist ganz erschöpft. Sie ist am Ende ihrer Kraft. Wollen Sie mir helfen, ihr ein Bett herzurichten?«

»O. K.«, sagte Pimples. Er fühlte, daß er Mr. Chicoy würdig vertrat. Und ihm war sehr wohl zumute dabei. Seine ganze Erscheinung drückte dies aus; seine Schultern waren gestrafft, und seine blassen, gierigen Augen strahlten selbstsicher. Pimples war nur eines unangenehm. Warum hatte er nicht ein Paar alte Schuhe mitgenommen? Seine Oxford-Schuhe mit dem hellen Einsatz würden bestimmt von dem Straßenschmutz eine Menge abbekommen, und das bedeutete eine langwierige Arbeit mit dem Zahnbürstchen, wenn er sie wieder sauberkriegen wollte. Aber andererseits durfte er nicht allzusehr auf seine Schuhe achten; denn dann würde Camille ihn bestimmt nicht für den Draufgänger halten, der er sein wollte. Ein Mann, der vorsichtig jeder Pfütze auswich, konnte keinen Eindruck auf sie machen, selbst wenn er braune Schuhe mit weißen Einsätzen trug.

Ernest sagte: »Ich muß mir diese Höhlen einmal anschauen«, und er stand auf und kletterte aus dem Autobus. Van Brunt brummte, aber er ging ihm nach.

Mrs. Pritchard kuschelte ihre Wangen in Mr. Pritchards Mantel und schloß die Augen. Sie war ganz verstört. Wie hatte sie nur coram publico mit ihm streiten können? Mit ihrem eigenen Mann? So etwas war noch nie vorgekommen. Wenn schon gestritten werden mußte, dann wußte sie es immer so einzurichten, daß sie allein waren. Nicht einmal Mildred durfte so einen Streit hören. Sie fand es unfein, zu streiten, wenn jemand es hören konnte, und außerdem zerstörte es ein Bild, an dem sie seit Jahren malte, das Bild von ihrer eigenen Süße und Sanftmut, die ihre Ehe zu einer idealen machten. Alle, die sie kannten, glaubten daran. Und sie selbst auch. Sie selbst hatte mühsam eine herrliche Ehe konstruiert, und nun war sie aus der Rolle gefallen. Und das alles nur wegen des kleinen Orchideenhauses!

Seit Jahren hatte sie sich so ein Treibhaus gewünscht. Das heißt, seit sie in Harpers Basar einen Artikel über eine Mrs. Williams O. Mac Kenzie gelesen hatte, die eines besaß. Die Bilder waren reizend gewesen. Alle Leute würden von Mrs. Pritchard sagen, sie besitze das entzückendste Orchideenhäuschen, das man sich denken könne. Es war kostbar und wertvoll. Besser als Schmuck und Pelze. Selbst Leute, die sie gar nicht kannte, würden von diesem kleinen Orchideenhaus hören und darüber sprechen. Insgeheim hatte sie über solche Projekte eine Menge in Erfahrung gebracht. Sie hatte Pläne studiert. Sie kannte die Kosten von Heiz- und Bewässerungsanlagen, sie wußte, wo man die Pflanzen kaufte und was sie kosteten. Sie hatte Bücher über Orchideenzucht studiert. Und das alles ganz im geheimen, weil sie wußte, daß, wenn es soweit sein würde und sie das Treibhaus haben konnte, Mr. Pritchard all das selbst herausfinden wollte, um es ihr mitzuteilen. Dies war der einzig mögliche Weg. Sie hatte nicht einmal etwas dagegen. Es war ein sehr einfaches und praktisches Prinzip, und nur so hatte sie ihre Ehe so gut erhalten. Sie würde dann von seiner großen Weisheit begeistert sein und in allem seinen Rat einholen.

Aber nun war sie sehr besorgt, weil sie so aus der Rolle gefallen war. So ein Fehler konnte sie sechs Monate zurückwerfen oder vielleicht noch mehr. Sie hatte vorgehabt, ihn so weit zu bringen, selbst mit dem Projekt herauszurücken und ihn dann durch vorsichtigen Widerspruch zu einem energischen Machtwort zu reizen, das diesen Widerspruch besiegen mußte. Aber nun war ihr die Sache in der Wut entschlüpft, und sie hatte sich alles verschüttet. Wenn sie in Zukunft nicht ganz besonders vorsichtig war, ließ es sich überhaupt nicht mehr gutmachen. Es war sehr dumm von ihr gewesen und unfein obendrein.

Sie konnte Norma und Camille leise hinter sich tuscheln hören. Ihre Augen waren geschlossen, und sie sah so kleinwinzig und leidend aus, daß sie sich nicht vorstellen konnten, daß sie zuhörte.

Norma sagte gerade: »Etwas, was ich gern von Ihnen lernen möchte — das ist — nun — ich meine — das ist, wie Sie die Mannsbilder behandeln.«

Camille lachte kurz auf. »Wie meinen Sie das?« fragte sie.

»Nun, nehmen Sie zum Beispiel Pimples. Ich sehe schon die ganze Zeit, wie er es versucht — ich meine mit Ihnen — und wie er gar nichts erreichen kann, und dabei merkt man Ihnen überhaupt nichts an. Wie machen Sie das nur? Und dann dieser andere Kerl da. Dieser Reisende. Nun, der ist doch gewiß ein gerissener Bursche, und Sie sind doch mit ihm fertig geworden wie nichts. Ich wollte, ich wüßte, wie Sie das anfangen.«

Camille fühlte sich geschmeichelt. Wenn dieser angehende Mühlstein um ihren Hals auch sehr lästig zu werden drohte, so war es ja doch immer schön, bewundert zu werden. Jetzt war der Moment gekommen, Norma darüber aufzuklären, daß sie keine zahnärztliche Assistentin war, und ihr von dem Riesenweinglas und den Herrenabenden zu erzählen. Aber sie war es nicht imstande. Sie wollte Norma nicht so erschrecken und außerdem auch gern bewundert sein.

»Mir gefällt es so gut, daß Sie nie gemein oder bös' werden, und doch traut sich keiner an Sie heran«, fuhr Norma fort.

»Das hab' ich nie bemerkt«, sagte Camille. »Wahrscheinlich ist es irgendwie instinktiv.« Sie kicherte. »Ich habe eine Freundin — also die versteht es wirklich mit Männern. Sie pfeift auf sie und ist richtig gemein zu ihnen. Nun, Loraine — so heißt meine Freundin — nun — sie war soviel wie verlobt mit

diesem Menschen, und er verdiente schön, und alles war in Butter. Loraine wollte einen Pelzmantel haben. Sie hatte zwar eine kurze Wolfsfelljacke und zwei Weißfüchse; denn Loraine ist sehr beliebt. Sie ist hübsch und klein, und wenn sie mit Mädchen beisammen ist, dann kommen sie aus dem Lachen nicht heraus. Nun, also Loraine wünschte sich einen Nerzmantel, und zwar nicht einen kurzen. Sie wollte einen langen für drei- bis viertausend Dollar.«
Norma pfiff durch die Zähne: »Guter Gott ...«, sagte sie.
»Nun, und eines Nachmittags sagte Loraine: ›Ich glaube, jetzt dürfte ich meinen Pelzmantel bekommen.‹ Und ich sagte: ›Mach keine Witze.‹
›Du glaubst, ich mache Witze? Eddie wird ihn mir schenken.‹
›Wann hat er es dir gesagt?‹ fragte ich.
Loraine lachte nur: ›Er hat es mir nicht gesagt. Er weiß es noch gar nicht.‹
›Nun‹, sagte ich, ›du bist wohl verrückt?‹
›Willst du wetten?‹ Loraine wettet bei jeder möglichen und unmöglichen Gelegenheit.
›Ich denke nicht daran‹, sagte ich. ›Wie willst du das anstellen?‹
›Aber wirst du auch den Mund halten, wenn ich es dir sage?‹ fragte sie. ›Es ist ganz leicht; denn ich kenne meinen Eddie. Ich werde ihn heute nacht zappeln lassen, und ich werde ihn so lange zappeln lassen, bis er ganz den Verstand verliert. Und ich geb' nicht nach, so lange, bis er mir eine herunterhaut. Ich werde es vielleicht sehr geschickt anfangen müssen; denn wenn Eddie einen Schwips hat, dann trifft er schlecht. Nun, und dann lasse ich Eddie im eigenen Saft dünsten. Ich kenne Eddie genau. Er wird sich dann klein und elend fühlen, willst du wetten?‹ sagte sie. ›Ich lege mich sogar für eine Zeit ins Bett. Und ich wette mit dir, daß ich morgen den Mantel haben werde.‹
›Nun, wetten werde ich nicht‹, sagte ich darauf. ›Du bekommst den Mantel bestimmt nicht.‹«
Norma stand vor Erregung der Mund offen. Und zwischen Mrs. Pritchards geschlossenen Wimpern strahlte ein Fünkchen Licht zurück.
»Hat sie den Mantel bekommen?« fragte Norma.
»Nun, ich ging Sonntag früh zu ihr hinüber, und Loraine hatte einen blauen Fleck, richtig dunkelblau, und sie hatte ein Pflaster darüber, und ihre Nase hatte auch etwas abbekommen.«
»Nun, und hat sie den Mantel bekommen?«
»Sie hat den Mantel wirklich bekommen«, sagte Camille. Ihr Gesicht hatte sich verfinstert und ihr Blick war merkwürdig wirr. »Sie hat den Mantel bekommen, und er war herrlich. Nun, und dann zog sie alles aus, was sie anhatte. Wir zwei waren allein. Und sie drehte den Mantel um — das Fell nach innen — und zog ihn so an, das Fell über ihrer Haut, und dann rollte und rollte sie am Boden herum und lachte und kicherte und war wie verrückt.«
Norma hatte atemlos zugehört, nun atmete sie endlich auf.

»Guter Gott«, stammelte sie, »warum hat sie das gemacht?«
»Ich weiß nicht«, sagte Camille. »Das war ganz sie — nun, sie war eben ein bißchen verrückt — nicht recht im Kopf...«
Mrs. Pritchards Gesicht glühte. Sie atmete kurz und schnell. Ihre Haut kribbelte, und in der Magengegend und in den Beinen fühlte sie ein schmerzhaftes Jucken wie noch nie zuvor, und eine Erregung war in ihr, wie nur einmal in ihrem Leben, und das war, als sie zu Pferd saß, vor langer Zeit.
Norma sagte brav und vernünftig: »Ich finde das nicht hübsch. Wenn Eddie sie wirklich gern hatte und sie heiraten wollte, dann war das wirklich nicht hübsch von ihr, glaube ich.«
»Ich auch«, sagte Camille. »Es ärgerte mich irgendwie an Loraine, und ich hab's ihr auch gesagt, aber sie hat mir geantwortet: ›Nun, manche Mädels gehen erst lange um den Brei herum. Ich wollte es schnell haben. Zum Schluß kommt's ohnehin auf das gleiche heraus. Früher oder später mußte ja eine kommen und Eddie herumkriegen.‹«
»Und hat sie ihn geheiratet?«
»Nein, das nicht. Geheiratet hat sie ihn nicht.«
»Sicher hat sie ihn überhaupt nie geliebt«, sagte Norma erregt. »Ich könnte wetten, sie wollte Eddie nur ausnützen.«
»Vielleicht«, sagte Camille. »Aber sie war schon lange meine Freundin, und wann immer ich etwas brauchte, immer war sie da. Einmal hatte ich Lungenentzündung, und da saß sie drei Tage und drei Nächte bei mir, und ich hatte kein Geld, und sie hat den Doktor bezahlt.«
»Man kann eben nie wissen«, sagte Norma.
»Nein, wirklich nicht«, sagte Camille. »Nun, Sie wollten wissen, wie man Männer behandelt...«
Mrs. Pritchard geißelte sich mit Worten. Ihre Reaktion hatte sie erschreckt. Sie sagte sich, so richtig flüsternd: »Was für eine schrecklich gemeine Geschichte. Man vergißt wirklich, wie die Menschen sind und wie scheußlich sie sein können.« Liebe Ellen, schrieb sie in rasender Erregung, und an der Innenseite ihrer Beine kribbelte es noch immer. Liebe Ellen, die Fahrt zwischen San Ysidro und San Juan de la Cruz war furchtbar. Der Bus fuhr in ein Loch, und wir saßen fest und warteten und warteten. Stundenlang. Mein Elliott war wieder einmal süß und machte mir in einer komischen Höhle ein Bett zurecht. Du hast mir Abenteuer prophezeit. Erinnerst du dich? Du sagtest, ich würde immer Abenteuer haben. Nun, ich hatte sie. Im Bus fuhren zwei ganz ordinäre, ungebildete Mädchen mit, die eine war eine Kellnerin, und die andere war recht hübsch. Sie war — du weißt schon, was. Ich habe mich ausgeruht, und sie dachten bestimmt, ich schliefe, und sprachen ungeniert weiter. Ich könnte einfach nicht niederschreiben, was sie alles sagten. Ich werde jetzt noch rot. Es ist unglaublich. Anständige Leute ahnen gar nicht, wie diese kleinen

Geschöpfe leben. Ich glaube immer noch, daß es aus purer Unwissenheit geschieht. Wenn wir nur bessere Schulen hätten und wenn wir – nun, wenn ich dir die Wahrheit sagen soll –, wenn wir, die ein Beispiel für sie sein sollten, bessere Beispiele wären, dann bin ich überzeugt, daß das Bild sich langsam, aber sicher ändern würde.«
Ellen würde den Brief allen Leuten wieder und wieder vorlesen. »Ich hatte eben einen Brief von Bernice, sie hat die aufregendsten Sachen erlebt. Sie hat immer aufregende Erlebnisse, wie ihr wißt. Hört einmal zu, was sie schreibt. Ich habe noch nie einen Menschen gesehen, der an allen Leuten derart die guten Seiten herausfindet wie Bernice.«
Norma sagte gerade: »Wenn ich einen Menschen gern hätte, dann würde mir nie einfallen, ihm so etwas anzutun. Wenn er mir etwas schenken wollte, dann müßte er es sich selbst ausdenken.«
»Nun, genauso denke ich auch«, sagte Camille. »Aber ich habe noch immer keinen Pelzmantel, nicht einmal einen schäbigen. Und Loraine hat drei.«
»Nun, ich finde es nicht anständig«, sagte Norma. »Ich glaube nicht, daß ich Loraine gern haben könnte.«
Allmächtiger Gott! jammerte Camille in Gedanken. Du weißt nicht, ob du Loraine gern hättest! Ich glaube, du ahnst nicht, was Loraine zu dir sagen würde. Nein, dachte sie, das ist gar nicht wahr. Loraine würde dieses Mädel wahrscheinlich vornehmen und sie herrichten und ihr helfen. Man konnte über Loraine sagen, was man wollte, sie war ein guter Kerl, das mußte man ihr lassen.


Sechzehntes Kapitel

Mildred senkte den Kopf, weil der Regen ihre Brille trübte. Der Kiesboden unter ihren Füßen war angenehm, und sie atmete tief auf. Die Bewegung tat ihr wohl. Es schien dunkler zu werden. Obschon es noch nicht sehr spät sein konnte, legte eine abendliche Beleuchtung sich über die Landschaft, und helle Dinge, wie Quarz und Kalk, erschienen heller dadurch, dunkle Dinge hingegen, wie zum Beispiel die Einfriedungspfähle, wirkten tiefschwarz.
Mildred marschierte sehr rasch, sie trat fest auf, und ihre Absätze gruben sich tief in den Kies. Sie versuchte den Streit zu vergessen. Sie konnte sich nicht erinnern, ihre Eltern je streiten gesehen zu haben. Aber es war kein Ausnahmefall gewesen, das merkte man sofort, es hatte sich richtig geläufig und altgewohnt angehört und alles eher als erstmalig. Wahrscheinlich wußte ihre Mutter solche Szenen immer ins Schlafzimmer zu manövrieren, wo keiner sie hören konnte. Sie hatte eine Geschichte ihrer vollkommenen Ehe sorgfältig ausgebaut und aufrechterhalten. Diesmal hatte die Spannung den Explodier-

punkt erreicht, und es war weit und breit kein Schlafzimmer vorhanden, in das man sich hätte zurückziehen können. Häßliche Tröpfchen eines gelben Giftes hatten sich in den Streit gemischt, die Mildred unangenehm berührten. Es war ein leise sickerndes Gift, keine offene, ehrliche Wut; weit mehr ein schleichender Ärger, der mit dünner, stahlscharfer Klinge zuschlug und die Waffe dann pfeilschnell zurückzog.

Und vor ihnen lag diese endlose Reise nach Mexiko. Angenommen, Mildred kam nicht zurück? Angenommen, sie fand ein Auto, das sie mitnahm, und sie verschwand und mietete sich irgendwo ein Zimmer, zum Beispiel an der Küste, und verbrachte den Sommer in den Klippen oder am Strand? Der Gedanke gefiel ihr sehr. Sie konnte zu Hause kochen und am Strand Leute kennenlernen. Die Idee war lächerlich. Denn sie hatte kein Geld. Ihr Vater war sehr großzügig — nur nicht, was Bargeld betraf. Sie konnte ihre Kleider auf Rechnung nehmen und im Restaurant einfach Schecks zeichnen, aber mit Bargeld war sie immer sehr knapp. Ihr Vater war großzügig, aber sehr neugierig. Er wollte wissen, was sie kaufte und was sie aß, und das konnte er nur aus den Monatsabrechnungen ersehen.

Gewiß, sie könnte auch arbeiten. Das wollte sie ohnehin demnächst tun, aber nicht gerade jetzt. Nein, sie mußte das Ganze über sich ergehen lassen. Sie mußte sich durch diesen fürchterlichen mexikanischen Ausflug durchbeißen, der so wundervoll hätte sein können, wenn sie allein gewesen wäre und nachher wieder in die Schule hätte zurückkehren können. Sie würde sehr bald zu arbeiten beginnen, und damit würde auch ihr Vater einverstanden sein. Er würde zu Charlie Johnson sagen: Ich möchte ihr doch alles geben, was sie braucht, aber nein, sie muß mit dem Kopf durch die Wand. Sie muß sich selbst erhalten! Und er würde das mit solchem Stolz erzählen, als wäre seine eigene Tugend die Wurzel des Ganzen, und er würde niemals ahnen, daß sie nur deswegen arbeitete, um ihr eigener Herr zu sein, um ihre eigene Wohnung zu haben und etwas Geld, das sie für Dinge ausgeben konnte, von denen er nichts wußte.

Zu Hause zum Beispiel konnte sie über den Likörschrank gehen, wann immer sie wollte, aber sie wußte, daß ihr Vater genau den Flüssigkeitsstand jeder einzelnen Flasche im Kopf hatte und daß er es sofort wußte, wenn sie sich ein Gläschen genehmigt hatte. Er war ein merkwürdiger Mensch.

Sie nahm ihre Brille ab und putzte sie mit dem Futter ihres Mantels, dann setzte sie sie wieder auf. Auf der Straße konnte sie Juans Spuren verfolgen. An einigen Stellen war sein Fuß vom Felsen abgeglitten, und an lehmigen Stellen wurden die genauen Fußabdrücke sichtbar und sogar die Linie, wo seine Zehen sich bogen. Mildred versuchte in seinen Spuren zu gehen. Aber seine Schritte waren zu lang für sie, und sie spürte schon nach einer Weile ein schmerzhaftes Ziehen in den Schenkeln.

Er war ein seltsamer, faszinierender Mensch, dachte sie. Und sie war froh, daß sie diese tolle Erfahrung des heutigen Morgens nun überwunden hatte. Es war ja sinnlos — das wußte sie. Erregung spielte mit und Drüsenfunktionen — das alles wußte sie. Und sie kannte auch ihre eigene starke Sinnlichkeit. Schon in allernächster Zeit würde der Moment kommen, wo sie entweder heiraten oder irgendein ständiges Verhältnis anfangen mußte. Ihre unruhigen, erregten Zeiten wurden immer häufiger. Sie dachte an Juans dunkles Gesicht und an seine strahlenden Augen und blieb ganz ruhig dabei. Aber er war ein warmer, lieber Mensch und grundehrlich. Sie hatte ihn gern.
Als sie den Hügel überschritten hatte, sah sie unten den verlassenen Bauernhof liegen und war hingerissen. Sie fühlte die Einsamkeit des Anwesens mit allen Fibern. Sie wußte, daß sie an dem Haus nicht vorbeigehen konnte, ohne hineinzuschauen. Und sie beschleunigte ihre Schritte. Ihr Interesse war erwacht.
»Von der Bank übernommen«, hatte Van Brunt gesagt, »und die Familie mußte hinaus, und die Bank war an einem alten Haus nicht interessiert, die Bank wollte nur die Felder.«
Ihre Schritte waren nun beinahe so lang wie die Juans. Im Schwung war sie vom Hügel unten und stand vor dem lehmigweichen Eingang zum Hof.
Plötzlich blieb sie stehen. Juans Spuren führten zum Tor hinein. Sie ging noch ein Stückchen auf der Straße weiter, um zu sehen, ob sie nicht wieder auftauchten, aber sie konnte keine weiteren Fußspuren entdecken.
Er muß noch dort drin sein, sagte sie sich. Aber warum nur? Er war unterwegs zur Bezirksstraße. Hier konnte doch kein Telefon sein ...? Sie wurde vorsichtiger, als ihr zum Bewußtsein kam, daß hier etwas nicht mit rechten Dingen zuging. Sie wußte doch soviel wie nichts über diesen Mann. Sie ging langsam hinein und blieb vorsichtshalber auf dem Gras, um das Knirschen des Sandes unter ihren Schritten zu vermeiden.
Etwas Gefährliches umwitterte dieses verlassene Haus. Sie erinnerte sich an alte Zeitungsberichte über Morde an so einsamen Plätzen. Die Angst schnürte ihr die Kehle zusammen. Nun, tröstete sie sich, ich kann ja kehrtmachen und gleich wieder zurückgehen. Keiner hindert mich. Und keiner schiebt mich hinein, und doch weiß ich ganz genau, daß ich hineingehen muß. Ich weiß, daß ich nicht weggehen werde. Vielleicht hätten diese ermordeten Mädchen auch sehr gut weggehen können. Wer weiß, vielleicht wollten sie es so.
Sie sah sich selbst in einem der Zimmer auf dem Boden liegen, erwürgt oder erstochen, und über etwas in dieser Version mußte sie lachen — selbst ermordet, hatte sie noch ihre Brille auf der Nase. Und was wußte sie über Juan? Er hatte eine Frau und ein Geschäft. Eine Zeitungsüberschrift fiel ihr ein: »Vater dreier Kinder sadistischen Mordes angeklagt. Pastor ermordet Chorsängerin.« Wieso wurden nur so viele Chorsängerinnen und Organistinnen ermordet? Sie konnte das nicht verstehen. Chorgesang schien ein sehr

gefährlicher Beruf zu sein Chorsängerinnen wurden immer erwürgt hinter der Orgel aufgefunden. Sie lachte. Sie wußte, sie würde in dieses Haus hineingehen. Sollte sie einfach hineinplatzen, oder sollte sie sich lieber hineinschleichen und Juan Chicoy in flagranti ertappen, was immer er gerade tun mochte? Vielleicht ging er gerade auf die Toilette?
Sie betrat leise die Schwelle, blieb aber gleich wieder stehen, weil der Fußboden unter ihrem Gewicht knackte. Sie ging durchs Haus und öffnete einige Wandschränke. In der Küche lag eine umgeworfene Pfefferbüchse, und im Wandschrank im Schlafzimmer hing noch ein Kleiderhaken. Sie neigte den Kopf zur Seite, um die alten Witzblätter unter der abgeschälten Tapete zu lesen. Es war die Geschichte von einem Maultier und einem Bürschchen, das durch die Luft flog, und auf seiner Hose sah man die Abdrücke der Maultierhufe.
Sie richtete den Kopf wieder auf. Warum hatte sie nicht gleich an die Scheune gedacht? Mildred schlich zur gedeckten Veranda zurück und sah sich die Dielen genauer an. Sie konnte genau Juans nasse Fußspuren sehen. Sie folgte ihnen bis zum Wohnzimmer und verlor sie wieder. Sie ging zu der offenen Hintertür und schaute hinaus. Welcher Wahnsinn, hier herumzusteigen! Und da waren auch schon wieder die Fußspuren und führten hinaus und tatsächlich geradewegs in die Scheune.
Sie ging die geborstenen Stufen hinunter und folgte der Spur quer über den Hof an der alten Windmühle vorbei. Sie betrat die Scheune und blieb horchend stehen. Kein Ton. Sie dachte daran, zu rufen, aber sie gab es gleich wieder auf. Langsam ging sie die Pferdekojen entlang und um die letzte Koje herum. Ihre Augen gewöhnten sich nur langsam an das Licht. Sie stand am Eingang des Mittelraumes. Alle kleinen Mäuschen stoben auseinander. Dann sah sie Juan auf dem Rücken liegen, seine Hände als Stützen hoch unter seinem Kopf verschränkt. Seine Augen waren geschlossen, und er atmete tief und gleichmäßig.
Ich kann weggehen, dachte Mildred. Keiner hält mich. Das kann ich mir nicht eindringlich genug sagen. Er kümmert sich nur um seine eigenen Angelegenheiten. Was ist nun das wieder für ein Unsinn?
Sie nahm ihre Brille ab und steckte sie in die Tasche. Die Umrisse des Mannes erschienen ihr jetzt mit freien Augen verschwommen, aber sehen konnte sie ihn trotzdem noch. Sie ging langsam und vorsichtig über den strohbedeckten Boden, und als sie neben ihm stand, kreuzte sie ihre Knöchel, kauerte sich nieder und saß nun auf ihren gekreuzten Füßen. Die Narbe auf seiner Lippe war weiß, und er atmete tief und ebenmäßig. Er war nur müde, sagte sie sich. Er hat sich ein Weilchen ausruhen wollen und ist eingeschlafen. Ich sollte ihn nicht wecken.
Sie dachte an die Leute drüben im Bus — wie, wenn weder sie noch Juan je

zurückkämen? Was würden sie tun? Ihre Mutter würde zusammenbrechen. Und ihr Vater würde dem Gouverneur telegraphieren — und zwei, drei anderen Gouverneuren. Und die Geheimpolizei würde er auch alarmieren. Was das nur kosten würde. Aber was konnten sie schließlich tun? Sie war einundzwanzig Jahre alt. Wenn sie sie doch erwischen sollten, konnte sie sagen: Ich bin einundzwanzig und kann tun, was ich will. Wen geht das etwas an? Angenommen, sie ging mit Juan nach Mexiko? Das wäre eine ganz andere Geschichte, das wäre etwas ganz anderes.
Und nun bestürmten kleine Nebensächlichkeiten ihre Gedanken. Wenn er ein Indianer ist oder indianisches Halbblut? Sie zog die Augenwinkel zurück, um den Blick auf sein Gesicht einzustellen. Es war ein narbendurchfurchtes, lederhartes Gesicht, aber es war ein gutes Gesicht, dachte sie. Die Lippen waren voll und lustig, aber sie waren gütig. Er war gewiß gegen Frauen zart und weich. Er blieb wahrscheinlich nicht lange bei ihnen, aber er behandelte sie nett und lieb. Doch er hatte diese Frau, diese gräßliche Frau, und er blieb bei ihr. Weiß Gott, wie lange noch. Sie mußte hübsch gewesen sein, als er sie heiratete, aber jetzt war sie häßlich. Wie kam das nur? Wodurch fesselte ihn diese gräßliche Frau? Wer weiß, vielleicht war er so wie alle anderen, so wie ihr Vater zum Beispiel. Wer weiß, vielleicht hielten ihn einfach Angst und Gewohnheit im Zaum. Mildred konnte nicht verstehen, wie so etwas möglich war, aber sie wußte, es war so. Je älter die Leute wurden, desto mehr Angst bekamen sie vor immer kleineren Dingen. Ihr Vater hatte Angst vor einem fremden Bett oder vor einer fremden Sprache oder einer politischen Partei, der er nicht angehörte. Ihr Vater war tatsächlich der Meinung, daß die demokratische Partei eine umstürzlerische Organisation sei, deren Programm die Vereinigten Staaten zerstören und bärtigen Kommunisten ausliefern mußte. Er fürchtete sich vor seinen Freunden, und seine Freunde fürchteten sich vor ihm. Ein Rattenkönig, dachte sie.
Ihre Blicke glitten über Juans Körper, einen zähen, sehnigen Körper, der mit zunehmendem Alter immer zäher und immer sehniger wurde. Seine Hose war ein wenig feucht vom Regen, und sie klebte fest an seinen Beinen. Alles an ihm war ordentlich; es war die Nettigkeit des Mechanikers, der sich gerade gewaschen hat. Sie schaute auf seinen flachen Unterkörper und auf seine breite Brust. Sie merkte keine Veränderung in seiner Art zu atmen, auch seine Muskeln blieben unverändert, aber seine Augen waren offen. Und er sah sie an. Und seine Augen waren nicht schlaftrunken, sondern klar.
Mildred sprach zuerst. Vielleicht hatte er gar nicht geschlafen, vielleicht hatte er sie in die Scheune kommen sehen. Und sie begann ihm zu erklären: »Ich mußte mir etwas Bewegung machen, wissen Sie — ich bin zu lange gesessen. Ich wollte zur Bezirksstraße vorgehen und dort den Wagen abwarten, und dann sah ich dieses alte Gehöft — und ich habe alte Häuser gern...«

Ihre Füße begannen einzuschlafen. Sie lehnte sich zur Seite und bewegte, auf eine Hand gestützt, ihre Beine und Füße und bedeckte dabei ihre Knie sorgfältig mit dem Rock. Ihre Füße brannten und brummten, als das Blut in sie zurückkehrte.

Juan antwortete nicht. Er sah ihr ins Gesicht. Langsam wälzte er sich zur Seite und stützte seinen Kopf mit der Hand unter dem Ohr. Ein dunkles Licht kam in seine Augen, und sein Mund zuckte ein wenig in den Winkeln. Sein Gesicht war hart, dachte sie. Unmöglich, durch die Augen seine Gedanken zu sehen. Entweder war alles an der Oberfläche, oder aber es war so gut abgeschlossen, daß sie nie daran herankonnte.

»Was tun Sie hier?« fragte sie.

Er öffnete den Mund ganz wenig: »Was tun Sie hier?«

»Ich hab' es Ihnen ja gesagt, daß ich mir Bewegung machen wollte. Ich hab' es Ihnen gesagt. Aber was tun Sie hier?«

Er schien noch nicht ganz wach zu sein. »Ich? Ach, ich wollte mich ein wenig ausruhen. Und bin eingeschlafen. Ich habe in der Nacht nicht geschlafen.«

»Ja, ich erinnere mich«, sagte sie. Sie mußte weiterreden. Sie war wie aufgezogen. »Ich habe über Sie nachgedacht. Sie gehören nicht hierher. Ich meine als Chauffeur. Sie gehören ganz woanders hin.«

»Wohin zum Beispiel?« fragte er spielerisch. Seine Augen streiften die Stelle, wo ihr Mantel zugeknöpft war.

»Nun –«, sagte sie befangen, »mir ist etwas Komisches eingefallen, während ich herging. Ich dachte, Sie würden vielleicht gar nicht wiederkommen. Und einfach immer weitergehen – vielleicht gar zurück nach Mexiko. Ich kann mir sehr gut vorstellen, wie ich es täte, wenn ich Sie wäre.«

Seine Augen zwinkerten, und er schaute ihr ins Gesicht. »Sind Sie närrisch? Wie kommen Sie darauf?«

»Nun, es ist mir nur so eingefallen. Ihr Leben – ich meine als Autobuschauffeur – muß sehr öd sein, nach – nun – nach Mexiko.«

»Sie waren nie in Mexiko?«

»Nein.«

»Dann wissen Sie nicht, wie öd es dort ist.«

»Nein.«

Er hob den Kopf, streckte seinen Arm aus und legte seinen Kopf auf seinen Arm. »Was glauben Sie, würde aus den Leuten drüben im Bus werden?«

»Ach, irgendwie kämen sie schon wieder zurück«, sagte sie. »Es ist nicht weit. Sie würden nicht verhungern.«

»Und was, glauben Sie, würde mit meiner Frau geschehen?«

»Nun –« sie wurde verlegen, »daran hatte ich nicht gedacht.«

»O doch – Sie haben ...«, sagte Juan. »Sie mögen sie nicht. Ich will Ihnen etwas sagen. Niemand mag sie außer mir. Zum Teil mag ich sie nur eben deshalb, weil sonst keiner sie mag.« Er grinste. »Was für ein Lügner ich bin!« sagte er zu sich selbst.

»Es war nur eben so eine tolle Idee von mir«, sagte sie. »Ich hatte sogar daran gedacht, vielleicht auch selbst davonzulaufen. Ich dachte, ich könnte verschwinden und allein leben und — nun —, und niemanden von denen wiedersehen, die ich kannte ...« Sie erhob sich auf ihre Knie und setzte sich auf die andere Seite wieder nieder.

Juan schaute auf ihre Knie. Er streckte die Hand aus und zog ihren Rock darüber. Sie zuckte zurück, als seine Hand ihr nahe kam, dann sank sie verlegen wieder zusammen.

»Ich will nicht, daß Sie glauben, daß ich Ihnen hier herein nachgegangen sei«, sagte sie.

»Sie wollen nicht, daß ich es glaube, aber es war so«, sagte Juan.

»Nun — und wenn es so wäre?«

Seine Hand kam wieder, blieb auf ihren bloßen Knien liegen, und Feuer durchzuckte sie.

»Nein, nicht Ihnen«, sagte sie. Ihre Kehle war trocken. »Ich will nicht, daß Sie glauben, Sie seien der Grund. Nein, ich selbst bin es. Ich weiß, was ich will. Ich mag Sie nicht einmal. Sie riechen wie ein Ziegenbock.« Ihre Stimme war unsicher. »Sie wissen nicht, was für ein Leben ich führe. Ich bin ganz allein. Ich kann keinem Menschen etwas sagen.«

Seine Augen brannten und strahlten, und es war, als tauchten sie sie in Glut.

»Vielleicht bin ich anders als alle anderen«, fuhr sie fort. »Wie kann ich das wissen? Aber Sie sind nicht der Grund. Ich mag Sie nicht einmal.«

»Sie ziehen ja schrecklich gegen sich los, finden Sie nicht?« sagte Juan.

»Sagen Sie, was werden Sie also mit dem Bus anfangen?« fragte sie. »Kommen Sie mit zur Bezirksstraße?«

Seine Hand auf ihrem Knie wurde schwerer, dann zog er die Hand weg. »Ich gehe zurück und ziehe den Bus heraus und bringe die Leute durch«, sagte er.

»Warum sind Sie dann hergekommen?«

»Etwas ist schiefgegangen«, sagte er. »Etwas, was ich mir vorgenommen hatte, ist schiefgegangen.«

»Wann wollen Sie zurück?«

»Sehr bald.«

Sie schaut auf seine Hand, die lässig vor ihr im Stroh lag, und auf seine glänzende, dunkle, leicht gerunzelte Haut. »Wollen Sie es nicht mit mir versuchen?«

Juan lächelte. Es war ein gutmütiges, ehrliches Lächeln. »Ja, ich glaube schon, aber erst wenn Sie aufhören werden, mit sich selbst zu streiten. Sie stehen jetzt auf beiden Seiten. Wenn Sie sich endlich dafür entschieden haben werden oder dagegen, dann werde ich wissen, woran ich mich zu halten habe.«

»Wollen Sie — mögen Sie mich nicht?«
»Gewiß«, sagte Juan, »gewiß.«
»Reden Sie deshalb so, weil Sie wissen, daß ich Ihnen ohnehin in den Schoß fallen werde?«
»Ziehen Sie mich nicht auch noch in Ihren Streit hinein«, sagte Juan. »Ich bin älter als Sie. Ich mag diese Sache sehr. Ich mag sie sogar so sehr, daß ich warten kann. Ich kann mir sogar eine Weile nur so behelfen.«
»Ich könnte Sie richtig hassen«, sagte sie. »Sie lassen mir auch nicht ein bißchen Stolz. Sie gönnen mir auch nicht ein kleines bißchen Gewalt, auf die ich mich später ausreden könnte.«
»Ich glaube, daß es Sie stolzer machen muß, zu tun, was Sie für gut finden.«
»Nun, es ist aber nicht so.«
»Es scheint so«, sagte er. »Die Frauen in meiner Heimat sind genauso. Sie wollen gebeten oder gezwungen werden. Nur dann fühlen sie sich wohl.«
»Nun, sind Sie immer so?«
»Nein«, sagte Juan, »nur bei Ihnen. Sie sind hergekommen, weil Sie etwas wollten. Und Sie haben selbst gesagt, daß es mit mir nichts zu tun habe.«
Sie betrachtete ihre Finger. »Komisch«, sagte sie. »Ich bin das, was Sie ein intellektuelles Mädchen nennen würden. Ich lese Bücher. Ich bin keine Jungfrau. Aber ich kann nicht den Anfang machen.« Sie lächelte leicht und warm. »Können Sie mich nicht ein wenig zwingen?«
Er streckte den Arm aus, und sie sank neben ihm ins Stroh.
»Sie werden mich nicht drängen?«
»Wir haben den ganzen Tag vor uns.«
»Werden Sie mich verachten oder auslachen?«
»Was kann Ihnen daran liegen?«
»Nun, es liegt mir daran; ob ich will oder nicht.«
»Du redest zuviel«, sagte er. »Du redest einfach zuviel.«
»Ich weiß es, und ich kann nicht aufhören. Willst du mich von hier wegnehmen? Nach Mexiko vielleicht?«
»Nein«, sagte Juan. »Jetzt wollen wir einmal sehen, ob du eine Weile den Mund halten kannst.«


Siebzehntes Kapitel

Pimples holte die Schlüssel vom Zündkontakt am Schaltbrett und ging mit ihnen hinten an den Bus heran. Er sperrte den Gepäckverschlag auf und hob den Deckel. Kuchenduft stieg ihm süß in die Nase. Mr. Pritchard schaute ihm über die Schultern. Das Gepäck war fest in dem Abteil verstaut.
»Ich glaube, wir werden alles herausnehmen müssen, wenn wir zu den

Plachen kommen wollen«, sagte Pimples. Und er begann an den festgerammten Koffern zu zerren.

»Warten Sie«, sagte Mr. Pritchard. »Ich werde das Gepäck hochheben, und Sie ziehen an den Plachen, dann kann alles drinbleiben.« Er stand auf dem Stoßfänger und stemmte den untersten Handkoffer hoch, während Pimples an dem schweren Plachenbündel zerrte. Pimples zog es hin und her, und nach und nach kroch es unter dem Gepäck hervor.

»Vielleicht sollten wir auch gleich zwei Kuchen herausnehmen, solange das Gepäckfach offen ist«, sagte Pimples. »Es sind Himbeerkuchen da und Rosinenkuchen und solche mit Vanille und gebranntem Zucker. Ein Stück mit Vanillecreme wäre jetzt gar nicht schlecht.«

»Später«, sagte Mr. Pritchard. »Machen wir erst meiner Frau alles zurecht.« Er faßte die schwere Plache an einem Ende, und Pimples faßte sie an dem andern, und sie machten sich auf den Weg zu den Felsenhöhlen.

Es war eine ziemlich alltägliche Felsformation. Eine Seite des kleinen Hügels war in uralten Zeiten abgestürzt und hatte eine glatte weiche Kalksteinwand zurückgelassen. Nach und nach hatten Regen und Wind von unten genagt, während die Spitze des Felsens von Erde und Graswurzeln festgehalten wurde. Und im Laufe der Zeiten hatten sich unter den überhängenden Felsen mehrere Höhlen gebildet. Hier brachte ein Steppenhund seinen Wurf Junge zur Welt, und hier legte sich – solange es noch so etwas gab – ein Grislybär schlafen. Und in den oberen Höhlen hockten tagsüber die Eulen.

Drei tiefe dunkle Höhlen entstanden am Fuß des Felsens und einige kleinere weiter oben. Alle Höhleneingänge waren nun durch den hoch überhängenden Felsen vor Regen geschützt. Die Höhlen waren nicht ausschließlich Gebilde der Natur; denn Indianer auf der Antilopenjagd hatten hier gerastet und gelagert und sogar manche längst vergessene Schlacht gekämpft. Später waren die Höhlen ein Rastplatz für Weiße geworden, die durch das Land ritten, und diese Männer hatten die Höhlen erweitert und unter dem überhängenden Gestein ihre Feuer angezündet.

Die Rauchspuren auf dem Sandstein waren meist alt, einige aber neueren Datums, und die Fußböden der Höhlen waren verhältnismäßig trocken, denn dieser kleine Hügel, dessen eine Seite abgebrochen war, bekam nichts von den Abflüssen der höheren Hügel ab. Einige wenige Buchstaben waren in den Sandsteinfelsen gekratzt, aber die Wand war so weich, daß sie sehr bald unleserlich wurden. Nur die großen verwitterten Worte »Geh in dich« waren noch deutlich sichtbar. Der Wanderprediger hatte sich an einem Strick heruntergelassen, um diese große Worte in schwarzer Farbe hinzumalen, und er war befriedigt weitergezogen, weil er in einer Welt voll Sünde Gottes Wort verbreitet hatte.

Während Mr. Pritchard seinen Zipfel der Plache schleppte, schaute er zu den

Worten »Geh in dich« empor. »Da hat sich einer viel Mühe gegeben«, sagte er, »schrecklich viel Mühe.« Und er überlegte, wer so etwas wohl finanziert haben mochte. Irgend so ein Missionar wahrscheinlich, dachte er.
Er und Pimples legten die Plachen unter dem Felsdach auf den Boden und begannen die Höhlen näher zu inspizieren. Die seichten Löcher waren mehr oder weniger eines wie das andere: etwa fünf Fuß hoch und acht oder neun Fuß breit und zehn bis zwölf Fuß tief. Mr. Pritchard entschied sich für die am meisten rechts gelegene, weil sie ihm trockener erschien und weil es etwas dunkler darin war. Er dachte, die Dunkelheit würde für die Kopfschmerzen seiner Frau besser sein. Mit Pimples Hilfe breitete er die Plache über den Boden.
»Es wäre schön, wenn wir ein paar Tannennadeln oder etwas Stroh unter die Plache streuen könnten«, sagte Mr. Pritchard.
»Gras ist zu naß«, sagte Pimples, »und im Umkreis von fünfzig Meilen gibt's keinen einzigen Nadelbaum.«
Mr. Pritchard rieb mit den Handflächen an dem Segelleinen herum, um zu prüfen, ob es schmutzig sei. »Sie kann auf meinem Mantel liegen«, sagte er, »und sie kann sich mit ihrem Pelzmantel zudecken.«
Ernest und Van Brunt kamen herein, um sich die Höhlen anzusehen.
»Hier könnten wir wochenlang bleiben, wenn wir etwas zu essen hätten«, sagte Ernest.
»Nun, das kann uns schon noch blühen«, sagte Van Brunt. »Wenn dieser Chauffeur nicht bis morgen früh zurück ist, dann zieh' ich hier ein. Ich hab' die ganze Geschichte gründlich satt.«
Pimples sagte: »Ich kann zwei Kuchen holen, wenn Sie wollen.«
»Das ist gar keine schlechte Idee«, sagte Ernest.
»Was für eine Sorte wollen Sie haben?« fragte Pimples.
»Ach, es ist gleich.«
»Der Vanillecremekuchen mit gebranntem Zucker ist sehr gut. Der Teig ist besser als bei den andern.«
»Fein«, sagte Ernest.
Mr. Pritchard ging zum Bus zurück, um seine Frau zu holen. Er schämte sich wegen seines Aufbrausens vorhin. Er fühlte wieder diesen drückenden Knoten in der Magengegend, den er immer bekam, wenn etwas nicht klappte, einen Knoten, so groß wie eine Faust. Charlie Johnson hielt es für ein Magengeschwür, aber Charlie machte nur so Witze. Er sagte, kein Mensch unter 25 000 Dollar Jahreseinkommen bekomme Magengeschwüre; Magengeschwüre seien ein deutliches Symptom für ein Bankkonto. Unbewußt war Mr. Pritchard ein klein wenig stolz auf diesen Schmerz im Magen.
Als er in den Bus kletterte, waren Mrs. Pritchards Augen geschlossen.
»Dein Bettchen ist bereit«, sagte Mr. Pritchard.

Sie schlug die Augen auf und blickte wirr um sich.
»Oh!«
»Hast du geschlafen?« fragte er. »Ich hätte dich nicht aufwecken sollen, sei nicht böse.«
»Nein, mein Schatz, es ist schon ganz gut. Ich habe nur ein wenig geschlummert.«
Er half ihr beim Aufstehen. »Du kannst auf meinem Mantel liegen und dich mit deinem Pelzmäntelchen zudecken.«
Sie lächelte ein wenig bei diesem Ton.
Er half ihr beim Aussteigen. »Es tut mir leid, daß ich so grob war, mein Mädchen«, sagte er.
»Es ist schon gut, du warst eben müde. Ich weiß, du hast es nicht so gemeint.«
»Wart nur, ich führe dich zu einem herrlichen Abendessen in Hollywood aus, vielleicht zu Romanoff, und wir trinken Champagner. Einverstanden?«
»Man kann dir kein Geld anvertrauen«, scherzte sie. »Das ist alles längst vergessen. Du warst eben müde ...« Liebe Ellen — wir waren zum Abendessen bei Romanoff. Es war entzückend, und du wirst nie erraten, wer am Nebentisch saß ... »Nun, es regnet ja kaum mehr«, sagte sie.
»Nein, und ich will, daß mein Mädelchen ein wenig schläft, damit es sich wieder wohl und stark fühlt.«
»Bist du auch sicher, daß es da drin nicht feucht ist und daß keine Schlangen da sind?«
»Nein, wir haben gut nachgeschaut.«
»Und Spinnen?«
»Es waren keine Spinnweben zu sehen.«
»Ja, aber vielleicht solche großen haarigen Taranteln — die machen keine Spinnweben.«
»Wir können nochmals nachschauen«, sagte er. »Die Wände sind glatt, sie können sich nirgends verstecken.« Er führte sie zu der kleinen Höhle. »Schau, wie hübsch! Und du kannst dich mit dem Kopf so legen, daß du hinausschauen kannst, wenn du willst.«
Er breitete seinen Mantel aus, und sie setzte sich auf ihn.
»Jetz leg dich nieder, und ich decke dich zu.«
Sie war sehr fügsam.
»Wie steht's mit dem Kopf von meinem Mädchen?«
»Nun, nicht so arg, wie ich gefürchtet hatte.«
»Das ist schön«, sagte er. »Jetzt schlaf ein wenig. Liegst du auch gut?«
Sie schnurrte behaglich.
»Wenn du etwas willst, dann ruf nur. Ich werde in der Nähe bleiben.«
Pimples kam zum Eingang der Höhle. Er hatte den Mund voll und trug eine Kuchenplatte in der Hand.

»Möchten Sie ein Stück Kuchen, Madam?«
Mrs. Pritchard hob den Kopf, dann legte sie ihn fröstelnd wieder auf ihren Arm zurück. »Nein, danke«, sagte sie. »Es ist lieb von Ihnen, an mich zu denken, aber ich kann jetzt keinen Kuchen essen.« — Elliot behandelte mich wie eine Königin. Wie viele Frauen dürfen das nach dreiundzwanzigjähriger Ehe von sich sagen? Ich fühlte mich die ganze Zeit richtig glücklich.
Mr. Pritchard blickte auf sie hinunter. Ihre Augen waren geschlossen, und ihren Mund umspielte ein Lächeln. Plötzlich befiel ihn wieder jene schreckliche Sorge, die sich so häufig einstellte. Er erinnerte sich und erinnerte sich genau an das erste Mal. Er war fünf Jahre alt gewesen, als seine kleine Schwester geboren wurde und plötzlich vor ihm alle Türen geschlossen worden waren. Er durfte nicht mehr ins Kinderzimmer. Und er durfte das Baby nicht anrühren, und da überfiel ihn das Gefühl, daß er immer ein wenig schmutzig und lärmend und nichtsnutzig war und daß seine Mutter immer zu tun hatte. Und dann war die kalte Verlassenheit über ihn gekommen, diese kalte Verlassenheit, die ihn noch immer manchmal überkam, wie zum Beispiel jetzt. Dieses Lächeln bedeutete, daß Bernice sich aus dieser Welt in ihre eigene zurückgezogen hatte, in die er ihr nicht folgen konnte.
Er zog seine goldene Nagelfeile aus der Tasche, klappte sie auf und putzte seine Nägel, während er hinausging. Er sah Ernest Horton jenseits des Höhlendaches an den Fels gelehnt am Boden sitzen. Die hohe Höhle war über seinem Kopf. Ernest saß auf ein paar Zeitungen, und als Mr. Pritchard näher kam, zog er unter sich einen doppelten Bogen hervor und reichte ihm denselben.
»Das ist etwas sehr Praktisches«, sagte er. »Mit Zeitungen kann man alles machen, nur lesen kann man sie nicht.«
Mr. Pritchard kicherte, nahm das Papier und setzte sich neben Ernest. »Wenn man's in der Zeitung liest, ist es nicht wahr«, sagte er. Charlie Johnson pflegte das zu sagen. »Nun, also da wären wir. Vor zwei Tagen war ich noch in einer schönen Suite im Oakland-Hotel, und jetzt sitzen wir in einer Höhle. Man sieht wieder, daß man keine Pläne machen kann.«
Er starrte zum Bus hinüber. Durch die Fenster konnte er Pimples mit den beiden Mädchen sehen. Sie aßen Kuchen. Er hätte sich schrecklich gern zu ihnen gesetzt. Ein Stück Kuchen wäre auch nicht schlecht gewesen.
Ernest sagte: »Man lernt nicht aus. Manchmal muß ich wirklich lachen. Wir sind doch angeblich ein Volk von Technikern. Jeder chauffiert einen Wagen und hat einen elektrischen Eiskasten und ein Radio. Ich glaube, daß die Leute wirklich glauben, daß sie ›mechanisiert‹ sind. Aber lassen sie nur ein klein wenig Dreck in den Vergaser geraten — und schon stehen sie da und müssen warten, bis ein Mechaniker kommt und das Sieb herausnimmt. Und wenn das Licht ausgeht, dann muß ein Elektriker kommen und die Sicherung aus-

wechseln. Es braucht nur ein Aufzug steckenzubleiben, und die Panik ist fertig.«

»Nun, ich weiß nicht«, sagte Mr. Pritchard, »die Amerikaner sind im großen ganzen doch recht mechanisierte Leute. Unsere Vorfahren haben sich auch recht gut zu helfen gewußt.«

»Gewiß, das stimmt — und das würden wir auch, wenn wir müßten. Können Sie in Ihrem Wagen die Zündung einstellen?«

»Nun, ich...«

»Gehen wir weiter«, sagte Ernest. »Angenommen — angenommen, Sie müßten vierzehn Tage hier draußen bleiben. Wüßten Sie, was Sie zu tun hätten, um nicht zu verhungern? Oder würden Sie Lungenentzündung bekommen und sterben?«

»Nun —« sagte Mr. Pritchard, »die Leute spezialisieren sich eben heutzutage, wissen Sie...«

»Könnten Sie eine Kuh schlachten?« Ernest ließ nicht locker. »Könnten Sie sie zerteilen und kochen?«

Mr. Pritchard konstatierte, daß dieser junge Mann ihn ungeduldig zu machen begann. »In diesem Land macht sich jetzt eine Art von Zynismus breit...«, sagte er in scharfem Ton. »Man möchte glauben, daß die jungen Leute ihren Glauben an Amerika verloren haben. Unsere Vorfahren besaßen diesen Glauben.«

»Sie hatten zu essen«, sagte Ernest. »Sie hatten keine Zeit zu ›glauben‹. Heute arbeiten die Leute nicht mehr, darum haben sie zum Glauben Zeit.«

»Aber sie haben ja doch keinen Glauben!« schrie Mr. Pritchard. »Was ist nur in sie gefahren?«

»Weiß Gott!« sagte Ernest. »Ich habe sogar versucht, es zu ergründen. Mein Vater hatte zwei Glauben. Der eine war der, daß Anständigkeit belohnt werde, so oder so. Er glaubte, daß, wenn ein Mensch anständig sei, er auch irgendwie weiterkomme, und er glaubte, daß, wenn er schon schwer arbeite und spare, er ein wenig Geld zusammenscharren und sich sicherfühlen könnte. Teapot Dome und anderes derartiges Zeug bestärkten ihn in dem ersten Glauben, und neunzehndreißig bestärkte ihn in dem anderen. Er fand heraus, daß die meistbewunderten Leute alles eher als anständig waren, und er starb und konnte es nicht verstehen — es war ein furchtbares Nichtverstehen —, wieso die beiden Dinge, an die er glaubte, derart versagten: Anständigkeit und Sparsamkeit. Und es ist mir aufgefallen, daß noch keiner diese beiden an den gebührenden Platz verwiesen hat.«

Mr. Pritchard machte ihm darüber den Standpunkt klar. »Man kann nicht sparen, der Steuern wegen«, sagte er. »Es hat Zeiten gegeben, wo ein Mensch ein Vermögen aufbauen konnte, aber heute kann er das nicht. Die Steuern

fressen alles auf. Man arbeitet nur für die Regierung. Das erschlägt jegliche Initiative, sage ich Ihnen. Kein Mensch ist mehr ehrgeizig.«
»Für wen man arbeitet, ist im Grunde egal, man muß nur daran glauben«, sagte Ernest. »Ob's die Regierung ist oder sonst wer.«
Mr. Pritchard fiel ihm ins Wort. »Wer mir Sorgen macht, das sind die Heimkehrer«, sagte er. »Sie wollen sich nicht einfach hinsetzen und arbeiten. Sie glauben, daß die Regierung sie bis an ihr Lebensende zu versorgen habe, und das können wir uns nicht leisten.«
Ernests Stirn war nun mit Schweißperlen besetzt, um seinen Mund war eine weiße Linie und in seinen Augen ein wirrer Blick. »Ich war mit dabei«, sagte er sanft. »Nein, nein, Sie können ganz ruhig sein, ich will Ihnen nichts darüber erzählen. Das würde ich niemals tun. Ich mag das nicht.«
Mr. Pritchard sagte: »Gewiß, ich habe den größten Respekt vor unseren Soldaten, und ich bin der Meinung, daß sie eine Stimme haben sollten.«
Ernests Finger krochen zu seinem Knopfloch hoch. »Gewiß«, sagte er, »gewiß, ich weiß.« Er sprach, als hätte er es mit einem Kind zu tun. »Ich lese in der Zeitung von unseren braven Soldaten. Sie müssen die Brävsten von allen sein, sonst hätte man ihnen nicht die größte Aufgabe zugewiesen. Ich lese, was sie sagen und was sie tun, und ich habe eine Menge Freunde, die Sie vielleicht Gesindel nennen würden, und es wäre vielleicht nicht so weit entfernt davon. Ich habe einige von diesem Gesindel Sachen sagen hören, die sogar noch besser klangen als das, was der Herr Außenminister von sich gibt. – Ach, hol's der Teufel!« Er lachte. »Ich habe eine Erfindung gemacht: eine Gummitrommel, die mit einem Schwamm geschlagen wird. Für die Besoffenen, die im Orchester mitspielen wollen. Jetzt will ich aber ein wenig spazierengehen.«
»Sie sind nervös«, sagte Mr. Pritchard.
»Ja, ich bin nervös«, sagte Ernest. »Alle sind nervös. Und ich will Ihnen etwas sagen. Wenn wir wieder einmal gegen jemanden kämpfen sollten, wissen Sie, was dabei das Gräßliche ist? Daß ich auch mitgehen werde. Das ist das Gräßliche.« Und er stand auf und ging weg, in der Richtung zurück, aus der der Bus gekommen war.
Sein Kopf war gesenkt und seine Hände in den Taschen, seine Füße stießen gegen Straßenschotter, er hielt den Mund fest zusammengepreßt, und er konnte nicht stehenbleiben. »Ich bin nervös«, sagte er. »Ich bin nur nervös. Das ist alles.«
Mr. Pritchard starrte ihm nach, dann ließ er den Blick auf seine Hände sinken, zog wieder seine Feile heraus und putzte seine Nägel. Mr. Pritchard war erschüttert, und er wußte nicht, warum. Trotz Mr. Pritchards ewigem Pessimismus, die Regierung betreffend und ihre hemmende Einwirkung auf das Geschäft, war er doch in seinem tiefsten Innern voll Hoffnung. Irgendwo war

ein Mann wie Coolidge oder wie Hoover, der kommen und die Regierung diesen Narren aus der Hand nehmen würde, dann war alles wieder gut. Die Streiks würden aufhören, und alle würden Geld verdienen und glücklich sein. Das alles wartete bereits an der nächsten Ecke. Mr. Pritchard glaubte daran. Er hatte keine Ahnung davon, daß die Welt anders geworden war. Sie hatte nur eben ein paar Fehler gemacht, und der richtige Mann würde kommen — sagen wir Bob Taft —, und alles würde wieder glattgehen, und diese verfluchten Experimente würden aufhören.

Aber dieser junge Mann störte ihn; denn es war ein gescheiter junger Mann, und er hatte ein Gefühl der Hoffnungslosigkeit. Obzwar er es nicht gesagt hatte, wußte Mr. Pritchard, daß Ernest Horton nicht einmal für Bob Taft stimmen würde, falls er aufgestellt werden sollte. Und Mr. Pritchard, wie die meisten seiner Art, glaubte an Wunder. Aber er war doch tief erschüttert. Horton hatte Mr. Pritchard nicht direkt angegriffen, bis auf das mit dem Vergaser. Mr. Pritchard formte im Geiste die Umrisse eines Vergasers. Konnte er ihn zerlegen? Undeutlich wußte er, daß in einem Vergaser ein kleiner Schwimmer ist, und er sah auch im Geiste den Kupferfilter und die Dichtung...

Aber er hatte an wichtigere Dinge zu denken, sagte er sich. Horton hatte gesagt: »Wenn das Licht ausgehen würde...«, und Mr. Pritchard versuchte sich zu erinnern, wo in seinem Haus die Sicherungen angebracht waren. Er wußte es nicht. Horton hatte ihn angegriffen. Horton mochte ihn nicht. Angenommen, sie blieben nun wirklich hier so ausgesetzt, wie der junge Mann es gesagt hatte...

Mr. Pritchard schloß die Augen. Und er stand im Gang des Autobusses. »Habt keine Angst«, sagte er zu den Passagieren, »ich nehme alles in die Hand.« Um so ein großes Geschäft aufzubauen wie das seine, mußte er doch gewisse Fähigkeiten besitzen, nicht wahr? »Überlegen wir uns das Ganze einmal«, sagte er. »Vor allem müssen wir essen. Hier hinten auf der Wiese sind ein paar Kühe.« Und Horton hatte gesagt, er wisse nicht, wie man eine Kuh töte. Nun, das wollte er ihnen zeigen. Wahrscheinlich wußte Horton nicht, daß in dem Fach über dem Werkzeugkasten ein Revolver lag. Mr. Pritchard wußte es.

Und Mr. Pritchard nahm den Revolver heraus. Er stieg aus und ging auf die Wiese hinüber und kletterte über das Geländer. Er hielt die große schwarze Pistole in der Hand. Mr. Pritchard hatte eine Menge Filme gesehen. Unbewußt schwenkte sein Gedankengang um. Er sah sich nicht die Kuh töten und zerlegen, sondern er sah sich bereits mit einem großen Stück roten Fleisches in der Hand die Böschung herunterkommen. »Da bringe ich etwas zu essen«, sagte er. »Jetzt müssen wir Feuer machen.« Und wieder war sein Gedankengang unterbrochen und das Feuer lohte, und ein großes Stück Fleisch hing an einem Stock über der Glut.

Und Camille sagte: »Ja, wie ist denn das mit dem Tier? Das Tier gehört doch jemandem?«
Mr. Pritchard antwortete: »Tüchtigkeit kennt kein Gesetz. Erst spricht der Selbsterhaltungstrieb. Keiner kann von mir verlangen, daß ich euch verhungern lassen soll.«
Und wieder wanderten seine Gedanken davon, und er schüttelte den Kopf und öffnete die Augen. »Laß das bleiben«, sagte er zu sich selbst. »Laß die Hände davon.« Wo hatte er sie nur gesehen? Wenn er nur ein Weilchen mit ihr reden könnte, dann käme er vielleicht darauf. Er wußte, daß er sich nicht irrte; denn der Anblick ihres Gesichtes hatte ihm einen richtigen Schlag vor die Brust versetzt. Er mußte sie nicht nur gesehen haben, es mußte auch irgend etwas geschehen sein. Er schaute zum Bus hinüber. Pimples und die beiden Mädchen waren noch drin.
Er stand auf und bürstete seine Sitzfläche ab, als hätte das Papier ihn nicht genügend gegen Staub geschützt. Der Regen rieselte nurmehr ein wenig, und im Westen zeigten sich Flecken blauen Himmels. Alles war auf dem besten Wege. Er ging zum Bus hinüber und kletterte hinein. Van Brunt lag ausgestreckt ganz hinten auf der Querbank des Wagens. Van Brunt schien zu schlafen. Pimples und die Mädchen sprachen leise, um ihn nicht zu stören.
»Was ich von einer Frau verlange, das ist Treue«, sagte Pimples.
»Und wie steht's mit Ihrer Treue?« fragte Camille. »Sie wollen auch treu sein?«
»Gewiß«, sagte Pimples, »wenn sie die Richtige ist, dann schon.«
»Nun, und angenommen, sie ist nicht die Richtige?«
»Nun, dann kann sie sich freuen ... Dann will ich ihr zeigen, daß zwei dazu gehören und ihr mit der gleichen Münze zahlen, so wie Cary Grant im Film.«
Eine leere Kuchenplatte und eine zweite mit einem Viertel Kuchen standen den dreien gegenüber auf einem leeren Sitz. Die beiden Mädchen saßen nebeneinander, und Pimples, der seitlich auf dem Sitz vor ihnen saß, ließ einen Arm über der Lehne liegen. Sie blickten alle auf, als Mr. Pritchard hereinkam.
»Störe ich?« fragte er.
»Aber kommen Sie nur«, sagte Pimples. »Wollen Sie ein Stück Kuchen? Da ist gerade eine Portion.« Und er reichte Mr. Pritchard den Kuchen und entfernte das leere Kuchenblech, so daß Mr. Pritchard sich setzen konnte.
»Haben Sie jetzt eine Freundin?« fuhr Camille fort.
»Nun, so etwas Ähnliches, aber sie ist — nun —, wie soll ich sagen — sie ist ein bißchen komisch.«
»Ist sie Ihnen treu?«
»Natürlich«, sagte Pimples.
»Wieso wissen Sie das?«
»Nun, ich könnte einfach nicht — ich meine —, ich bin ganz sicher.«

»Sie werden wohl sehr bald heiraten, nehme ich an«, scherzte Mr. Pritchard, »und werden sich auch bald selbständig machen.«
»Nein, vorläufig noch nicht«, sagte Pimples. »Ich nehme jetzt einen brieflichen Unterrichtskurs. Radar hat eine große Zukunft. Man kann innerhalb eines Jahres 75 Dollar wöchentlich verdienen.«
»Was Sie sagen!«
»Ein paar Jungens haben diesen Kurs gemacht, und die haben an die Leute geschrieben, was sie verdienen«, sagte Pimples. »Einer von ihnen ist schon ein Abteilungsleiter — nach einem einzigen Jahr.«
»Abteilungsleiter wovon?« fragte Mr. Pritchard.
»Nur einfach Abteilungsleiter. So schreibt er in dem Brief, und es ist in dem Prospekt auch abgedruckt.«
Mr. Pritchard begann sich wieder wohl zu fühlen. Hier war noch Ehrgeiz. Nicht alle Leute waren Zyniker.
Camille sagte: »Wann wollen Sie aber wirklich heiraten?«
»Ach, jetzt noch nicht«, sagte Pimples. »Ich glaube, ein Mensch muß sich erst einmal die Welt anschauen, bevor er sich irgendwo festsetzt. Er muß ein wenig herumkommen. Vielleicht komme ich auf ein Schiff. Und wenn man etwas von Radar versteht, dann versteht man auch etwas von Radio. Ich würde gern auf ein Schiff kommen und eine Zeitlang beim Radio arbeiten.«
»Ja, wann sind Sie denn mit Ihrem Kurs fertig?« fragte Mr. Pritchard.
»Nun, der Kurs fängt jetzt bald an. Ich habe den Coupon schon ausgefüllt, und jetzt spare ich für die Anzahlung. Ich habe eine Prüfung gemacht, und sie sagen, daß ich sehr begabt sei. Ich habe im ganzen drei bis vier Briefe von ihnen bekommen.«
Camilles Augen waren sehr müde. Mr. Pritchard sah ihr ins Gesicht. Er wußte, daß seine Augen hinter der Brille versteckt waren. Er fand, daß sie ein feines Gesicht habe, wenn man es näher betrachte. Ihre Lippen waren jetzt so voll und freundlich, nur ihre Augen waren müde. So ein langer Weg von Chikago im Autobus, dachte er. Sie sah nicht kräftig genug aus. Er konnte ihre volle Büste unter dem Kostüm sehen, und das Kostüm war zerdrückt. Sie hatte die Manschetten ihrer Hemdbluse nach innen gedreht, damit die Kanten sauber blieben. Mr. Pritchard bemerkte das. Er schloß daraus auf Ordnungsliebe. Kleine Details waren ihm wichtig.
Dieses Mädchen wirkte auf ihn ähnlich wie ein Parfüm. Er war aufgeregt und ein wenig gierig. Man sieht eben nicht oft ein so anziehendes und hübsches Mädchen, sagte er sich. Und dann hörte er sich reden, und hatte vorher gar nicht gewußt, daß er reden würde.
»Miß Oaks«, sagte er, »ich habe nachgedacht, und mir ist eingefallen, daß Sie sich vielleicht für eine kleine geschäftliche Idee interessieren könnten, die ich hatte. Ich bin Präsident einer ziemlich großen Gesellschaft, und ich dachte

— nun, ich glaubte, die jungen Leute hier würden uns eine Weile entschuldigen, falls Sie meine Idee interessiert. Würden Sie mit mir zu dem Felsen hinüberkommen? Ich habe eine Zeitung mit, auf die man sich setzen kann.« Er staunte über seine eigenen Worte.
»Ach du mein Gott!« sagte Camille zu sich selbst. »Da haben wir's wieder.« Mr. Pritchard ging voraus und half Camille galant beim Aussteigen. Er hielt ihren Ellbogen, als sie über den Graben sprang, und führte sie fürsorglich zu den ausgebreiteten Zeitungen, auf denen er mit Ernest gesessen hatte. Er machte eine einladende Handbewegung.
»Ach, ich weiß nicht«, sagte Camille, »ich bin die ganze Zeit gesessen.«
»Nun, vielleicht ruhen Sie sich aus, wenn Sie die Stellung wechseln«, sagte Mr. Pritchard. »Wenn ich stundenlang an meinem Schreibtisch arbeite, dann verändere ich die Höhe meines Sessels beinahe stündlich, und ich finde, das erhält mich frisch.« Er half ihr, als sie sich auf der Zeitung niederließ. Sie bedeckte ihre Knie mit ihrem Rock und saß mit bis zur Brust hochgezogenen Knien da.
Mr. Pritchard setzte sich neben sie. Er nahm seine Brille ab. »Ich habe nachgedacht«, sagte er. »Ein Mann in meiner Position muß vorausdenken und Pläne machen. Strenggenommen bin ich ja auf Urlaub.« Er lächelte. »Urlaub — ich möchte wirklich einmal einen richtigen Urlaub erleben.«
Camille lächelte. Der Boden war sehr hart. Sie war neugierig, wie lange das noch dauern würde.
»Das wichtigste Rohmaterial jeder erfolgreichen Gesellschaft sind Menschen«, sagte Mr. Pritchard. »Ich bin ständig auf der Suche nach Menschen. Stahl und Gummi kann man jederzeit bekommen, aber Verstand, Talent, Schönheit und Ehrgeiz — das ist eine seltene Ware.«
»Hören Sie zu, Herr...«, sagte Camille. »Ich bin fürchterlich müde.«
»Ich weiß, liebes Kind, und ich komme bereits zur Sache. Ich will Sie bei uns anstellen. Einfacher kann man das wohl nicht ausdrücken.« — »Als was?«
»Als Empfangsdame. Das ist ein ganz besonderer Posten und ein Sprungbrett — sogar zur Privatsekretärin, wenn alles klappt.«
Camille war vollkommen erschöpft. Sie schaute zum Höhleneingang hinüber, hinter dem Mrs. Pritchard lag. Sie konnte nichts sehen. »Was wird Ihre Frau zu all dem sagen?«
»Was hat denn meine Frau damit zu tun? Sie führt doch mein Geschäft nicht...?«
»Hören Sie, Herr —, wie gesagt, ich bin müde. Es ist schade ums Reden. Ich will heiraten. Ich würde eine gute Frau sein und wäre geborgen, so daß ich eine Zeitlang keine Sorgen hätte — und ich könnte sogar sehr gut zu einem Mann sein.«
»Ich weiß nicht, worauf Sie hinauswollen«, sagte Mr. Pritchard.

»O doch, Sie wissen es genau«, sagte Camille. »Sie werden mich nicht mögen, weil ich auf Ihre Sachen nicht eingehe. Sie möchten gern monatelang um den Brei herumgehen und mich dann plötzlich überraschen, aber ich bin vollkommen kaputt. Sie sagen, daß Ihre Frau nicht Ihr Geschäft führe. Sie hat Sie völlig in der Hand, und Ihr Geschäft und alles, was zu Ihnen gehört. Ich wäre gern lieb und nett, aber ich bin müde. Sie sucht wahrscheinlich Ihre Sekretärinnen aus, und Sie ahnen es gar nicht. Die hat's in sich.«
»Ich weiß nicht, wovon Sie sprechen.«
»O doch, Sie wissen es«, sagte Camille. »Wer hat Ihre Krawatte gekauft?«
»Nun...«
»Sie wüßte sofort von mir, schon nach einer Minute; bestimmt. Lassen Sie jetzt mich ein wenig reden. Sie könnten ein Mädchen nicht direkt fragen. Sie müßten erst lange herumreden. Aber hier gibt es nur zwei Möglichkeiten, mein Lieber. Entweder Sie sind verliebt, oder es ist ein geschäftlicher Vorschlag. Wenn Sie sagen würden: ›So steht die Sache. Soundso viel für die Wohnung und soundso viel für Kleider‹, nun, dann hätte ich es mir überlegt, und vielleicht wäre es irgendwie gegangen. Aber ich lasse mich nicht so ausnützen. Wollten Sie mich überraschen, nachdem ich zwei, drei Monate an Ihrem Schreibtisch gesessen bin? Ich bin für solchen Unsinn zu alt.«
Mr. Pritchards Kinn war vorgestreckt. »Meine Frau führt nicht mein Geschäft«, sagte er. »Ich weiß nicht, wie Sie auf diese Idee kommen können.«
»Ach, geben Sie Ruh«, sagte Camille. »Ein Nest Klapperschlangen wäre mir lieber als Ihre Frau, wenn sie mich nicht leiden kann.«
»Ihre Einstellung überrascht mich ein wenig«, sagte Mr. Pritchard. »Ich hatte an nichts solches gedacht. Ich wollte Ihnen bloß eine Anstellung anbieten. Ob Sie sie annehmen wollen, steht ganz bei Ihnen.«
»Ach du mein Gott!« stöhnte Camille. »Wenn Sie das selbst glauben, dann tut mir das Mädchen leid, das Sie drankriegen. Sie wird nie wissen, woran sie ist.«
Mr. Pritchard lächelte sie an. »Sie sind nur müde«, sagte er. »Vielleicht werden Sie anders denken, wenn Sie ausgeruht sind.«
In seiner Stimme war kein Schwung mehr, und Camille fühlte sich erleichtert. Vielleicht, dachte sie, daß sie am Ende gar einen Fehler begangen hatte, weil er so leicht zu behandeln war, eine richtige Quelle der Ausnützung. Loraine hätte ihm am ersten Tag schon die Haut über die Ohren gezogen.
Mr. Pritchard sah ihr Gesicht jetzt anders. Er sah Härte darin und Herausforderung, und nun, wo er so nahe saß, sah er auch die Schminke und wie sie aufgetragen war. Und er fühlte sich nackt und bloß vor diesem Mädchen. Es war ihm peinlich, daß sie so redete. Er hatte sich gedacht, wenn alles klappte, nun, dann würde er — nun —, aber das Malheur war, daß sie das

alles wußte. Nur würde er es nicht beim Namen genannt haben – das heißt – man konnte auch in diesen Dingen eine Dame sein.

Er war verwirrt, und in dieser Verwirrung wurde er wieder wütend. An einem und demselben Tag wurde er nur selten zweimal wütend. Sein Nacken wurde rot vor Ärger. Er mußte sich beruhigen. Schon seinetwegen. Er sagte kühl: »Ich habe Ihnen bloß eine Position angeboten. Sie wollen sie nicht. Schön. Das ist noch lange kein Grund, ordinär zu werden. Man kann auch eine Dame sein. Das gibt's.«

Ihre Stimme kippte. »Hör mal, mein Junge, ich kann dir auch grob kommen. Diese Damengeschichten, die hab' ich gefressen. Ich will dir nur einmal etwas sagen. Du sagst, du habest mich erkannt... Nun, ich will dir helfen. Gehörst du vielleicht zu einem Klub wie der ›Octagon‹, ›International‹ oder zum ›Bords of the World‹-Klub?«

»Ich bin ein ›Octagon‹«, sagte Mr. Pritchard.

»Erinnerst du dich an das Mädchen, das in einem Weinglas sitzt? Ich habe gesehen, was ihr für Knaben seid. Ich weiß nicht, was ihr daran findet, und ich will es auch nicht wissen. Aber ich weiß, daß es nicht hübsch ist, mein Lieber. Und vielleicht würden Sie eine Dame erkennen, wenn Sie ihr irgendwo begegnen würden. Ich weiß es nicht!« Sie brachte ihre Worte nur stoßweise hervor, und sie war bleischwer von einer beinahe hysterischen Müdigkeit. Sie sprang auf. »Ich gehe jetzt ein paar Schritte, mein Junge. Mach mir das Leben nicht schwer, weil ich dich durchschaut habe und deine Frau auch.« Sie ging eilig davon. Mr. Pritchard sah ihr nach. Seine Augen waren weit aufgerissen, und in seiner Brust lag eine drückende Last; es war wie ein aufreibendes körperliches Grauen. Er sah ihren hübschen Körper schwingen, als sie davonging, er sah ihre hübschen Beine, und er zog sie im Geiste aus, und sie stand neben dem riesigen Glas, und der rote Wein strömte über ihren Körper und ihre Schenkel und über ihr Hinterteil.

Mr. Pritchards Mund stand offen, und sein Nacken war sehr rot. Er schaute weg von ihr und studierte seine Hände. Er zog seine goldene Nagelfeile heraus und steckte sie wieder ein. Er fühlte etwas wie Schwindel und erhob sich unsicher und ging zu dem Felsen hinüber, zu der kleinen Höhle, in der Mrs. Pritchard lag. Sie schlug die Augen auf und lächelte, als er eintrat. Mr. Pritchard legte sich schnell neben ihr nieder. Er hob ihren Mantel hoch und kroch darunter.

»Du bist müde, mein Schatz«, sagte sie. »Elliot, was fällt dir ein! Elliot...!«
»Schweig!« sagte er. »Verstanden? Schweig! Du bist doch wohl meine Frau, oder nicht? Hat ein Mann vielleicht keine Rechte?!«
»Elliot, du bist verrückt! Jemand kann – jemand wird dich sehen.« Sie stieß ihn entsetzt von sich. »Ich erkenne dich gar nicht«, sagte sie. »Elliot, du zerreißt ja mein Kleid!«

»Ich habe es ja gekauft, oder nicht? Ich habe es satt, behandelt zu werden wie eine kranke Katze.«

Bernice weinte leise vor Angst und Grausen.

Nachdem er sie verlassen hatte, weinte sie, mit dem Gesicht in ihren Pelzmantel vergraben. Langsam ließ ihr Schluchzen nach, und sie setzte sich auf und schaute durch den Höhleneingang hinaus. Ihre Augen funkelten vor Wut. Sie hob die Hand und grub ihre Nägel in ihre Wange. Sie fuhr mit dem Nagel probeweise die Wange herunter, dann biß sie sich in die Unterlippe und schlug die Fingernägel in ihr Gesicht. Sie konnte das Blut von den Kratzern sickern fühlen. Sie streckte die Hand aus und machte sie am Boden der Höhle schmutzig und rieb den Schmutz in ihr blutendes Gesicht. Das Blut floß durch den Schmutz, ihren Hals entlang bis zum Ausschnitt ihrer Bluse.


Achtzehntes Kapitel

Mildred und Juan kamen aus der Scheune, und sie sagte: »Schauen Sie, es hat aufgehört zu regnen. Schauen Sie dort über den Bergen die Sonne! Es wird sehr schön werden.«

Juan grinste.

»Ich muß Ihnen sagen — ich fühle mich herrlich«, sagte sie. »Ich fühle mich herrlich.«

»Natürlich«, sagte Juan.

»Fühlen Sie sich herrlich genug, um mir meinen Spiegel zu halten? Ich konnte dort drin nichts sehen.« Sie zog einen kleinen viereckigen Spiegel aus ihrem Täschchen. »So. Noch ein wenig höher.« Sie kämmte rasch ihr Haar zurecht und tupfte etwas Puder auf ihre Wangen und legte ein wenig Lippenstift auf. Sie neigte sich ganz dicht an den Spiegel; denn sie konnte nur aus der Nähe gut sehen. »Finden Sie mich ungeniert für ein vergewaltigtes Mädchen?«

»Sie können so bleiben«, sagte er. »Ich hab' Sie gern.«

»Ist das alles? Mehr nicht?«

»Soll ich lügen?«

Sie lachte. »Es wäre gar nicht schlecht. Aber doch lieber nicht. Sie wollen mich also nicht nach Mexiko mitnehmen?«

»Nein.«

»Dann ist wohl alles zu Ende. Und nichts kommt mehr nach?«

»Wie kann ich das wissen?« fragte Juan.

Sie steckte Spiegel und Lippenstift wieder in ihr Täschchen und verteilte die Bemalung, indem sie eine Lippe an der anderen rieb. »Wollen Sie das Stroh von meinem Mantel bürsten?«

Sie drehte sich um, während er mit seiner Hand ihren Mantel abklopfte.

»Denn mein Vater und meine Mutter wissen nichts von diesen Dingen. Ich bin überzeugt, daß ich unbefleckt empfangen worden bin. Meine Mutter pflanzte mich wie eine erstklassige Zwiebel, bevor der erste Schnee kam, und dann bedeckte sie mich mit Erde und mit Dünger.« Sie war übermütig. »Mit Mexiko ist also nichts. Was tun wir aber jetzt?«

»Wir gehen zurück, graben den Bus aus und fahren nach San Juan.« Er ging auf das Eingangstor des Gehöftes zu.

»Darf ich ein Weilchen Ihre Hand halten?«

Er schaute auf seine Hand mit dem amputierten Finger und wollte auf die andere Seite gehen, um ihr die unversehrte Hand zu reichen.

»Nein«, sagte sie, »ich will diese.« Sie nahm seine Hand und strich mit ihrem Finger über die glatte Haut der amputierten Stelle.

»Nicht!« sagte er. »Das macht mich nervös.«

Sie hielt seine Hand fest umklammert. »Dann brauche ich meine Brille nicht aufzusetzen.«

Die Berggipfel gegen Osten waren glänzend und golden in der untergehenden Sonne. Juan und Mildred wandten sich nach rechts und stiegen den Hügel in der Richtung zum Bus hinauf.

»Wollen Sie mir etwas sagen — als Entgelt für meine — für meine Hurerei?« Juan lachte. »Was wollen Sie wissen?«

»Warum sind Sie hier hinuntergegangen? Haben Sie sich gedacht, daß ich nachkommen werde?«

»Wollen Sie die Wahrheit hören, oder ist es bloß ein Gesellschaftsspiel?«

»Nun — eigentlich beides. Aber — ich glaube doch — vor allem möchte ich die Wahrheit wissen.«

»Mein Gott ... Ich bin davongelaufen«, sagte Juan. »Ich wollte mich zurück nach Mexiko durchschlagen und verschwinden und die Passagiere sich selbst überlassen.«

»Oh — und warum tun Sie's nicht?«

»Ich weiß nicht«, sagte er. »Ich bin aus der Stimmung gekommen. Die Jungfrau von Guadeloupe hat mich im Stich gelassen. Ich dachte, ich könnte sie foppen. Sie hat das aber nicht gern. Und sie hat das Ganze im Keim erstickt.«

»Sie glauben das doch nicht«, sagte sie ernst. »Ich glaube es auch nicht. Was war der wirkliche Grund?«

»Wofür?«

»Daß Sie wieder zurückgehen.«

Juan marschierte weiter, und ein breites Lächeln überstrahlte sein Gesicht, und die Narbe auf seiner Lippe verschob dieses Lächeln. Er blickte auf sie hinunter, und seine schwarzen Augen waren voll Wärme. »Ich bin hinuntergegangen, weil ich hoffte, Sie würden einen Spaziergang machen, und dann könnte ich Sie — vielleicht — sogar herumkriegen.«

Sie nestelte ihren Arm um den seinen und drückte ihre Wange ganz fest an den Ärmel seiner Jacke. »Ich wollte, es ginge noch eine Weile so weiter«, sagte sie. »Aber ich weiß, es geht nicht. Leben Sie wohl, Juan.«
»Leben Sie wohl«, sagte er. Und sie wanderten langsam zurück zum Bus.


Neunzehntes Kapitel

Van Brunt lag ausgestreckt auf der rückwärtigen Querbank. Seine Augen waren geschlossen, aber er schlief nicht. Sein Kopf ruhte auf seinem rechten Arm, und das Gewicht des Kopfes unterband die Blutzirkulation seiner rechten Hand.
Nachdem Camille und Mr. Pritchard ausgestiegen waren, blieben Pimples und Norma eine Weile still.
Van Brunt lauschte dem Alter, das in seinen Adern hochkroch. Er konnte das Rascheln des Blutes in seinen papierdünnen Arterien richtig fühlen, und er konnte sein Herz mit einem leicht pfeifenden Nebengeräusch schlagen hören. Seine rechte Hand war im Begriff einzuschlafen, aber es war seine Linke, die ihm zu schaffen machte. Er hatte nicht viel Gefühl in seiner linken Hand. Die Haut war empfindungslos wie dicker Gummi. Er rieb und massierte seine Hand, wenn er allein war, um die Zirkulation zu erhöhen, und er wußte so ziemlich genau, wie es um ihn stand, nur wollte er es sich nicht eingestehen.
Vor einigen Monaten war er ohnmächtig geworden, nur einen Augenblick lang, und der Arzt hatte seinen Blutdruck gemessen und ihm gesagt, er solle die Sache nicht weiter beachten, und alles würde wieder gut sein. Vor vierzehn Tagen war wieder etwas passiert. Es war wie ein elektrischer Schlag hinter seinen Augen gewesen, ein Gefühl wie ein blendendes blauweißes Licht — nur eine Sekunde lang —, und seither konnte er nicht mehr lesen. Er sah ziemlich klar, aber die Worte verschwammen auf der ganzen Seite und liefen ineinander und krochen herum wie Schlangen, und er konnte nicht erfassen, was sie bedeuteten.
Er wußte sehr gut, daß er zwei kleine Schlaganfälle gehabt hatte, aber er verheimlichte es seiner Frau, und sie wieder verheimlichte es ihm, und der Doktor verheimlichte es beiden. Und er wartete und wartete auf den nächsten, auf den entscheidenden Hieb durch sein Gehirn und durch seinen Körper, auf den nächsten, der, wenn er ihn schon nicht tötete, doch jegliches Gefühl vernichten würde. Und dieses Bewußtsein machte ihn böse, böse auf alles und auf jeden. Körperlicher Haß gegen jeden einzelnen um ihn herum staute sich in seiner Kehle und drohte ihn zu ersticken. Er versuchte alle möglichen Augengläser. Er verwendete beim Zeitungslesen eine Lupe, weil er mit der Hälfte seines Verstandes seinen Zustand vor sich selbst geheimzuhalten ver-

suchte. Seine Wutausbrüche pflegten neuerdings völlig unerwartet aus ihm loszutoben, aber das, wovor ihm am meisten graute, war, daß er manchmal zu weinen begann und nicht aufzuhören vermochte. Unlängst war er früh aufgewacht und hatte sich gesagt: »Warum darauf warten?«

Sein Vater war an der gleichen Sache gestorben, aber bevor er starb, war er wie ein grauer hilfloser Wurm elf Monate lang im Bett gelegen, und das ganze Geld, das er für seine alten Tage erspart hatte, war für Doktorrechnungen draufgegangen. Van Brunt wußte, daß, falls es ihm ebenso ergehen sollte, die 8000 Dollar, die er auf der Bank hatte, weg sein würden und für seine alte Frau, nachdem sie ihn begraben hatte, nichts mehr übrigblieb.

Sobald an diesem Tag die Apotheken geöffnet wurden, ging er zu seinem Freund Milton Boston in der Boston-Apotheke.

»Ich muß ein paar Eichhörnchen vertilgen, Milton«, sagte er, »gib mir etwas Zyankali, sei so gut.«

»Das ist aber ein verflucht gefährliches Zeug«, sagte Milton. »Ich verkaufe es nur höchst ungern. Ich gebe dir lieber Strychnin, das erfüllt den Zweck genauso.«

»Nein«, sagte Van Brunt. »Ich habe eine Regierungsvorschrift, und da gehört Zyankali hinein.«

Milton sagte: »Na schön. Aber du mußt dich natürlich im Giftbuch eintragen. Jedenfalls sei sehr vorsichtig mit dem Zeug, Van. Und laß es ja nirgends herumstehen.«

Sie waren seit vielen Jahren befreundet. Beide waren Mitglieder der Blauen Loge, und dort waren sie Grad für Grad miteinander aufgestiegen, und in der San-Ysidro-Loge waren sie nacheinander Meister vom Stuhl geworden. Dann trat Milton beim Royal Arch ein, und Van Brunt brachte es nie über den dritten Grad. Aber Freunde waren sie geblieben.

»Wieviel willst du davon?«

»Eine Unze vielleicht?«

»Das ist furchtbar viel, Van.«

»Was ich nicht brauche, bringe ich zurück.«

Milton hatte Angst. »Berühr es nur ja nicht mit der Hand, verstehst du?«

»Ich weiß, wie ich es zu behandeln habe«, sagte Van Brunt.

Dann ging er in sein Büro im Erdgeschoß seines Hauses und fügte sich am Handrücken einen kleinen Kratzer zu. Als ein wenig Blut herauskam, öffnete er die kleine Glasphiole mit den Kristallen. Dann hielt er inne. Er war nicht imstande dazu. Er konnte einfach die Kristalle nicht auf den Kratzer streuen.

Nach einer Stunde trug er die Phiole in die Bank und legte sie in seinen Safe zu seinem Testament und zu seinen Versicherungspolicen. Er dachte daran, sich eine kleine Ampulle zu kaufen, die er um den Hals tragen konnte. Und wenn dann der Mann mit der Sense kam, dann konnte er sie vielleicht in den

Mund stecken, wie gewisse Leute in Europa. Aber augenblicklich war er nicht dazu imstande. Vielleicht kam es gar nicht dazu.

Enttäuschung lastete auf ihm und auch eine große Portion Ärger. Alle die Leute um ihn herum, die nicht sterben mußten, ärgerten ihn. Und noch etwas ging ihm nicht aus dem Kopf. Der Schlaganfall hatte eine seiner Hemmungen einfach aufgehoben. Er wurde plötzlich von den heftigsten Begierden durchtobt. Es zog ihn unwiderstehlich zu jungen Frauen, ja sogar zu kleinen Mädchen. Er konnte die Augen und die Gedanken nicht von ihnen lassen, und mitten in seiner krankhaften Begierde brach er plötzlich in Tränen aus. Er fürchtete sich, so wie ein Kind sich vor einem fremden Haus fürchtet.

Er war zu alt, um diese körperliche Veränderung durch den Schlaganfall auf natürliche Weise abzureagieren. Er hatte nie viel gelesen, aber nun, wo er nicht mehr lesen konnte, brannte er darauf. Und sein Wesen wurde immer heftiger und verbitterter, bis schließlich selbst Leute, die er seit Jahren kannte, ihm auszuweichen begannen.

Er hörte die Zeit in seinen Adern verströmen und wünschte den Tod herbei und hatte Angst vor ihm. Durch halb geschlossene Augen sah er das goldene Licht des Sonnenunterganges in den Bus hereinscheinen. Seine Lippen bewegten sich ganz leicht, und er sagte: »Abend, Abend, Abend.« Das Wort war sehr schön, und er hörte das Pfeifen in seinem Herzen. Eine Fülle der Gefühle schwellte seine Brust, schwellte seine Kehle und pulsierte in seinem Kopf. Er dachte, jetzt würde er gleich wieder weinen, und versuchte die rechte Hand zu ballen, aber sie war eingeschlafen und ließ sich nicht ballen.

Und dann wurde er vor Anspannung ganz steif. Sein Körper war zum Bersten gespannt wie ein aufgeblasener Gummihandschuh. Das Abendlicht strahlte herein. Hinter seinen Augen schlug fürchterlich zuckend ein Blitz ein. Er fühlte sich stürzen und sinken — tiefer und tiefer —, erst ins Grau, dann in tiefdunkle schwarze, schwarze Nacht...

Die Sonne berührte die westlichen Hügel und wurde ganz flach, und ihr Licht war gelb und klar. Das gesättigte Tal glitzerte in dem niedrigen Licht. Die saubergewaschene Luft war frisch und klar. Auf den Feldern richteten das umgelegte Korn und die müden dicken Stengel des wilden Hafers sich wieder auf, und die festgepackten Blütenblätter des gelben Mohns lösten sich ein wenig. Der gelbe Fluß brodelte und wirbelte und verbiß sich gierig in das Ufer. Auf der Hinterbank des Busses lag Van Brunt und röchelte laut. Seine Stirn war feucht, sein Mund stand offen und seine Augen auch.

## Zwanzigstes Kapitel

Pimples übersiedelte auf den Platz neben Norma, und sie raffte ihren Rock eng an sich und rutschte noch ein wenig näher ans Fenster.
»Was glauben Sie, mag der alte Kerl von dem Mädel wollen?« fragte er mißtrauisch.
»Ich weiß nicht«, sagte Norma. »Aber eins kann ich Ihnen sagen: Sie wird mit ihm fertig. Sie ist ein großartiges Mädel.«
Pimples sagte: »Ach, ich weiß nicht. Andere sind geradeso großartig.«
Norma fuhr in die Höhe: »Wer zum Beispiel?« fragte sie spöttisch.
»Sie«, sagte Pimples.
»Oh ...!« das hatte sie nicht erwartet. Sie senkte den Kopf und starrte auf ihre verschränkten Finger, um ihr Gleichgewicht wiederzufinden.
»Was ist Ihnen nur eingefallen, zu kündigen, um auf und davon zu laufen?« fragte Pimples.
»Nun — Mrs. Chicoy war nicht nett zu mir.«
»Ich weiß — sie ist zu niemandem nett. Aber ich wäre froh, wenn Sie bleiben würden. Vielleicht hätten wir uns zusammentun können — wer weiß —, vielleicht ...«
Norma gab keine Antwort. Pimples sagte: »Wenn Sie wollen, hole ich einen von den Rosinenkuchen herein. Sie sind wirklich gut.«
»Nein, nein, danke, ich könnte nichts essen.«
»Sind Sie krank?« — »Nein.«
»Nun, ich meine, wenn Sie wieder zu den Corners zurückgehen würden, dann könnten wir vielleicht Samstag abends nach San Juan tanzen gehen oder so ...«
»Früher ist Ihnen das nie eingefallen.«
»Ich habe gedacht, Sie mögen mich nicht.«
Nun wurde sie ein wenig patzig. »Wer sagt Ihnen, daß ich Sie jetzt mag?«
»Nun, Sie sind jetzt ganz anders. Sie haben sich irgendwie verändert. Mir gefällt Ihre neue Frisur.«
»Ach, das ...!« sagte sie. »Mich für den Lunchraum herzurichten, hat sich allerdings nicht gelohnt. Wer sieht mich dort schon?«
»Ich«, sagte Pimples galant. »Kommen Sie zurück. Sie würden Sie ganz bestimmt wieder nehmen, dafür steh' ich ein.«
Sie schüttelte den Kopf. »Nein. Wenn ich einmal gehe, dann gehe ich. Ich komme nicht gekrochen. Außerdem habe ich meine Zukunftspläne.«
»Was sind das für Pläne?«
Norma wußte nicht, ob sie es sagen sollte. Sie wollte es nicht beschreiben. Aber andersits konnte sie es einfach nicht bei sich behalten. »Wir nehmen uns eine kleine Wohnung mit einem hübschen Sofa und einem Radio, und

einen Ofen und einen Eisschrank werden wir auch haben, und ich werde einen zahnärztlichen Assistentinnenkurs machen.« Ihre Augen leuchteten.
»Wer ist ›wir‹?«
»Ich und Miß Camille Oaks. Wenn ich eine Assistentin sein werde, dann kann ich mich auch hübsch anziehen, und ich werde ins Theater gehen und vielleicht auch Leute zum Abendessen einladen...«
»Unsinn«, sagte er, »das werden Sie nie.«
»Wie können Sie das sagen?«
»Weil Sie es einfach nicht tun werden. Sagen Sie, warum wollen Sie eigentlich nicht zurück zu den Corners? Ich studiere Radar, und wir können manchmal zusammen ausgehen. Und wer weiß, vielleicht kommen wir noch richtig zusammen. Nehmen wir zum Beispiel ein Mädchen – ein Mädchen, das gern heiraten möchte. Ich bin ein junger Mann, und es ist sehr gut für einen jungen Mann, wenn er eine Frau hat. Es macht ihn ehrgeizig und fleißig.«
Norma sah ihm von unten ins Gesicht. Mit einem fragenden Blick. Wollte er sich über sie lustig machen? Ihr Blick war so offen und ehrlich, daß Pimples ihn mißverstand und verlegen wegschaute:
»Ich weiß«, sagte er bitter, »Sie glauben, daß Sie mit einem Menschen nicht gehen könnten, der solches Zeug im Gesicht hat. Ich habe alles dagegen getan, was ich irgend konnte. Ich habe über hundert Dollar für Ärzte und Apotheken ausgegeben, aber nichts hilft. Ein Doktor hat mir gesagt, daß es vorübergehen werde. Er hat gesagt, in zwei Jahren sei es weg. Aber ich weiß nicht, ob das wahr ist. Tun Sie, was Sie wollen«, sagte er böse. »Nehmen Sie sich Ihre verdammte Wohnung! Wer weiß, vielleicht werde ich mich noch so herrlich unterhalten, wie Sie es überhaupt nicht ahnen können. Ich hab' es nicht nötig, mich von irgend jemandem vor den Kopf stoßen zu lassen.« Seine Stimme war voll Jammer, und er starrte in seinen Schoß.
Norma sah ihn entgeistert an. Einem so niedrigen, so verächtlichen Kummer war sie noch bei niemandem begegnet, außer bei sich selbst. Noch nie hatte jemand bei ihr Sympathie und Halt gesucht. Wärme und Dankbarkeit stiegen in ihr hoch wie eine Wasserblase, die in Hochspannung birst.
Sie sagte: »So dürfen Sie nicht denken. Das haben Sie gar nicht nötig; denn wenn ein Mädchen Sie gern hätte, dann würde sie auch nicht so denken. Der Doktor wird schon gewußt haben, was er sagt. Ich kenne noch drei andere junge Leute, bei denen war das Zeug plötzlich weg.«
Pimples' Kopf blieb gesenkt. Ihm war noch immer ganz jämmerlich zumute, aber er begann doch schon ein klein wenig Oberwasser zu bekommen und die Gelegenheit wahrzunehmen, und das war etwas ganz Neues für ihn, eine richtige Offenbarung. Er war den Mädchen immer mit großen Worten gekommen und allem möglichen Getue, und das hier war so einfach! Seine Stimmung hob sich ein wenig.

»Nun, es überkommt einen eben manchmal, und da läßt sich nichts dagegen tun«, sagte er. »Manchmal möchte ich mich am liebsten umbringen.« Er produzierte gewaltsam eine Art von Schluchzen.
»Nein, so dürfen Sie wirklich nicht reden«, sagte Norma. Für sie war das auch ein ganz neues Amt, aber sie versah es gewiß besser als manche andere.
»Keiner mag mich«, sagte Pimples. »Keiner will von mir etwas wissen...«
»Reden Sie doch nicht so«, wiederholte Norma. »Es ist nicht wahr. Ich habe Sie immer gern gehabt.«
»Nein, nie.«
»Doch, ich hab' Sie gern gehabt.« Und zur Bekräftigung legte sie ihre Hand auf seinen Arm. Er griff nach ihr, ohne hinzuschauen und drückte sie gegen seinen Arm. Dann ergriff seine Hand die ihre, und er drückte ihre Finger, und sie erwiderten unwillkürlich diesen Druck. Er drehte sich auf seinem Sitz um und legte seine Arme um sie, und sein Gesicht war dicht an dem ihren.
»Nicht!« schrie sie. »Hören Sie auf!«
Er umklammerte sie nur noch fester.
»Hören Sie auf!« sagte sie. »Hören Sie auf! Der alte Mann dort drüben — ich bitte Sie...«
Pimples flüsterte: »Sie hören doch, wie der alte Kerl schnarcht. Man hört sein eigenes Wort nicht. Kommen Sie doch, kommen Sie!«
Sie stemmte ihre Ellbogen gegen seine Brust, um ihn von sich wegzuhalten. Seine Hände begannen an ihrem Rock herumzunesteln. »Jetzt hören Sie aber auf!« Und sie wußte plötzlich, daß sie angeführt worden war. »Aufhören! Lassen Sie mich heraus!«
»Aber so kommen Sie doch«, beschwor er sie, »bitte, kommen Sie.« Pimples Augen waren ganz glasig, und er fingerte weiter an ihrem Rock herum.
»Aufhören! Bitte aufhören! Wie, wenn Camille hereinkäme... Wenn sie sehen würde — was Sie...«
Pimples Augen hellten sich einen Moment auf. Er sah sie häßlich an. »Und wenn schon? Was diese verdammte Hure sieht, kann Ihnen doch wohl gleich sein...«
Normas Mund blieb offenstehen. Und ihre Muskeln versagten den Dienst. Sie starrte ihn ungläubig an. Sie starrte ihn an, als hätte sie nichts verstanden, was er sagte. Aber dann war ihre Rache kalt und tödlich. Ihre von Arbeit gestählten Muskeln strafften sich. Sie entriß ihm ihre Hand und schlug ihn auf den Mund. Sie sprang auf und fuhr auf ihn los und schlug mit den Fäusten auf ihn ein, und er war so starr, daß er sein Gesicht mit seinen Händen bedeckte, um es zu schützen.
Sie fauchte ihn an wie eine Katze. »Sie Schwein!« sagte sie. »Sie scheußliches kleines Schwein!« Und sie trat ihn mit den Füßen und stieß und drängte ihn in den Mittelgang und lief selbst durch den Gang hinaus aus dem Bus. Seine

Füße verfingen sich in den Sitzstützen, und er versuchte, sich auf den Boden fallen zu lassen.

Norma fühlte sich plötzlich ganz krank und schwach. Ihre Lippen bebten, und ihre Augen schwammen in Tränen. »So ein dreckiges Schwein!« schrie sie. »So ein elendes, dreckiges Schwein!«

Sie sprang über den Graben und warf sich ins Gras und legte den Kopf auf ihre Arme. Pimples stand wieder auf seinen Beinen und schaute aus dem Fenster hinaus. Er war völlig ratlos und wußte nicht, was er tun sollte.

Camille, die langsam die Straße entlang geschlendert kam, sah Norma mit dem Gesicht nach unten im Gras liegen. Sie sprang über den Graben und beugte sich über sie. »Was ist los? Sind Sie gestürzt? Was ist denn los?«

Norma hob ihr tränenüberströmtes Gesicht: »Nein, nein, mir fehlt nichts«, sagte sie.

»Stehen Sie auf«, sagte Camille kurz. »Stehen Sie von dem nassen Gras auf.« Sie langte hinunter und zog Norma hoch, bis sie wieder auf ihren Füßen stand, führte sie unter die Felsklippe und setzte sie auf die gefaltete Zeitung.

Norma wischte sich ihr nasses Gesicht mit dem Ärmel ab und verschmierte den ganzen Lippenstift. »Ich mag nicht darüber reden.« — »Nun, das ist Ihre Sache«, sagte Camille.

»Dieser Pimples. Er ist über mich hergefallen.«

»Nun, und da wissen Sie sich nicht zu helfen? Brauchen Sie vielleicht die Polizei dazu?«

»Ach, das war es nicht.«

»Was war es denn?« Es interessierte Camille im Grunde gar nicht. Sie hatte ihre eigenen Sorgen.

Norma rieb ihre roten Augen mit den Fingern. »Ich hab' ihm eine heruntergehauen«, sagte sie. »Ich hab' ihm eine heruntergehauen, weil er gesagt hat, daß Sie eine Hure seien.«

Camille sah schnell beiseite. Sie starrte über das Tal hinüber, wo das letzte Stückchen Sonne hinter den Bergen verschwand. Und sie rieb sich die Wange. Ihre Augen waren stumpf. Und dann zwang sie Leben in ihre Augen und ein Lächeln. Und dieses Lächeln schenkte sie Norma.

»Schauen Sie, Kind«, sagte sie. »Sie müssen es eben so lange glauben, bis Sie es besser wissen ... Eine Hure ist jede einmal — jede. Und die ärgsten Huren sind die, die es nicht beim Namen nennen.«

»Aber Sie sind keine.«

»Lassen wir das«, sagte Camille. »Lassen wir das lieber. Kommen Sie her, damit wir Ihr Gesicht ein wenig in Ordnung bringen können. Etwas Lippenstift ist zwar noch lange kein Bad, aber es ist besser als nichts.«

Camille öffnete ihr Täschchen und nahm einen Kamm heraus.

# Einundzwanzigstes Kapitel

Juan beschleunigte seine Schritte, und Mildred hatte alle Mühe, an seiner Seite zu bleiben.

»Müssen wir laufen?« fragte sie.

»Es ist viel leichter, den Bus aus dem Graben zu ziehen, solange es noch hell ist. Im Finstern ist es gar arg.«

Sie stapfte neben ihm her. »Glauben Sie, daß Sie ihn herauskriegen?«

»Ja.«

»Warum haben Sie es dann nicht gleich getan, statt wegzugehen?« Er verlangsamte ein wenig seinen Schritt: »Das hab' ich Ihnen bereits gesagt. Zweimal sogar.«

»Ja, ja ... Sie haben es also wirklich ernst gemeint?«

»Ich meine immer alles ernst, was ich sage«, antwortete Juan.

Sie erreichten den Bus, nachdem die Sonne hinter die Bergspitzen gesunken war. Aber die hohen Wolken strahlten rosig und warfen ein durchsichtiges rosenrotes Licht über Land und Hügel.

Pimples kroch hinter dem Bus hervor, als Juan sich näherte. Es war etwas Feindselig-Kriecherisches in seiner ganzen Art. »Wann werden sie kommen?« fragte er.

»Ich kann niemanden auftreiben«, sagte Juan kurz. »Wir werden es selbst machen müssen. Aber dazu brauchen wir Hilfe. Wo, zum Teufel, sind denn alle hingekommen?«

»Sie strolchen irgendwo herum«, sagte Pimples.

»Nun, dann hol einmal die Plache heraus.«

»Die Dame dort drüben liegt darauf.«

»Dann soll sie aufstehen. Ich brauche große Steine, wenn du welche auftreiben kannst. Und dann brauche ich ein paar Bretter oder Pfähle. Schlimmstenfalls müssen wir ein Stück Einfriedung wegreißen. Aber laß den Stacheldraht, wo er ist, damit das Vieh nicht herauskann. Und dann, Pimples ...«

Pimples' Mund stand offen, und seine Schultern hingen schlaff hinunter. »Was haben Sie gesagt? ...«

»Hol alle Männer her. Ich werde Hilfe brauchen. Ich muß den großen Wagenheber unter dem Rücksitz herausholen.«

Juan stieg in den Bus. Es war jetzt ziemlich dunkel in dem Wagen. Er sah Van Brunt auf dem Rücksitz liegen. »Sie werden aufstehen müssen, damit ich den Wagenheber herausnehmen kann«, sagte Juan.

Plötzlich beugte er sich tiefer hinunter. Die Augen des alten Mannes standen offen und rollten nach oben, so daß man nur das Weiße sah, und ein rauhes schweres Schnarchen drang aus seinem Mund, und um die Mundwinkel war Speichel. Juan drehte ihn auf den Rücken, und seine Zunge fiel in seinen

Schlund und verstopfte die Atmung. Juan griff mit seinen Fingern in den offenen Mund und stieß die Zunge hinein und wieder heraus. Er schrie: »Pimples, Pimples ...!« und klopfte mit dem Ehering an seiner freien Hand ans Fenster.
Pimples kletterte in den Bus:
»Der Mensch ist krank, Himmel, Herrgott! Ruf um Hilfe. Gib ein Hupensignal...!«
Zuerst mußte Mr. Pritchard Van Brunt übernehmen; es war ihm gräßlich, aber es blieb ihm nichts anderes übrig. Juan schnitt ein Stückchen von einem Stab ab und zeigte ihm, wie er die Zunge hinunterdrücken und den Stab gegen den Gaumen klemmen mußte, damit der alte Mann atmen konnte.
Mr. Pritchard war der Anblick des Mannes entsetzlich, und auch der saure Geruch, der aus der keuchenden Brust drang, hob ihm den Magen. Aber er mußte es tun. Er wollte über nichts nachdenken. Sein Gehirn mußte aussetzen. Ein schauerlicher Todeskampf um den andern durchbebte ihn. Seine Frau stieg in den Bus und sah ihn und setzte sich auf den ersten Sitz nahe der Tür, soweit als möglich von ihm entfernt. Und selbst in der düsteren Beleuchtung konnte er die Kratzer und das Blut auf ihrem Kragen sehen. Sie sprach kein Wort mit ihm.
Er sagte sich: Ich muß den Verstand verloren haben. Ich verstehe nicht, wie ich zu so etwas imstande war. Kannst du dir nicht einfach sagen, daß ich krank war, mein Kind, und daß ich nicht richtig im Kopf war? Das sagte er im Geist. Und er wollte ihr das kleine Orchideenhaus schenken, und es sollte nicht einmal ganz so klein sein. Er wollte ihr das schönste Orchideenhaus bauen lassen, das überhaupt zu haben war. Es mochte kosten, was es wollte. Aber er durfte noch lange nicht davon sprechen. Und der Ausflug nach Mexiko, der mußte gemacht werden, dagegen ließ sich nichts tun. Eine gräßliche Reise würde es werden, aber sie mußten durchhalten. Wie lange würde es dauern, bis dieser Blick aus ihren Augen verschwand, dieser Vorwurf, diese Kränkung und dieses Todesurteil? Tagelang würde sie kein Wort reden, das kannte er schon, oder wenn sie es tat, dann nur ungeheuer höflich; kurze Antworten mit einer süßen Stimme, und ihre Blicke würden den seinen ausweichen. Ach Gott! dachte er. Wie kann mir nur so etwas passieren? Warum liege nicht lieber ich hier und sterbe, statt dieser alte Mann? Dem wird nie mehr etwas passieren.«
Er fühlte, wie die Männer unter ihm an dem Bus arbeiteten. Er hörte die Schaufel angreifen, er hörte das Glucksen des Drecks, und er hörte, wie ein Stein unter die Räder geschoben wurde. Seine Frau saß steif da, ein nachsichtiges Lächeln um die Lippen. Er wußte noch nicht, wie sie sich benehmen würde, aber sie würde die Situation schon meistern, wie gewöhnlich.
Sie war traurig und sagte sich: Die bloße Tatsache, daß seine Brutalität mit

Elliot durchgegangen ist, gestattet mir noch lange nicht, meine Anmut und Nachsicht zu verlieren. Etwas wie Triumph durchzuckte sie. »Ich habe meine Wut besiegt«, flüsterte sie, »und meinen Ekel. Beides ... Und ich kann ihm vergeben. Ich weiß, daß ich es kann. Aber um seinetwillen darf es nicht zu bald sein — nur um seinetwillen. Ich muß warten.« Ihr Gesicht war voll Würde und Weh.
Draußen vollbrachte Pimples Wunder an Muskelkraft und Tüchtigkeit. Seine Oxfordschuhe mit den hellen Einsätzen waren vom Dreck verdorben. Er ruinierte sie beinahe mit Absicht. Auch auf seinen schokoladefarbenen Hosen lag eine Schicht Dreck. Er besudelte bewußt seine feinen Kleider. Er stieß die Schaufel in die Erde und grub und grub hinter den Rädern und unter den Seiten des Wagens und warf den Dreck heraus. Er kniete im Schmutz nieder, um mit den Händen zu wühlen und zu graben. Seine Raubtieraugen funkelten vor Anstrengung, und auf seiner Stirn stand der Schweiß. Er beobachtete Juan von der Seite. Juan hatte ihn vergessen und gerade zu einer Zeit, wo Pimples ihn am nötigsten brauchte. Pimples stieß seine Schaufel in den Boden im Vollgenuß seines Kraftüberschusses.
Ernest Horton nahm eine Spitzhacke. Er sprang über den Graben. Er hackte den Torf weg und die Wurzeln und die Erddecke, so lange, bis er gefunden hatte, was er suchte: den abgebröckelten Stein von dem uralten Bergsturz. Er hob Stein um Stein heraus und türmte sie neben dem Loch aufs Gras.
Camille kam zu ihm hinüber. »Ich trage Ihnen ein paar hinüber.«
»Sie werden sich ganz schmutzig machen«, sagte er.
»Sie glauben, ich könne noch schmutziger werden?«
Er stellte die Hacke auf den Boden. »Wollen Sie mir nicht doch Ihre Telefonnummer geben? Ich möchte Sie gern ausführen.«
»Es ist wahr, was ich Ihnen gesagt habe. Ich weiß noch nicht, wo ich wohnen werde. Ich habe keine Telefonnummer.«
»Nun —, wie Sie wollen!« sagte er.
»Nein, es ist wirklich wahr. Wo werden Sie wohnen?«
»Im ›Hollywood Plaza‹«, sagte er.
»Nun — wenn Sie übermorgen in der Halle sein wollen —, vielleicht komme ich vorbei.«
»Das ist schön«, sagte Ernest. »Wir gehen zu Musso-Francks essen.«
»Ich habe nicht gesagt, daß ich kommen werde«, sagte sie. »Ich habe gesagt ›vielleicht‹. Ich weiß noch nicht, ob ich gelaunt sein werde. Falls ich nicht komme, dann machen Sie sich nichts draus. Ich bin zu kaputt, um Pläne zu machen.«
»Schön«, sagte Ernest. »Ich warte bis halb acht.«
»Sie sind ein lieber Kerl«, sagte Camille.

»Nur ein Lump mehr, das ist alles«, sagte Ernest. »Nehmen Sie doch nicht diese großen, die trage ich schon. Sie nehmen die kleinen.«
Sie nahm einen Stein in jede Hand und ging zum Bus hinüber.
Juan riß die Pfosten aus der alten Einfriedung. Zehn Stück riß er aus, aber immer nur jeden zweiten, so daß der Stacheldraht nicht herunterfallen konnte. Er trug die Pfähle hinunter und kehrte wieder um, um andere zu holen.
Das Abendrot wurde langsam ganz hellrosa, und graues Dunkel senkte sich über das Tal. Juan stemmte den Wagenheber gegen den Pfahl und unter die Flansche der Radfelge und hob eine Seite des Busses hoch. Als das Rad sich hob, füllte Pimples das Loch unter den Reifen mit Felsbrocken.
Juan setzte nochmals an, und nach und nach erhob sich eine Seite des Busses aus dem Dreck. Juan ging mit seinem Heber auf die andere Seite und hob das andere Rad.
Camille und Norma schleppten Steine, um die Löcher zu füllen, während Ernest sie ausgrub.
Mildred fragte: »Was kann ich tun?«
»Halten Sie diesen Pflock, während ich frisch ansetze«, sagte Juan. Er kämpfte verbissen gegen die einbrechende Dunkelheit. Seine Stirn glänzte von Schweiß. Pimples kniete im Dreck und stopfte Steine unter die Räder, und auch die andere Seite des Busses erhob sich langsam aus dem weichen Boden.
»Heben wir ihn hier besonders hoch«, sagte Juan. »Dann brauchen wir's kein zweitesmal zu tun. Ich hätte gern diese Pfähle unter den Rädern.«
Es war schon beinahe finster, als sie fertig waren. Juan sagte: »Alle müssen stoßen, wenn ich losfahre. Wenn wir nur drei Fuß weiterkommen, dann haben wir's geschafft.«
»Wie sieht die Straße weiter oben aus?« fragte Pimples.
»Ich hab' sie ganz gut gefunden. Guter Gott, was hast du denn mit deinem Anzug gemacht?«
Pimples Gesicht war ganz krank vor Enttäuschung. »Das spielt doch keine Rolle«, sagte er. »Was sind schon Kleider?« Sein Ton war so hoffnungslos, daß Juan durch das Halbdunkel zu ihm hinüberschaute.
Ein kurzes Lächeln huschte über Juans Lippen. »Du mußt hier hinten das Kommando übernehmen, Kit, während ich chauffiere. Sie sollen fest anstemmen, wenn ich losfahre. Du weißt schon, wie. Also verstanden: Du hast das Kommando!«
»Kommt herüber und stoßt! Ich bleibe auf der rechten Seite. Die Mädchen auch. Alle müssen schieben!« Er kommandierte seine Leute hinten am Bus. Eine Sekunde lang schaute er kühl zu Mr. Pritchard hinüber, der im Wagen saß. Er wäre wahrscheinlich doch nur im Weg, sagte er sich.
Juan kletterte in den Bus. »Gehen Sie hinaus und schieben Sie auch von hinten an«, sagte er zu Mr. Pritchard.

Die Maschine sprang ziemlich leicht an. Juan ließ sie eine Weile leer laufen, dann klopfte er zweimal an seine Seite des Busses und hörte Pimples zweimal von der Rückwand her klopfen. Er trieb den Motor ein wenig an und ließ den Gang eingeschaltet, ohne auszukuppeln. Die Räder griffen an, glitschten, surrten und griffen wieder an, und Juans »Sweetheart« wackelte wie betrunken über das Steinbett und kletterte auf die Straße hinauf. Juan fuhr weiter aus dem Straßendreck heraus, dann faßte er die Handbremse. Er stand auf und schaute aus der Tür hinaus.
»Leg das Werkzeug nur hier auf den Boden«, sagte er. »Alle einsteigen. Wir müssen schauen, daß wir weiterkommen.«
Er drehte seine Lichter an, und der Strahl beleuchtete die sandige Straße bis hinauf an die Spitze des kleinen Hügels.


Zweiundzwanzigstes Kapitel

Juan führte den Bus ganz langsam über den Hügel und wieder hinunter über die wasserdurchnarbte Kiesstraße, an dem verlassenen Haus vorbei. Als er einen Bogen machte, fielen seine Vorderlichter auf die leeren Augenhöhlen des Hauses, die zerbrochene Windmühle und die Scheune.
Die Nacht war pechschwarz, aber es hatte sich wieder eine leichte Brise erhoben, die nach würzigem Gras duftete und nach Lupinen. Die Vorderlichter bildeten über der Straße einen Tunnel aus Nacht, und eine Eule flitzte durch das Licht und wieder hinaus. Weit vorn setzte ein Kaninchen über die Straße und starrte in das Licht, so daß seine Augen rot aufglühten. Dann hüpfte es mit einem Satz in den Graben.
Juan hielt den Bus im zweiten Gang und vermied mit seinen Rädern die wassergehöhlten Gleise. Das Innere des Busses war dunkel bis auf die Lichter am Schaltbrett. Juan warf einen Blick auf die Madonna. Ich bitte dich nur um eines, sagte er im Geist. Ich habe die andere aufgegeben, aber es wäre hübsch, wenn die zu Hause wenigstens nüchtern wäre, wenn ich heimkomme. Mrs. Pritchard war gar nicht mehr böse. Ihr Kopf schwankte im Takt mit dem Bus, und sie träumte. Sie trug ein Kleid – nun – was würde es wohl für ein Kleid sein? Etwas Helles. Und sie führte Ellen durch ihr kleines Orchideenhaus. Du willst wissen, warum ich auch ein paar violette Orchideen habe? fragte sie Ellen. Nun, jeder hat doch schließlich Angehörige, die lila Orchideen lieben. Du ja auch, nicht wahr? Aber schau dorthin. Sie kommen gerade heraus. Das sind die wunderschönen Braungrünen. Elliot ließ sie aus Brasilien kommen. Sie wachsen tausend Meilen landeinwärts am Amazonasstrom.
Am Boden des Busses klirrte die Hacke gegen die Schaufel. Pimples beugte sich dicht zu Juans Ohr:

»Ich könnte Sie ablösen, Mr. Chicoy, Sie sind ganz müde. Ich kann gern chauffieren, wenn Sie wollen.«
»Nein, Kit, danke, du hast genug geleistet für heute.«
»Aber ich bin nicht müde.«
»Schon recht, mein Junge«, sagte Juan.
Mildred konnte Juans Profil sehen, das sich von der beleuchteten Straße abhob. Wenn ich den Tag nur festhalten könnte, damit er noch recht lange dauert. So wie eine Zuckerstange — ich möchte ihn langsam, langsam genießen. Ich werde an dem heutigen Tag noch lange zehren müssen, bis ich wieder einen so guten finde.
Durch das Stoßen und Stampfen des Busses hindurch horchte Mr. Pritchard auf Van Brunts Atem. Er konnte kaum sein Gesicht auf dem Sitz unterscheiden, und er entdeckte, daß er diesen Mann haßte, weil er starb. Entsetzt nahm er diesen Haß unter die Lupe. Er fühlte, daß er diesen Mann mit Leichtigkeit ermorden könnte, nur um Schluß zu machen. Was bin ich nur für ein Mensch! schrie er. Was löst nur so gräßliche Sachen in mir aus? Bin ich im Begriff, verrückt zu werden? Vielleicht habe ich zu schwer gearbeitet. Vielleicht ist das Ganze ein Nervenzusammenbruch...
Er bückte sich, um zu sehen, ob der Kranke überhaupt noch atme. In seinem Mund mußte eine sehr wunde Stelle sein, dort, wo das Hölzchen sich anklemmte. Er hörte ein Geräusch und sah, daß Ernest zurückgekommen war und sich neben ihn gesetzt hatte.
»Soll ich Sie ablösen?«
»Nein«, sagte Mr. Pritchard. »Ich glaube, es ist alles in Ordnung. Wofür halten Sie es?«
»Es ist ein Schlaganfall«, sagte Ernest. »Ich wollte Sie vorhin nicht verletzen. Ich war nur sehr nervös.«
»Man hat solche Tage«, sagte Mr. Pritchard. »Wenn alles schiefgeht, dann pflegt meine Frau zu sagen: ›Wir werden noch einmal darüber lachen...‹«
»Nun, wenn man diese Dinge so ansehen kann, dann ist es ja gut«, sagte Ernest. »Ich werde im ›Hollywood Plaza‹ wohnen, falls Sie mich anrufen wollen. Oder versuchen Sie es einmal am Abend bei der Adresse, die ich Ihnen angab.«
»Ich glaube, ich werde keine freie Minute haben«, sagte Mr. Pritchard. »Aber vielleicht kommen Sie einmal in die Fabrik. Wir könnten doch eventuell noch ein Geschäft miteinander machen.«
»Schon möglich«, sagte Ernest.
Nun saß Norma am Fensterplatz, und Camille saß neben ihr. Norma lehnte den Ellbogen aufs Fensterbrett und schaute in die zitternde Dunkelheit hinaus. Um eine große dunkle Wolke über den westlichen Bergen zog sich ein

Rand hellen Himmels, und dann, als die Wolke sich verzog, leuchtete der Abendstern hervor, klar und sauber gewaschen und starr.

»Sternlein klein, Sternlein mein, was werden deine Strahlen künden? Wird mein Wunsch Erfüllung finden...?«

Camille wandte sich verschlafen um: »Was haben Sie gesagt?«

Norma schwieg eine Weile. Dann fragte sie sanft: »Wir warten es ab. Nicht wahr?«

»Ja — wir warten es ab«, sagte Camille.

Weit vorn und ein wenig links wurden ein paar Lichter sichtbar — kleine Lichtchen, die von weitem winkten, einsam und nachtverloren, fern und kalt und lockend, wie aneinandergereiht.

Juan schaute zu ihnen hinüber und rief: »Das dort drüben ist San Juan!«

# William Somerset Maugham

# Der Magier

*Ullstein Buch 538*

Schauplatz dieses packenden Romans ist das Paris der Jahrhundertwende. In einem vorzugsweise von Malern, Bohemiens und anderen unbürgerlichen Existenzen besuchten Restaurant begegnen die schöne Margaret Dauncey und der mit ihr verlobte Arzt Arthur Burdon dem »Magier« Oliver Haddo, hinter dessen abstoßendem Äußeren sich ein undurchsichtiger, schillernder Charakter verbirgt. Margaret verfällt dem verhängnisvollen Einfluß dieses Mannes, der sie als Werkzeug für seine okkultisch-alchimistischen Experimente zu gewinnen trachtet. In zäher Entschlossenheit nimmt Arthur den Kampf mit dem ungleichen Gegner auf, muß jedoch erkennen, daß es nicht allein die Kräfte des Verstandes sind, die das Leben des Menschen zu bestimmen vermögen.

ein Ullstein Buch

# Louis Bromfield

# Der Mann, der alles hatte

*Ullstein Buch 2690*

Drei Frauen bestimmen den Weg des vom Erfolg verwöhnten Bühnenautors Tom. Eliane, die ihn kurz vor Kriegsende in Frankreich schwerverletzt auffindet und gesundpflegt; die vielbegehrte Schönheit Sally, die sich von Toms Erfolgen blenden läßt; und Maisie, die Schauspielerin, deren künstlerischer Kraft Tom viel verdankt. Mit sicherem Einfühlungsvermögen verfolgt Bromfield den Weg, den Tom durch den Irrgarten seiner Gefühle zurücklegt, und durchleuchtet die geheimen unerfüllbaren Sehnsüchte, die den Mann, der alles hatte, beherrschen.

 ein Ullstein Buch

Ivo Andrić  Die Brücke
über die Drina

Eine Wischegrader
Chronik

*Ullstein Buch 3050*

Alles Geschehen in der Stadt Wischegrad kreist um die steinerne Brücke über die Drina, die Abend- und Morgenland verbindet. Im 16. Jahrhundert unter türkischer Herrschaft erbaut und 1914 zerstört, wird sie Zeuge der großen Auseinandersetzung zwischen Orient und Okzident. „Die Brücke über die Drina" gilt als Hauptwerk des jugoslawischen Nobelpreisträgers Ivo Andrić.

ein Ullstein Buch